V. S. Naipaul

Des Nachtwächters Stundenbuch und andere komische Entdeckungen

V. S. Naipaul

Des Nachtwächters Stundenbuch

und andere komische Entdeckungen

Aus dem Englischen von
Kathrin Razum und Walter Ahlers

Claassen

Die Erzählungen aus diesem Band erschienen zuletzt
gesammelt 2002 unter dem Titel
The Nightwatchman's Occurrence Book and Other Comic Inventions
bei Picador, London

Mr. Stone und die Gemeinschaft der firmen Ritter wurde übersetzt von
Kathrin Razum, die Erzählungen aus *Eine Flagge über der Insel,*
also alle übrigen, von Walter Ahlers, der für seine Arbeit durch ein
Stipendium des Deutschen Übersetzerfonds e.V. gefördert wurde.

Claassen Verlag
Claassen ist ein Verlag der Ullstein Buchverlage GmbH

ISBN: 3-546-00354-3

Gesetzt aus der Caslon 540 bei
Franzis print & media GmbH, München
Druck und Bindung: Bercker, Kevelaer

Inhalt

Mr. Stone und die Gemeinschaft der firmen Ritter

I

Es war Donnerstagnachmittag, Miss Millington hatte wie immer frei, und Mr. Stone musste sich die Haustür selbst aufschließen. Bevor er das Flurlicht einschalten konnte, schlugen ihn die unergründlichen grünen Augen in ihren Bann, und im nächsten Moment sprang das Tier, ganz Augen, die Treppe hinunter. Mr. Stone duckte sich an die staubige Wand und hielt sich schützend die Aktentasche über den Kopf. Die Katze strich an seinen Beinen vorbei und verschwand durch die noch offene Tür. Mr. Stone blieb stehen, wo er war, den Schlüssel in der vom Handschuh befreiten Hand, und wartete darauf, dass das Herzklopfen und der feine, in seinen ganzen Körper ausstrahlende Schmerz nachließen.

Die Katze gehörte den Nachbarn, die erst vor fünf Jahren hergezogen waren und von Mr. Stone immer noch mit Argwohn betrachtet wurden. Sie war schon als Junges zu der Familie gekommen, als Schmusetier für die Kinder, und sobald sie aufhörte, Papierkugeln, Tischtennisbällen und Wollknäueln nachzujagen, und stattdessen begann, in Mr. Stones Garten herumzubuddeln, da ihre Besitzer über keinen nennenswerten Garten verfügten, verlagerte Mr. Stone seine Feindseligkeit von der Familie auf deren Katze. Wenn er aus dem Büro kam, untersuchte er seine Blumenbeete – schmale Erdstreifen zwischen ungleichmäßigen Flächen von Mosaikpflaster – auf Spuren des widerwärtigen Gehuschels und Gescharres des Tiers. »Miss Millington! Miss Millington!«, rief er dann. »Der Katzenpfeffer!« Woraufhin die schwergewichtige alte Miss Millington in ihrer knöchellangen Schürze mit einer großen Dose feinen Pfeffers herausgeschlurft kam (zunächst hatten sie geglaubt, die kleinen Dosen würden ausreichen: Die auf dem Etikett abgebildete verschreckte Katze sah so überzeugend aus) und feierlich sämtliche Blumenbeete bestäubte, das betroffene Beet gründlicher als die anderen, als gelte es die Machenschaften des Tiers weniger zu verhindern, denn zu verbergen. Im Laufe der Zeit hatten die Beete jede Farbe verloren, gerade so, als wäre Zement unter die Erde gemischt und auf Blätter und Stängel der Pflanzen gestäubt worden.

Und jetzt war die Katze ins Haus vorgedrungen.

Mr. Stones Herzschlag beruhigte sich, der stechende Schmerz ebbte ab und hinterließ blank liegende Nerven, ein Gefühl körperlicher Leichtigkeit unter dem schweren Simpson's-Mantel sowie den Drang, drakonische Maßnahmen zu ergreifen. Ohne die Haustür zu schließen oder das Licht anzumachen, deponierte er Handschuhe und Aktentasche auf dem Tisch im Flur und ging in Mantel und Hut in die Küche, wo er im Dunkeln die Tür der Speisekammer öffnete und den noch originalverpackten Käse von Sainsbury von seinem üblichen Platz nahm – Miss Millington erledigte donnerstagvormittags immer die Einkäufe. Er holte ein Messer hervor und schnitt den Käse sorgfältig in kleine Würfel, als wollte er pikante Häppchen zubereiten. Mit den Käsewürfeln ging er zum Gartentor, und nachdem er sich in der regenfeuchten Dunkelheit umgeschaut hatte – einige Fenster waren erleuchtet, etwaige Zuschauer nicht zu sehen –, legte er eine Käsespur vom Tor bis zur Haustür, durch den mit Teppich ausgelegten Flur, in dem es mittlerweile bitterkalt war, und schließlich die Stufen hinauf bis zum Bad. Dort saß er dann auf dem Klosettdeckel und wartete, nach wie vor in Mantel und Hut und mit einem Schürhaken in der Hand. Der Schürhaken war nicht zum Angriff, sondern zur Verteidigung gedacht. Schon oft war er auf dem Weg durch diese katzenverseuchte Straße von einer Katze überrascht worden, die in Kopfhöhe gelassen auf einem Zaunpfosten saß, und jedes Mal hatte er unwillkürlich die Arme schützend vors Gesicht gehoben. Es war ein schmachvolles Verhalten, aber er konnte nicht anders. Er fürchtete diese Tiere; schließlich gab es ja auch all diese Geschichten über in die Enge getriebene Katzen, über Katzen, die wütend wurden und Menschen angriffen.

Feuchte Luft erfüllte den Flur und drang ins Badezimmer. Die Dunkelheit und Stille machten die Kälte spürbarer. Er sah sich die Pfoten der Katze in siedendes Öl tauchen, sah sich das Tier am Schwanz packen und auf den Bürgersteig schleudern, es mit kochendem Wasser verbrühen. Er erhob sich vom Klosettdeckel und schaltete den Durchlauferhitzer ein. Sofort verfügbares heißes Wasser! Das Wasser war kalt, wurde dann, nachdem mit lautem Fauchen die Flamme angesprungen war, lauwarm und endlich warm. Der Durchlauferhitzer musste gereinigt werden; er durfte nicht vergessen, Miss Millington daran zu erinnern. Er ließ das Waschbecken volllaufen und setzte sich erneut auf den Klosettdeckel. Das Rauschen in den Wasserleitungen verstummte, es wurde wieder still.

Ein paar Minuten später, fünf, vielleicht auch zehn, fiel es ihm ein. Ratten fraßen Käse. Katzen fraßen etwas anderes. Er machte überall das Licht an, schloss die Haustür und drehte die Heizungen auf.

Den Käse vergaß er. Am nächsten Morgen berichtete dann eine freudig aufgeregte Miss Millington, ihr Käse sei aus der Speisekammer verschwunden und habe sich in eine Schlangenlinie aus Käsewürfeln verwandelt, die sich vom Gartentor bis zur Badezimmertür zog. Er lieferte ihr keine Erklärung.

Dieser Vorfall, der letztlich wohl als der erste Schritt auf Mr. Stones Weg ins Verderben bezeichnet werden kann, beruhte nicht etwa auf seiner Passion für Gärten. Für Mr. Stone war Gartenarbeit nicht mehr als eine seinem Alter – er war zweiundsechzig – angemessene Möglichkeit, die Freizeit und Energie zu nutzen, über die er dank seiner anspruchslosen Arbeit in einer Abteilung der Firma Excal, seines Standes als Junggeselle und seiner ausgezeichneten körperlichen Verfassung reichlich verfügte. Er hatte erst spät dazu gefunden. Und er genoss weniger das Resultat als die Tätigkeit an sich. Dass die Blüten seiner Blumen durch den Pfeffer die Farbe verloren, kümmerte ihn nicht. Für ihn bestand das Vergnügen vielmehr darin, den Boden für das Pflanzen vorzubereiten, zum Pflanzen selbst kam es oft gar nicht. Zunächst war das Umgraben seine ganze Leidenschaft gewesen. Als es damit vorbei war – er hatte eine Wasserleitung beschädigt –, beschloss er, den Küchenabfall zu horten, nichts der Müllabfuhr zu überlassen. Miss Millington erhielt strikte Order, und er verteilte Nachmittag für Nachmittag die Abfälle, die sie ihm pflichtbewusst zur täglichen Inspektion vorgelegt hatte, im Vorgarten, von der Freude des Geizhalses an der puren Anhäufung erfüllt. Im folgenden Jahr säte er Gras, doch er mähte die zarten Triebe so heftig – mit einem eigens dafür angeschafften Rasenmäher –, dass noch vor Frühlingsende das, was er in Gedanken seinen Rasen genannt hatte, zu einem Stück kahler, zerpflügter Erde geworden war. Danach hatte er den größten Teil des Gartens mit Mosaikpflaster ausgelegt, das jedoch, wie sich erwies, sehr viel Feuchtigkeit absorbierte, so dass seine Pflanzen selbst in einem gemäßigten Sommer welkten wie bei großer Trockenheit.

Er machte dennoch weiter, bot ihm die Betätigung im Garten doch Gelegenheit zu willkommenem Alleinsein und langem, durch nichts unterbrochenem Nachdenken. Auch der Vorfall an jenem Abend mochte sich aus seinem Alleinsein erklären, aus seiner Heimkehr in ein Haus, das er leer wusste. War Miss Millington abwesend, überfielen ihn in dem leeren Haus häufig Fantasien, die er selbst als grotesk erkannte, denen er sich jedoch immer wieder hingab. Er stellte sich bewegliche Bürgersteige vor, sah sich im Mantel und mit Aktentasche auf einem privaten Fließband dahingleiten, von Fußgängern auf beiden Seiten erstaunt betrachtet. Er stellte sich Straßen vor, die im Winter überdacht waren, die Bürgersteige womöglich mithilfe jenes römischen Systems beheizt, das er in Bath kennen gelernt hatte. Eine Fantasie kehrte immer wieder. Er konnte fliegen. Er ignorierte die Ampeln, er flog von Gehsteig zu Gehsteig, über Menschen, Autos und Busse hinweg (die Leute, über die er hinwegflog, schauten verwundert hoch, während er gelassen vorbeischwebte, ungerührt angesichts ihrer Verblüffung). In seinem Sessel sitzend, flog er die Korridore seines Büros entlang. Die Leute reagierten in seiner Vorstellung völlig übertrieben. Der mürrische Evans zitterte und stammelte; Keenan fiel die extravagante Brille von der Nase; Miss Menzies hüpfte die Perücke, die er ihr boshafterweise verpasst hatte, vom Kopf. Überall herrschte Chaos, während er seelenruhig seinen Geschäften nachging und danach ebenso seelenruhig davonflog.

Wenn Miss Millington freitagmorgens wiederkam, fand sie manchmal die Früchte seines Alleinseins vor: ein primitives Spielzeughaus womöglich, sorgfältig aus einem Laib Brot gefertigt, der, am Donnerstagmorgen gekauft, am Abend noch frisch war und leicht modelliert werden konnte; das Silberpapier einer Zigarettenschachtel, das unter einem so hoch aufragenden Stapel aus sämtlichen im Haus auffindbaren dicken Büchern gepresst wurde, dass diese sorgfältig ausbalancierte Konstruktion ganz offensichtlich zum eigentlichen Interesse ihres Herrn geworden war; Objekte, die er ihr zur Betrachtung, Bewunderung und letztendlichen Beseitigung hinterlassen hatte, die aber gemäß einer unausgesprochenen Abmachung weder von ihm noch von ihr je erwähnt wurden.

Dass sie den Käse erwähnte, war ungewöhnlich, genauso wie der Vorfall an sich, der im Gegensatz zu den anderen auch nicht verschwiegen werden sollte. Wie oft würde jemand, den er zu diesem Zeitpunkt noch gar nicht kannte, in seiner Gegenwart den Vorfall vom Donnerstagabend zum Besten geben, als lustige, liebenswerte Anekdote, der er jedes Mal mit selbstzufriedenem Lächeln lauschte, obwohl er an dem betreffenden Abend in der kalten Dunkelheit des leeren Hauses in allergrößtem Ernst gehandelt und selbst angesichts der Erkenntnis, dass Katzen keinen Käse fressen, an der Situation nichts Absurdes gefunden hatte.

Genau eine Woche später, am 21. Dezember, begab sich Mr. Stone, wie jedes Jahr um diese Zeit, zum Dinner der Tomlinsons. Er hatte mit Tony Tomlinson das Lehrerseminar besucht, und wenngleich sie danach unterschiedliche Wege eingeschlagen hatten, bekräftigten sie ihre Freundschaft auf dieses Weise jährlich. Tomlinson war im Bildungssektor geblieben und zu einer durchaus einflussreichen Persönlichkeit im Gemeinderat geworden. Hatte zunächst er seine Initialen unter die gedruckte oder reproduzierte Unterschrift anderer gesetzt, so war es nun seine eigene Unterschrift, mittlerweile durch die Buchstaben T. D. ergänzt, unter die andere ihre Initialen setzten. Als diese beiden Buchstaben zum ersten Mal aufgetaucht waren, hatte Mr. Stone beim jährlichen Dinner die scherzhafte These aufgestellt, Tomlinson sei wohl ein Doktor der Theologie geworden, allerdings wiederholte er seinen Scherz im nächsten Jahr nicht, denn Tomlinson nahm das Ehrenzeichen der Territorialarmee sehr ernst.

Tomlinson zufolge war Mr. Stone »in die Wirtschaft gegangen«. Er war es auch, der Mr. Stone zum »Chefbibliothekar« erklärt hatte. »Richard Stone«, pflegte er zu sagen. »Ein alter Studienfreund. Chefbibliothekar bei Excal.« Das »bei« war taktvoll, es verschleierte, dass Mr. Stone für eine gänzlich unbedeutende Abteilung der Firma arbeitete. Der Titel gefiel Mr. Stone, und er begann ihn in seiner offiziellen Korrespondenz zu verwenden, zunächst noch zögerlich, doch als seitens der Firma kein Einspruch angemeldet wurde (in seiner Abteilung war man sogar sehr angetan, da dem ganzen Aufgabenbereich so mehr Würde zukam), bald schon voller Überzeugung. Und so wurde Mr. Stone, als das Dinner der Tomlinsons im Laufe der Jahre an Gewichtigkeit und

Grandeur gewann, weiterhin eingeladen. Für Tomlinson stellte Mr. Stone einen ruhenden Pol dar, hatte seine Anwesenheit etwas Entspannendes, Wohltuendes, überdies war sie ein Beleg für Tomlinsons Loyalität, und sie machte offensichtlich, dass beider gehobene Positionen eine Vergangenheit adelten, die sonst womöglich Anlass zu Spekulationen gegeben hätte.

Der Ehrengast wechselte von Jahr zu Jahr, und Tomlinson erinnerte Mr. Stone bei seiner telefonischen Einladung stets aufs Neue daran, dass er womöglich nützliche Kontakte würde knüpfen können. Mr. Stone fand eigentlich, dass Tomlinson und er über das Stadium der nützlichen Kontakte hinaus waren. Doch Tomlinson war trotz seines Alters und einer Karriere, die seine kühnsten Hoffnungen übertroffen haben musste, immer noch vom Ehrgeiz getrieben, und es amüsierte Mr. Stone, ihn »in Aktion« zu erleben. Es war leicht, bei diesen Dinners den »Kontakt« auszumachen. Tomlinson wich nicht von seiner Seite, und er wirkte in seiner Gegenwart gequält, manchmal geradezu verstört, als erwarte er, bestraft zu werden, oder als sei ihm nun, da er seinen Kontakt am Schlafittchen hatte, nicht so recht klar, was er mit ihm anstellen sollte; auch redete er wenig, begnügte sich damit, rhetorische Fragen zu stellen oder die jeweils letzten drei oder vier Worte des Kontakts zu wiederholen.

Doch als Mr. Stone dieses Jahr zum Dinner kam, stellte er fest, dass Tomlinson den Hinweis auf den Kontakt nur aus alter Gewohnheit gegeben hatte, dass es niemanden gab, von dessen Seite er nicht wich oder dessen Worte er nachsprach; im Mittelpunkt stand und die Tonart bestimmte Mrs. Springer.

Mrs. Springer war über fünfzig, eine auffällige Erscheinung mit ihrem Granatschmuck, einem tief ausgeschnittenen Kleid aus dunkelroter Moiréseide mit lose fallendem Rock und einem gut erhaltenen goldbestickten Kaschmirschal. Ihr Verhalten stand im Kontrast zu ihrer Kleidung, wobei sie sich nicht etwa in Männlichkeit versuchte, sondern vielmehr in einer gesuchten, koketten Unweiblichkeit. Ihre tiefe Stimme erinnerte an eine berühmte Schauspielerin, genauso ihre Vortragsweise. Wenn sie eine wirkungsvolle Pointe anbringen wollte, richtete sie sich mit einem Ruck aus der Taille auf, und war sie am Ende eines ihrer kurzen Redebeiträge angelangt, sackte sie genauso abrupt wieder in sich zusammen und ihre knochige Hand fiel in die Kuhle, die ihr Kleid über den leicht gespreizten Beinen bildete. So schienen der altmodische Schmuck und das Kleid, das zwar tadellos geschnitten war, ihren Körper jedoch eher umgab, als ihn wirklich zu kleiden, von der Persönlichkeit ihrer Trägerin abgetrennt zu sein.

Als Mr. Stone eintraf, hatte sie sich bereits als Frau von Esprit erwiesen. Man lächelte, sobald sie das Wort ergriff, und Grace Tomlinson schien die Rolle der Claqueurin übernommen zu haben: Was in den vergangenen Jahren Tomlinson für den jeweiligen Kontakt getan hatte, tat jetzt Grace für Mrs. Springer, die, wie Mr. Stone erfuhr, ihre Freundin war.

Man unterhielt sich gerade über Blumen. Jemand hatte Graces Arrangements bewundert (die, genau wie ihr Ansteckstäußchen und ihre Tischdekorationen, das Ergebnis eines kurzen Lehrgangs an der Constance Spry School in St. John's Wood waren).

»Tja, die Rose ... ich mag sie ja, ehrlich gesagt, überhaupt nicht«, sagte Mrs. Springer mitten in das gemurmelte Lob hinein, »am allerwenigsten die Arthrose.«

Grace lachte, alle lachten ermunternd, und Mrs. Springer, die wieder in ihren Sessel sank und sich innerhalb ihres Kleides auf dem Hinterteil zu wiegen schien, spreizte die Beine ein wenig und ordnete geschäftig ihren Rock in die Kuhle, wobei ein schiefes Lächeln ihre Lippen umspielte, das den eckigen Kiefer noch betonte.

Indem sie derart das Schweigen, das Zögern, das Gemurmel der anderen durchbrach, hielt sie alle in ihrem Bann.

Die Unterhaltung wandte sich kulturellen Veranstaltungen zu, die man in der letzten Zeit besucht hatte. Tomlinson war bisher, abgesehen von einem gelegentlichen lauten

»Mhmmm«, das alles bedeuten konnte, stumm geblieben, das lange, schmale Gesicht noch gequälter, der Blick noch besorgter als sonst, als fühlte er sich ohne seinen Kontakt verloren. Doch jetzt versuchte er das Gespräch, das mittlerweile zum reinen Austausch von Titeln verkommen war, auf das gebührende intellektuelle Niveau zu heben, was man als sein Vorrecht und seine Pflicht erkannte. Er habe sich, so sagte er, *Rififi* angesehen, und zwar auf Empfehlung eines bedeutenden Mannes.

»Ein außergewöhnlicher Film«, sagte er langsam, ohne seine Leidensmiene abzulegen oder jemanden direkt anzusehen; sein Blick war auf einen Punkt irgendwo im Raum gerichtet, so als beziehe er seine Gedanken und Worte von dort. »Natürlich ein französischer. In mancher Hinsicht sind diese französischen Filme wirklich herausragend. Absolut außergewöhnlich. Fast kein Dialog. Hat eine enorme Wirkung, muss ich sagen. Fast kein Dialog.«

»Ich für mein Teil wäre dafür ja dankbar«, unterbrach Mrs. Springer Tomlinsons Betrachtungen, von denen er – offensichtlich erleichtert – prompt abließ. »Ich hasse Untertitel. Ich habe immer das Gefühl, dass mir alle Anzüglichkeiten entgehen. Man sieht die Leute mit den Händen fuchteln und wild drauflosreden. Aber wenn man dann auf den Untertitel schaut, steht da nur ›Ja‹.« Sie gab irgendeinen Kauderwelsch von sich, der einen Wortschwall in einer fremden Sprache darstellen sollte. »Dann guckt man wieder hin und liest: ›Nein‹.«

Mr. Stone fand diese Bemerkung köstlich und vollkommen zutreffend. Sie entsprach genau seiner eigenen Erfahrung. Am liebsten hätte er gesagt: »Ja doch, das geht mir ganz genauso!« Aber dann bot Grace erneut Sherry an und sagte, als sie Mrs. Springer einschenkte, von der scherzhaften Stimmung angesteckt: »Extra für dich, Margaret. Nie von Menschenhand berührt.«

Wieder richtete sich Mrs. Springer ruckartig auf. »Wenn es heißt, dass etwas nie von Menschenhand berührt worden ist«, sagte sie, »kann man ziemlich sicher sein, dass es von Menschenfuß berührt wurde.« Woraufhin sie das Glas ansetzte, als wollte sie es mit einem Zug leeren.

Mr. Stone war sprachlos vor Bewunderung. Und als nun ihm nachgeschenkt wurde, wagte er sich mit einem der Witze aus dem Büro vor.

»Ich sehe schon«, sagte er, »Sie wollen wohl, dass ich zu tief ins Gas glucke.«

Niemand reagierte. Tomlinson schaute bekümmert drein, Grace tat, als habe sie nichts gehört, Mrs. Springer hatte nichts gehört. Mr. Stone führte sein Glas an die Lippen und nippte langsam und gemächlich. Der Witz war nicht einmal von ihm, er stammte von Keenan aus der Buchhaltung. Die Leute im Büro stöhnten jedes Mal auf, wenn Keenan damit ankam – das hätte ihn warnen sollen –, doch Mr. Stone hatte den Witz immer ausgesprochen komisch gefunden. Er wusste, dass Kalauer von schlechtem Geschmack zeugten, wusste allerdings nicht, warum. Er beschloss, nichts mehr zu sagen, und wurde in diesem Entschluss bestärkt, als man sich anschickte, zu Tisch zu gehen, und Grace ihm mit gelindem Tadel mitteilte, dass Mrs. Springer sich in Trauer befinde und erst vor kurzem ihren zweiten Mann zu Grabe getragen habe. Das erklärte natürlich Graces Fürsorglichkeit und die Narrenfreiheit, die Mrs. Springer augenscheinlich genoss. Zudem verlieh es Mrs. Springer ein gewisses Flair über ihre eigentliche Brillanz hinaus, ein Flair, dessen sie sich durchaus bewusst zu sein schien.

Bisher hatte Mrs. Springer kaum von Mr. Stone Notiz genommen, und beim Essen saßen sie weit auseinander, konnten sich kaum sehen im schummrigen Kerzenlicht, durch all die Kerzen und Blumen und den ganzen holzgeschnitzten Krimskrams hindurch, Krippen und Kiefern, die unzähligen, glanzlos gewordenen Andenken an einen Urlaub in Österreich, die die Tomlinsons zu ihrem traditionellen Weihnachtsschmuck gemacht hatten. Auf zwei Tischchen am Rande standen, im Dämmerlicht eben noch erkennbar, diejenigen Weihnachtskarten, von denen sich Grace, wie sie sagte, nicht trennen konnte, eine Auswahl aus mehreren Jahrzehnten. Sie waren entweder sehr groß oder reich verziert, die eine oder andere auch mit Spitze besetzt, und wurden jedes Jahr aufs Neue hervorgeholt und zur Schau gestellt. Die ganze Gesellschaft, so auch Mrs. Springer und Mr. Stone, bewunderte nun diese Karten. Tatsächlich fand Mr. Stone es erfreulich und beruhigend, nach einem Jahr wieder dies festliche Zimmer zu betreten und die gleiche Atmosphäre, den gleichen Weihnachtsschmuck vorzufinden.

Erst nach dem Essen, als sich die Herren wieder zu den Damen gesellten, sprach Mrs. Springer Mr. Stone an.

»Kommen Sie«, sagte sie kokett und klopfte auf den Platz neben sich. »Setzen Sie sich zu mir.«

Er tat wie geheißen. Es gab kein Gesprächsthema, das sich unmittelbar angeboten hätte, und sie schien, wie schon drei- oder viermal an diesem Abend, in Gedanken versunken zu sein oder nach etwas zu suchen, was sie sagen könnte. Bevor das Schweigen peinlich wurde, hatte sie dann immer etwas geäußert.

»Mögen Sie«, fragte sie nun und wandte sich ihm dabei so unvermittelt zu, wie er es inzwischen von ihr erwartete, »Katzen?«

»Katzen«, wiederholte er. »Na ja, das kommt wohl darauf an. Mir ist da neulich etwas passiert. Letzte Woche, um genau zu sein –«

»Meiner Ansicht nach reden diese ganzen Tierliebhaber ja« – sie hielt kurz inne, und ein boshaftes Leuchten trat in ihre Augen, wie jedes Mal, wenn sie ein ungehöriges Wort verwendete (sie hatte schon »Schlampe« und »verdammt« gesagt) – »einen ganz schönen Mist.«

Sie sprach diese letzten Worte mit einer seltsamen Betonung, als wären sie an sich schon witzig; es klang wie *ein gantschön Mist.*

»Mich hat neulich eine angegriffen«, sagte Mr. Stone. »Angegriffen –«

»Das überrascht mich nicht. Es sind schließlich Dschungeltiere.«

»Kam die Treppe runtergesprungen, direkt auf mich zu, kaum dass ich die Tür geöffnet hatte. Hat mich ganz schön erschreckt. Und dann – es ist wirklich zu komisch …«

Er hielt inne, unsicher, ob er fortfahren sollte. Doch ihr Blick war ermunternd. Und er erzählte die Geschichte. Erzählte sie ganz. Er karikierte sich selbst und empfand dabei ein lang vergessenes Vergnügen. Er schilderte in grausigen Einzelheiten, wie er sich vorgestellt hatte, die Katze in kochendes Wasser oder Öl zu werfen, beschrieb, wie er den Wasserhahn aufgedreht und das Becken hatte volllaufen lassen und wie er mit dem Schürhaken in der Hand auf dem Klosettdeckel gesessen hatte. Und er hielt sie in seinem Bann! Sie hörte ihm zu; sie war still.

»Käse!«, sagte sie zum Schluss. »Sie dummer Mann! Käse! Das muss ich Grace erzählen!«

Sie machte sich die Geschichte zu Eigen. Sie erzählte sie langsam und erzählte sie gut. Er nahm ihre Ergänzungen und Ausschmückungen mit Freude und Dankbarkeit zur Kenntnis, und während sie, aufrecht auf der Sofakante sitzend, sprach, saß er zurückgelehnt auf dem Sofa, die breiten Schultern schlaff, schaute lächelnd in seinen Schoß hinunter, knackte Walnüsse und blickte von Zeit zu Zeit auf, wenn er einen Ausruf hörte, die Augen unter der hohen, vorstehenden Stirn von einem sanften Leuchten erfüllt.

Danach verfügte sie über ihn. Sie brachte ihn bei jeder Gelegenheit ins Spiel. »Käse, Mr. Stone?«, fragte sie etwa. Oder sie sagte: »Mr. Stone mag allerdings lieber Käse.« Und jedes Mal erntete sie Gelächter.

Das Gefühl war neu für ihn, und er aalte sich darin. Als sie gegen Ende des Abends, nach dem musikalischen Zwischenspiel, wieder nebeneinander zu sitzen kamen und Mrs. Springer sagte: »Ist Ihnen schon mal aufgefallen, dass Walnüsse aussehen wie kleine Gehirne?«, fühlte er sich mutig genug, um laut zu sagen: »Daher wohl auch der Ausdruck ›Du dumme Nuss‹.«

Nach seinen Worten wurde es still im Zimmer. Jemand hatte gerade mit dem Nussknacker hantiert und zögerte nun, dann durchbrach das ungewollte Knacken die Stille.

»Also, ich finde das ausgesprochen witzig«, sagte Mrs. Springer.

Doch sie kam zu spät, um noch den Ton vorzugeben.

Mr. Stone war niedergeschlagen und unzufrieden, als er ging, kam sich blamiert vor. Ein Gefühl der Vergeudung, der Sinnlosigkeit, der Hoffnungslosigkeit übermannte ihn.

Mr. Stone dachte gern in Zahlen. Er dachte gern: »Ich bin seit dreißig Jahren bei Excal.« Er dachte gern: »Ich wohne seit vierundzwanzig Jahren in diesem Haus.« Er dachte gern an die sukzessive Steigerung seines Gehalts, seit er in die Wirtschaft gegangen war, auf derzeit eintausend Pfund, und er dachte gern daran, dass er mit diesem Einkommen zu den oberen fünf Prozent der Gehaltsempfänger des Landes gehörte (er hatte die entsprechenden Zahlen irgendwo gelesen, möglicherweise im *Evening Standard*). Er dachte gern, dass er Tomlinson seit vierundvierzig Jahren kannte. Und obwohl es ein trauriger Anlass war – der traurigste seines Lebens –, dachte er gern, dass vor mittlerweile fünfundvierzig Jahren seine Mutter gestorben war.

Seit er sich von dieser Erschütterung erholt hatte, empfand er sein Leben als eine fortdauernde Periode der Ruhe, die er angesichts des Vorausgegangenen nach wie vor auf seine ganz eigene Weise genoss. Das Leben war etwas, durch das man sich hindurchbewegte. Was man erlebte, kostete man nicht im nämlichen Moment aus; erst wenn es sozusagen mit Inhaltsvermerk versehen im Aktenordner der Vergangenheit abgelegt worden, Teil seines »Lebens«, seiner »Erfahrung«, seiner Karriere geworden war, stellte sich das Gefallen daran ein. Erst dann nahm das Erlebte Farbe an, so wie auch die Natur erst auf einem Farbfoto oder einem Gemälde, auf denen die farblose und entstellende Weite getilgt war, wirklich Farbe gewann. Er hatte die Angewohnheit, in gelegentlichen Momenten der Einsamkeit die Stationen seiner Laufbahn ordentlich in einer Tabelle aufzulisten, wie man sie etwa einem potentiellen Arbeitgeber vorlegen würde, und es erschien ihm jedes Mal wie ein kleines Wunder, dass die Jahre so reibungslos aufeinander gefolgt und an ihm vorübergezogen waren, dass sein Leben sich trotz Rückschlägen und Beunruhigungen zu einem wohl geordneten, übersichtlichen Ganzen gefügt hatte, wie er es sich als Siebzehnjähriger niemals hätte träumen lassen.

Dieser Wertschätzung seiner Vergangenheit entsprechend legte er auch Wert auf sein Erscheinungsbild. Er war ein stattlicher Mann, gut gebaut; seine Kleidung saß tadellos. Gewohnheitsmäßigen Verrichtungen ging er ohne Eile nach, ob es sich darum handelte, den Mantel anzuziehen oder nach dem Abendessen die Zeitung auseinander zu falten. Und so wirkte er älter, als er war: Er besaß jene nicht übermäßige, aber doch wahrnehmbare Ordnungsliebe, wie sie sehr alten Menschen eignet, die noch für sich selbst sorgen können. Und er kultivierte seine Gewohnheiten. Er rasierte zuerst die rechte Gesichtshälfte, zog zuerst den rechten Schuh an. Er war eisern, was seine Ernährung betraf, hielt sich peinlich genau an die Regeln, die er sich selbst auferlegt hatte, so als stammten sie von einem Arzt seines Vertrauens. Beim Frühstück las er die Titelseite des *Telegraph*, doch mehr nicht; den Rest nahm er sich im Büro vor. Er kaufte zwei Abendzeitungen, die *News* und den *Standard*, und zwar immer beim selben Verkäufer an der Victoria Station, faltete sie zusammen und steckte sie in seine Aktentasche, ohne auch nur einen Blick darauf zu werfen; gelesen wurden sie nicht in der U-Bahn (in Gedanken spottete er über die Leute, die das taten), sondern in aller Ruhe nach dem Abendessen, und er würdigte die Nachrichten nicht als solche, denn fast alles, was er las, vergaß er sofort wieder, sondern als Bestandteil einer Zeitung, Bestandteil von etwas, das sich ihm zu Gefallen Tag für Tag während dieser Zeit nach dem Abendessen materialisierte, Abschottung gegen die Welt, aus der es kam.

Die Gegenwart war fade, ihr Verstreichen daher kein Grund zur Beunruhigung. Auf dem Schulgelände hinter seinem Haus stand ein Baum, an dem er den Lauf der Zeit verfolgen konnte, das Kommen und Gehen der Jahreszeiten, ein Baum, den er täglich beim Rasieren betrachtete, so dass er ihn inzwischen bis zum letzten Ast kannte. Die Betrachtung dieses pflanzlichen Lebewesens versicherte ihn der Beständigkeit der Dinge. Über die Jahre war der Baum zu einem Teil seines Lebens geworden, denn er markierte die Stationen seiner Vergangenheit, bewegte sich mit ihm durch die Zeit. Die jungen Blätter im Frühling, das harte Grün des Sommers, die kahlen schwarzen Äste im Winter, sie wiesen nicht darauf hin, dass sein Leben zur Neige ging. Sie erinnerten allein an den gleichmäßigen Fluss der Zeit, an seine wachsende Erfahrung, seine länger werdende Vergangenheit.

Er war umgeben von solchen Zeichen der Beständigkeit, der Kontinuität, des Flusses. Dem Weihnachtsschmuck der Tomlinsons etwa, der mit jedem Jahr glanzloser wurde. Oder Miss Menzies, seiner Assistentin im Büro (ihr war er als »Chefbibliothekar« übergeordnet – einen normalen Bibliothekar gab es in der Abteilung jetzt nicht mehr), die über achtzehn »Geschäftskostüme« verfügte, eine Vielfalt und Anzahl, die ihn zunächst verblüfft hatte, obwohl er der Kleidung von Frauen eigentlich keine Beachtung zu schenken pflegte, eine Anzahl jedoch, die letzten Endes in das beruhigende Grundmuster seines Lebens eingegangen war. Einzelne Kostüme wurden fadenscheinig und schließlich ersetzt, doch die Anzahl blieb gleich, ein Kostüm für jeden Tag der Woche, bis der Kreislauf nach drei Wochen wieder von vorne begann. Mit der Zeit hatte er gelernt, den Wochentag am Kostüm abzulesen. Der Niedergang dieser Kleider, ihre Verwandlung in Gebrauchskleidung (unmöglich allerdings, sich Miss Menzies in Gebrauchskleidung vorzustellen oder ohne Korsett) und zuletzt, so malte er es sich aus, in Staublappen, war wie das Laubabwerfen seines Baums; die neuen Kleider waren wie die Blätter im Frühling.

Und zu Hause schließlich Miss Millington. Jeden Donnerstagnachmittag ging die gute Alte ins Kino, in die verbilligte Vorstellung für Rentner, und zwar auch dann noch, als er einen Fernseher angeschafft hatte. Er vermutete, dass sie die Filme verschlief, und hatte seinen Spaß daran, sich freitagmorgens die dramatischen oder romantischen Titel aufsagen zu lassen. »Welchen Film haben Sie sich denn gestern angeschaut, Miss Millington?« – »*Zur Hölle und zurück*, Sir«, antwortete sie, das bleiche, eckige Gesicht ausdruckslos, die Artikulation wie gewohnt verschwommen und heiser, was ihn immer an einen nach Luft schnappenden Fisch denken ließ.

Als er sich an diesem Freitagmorgen im kalten Badezimmer rasierte, sah er vor dem Fenster, durch das eben das Morgenlicht hereinzuströmen begann, die vertraute Winterszene. Jenseits des kahlen Baums lag das durchweichte, dampfende Sportgelände der Mädchenschule. Dieser Bereich, abseits der Gebäude und Tennisplätze gelegen, wurde im Sommer von den Jüngsten ausgiebig genutzt, Geschöpfen, die Vergnügen daran fanden, die Körper ihrer Kameradinnen zu spüren, und die es bei ihren Spielen stets fertig brachten, in kleinen Haufen aufeinander zu landen; doch jetzt im Winter war das Gelände leer, abgesehen von manchmal vormittags einer Sportlehrerin mit strammen Waden samt ihrer rotbeinigen Schar. Hinter dem Schulgelände waren die Rückwände zweier Häuser zu sehen, deren ihm persönlich nicht bekannte Besitzer er im Geiste »das Männchen« und »das Monster« nannte (ein kleiner, sehniger Mann mit großer Familie und eine unglaublich fette Frau, die im Winter das Haus nicht verließ und im Frühjahr in einer Art Schürzenkleid mit zierlichen Schritten zwischen ihren Blumen herumtrippelte und eine Gießkanne schwenkte, als folge sie einer Choreographie). Das Männchen hing ständig aus irgendeinem Fenster heraus, strich, sägte, hämmerte und stieg auf hohe Leitern, um sein Heim zu verschönern. Mr. Stone schaute ihm zu, wann immer möglich, denn er hoffte, ihn eines Tages stürzen zu sehen. Derart fanatischer Nestbau war ihm fast ebenso zuwider wie der Anblick der Männer in seiner Straße, die sonntagmorgens ihr Auto wuschen. Er für sein Teil erfreute sich am langsamen Verfall seines Hauses, an der dem Lauf der Zeit geschuldeten Schäbigkeit der Innenräume, der harten glänzenden Schicht alten Schmutzes im unteren Bereich der Flurtapete, denn er fand es richtig, dass ein Haus mit seinem Besitzer alterte, dass es Spuren seiner Bewohnung trug.

An diesem Morgen jedoch beruhigte ihn der vertraute Anblick nicht. Er spürte vielmehr ein schwaches Unbehagen, das er an nichts richtig festmachen konnte und das ihn, als es nicht nachließ, alarmierte, denn die ganze geordnete Welt schien bedroht.

Miss Millington war unten, schwergewichtig, langsam, zu alt zum Arbeiten, zu hilflos, um in Rente zu gehen, das Gesicht ungesund aufgedunsen und blass, die kleinen Augen schläfrig und tränend. Ihre lange weiße Schürze hing über dem schimmernden schwarzen Rock, der ihr bis zu den geschwollenen Knöcheln reichte.

»Welchen Film haben Sie gestern gesehen, Miss Millington?«

»*Die letzte Nacht der Titanic*, Sir. Ein sehr guter Film.« Einer der seltenen Kommentare zu einem nicht verschlafenen Film, stellte doch die Tragödie der *Titanic* für sie die tragischen Ereignisse zweier Weltkriege nach wie vor in den Schatten.

In den ordentlichen tabellarischen Darstellungen seines Lebens hatte auch Miss Millington ihren Platz: Sie war seit achtundzwanzig Jahren bei ihm. Es war ihm durchaus schon in den Sinn gekommen, dass sie eines Tages sterben würde, doch der Gedanke war schnell wieder verflogen. An diesem Morgen nun wollte er seinem Unbehagen auf den Grund gehen und redete sich ein – was er nie zuvor getan hatte –, dass die Frau dort vor ihm, verlangsamt durch ihr Alter und ihren massigen, aber nicht robusten Körper, sehr bald sterben würde. Und mit einem Mal schien sein ganzes Morgenritual, noch während er es vollzog, der Vergangenheit anzugehören.

Es war kein Geschehen, das in seinen Erfahrungsschatz einging, sondern etwas, wovon er sich verabschiedete.

Das Ganze war nur eine Fantasie, und töricht wie fast alle seine Fantasien.

Doch sie ließ sich nicht vertreiben.

Er faltete den *Telegraph* zusammen, fuhr mit dem Daumennagel über den Falz und steckte die Zeitung in seine lederne Aktentasche, die an manchen Stellen dunkel, an anderen speckig war und in Würde alterte, genau wie ihr Besitzer. (Er hatte sie seit zweiundzwanzig Jahren und empfand die Reklame in der U-Bahn, derzufolge Männer »wie Sie« eine neue lederne Aktentasche brauchten, als Affront und Manipulation.) Dann zog er den schweren Mantel von Simpson's an, setzte seine Melone auf und war bereit.

Zu dieser Zeit im Jahr ging fast nichts seinen gewohnten Gang, war die Stadt unerträglich, für eine ganze Woche geriet das Leben aus dem Gleis, es war die Weihnachtswoche, in der kaum gearbeitet wurde, für die Einsamen und Unglücklichen eine langwierige Zeit, die durchgestanden werden wollte, bis die Feiertage vorbei waren und die Routine wieder einsetzte. Miss Menzies trug ein Kostüm, das er wiedererkannte; sie war genauso gepudert und parfümiert, so drall ins Korsett geschnürt, so stöckelschuhbewehrt und energisch, so »geschäfts«-mäßig wie immer; selbst an diesem Morgen gelang es ihr, beschäftigt zu wirken, obwohl es kaum etwas zu tun gab. Sie musste sich um einen von Sir Harry, dem Chef von Excal, an die *Times* gerichteten Leserbrief kümmern. Der Brief war in Sir Harrys subtilstem ironischem Ton verfasst; er kritisierte darin die Nachlässigkeit der Läden, die derzeit keine Osterware führten, und beklagte sich, wie schwierig es angesichts der Massen von Weihnachtsgeschenk-Suchenden sei, seine Ostereinkäufe zu tätigen. Der Brief war ein Nachtrag zu einem Briefwechsel, den er Ende September unter der Überschrift »Das antipodische Vorrücken des Weihnachtsfestes« initiiert hatte.

Eine Anfrage eines der »Autoren« der Abteilung förderte

wieder einmal einen jener Ordner zu Tage, die Miss Menzies' kurz nach Kriegsende eingestellter Vorgänger mit wahrhaft grandiosem Unvermögen angelegt hatte. Der Mann war halber Analphabet; seine Vorstellung vom Archivieren eines Zeitschriftenartikels hatte darin bestanden, die Seiten herauszureißen und oben zusammenzuheften, so dass man den Artikel nur mit größter Mühe und ebenso großem Ärger am Stück lesen konnte. (In einem ungewöhnlichen Anfall von Wut und Energie hatte Mr. Stone dafür gesorgt, dass der Mann degradiert und in die Materialstelle im Keller versetzt wurde, und sowohl von dort aus dem Keller wie auch aus dem schäbigen Restaurant der nahe gelegenen Kochschule des London County Council, wo einige der Firmenangestellten für ein paar schlecht angelegte Pence zu Mittag aßen, hatte der Mann noch jahrelang die Warnung ausgegeben, dass das abteilungsinterne Ablagesystem unmittelbar vor dem Zusammenbruch stehe.) Nachdem man sich des Ordners angenommen hatte, gab es nichts mehr zu tun. In dem Pub, in den Mr. Stone auf sein mittägliches Glas Guinness ging, war es unerträglich heiß und voll. Die nur hastig ins Wasser getauchten Gläser waren nicht sauber. Er stand in der offenen Tür, trank sein Bier, ohne es genießen zu können, und kämpfte gegen dieses neue Gefühl der Bedrohung an, das einfach nicht verschwinden wollte und ihn quälte, bis ihm schließlich bewusst wurde, wie außerordentlich unwohl er sich dort am Rand der lärmenden, bierseligen Menge fühlte.

Als er sich am selben Abend mit der feuchten, dampfenden Menschenschlange in die U-Bahn-Station schob, um zur Victoria Station zu fahren, erregte ein Plakat der Londoner Verkehrsbetriebe seine Aufmerksamkeit. Es war ein neues, möglicherweise gezielt zum Mittwintertag veröffentlicht.

In diesen finsteren, feuchten Tagen können wir, die wir täglich durch die Straßen der Großstadt gehen, nur schwer glauben, dass der Winter sich dem Ende zuneigt und die Tage stetig länger werden. Doch unter der gefrorenen Erde und in den blattlosen schwarzen Bäumen geht das Leben weiter. Eine Fahrt ins Londoner Umland, wo unter der wintergrauen Hülle der Knospen schon verhalten der Lenz sich rührt, wird jene ermutigen, die am Kommen des Frühlings zweifeln.

Jene, die am Kommen des Frühlings zweifeln: Die Worte steigerten sein Unbehagen und verliehen ihm Kontur. Sie erinnerten ihn an einen Moment – ja, als seine Erinnerung und seine Angst intensiver wurden, merkte er, dass es mehrere Momente waren, sie hatten im Laufe des letzten Jahres zugenommen –, an Momente also des Unbehagens, der Irritation: eine flüchtige Filmszene, eine Bemerkung im Büro, eine Zeitungsmeldung, ein abschweifender Gedanke: Momente, die er für abgetan gehalten hatte, da sie nicht in das Grundmuster seines Lebens eingegangen waren, die nun jedoch, durch all die mechanischen Handlungen und nicht wahrgenommenen Anblicke der vertrauten Heimfahrt hindurch, einer nach dem anderen wiedererweckt in ihm aufstiegen und von ihm geprüft, verworfen, erneut aufgegriffen wurden.

Und noch etwas geschah an diesem Tag der Verstörung und Disharmonie, das ihn nahezu in Angst zu Miss Millington nach Hause hasten ließ.

Er ging die Hauptstaße entlang. Es war dunkel, die Bürgersteige matschig, wie in kalten Schweiß gebadet. Als er den trübe beleuchteten Eingang der Bücherei passierte, sah er, nur einen Moment lang, eine Frau, die mit einem Jungen auf der Treppe stand. Nur einen Moment lang sah er es, und schaute entsetzt weg. Der Junge hatte Fangzähne. Und in der Haltung der Frau lag die ganze einsame Sorge einer Mutter für ihr missgestaltetes Kind. Ein Junge mit Gliedmaßen wie jeder andere Junge! Ihm fiel ein, dass Ratten immer an irgendetwas herumnagen mussten, damit ihre Zähne nicht ihr Gehirn durchbohrten. Er wollte nicht glauben, was er gerade gesehen hatte. Er wagte nicht, noch einmal hinzuschauen. Er trug das Bild mit sich davon: das dümmliche Gesicht, die gelben Fangzähne – der Wachstumsimpuls, ins Bittere und Bösartige verkehrt.

Nur einen Augenblick später erreichte er den wohl bekannten Laden, dessen Schaufenster strahlend hell erleuchtet waren. Er blieb stehen, holte tief Luft, eine theatralische Geste, und schloss die Augen.

Ein properer alter Mann mit Mantel, Hut und Aktentasche, der vor dem Schaufenster des Scherzartikelladens stand und lächelte, scheinbar angesichts der Guinnessglas-Attrappen, der Plastikfäkalien, der Masken, Gummispinnen und Gebisse.

Den Garten der Katze und Miss Millington ihrer Verwandtschaft überlassend (sie hatte, so glaubte er, einige Großnichten, für die sie bei ihrem Einkauf donnerstagvormittags hin und wieder ein paar Schleckereien besorgte), kehrte Mr. Stone dem spärlichen, abgenutzten Weihnachtsschmuck den Rücken, den Miss Millington jedes Jahr in Flur, Esszimmer und im unteren Treppenbereich anbrachte, Weihnachtsschmuck, der eher an das Ende als den Anfang einer Feiertagsperiode denken ließ und an dem sie sich beide am entsprechenden Tag aufgrund ihrer Abwesenheit nicht erfreuen konnten, und fuhr nach Banstead zu seiner verwitweten Schwester, einer ehemaligen Lehrerin, bei der er immer die Weihnachtstage verbrachte.

Er glaubte, dass seine Abwesenheit über die Feiertage ein Geheimnis war, und tat sein Bestes, damit es so blieb. Trotz der entsprechenden Hinweise an dem Anschlagbrett vor der Polizeiwache, trotz der Broschüren und Annoncen unterrichtete er die Polizei nie, denn er war davon überzeugt, dass sie mit den Dieben des Stadtviertels unter einer Decke steckte. Wenn er seine Schwester besuchen fuhr, musste er immer an Einbrecher denken. Sie fühlte sich regelrecht von ihnen verfolgt, und Einbrüche, fehlgeschlagene wie gelungene, sowie Maßnahmen gegen Einbrüche gehörten zu ihren bevorzugten Gesprächsthemen. Ihre Angst vor Einbrechern war angeblich einer der Gründe für ihre häufigen Umzüge. Innerhalb von zwölf Jahren war sie von Balham nach Brixton nach Croydon nach Sutton nach Banstead gezogen, hatte sich mit jedem Umzug weiter von der Innenstadt entfernt, und obwohl sie immer bis zum letzten Moment voller Pläne für ihr jeweiliges Heim steckte, hatten ihre Häuser stets etwas Unfertiges, das Mr. Stone unwillkürlich an sein eigenes, so ganz anderes Haus denken ließ.

Aber es war immer schön, Olive zu besuchen. Die Beziehung zwischen Mr. Stone und seiner Schwester hatte sich seit ihrer Kindheit kaum verändert. Das Quantum an weiblicher Zuwendung, dessen er über die von Miss Millington hinaus empfangene gelegentlich bedurfte, wurde ihm während ihrer kurzen gegenseitigen Besuche von Olive zuteil. Er wiederum war der Mann, dessen Meinungen sie anführte, dessen Gewohnheiten sie studierte, berücksichtigte und zum Thema kleiner Anekdoten machte, dessen gelegentliche Witze sie als ihre eigenen ausgab. Die Beziehung hatte gelitten, als Olive während des Krieges im Alter von siebenunddreißig Jahren plötzlich geheiratet hatte. Weniger als ein Jahr später war ihr Mann gestorben, und kurz darauf wurde Gwen geboren. Die Beziehung überlebte, allerdings brachte Gwens Geburt ein Moment der Falschheit hinein, denn Mr. Stone mochte Kinder nicht besonders, und Gwen mochte er überhaupt nicht. An Olive hingegen lag ihm zusehends mehr. Die Ereignisse jenes Jahres hatten sie gezeichnet. Sie war ergraut. Ihre schönen Zähne waren ruiniert; ihre Lippen, die sich ihrer schützenden Funktion angepasst und die Form verloren hatten, deuteten auch nach all den Jahren noch auf empfindliches Zahnfleisch und freiliegende Nerven hin. Wenn sie redete, sammelte sich Speichel in ihren Mundwinkeln; sie sprach langsamer als früher und manchmal unartikuliert.

Mr. Stone hatte es durchaus mit Gwen versucht. Ihm war bekannt, er hatte es oft genug gehört und gelesen, dass Kinder wie Hunde waren: Sie »wussten« es, wenn Erwachsene oder »die Großen«, ein Ausdruck, den er in seinen Wortschatz hatte aufnehmen müssen, sie nicht mochten. Er wusste, dass der Umgang mit Kindern ein seltenes Geschick erforderte, in dem sich Schlichtheit und absolute Ehrlichkeit vereinten. Und er wusste, dass das ganze mühselige Geschäft eine Charakterprüfung für die Großen war. Er hatte es versucht. Er hatte ernsthaft mit ihr geredet und ernsthaft mit ihr gespielt. Aber er konnte nicht immer richtig einschätzen, in welcher Entwicklungsphase sie sich gerade befand, und nicht selten forderte sie ihn auf, doch mit seinem albernen Getue aufzuhören. Nach diesen »Kindernachmittagen«, von deren entspannendem Zauber er so viel gehört hatte, war er jedes Mal vollkommen ausgelaugt und gelegentlich von Mordgelüsten erfüllt. Zementiert wurde seine Abneigung gegen das Kind allerdings bei einem ganze drei Jahre zurückliegenden Jahrmarktsbesuch, als sie sein Angebot ausgeschlagen hatte, mit ihr Achterbahn zu fahren, denn, so erklärte sie: »Ich gedenke nicht, hier herumzukreischen wie eine Verkäuferin im Urlaub.« Der Satz kam wie aus der Pistole geschossen, genau in diesem Wortlaut; er stammte eindeutig nicht von ihr. Sie war damals dreizehn, und er hatte mit Genugtuung festgestellt, dass sie fett und ungelenk wurde, mit diesen feisten Unterarmen und dämlichen Stummelfingern, die ihn an Frauen so irritierten. Babyspeck, meinte Olive, doch machte dieser keine Anstalten zu verschwinden, und Mr. Stone leistete ihm Vorschub, wo es nur ging. Schokolade zum Beispiel, die Olive verboten hatte, war sehr effektiv. Gwen liebte sie über alles, und er steckte ihr bei jeder sich bietenden Gelegenheit eine extragroße Tafel zu. Doch nicht einmal das verbesserte ihre Beziehung, denn Gwen gab ihm deutlich zu verstehen, dass sie diese Geschenke als Bestechung betrachtete und ihre Zuneigung etwas zu Bedeutendes war, als dass man sie im Tauschgeschäft erwerben könnte.

Überhaupt waren angemessene Geschenke so ein Problem bei diesem Geschöpf. Die Enid-Blyton-Phase schien verlässlich bis in alle Ewigkeit zu währen, doch dann hatten sich ohne Vorwarnung die Vorlieben des Geschöpfs verändert, so dass das »Fünf Freunde«-Buch, das er nach langem Schlangestehen bei Selfridge's von der Autorin hatte signieren und mit einer persönlichen Widmung für Gwen versehen lassen, plötzlich überflüssig und lächerlich geworden war. Einmal hatte er sich zum Narren gemacht, indem er ihr eine Kinderhandtasche geschenkt hatte, die für eine Achtjährige angemessen gewesen wäre, nicht aber für eine Fünfzehnjährige. Letztes Jahr hatte er das Problem gelöst, indem er ihr einen Scheck über zwei Pfund geschenkt hatte, die pure Geldverschwendung; dieses Jahr würde er es genauso halten.

So hatte er sie zwar nie als zu Olive gehörig akzeptieren gelernt, doch er akzeptierte sie als einen Teil von Olives Zuhause. Als Gwen älter wurde, schien Olive sich wieder stärker auf ihre eigene Person zu besinnen, und er fand, dass jenes Moment der Falschheit in der Beziehung zu seiner Schwester schwächer geworden war. Olive konnte ihm noch immer Trost spenden; sie konnte noch immer seinen Beschützerinstinkt wecken. Zu ihr zu fahren war wie heimzufahren; sie wieder verlassen zu können war jedes Mal befreiend.

Doch selbst Olive konnte das Unbehagen nicht vertreiben, mit dem er dieses Jahr zu ihr gekommen war. Sie war mütterlich-liebevoll, ruhig und langsam wie immer. Sie trug die braunen Slacks, die er mit ihr verband; eine Kleidungsgewohnheit, die auf die Kriegsjahre zurückging und ihn stets mit zärtlichen Gefühlen für sie erfüllte. Sie hatte die Körpergröße und schmalen Hüften, die man für diese Sorte Hosen brauchte, trug sie aber mit solch offensichtlicher Gleichgültigkeit, dass Mr. Stone sie an ihr fast ein wenig komisch gefunden hätte, wenn sie nicht Olives in der Taille steifen Gang betont hätten, den immer leicht vorgebeugten Oberkörper, der ihr etwas Zielstrebiges gab, so als sei sie im Begriff, endlich Ordnung zu schaffen.

Die Tage verliefen wie gewohnt. An Heiligabend half er beim Dekorieren und ließ dabei Gwens schnippische Bemerkungen über sich ergehen. (Wer war bloß mit so einem Geschöpf befreundet? Er sah sie vor sich, wie sie, die Augenbrauen zusammengezogen, bis sie fast schielte, die Schultasche an den Bauch gedrückt, in ihrer Schuluniform die Straße entlangging und, gelegentlich an einem Lutscher saugend, einer kleineren, stummen Gefährtin lang und breit von einer »Feindin« erzählte, als die sie ihre Gefährtin bald auch betrachten würde.) Danach trank er Guinness und sah fern, während Olive in der Küche hantierte. Bei einer Mahlzeit nach der anderen schaute er zu, wie sich Gwen, fett und kränklich von unbefriedigten Gelüsten, genüsslich mit Dessert und Kartoffeln voll stopfte. Olive missbilligte das. Aber: »Es ist schließlich Weihnachten«, sagte Mr. Stone.

Doch er empfand sich nicht mehr als Teil dieser vertrauten Situationen. Sie besaßen jene gesteigerte Realität, der Irrealität gleich, die Alltagsgeschehnisse bei Fieber annehmen. Und schließlich war es Zeit für die Abreise. Er bekam einen von Olives Puddings mit, so wie jedes Jahr. Die Schüsseln gab er nie zurück. Sie standen, weiß und gewienert, in einem von Miss Millingtons Küchenschränken, und die Schüssel von diesem Jahr passte exakt auf den Stapel aus all den vorangegangenen Jahren, so ordentlich verstaut wie seine Erfahrungen, seine Vergangenheit.

Bei seiner Rückkehr war der Garten frisch mit Pfeffer bestäubt: Miss Millington hatte wieder das Regiment übernommen, die Katze war wieder am Werk. Doch was ihn noch wenige Tage zuvor in wohltuende Wut versetzt hätte, ließ ihn jetzt kalt. Der kahle Baum gewährte freien Blick auf das Haus des Männchens, auf das mit Vorhängen verhängte, erleuchtete Fenster mit seinem fahlgrünen Rahmen (die Farbe hatte das Männchen letzten Frühling ausgewählt und mit liebevoller Sorgfalt auf sämtliche hölzernen Außenteile seiner Wohnstatt aufgetragen). Das Haus des Monsters war nicht erleuchtet. An diesem Abend, da über dem stillen Schulgelände Nebelschwaden aufzogen und mit dem verlöschenden Tag fühlbar auch die Festzeit verlosch, schien ihm die Welt in der Schwebe.

Am nächsten Morgen kam ein Brief für ihn. Er war von

Mrs. Springer. Sie habe sich gefreut, seine Bekanntschaft zu machen, und wolle ihn gern zu einer kleinen Sylvesterfeier einladen. Es werde Kräcker und Käse geben; hinter letzterem Wort in Klammern ein Ausrufungszeichen. Der Brief endete mit dem Satz: »Wie Sie sich denken können, versuche ich mich ein wenig aufzuheitern, ich hoffe, Sie können kommen.«

Mehrere Dinge an dem Brief irritierten ihn. Er war ein Purist, was die Interpunktion betraf, und Mrs. Springer hatte ein Komma verwendet, wo ein Punkt angebracht gewesen wäre. Im Gewand ihrer geneigten, altmodischen Handschrift, die steif und unpersönlich wirkte, gingen ihre Versuche, witzig zu sein, ins Leere. Er fand die Anspielung auf den Käse und das Ausrufungszeichen dahinter albern und die Anspielung auf ihre Trauer plump und unaufrichtig. Doch es schmeichelte ihm, dass sie geschrieben hatte. Und zu seiner Überraschung stellte er fest, dass er sich auf das Neue, die Unterbrechung seiner Routine freute. So wurde die Einladung, die vielleicht keine derartige Reaktion hervorgerufen hätte, wäre sie von jemand Vertrauterem gekommen, zu einem wichtigen Ereignis. Sie war ein Fixpunkt, an dem er sich während der noch zu überbrückenden Tage orientieren konnte. Ein neuer Mensch, eine neue Beziehung: Wer wusste schon, was daraus werden konnte?

Mrs. Springer wohnte in Earl's Court. Eine zwielichtige Gegend mit zu vielen Menschen, hatte Mr. Stone immer gefunden, und er fand es auch jetzt. Der Eingang der U-Bahn-Station war schmutzig; in einer der gegenüberliegenden Straßen hatten sich Anhänger der British National Party versammelt, und von der Ladefläche eines Lieferwagens herunter schrie sich ein Mann die Kehle heiser. Die modischen Cafés mit ihren Neonlichtern und hell erleuchteten Fensterfronten waren brechend voll, und in den Straßen drängten sich wie Kunststudenten gekleidete junge Menschen und Ausländer jeglicher Couleur.

Die Adresse, die Mrs. Springer angegeben hatte, entpuppte sich als die einer Privatpension in einer Seitenstraße der Earl's Court Road. Ein unter der Glocke liegendes Kärtchen mit dem maschinengeschriebenen Hinweis »Nur Europäer« wies das Haus als Refugium von Achtbarkeit und Ruhe aus. Wie sich zeigte, war es auch ein Refugium des Alters. Ein Lift, der so alt und zittrig war wie die meisten der Leute, die Mr. Stone im Foyer gesehen hatte, brachte ihn hinauf zu Mrs. Springers Zimmer, in dem ein Bett nur unzulänglich als Sofa getarnt war und das wegen des Miefs geöffnete Fenster den Blick auf Dächer und Kamine vor dem dunstig-leuchtenden Abendhimmel freigab. Er hatte etwas anderes erwartet, und die Schäbigkeit des Zimmers wurde durch die Anwesenheit eines ältlichen Hoteldieners in weißer Livree, den Mrs. Springer Michael nannte, nur bedingt wettgemacht. Trotzdem verlebte er einen annehmbaren Abend, an dem ihn Mrs. Springers geistige Brillanz und ihr zweimaliges Erzählen der Geschichte von der Katze und dem Käse abermals zu ein paar eigenen Witzeleien ermunterten; allerdings folgte auf die Brillanz, wie neuerdings immer, Düsterkeit.

Er lud Mrs. Springer für den übernächsten Sonntag zum Tee ein und traf sorgfältige Vorbereitungen für den Besuch. Miss Millington legte bei diesen Vorbereitungen ungewohnten Eifer an den Tag, arbeitete mit seltenem Elan. Sie säuberte den offenen Kamin, polierte die gesprungenen, ungleichmäßigen Kacheln, so dass deren Verfärbung erst richtig zum Vorschein kam, und brachte ein ordentliches Feuer in Gang. Kuchen und Scones wurden bereitgestellt, der Tisch wurde gedeckt. Dann warteten sie, während es draußen langsam dunkelte.

Als es läutete, gingen sie beide hinaus in den zugigen Flur. Die Tür wurde geöffnet, Mrs. Springer stand mit schiefem Lächeln da, und Mr. Stone stellte ihr, leicht verwirrt, Miss Millington vor.

»Das ist also der Garten!«, sagte Mrs. Springer und verweilte noch ein wenig draußen. Mit dem Schuh tippte sie an ein bodennahes Blatt, das von einer Pfefferschicht überzogen war. Durch die Berührung löste sich der Pfeffer in großen Flocken, und das Blatt, ein wenig fahl, machte zaghaft seine Elastizität wieder geltend.

»Und das hier bezeichnet man wohl gemeinhin als Strauch«, sagte sie in ihrem Partyton. »Was für einer ist es denn?«

»Das weiß ich gar nicht«, sagte Mr. Stone. »Er steht schon seit ein paar Jahren da. Eine Art Immergrün, nehme ich an.«

»Miss Millington, wie nennen die einfachen Leute diesen Strauch?«

In diesem Augenblick verlor Mr. Stone Miss Millington.

»Ich weiß nicht, Mum«, sagte Miss Millington, »wie er wirklich heißt. Aber die einfachen Leute –«

Doch Mrs. Springer war schon weitergegangen, hatte sich, noch ehe sie das Haus auch nur betrat, bereits zu seiner Herrin gemacht, und ebenso zur Herrin der beiden Menschen darin.

In der zweiten Märzwoche heirateten Mr. Stone und Mrs. Springer, als an dem Baum auf dem Schulgelände die Knospen schwollen und in der Sonne aussahen wie kleine weiße Spitzen.

2

Das eifrige Bemühen wurde von Gedämpftheit, einer gewissen Angst und einer außerordentlichen Scheu abgelöst, die sich noch steigerte, als an ihrem ersten Abend als Mann und Frau – die Worte waren ihm nach wie vor peinlich – die Zeit des Badezimmerrituals nahte. Er wartete ab, wollte das Thema weder ansprechen noch den ersten Schritt tun, und schließlich ging sie als Erste. Sie brauchte lange, und er saugte derweil an seiner erloschenen Pfeife und kostete diese Minuten des Für-sich-Seins als etwas aus, das ihm ab jetzt für immer versagt bleiben würde.

»Jetzt kannst du, Richard.«

Ihre Stimme war nicht mehr tief und theatralisch. Sie sollte perlend klingen, doch was herauskam, war eine Mischung aus Gurren und Rufen.

Im Bad, das früher von seinem eigenen Geruch erfüllt gewesen war, was ihn stets mit Befriedigung erfüllt hatte, hing jetzt eine warme, duftende Feuchte. Dann sah er ihr Gebiss. Ihm war nie in den Sinn gekommen, dass ihre Zähne nicht echt sein könnten. Er fühlte sich betrogen und war verstimmt. Reue überkam ihn, und einen Moment lang durchzuckte ihn panische Angst. Dann nahm er sein eigenes Gebiss heraus und ging traurig die Treppe hinauf ins Schlafzimmer.

Er hatte sich nie darum geschert, was die Leute in seiner Straße dachten, und sich stets geweigert, jemanden zu grüßen, da er befürchtete, dieses Grüßen könnte ihm dann für alle Zeiten abverlangt werden und zu weiß Gott welchen Vertraulichkeiten führen. Trotzdem wollte er nicht, dass die Leute auf die Idee kamen, in seinem Haushalt hätte sich etwas verändert, und deshalb hatte er vorgesehen, Margaret in mehreren Etappen bei sich einziehen zu lassen. Bisher, so fand er, war sein Plan aufgegangen. Zwei Koffer hatten beinahe ausgereicht für Margarets Sachen aus der Pension in Earl's Court, wo ihrer beider Prozession durch das kleine dunkle Foyer mit diskretem Gaffen der Alten und unverhohlenem, verständnislosem Gaffen der ganz Alten bedacht wurde, so dass sich Mr. Stone wie ein Entführer vorkam, auch wenn Margarets triumphale Feierlichkeit eher nahe legte, dass es sich hier um eine Rettungsaktion handelte. Sie waren am frühen Abend zu Hause eingetroffen, wie zum gemeinsamen Abendessen, und Mr. Stone hatte die Koffer mit einer Art beiläufiger Autorität hineingetragen, um etwaigen Zuschauern den Eindruck zu vermitteln, es handele sich um seine eigenen.

Sie hatten sich gerade erst zur Ruhe begeben, lagen schweigend in ihren schmalen Betten (Margaret in dem Bett aus dem Zimmer, wo Olive gelegentlich übernachtete), da setzte sie sich plötzlich wieder auf, fast mit ihrer Partymunterkeit, und sagte: »Richard, hörst du etwas?«

Er hatte etwas gehört. Aber jetzt war es vollkommen still. Er legte sich wieder hin, fürchtete weitere Äußerungen von ihr.

Tapp.

Es war nicht zu überhören.

Wump. Quietsch. Gleichmäßige Geräusche, wie von jemandem, der mit festem, aber vorsichtigem Schritt die mit einem dünnen Läufer ausgelegte Treppe hinaufkam.

»Richard, da ist jemand im Haus!«

Bei ihren Worten hörten die Schritte auf.

»Sieh doch mal nach, Richard.«

Ihm missfiel die Wiederholung seines Namens. Doch er raffte sich in eine sitzende Stellung hoch. Ihm schien, dass sie die Rolle der ängstlichen Frau mit Hingabe spielte, und er bemerkte angewidert, dass sie sich die Decke bis zum Hals hochgezogen hatte.

Diese Verantwortung war neu. Sie ermüdete ihn, irritierte ihn. Und obwohl er selbst beunruhigt war, hoffte er in diesem Moment, dass sich tatsächlich jemand im Haus befand, direkt hinter der Tür, dass er hereinkommen und sie beide totprügeln, sie erlösen würde.

Tapp, wump, tapp.

Er warf die Bettdecke ab, rannte hinaus auf den Treppenabsatz und schaltete das Licht an, in der Hoffnung, seine Geschwindigkeit und Vehemenz würden das Geräusch zum Verstummen bringen, es vertreiben.

»Hallo!«, rief er. »Wer ist da? Ist da jemand?«

Keine Antwort.

Er näherte sich vorsichtig dem Treppengeländer und schaute hinunter, in ein Halbdunkel, das durch die schrägen, länglichen Schatten der Geländerstäbe etwas Sinistres bekam. Tief unter sich sah er das Telefon, dessen Wählscheibe matt glänzte.

Er eilte zurück ins Zimmer. Er schloss die Tür, machte das Licht an. Sie stand in ihrem Rüschennachthemd direkt unter dem Lampenschirm, ihre Mundpartie schlaff, das Bett zerwühlt, das ungeeignete Laken bereits halb von den drei großen Polstern gerutscht (rot, weiß, blau, und von Miss Millington in genau dieser Reihenfolge angeordnet), die ihr als Matratze dienten.

»Ich habe niemanden gesehen«, sagte er etwas verärgert und setzte sich aufs Bett.

Eine Weile lang verharrten sie so, sprachen nicht. Er schaute sich im Zimmer um, mied ihren Blick. Er hatte sein Schlafzimmer immer für behaglich gehalten. Nun, da sich eine zweite Person darin befand, nahm er es in allen Einzelheiten wahr, und sein Unmut wuchs. Den Lampenschirm mit den Troddeln hatte Miss Millington auf seine Anweisung hin grün angestrichen, nicht um die Verschmutzung zu überdecken, sondern einfach wegen des Grüntons; jetzt ließ die leuchtende Glühbirne die willkürliche Verteilung ihrer mühevollen, überbezahlten Pinselstriche zutage treten. Die Vorhänge bestanden aus drei nicht recht zusammenpassenden Stücken braunen Samts, den Miss Millington ausgewählt hatte, damit man den Schmutz nicht so sah. Der Teppich war zerschlissen, Muster und Farben waren bedeutungslos geworden; die rissige, schlecht eingepasste Linoleumumrandung (hart wie Eisen) hatte ihr Muster ganz verloren und war von einem dunklen Matschbraun. Die Tapete war schmuddelig, die Zimmerdecke hatte Risse. Neben dem dunklen, fast schwarzen Kleiderschrank stand ein völlig ramponierter Sessel, auf dem schon seit Jahren niemand mehr gesessen hatte und der nun als Sammelplatz für dies und das diente.

Tapp! Quietsch! Wump!

»Richard! Ruf die Polizei!«

Er erkannte die Notwendigkeit, doch er hatte große Angst.

»Komm mit runter zum Telefon«, sagte er.

Nur zu gern hätte er sie auf der Treppe vor sich hergehen lassen, doch seine neue Verantwortung ließ das nicht zu.

Nachdem er sich mit einem verbogenen, staubigen Schürhaken bewaffnet hatte, schlich er auf Zehenspitzen vor ihr die Treppe hinunter, jederzeit mit einem Hieb aus einem der dunklen Winkel seines ihm einst so vertrauten Hauses rechnend. Im Flur angekommen, wählte er mit dem Schürhaken in der Hand den Notruf und bereute es sofort, als er die gelassenen, bedächtigen Fragen hörte.

Sie gingen zum Warten nach oben, schalteten auf dem Weg sämtliche Lichter an und holten ihre Gebisse aus dem Bad. Von ihren eigenen Bewegungen abgesehen, war jetzt nichts mehr zu hören.

Als es klingelte, ging Mr. Stone mit dem Schürhaken in der Hand an die Tür. Der Polizeibeamte, der nur mit einer Taschenlampe bewaffnet war, warf einen amüsierten Blick auf den Haken, und Mr. Stone begann sich dafür zu entschuldigen.

Der Beamte fiel ihm ins Wort. »Ich habe einen Mann hinters Haus geschickt«, sagte er und untersuchte dann mit beruhigender Souveränität all die Winkel, von denen eine solche Bedrohung ausgegangen war.

Sie fanden niemanden.

Der Polizist, der nach hinten geschickt worden war, kam durch die Haustür herein, und sie setzten sich alle in das noch warme Wohnzimmer.

»In diesen Reihenhäusern scheint es einem manchmal so, als kämen die Geräusche von nebenan aus dem eigenen Haus«, sagte der erste Beamte.

Der zweite Beamte lächelte und spielte mit seiner Taschenlampe.

»Es war jemand im Haus«, sagte Margaret streitlustig.

»Gibt es hier eine Hintertür oder noch einen anderen Eingang, durch den jemand hätte hereinkommen können?«, fragte der erste Beamte.

»Ich weiß nicht«, sagte sie. »Das ist meine erste Nacht hier.«

Alle schwiegen. Mr. Stone schaute zur Seite.

»Möchten Sie eine Tasse Tee?«, fragte er dann. Aufgrund der Filme, die er gesehen hatte, glaubte er, dass Polizisten in solchen Situationen immer Tee tranken.

»Ja«, sagte Margaret. »Trinken Sie doch einen Tee mit uns.«

Der Tee wurde dankend abgelehnt, ihre mehrfache Entschuldigung höflich weggewischt.

Doch das hell erleuchtete Haus und der Polizeiwagen vor der Tür erregten Aufmerksamkeit. Und so musste Mr. Stone am nächsten Morgen, von jedem Versuch, seine Eheschließung zu verbergen, nun weit entfernt, diese vielmehr bekannt geben und die flüchtigen Blicke, die gelüpften Vorhänge in seiner Straße ertragen.

Selbst Miss Millington, die an eigenartige Vorgänge im Haus während ihrer Abwesenheit gewöhnt war, konnte ihre freudige Aufregung über den Besuch der Polizei nicht verhehlen.

Eines erleichterte ihn. Sie hatten einander als Menschen von Esprit gefunden. Und als seine Bemühungen gegen Ende ihrer vorehelichen Bekanntschaft (das Wort »Liebeswerben« behagte ihm nicht) etwas Fieberhaftes bekamen, versuchte er sich als Mann mit ausgeprägtem Sinn für Humor, mit einem Auge für das Absurde im »Leben« darzustellen. Jetzt befürchtete er, dass die Ehe eine lebenslange und kraftraubende Vergewaltigung seiner Persönlichkeit bedeuten könnte. Zu seiner Überraschung stellte er jedoch fest, dass Margaret keine gute Laune von ihm erwartete, keine Lustigkeit, keinen Witz; ebenso entdeckte er, wiederum zu seiner Überraschung, dass sie ihr Partygebaren, das er für einen Teil ihrer Persönlichkeit gehalten hatte, fast umgehend ablegte und für jene Freunde aufsparte, die ihren Ruf kannten. In der Stille nach dem Abendessen (wenn er Zeitung las und Margaret Briefe schrieb oder strickte, eine schmalrandige Brille auf der Nasenspitze, was sie deutlich älter aussehen ließ) dachte er oft mit einer Verlegenheit, die ihnen beiden galt, an ihren so sprühenden und glasklar artikulierten allerersten Satz (»Mögen Sie … Katzen?«) und an die erstaunliche Brillanz seines letzten Kommentars bei jener Begegnung (»Daher ja auch der Ausdruck ›Du dumme Nuss‹.«) Denn sie war nie wieder auf so beeindruckende Weise schroff, so offensiv und verletzlich zugleich (»raue Schale, weicher Kern« fiel ihm passenderweise dazu ein – wobei er erst durch die Bekanntschaft mit Margaret meinte, ermessen zu können, was diese Redewendung tatsächlich besagte), und er selbst war nie wieder so brillant.

Nach Margarets Vergangenheit fragte er nie, und sie erzählte kaum etwas. Manchmal kam ihm der Gedanke – den er allerdings unterdrückte, da Margaret ihm durch ihr Verhalten signalisiert hatte, dass alles, was sie während ihres »Liebeswerbens« gesagt hatten, unberücksichtigt bleiben sollte –, dass sie nicht so distinguiert war, wie sie es vorgegeben hatte. Das Gleiche galt für ihn, und das war schmerzlicher. Denn seine eigenen Geheimnisse, die bis zum Abend ihres Kennenlernens gar keine gewesen waren, mussten gelüftet werden. Die Position als Chefbibliothekar etwa, und das Jahreseinkommen von eintausend Pfund. Margaret stellte keine Fragen. Doch Geheimnisse waren eine Last, und er hatte weder die Geduld noch die Energie, etwas zu verbergen oder vorzutäuschen. Zwar waren seine Position und sein Einkommen keineswegs unbedeutend, doch er hatte das Gefühl, dass Margaret mehr erwartet hatte und sich insgeheim über ihn lustig machte, genau wie er sich insgeheim über sie lustig machte, wobei er das bei sich selbst als harmlos empfand.

Falls sie sich allerdings wirklich über ihn lustig machte, verriet sie es mit keinem Wort, keiner Miene. Und es war erstaunlich, in welchem Ausmaß er seinen früheren Tagesablauf beibehalten konnte. Er war wie zuvor den ganzen Tag im Büro, und Margaret war zu Hause als eine Art Erweiterung von Miss Millington, wenngleich präsenter als diese, die ihrerseits die neue Lage und ihre neue Herrin mit größerer

Gelassenheit akzeptiert hatte als ihr Herr. Gewisse Dinge gingen ihm verloren. Sein Alleinsein zum Beispiel; nie wieder würde er in ein leeres Haus zurückkommen. Dann die Beziehung zu Olive. Mochte sie auch besten Willens sein, mochte er auch versuchen, so zu tun, als hätte sich in ihrer Beziehung nichts verändert, er wusste, dass sich eine weitere Falschheit eingeschlichen hatte, eine schädlichere zudem als die durch Gwens Geburt entstandene. Und dann war da der Geruch, die Atmosphäre im Haus.

Die Muffigkeit, die ihm so behagt hatte, das Ergebnis von Miss Millingtons wenig effektivem Herumfuhrwerken mit Schrubber und Besen, wich nicht etwa dem Geruch nach Politur und Putzmittel, sondern einer neuen, fremden Muffigkeit. Das Wohnzimmer mochte er einige Wochen lang kaum mehr sein Eigen nennen, denn es wurde nun von einem Tigerfell dominiert, das in ausgezeichnetem Zustand aus der Lagerung gekommen war und zu dessen Erläuterung Margaret ihm ein gerahmtes sepiafarbenes Foto vorlegte; es zeigte einen toten Tiger, auf dessen Brust der auf Hochglanz polierte Stiefel eines schnurrbärtigen englischen Kavallerieoffiziers ruhte, der seinerseits kerzengerade und mit unterdrücktem Lächeln auf einem (weiß Gott woher stammenden) schweren hölzernen Sessel saß, eine Hand zärtlich auf eine quer über seinen Oberschenkeln liegende Flinte gelegt, während hinter ihm drei von gewaltigen Turbanen gekrönte kummervolle Inder standen, Treiber oder Träger oder was immer sie sein mochten. Zusammen mit dem Tigerfell kamen noch jede Menge kleinerer Möbelstücke. Verspielter Schnickschnack, wie er fand, der inmitten seines eigenen, aus den dreißiger Jahren stammenden klobigen Mobiliars völlig fehl am Platze wirkte. Doch Miss Millington stürzte sich auf diese Stücke, als hätte sie für immer verloren geglaubte Herrlichkeiten wiederentdeckt, deren Glanz sie nun regelmäßig und unermüdlich zu steigern suchte, und zwar mithilfe einer Flüssigpolitur, die in schlecht erreichbaren Haarrissen antrocknete und durchbrochene Muster in einem reinen, staubigen Weiß hinterließ. Damit die neuen Möbel untergebracht werden konnten, musste umgeräumt werden. Miss Millington und Margaret berieten sich und räumten um, wobei Miss Millington mit schmerzvollem Vergnügen, die Augen geschlossen, die Lippen zusammengepresst, einzelne Strähnen ihres feuchten grauen Haars schlüpften ihr aus dem Haarnetz, das Herumwuchten und Schieben der Möbel übernahm. Und so wurde Mr. Stone bei seiner Heimkehr jeden Nachmittag von einer weiteren irritierenden Überraschung und den erwartungsvollen Blicken der beiden seiner Zustimmung harrenden Frauen empfangen.

Vor seiner Hochzeit war er Miss Millingtons Arbeitgeber gewesen. Jetzt wurde er der Herr. Und für die beiden Frauen war er noch mehr. Er war ein »Mann«, ein Wesen mit ganz bestimmten Vorlieben und Neigungen, mit Autorität. Als Mann verließ er jeden Morgen das Haus – oder vielmehr, wurde er hinausgeschickt, sauber und adrett und in jeder Hinsicht korrekt, so als wäre die Welt da draußen jetzt sein Publikum –, und als Mann kehrte er zurück. Dieser Aspekt seiner neuen Verantwortung steigerte noch sein Gefühl persönlicher Unzulänglichkeit; ein wenig kam er sich sogar wie ein Betrüger vor. Insbesondere Miss Millington schien voller Zuversicht auf eine Veränderung in seinem Verhalten ihr gegenüber zu warten, und er hatte das Gefühl, sie permanent zu enttäuschen. In beschränktem Maße und immer nur für ein paar Tage am Stück war er schon bei seiner Schwester Olive »ein Mann« gewesen; er hatte das als einen gelegentlichen Trost begrüßt, war aber jedes Mal froh gewesen, diesem wieder zu entkommen. Doch diesmal gab es kein Entkommen.

Er hoffte, sich von seiner Rolle als ihr wackerer Kämpe, der sich Tag für Tag hinaus in »die Geschäftwelt« begab (Miss Menzies' Ausdruck, den Margaret ebenfalls verwendete), im Büro erholen zu können. Doch Erholung gab es nicht, denn zu seiner Beunruhigung spiegelte sich seine neue Rolle zunehmend in seinem ganzen Auftreten wider. War er vorher proper gewesen, so war er nun wie aus dem Ei gepellt. Und selbst wenn man die respektlosen Anspielungen der jüngeren Kollegen auf seinen Ehestand, die ihn am Anfang sehr geschmerzt hatten, beiseite ließ, veränderte sich das Verhalten seiner Bürokollegen merklich. Die jungen Mädchen hörten auf, ihn zu verhätscheln und mit ihm zu flirten, und er konnte sich nicht mehr vorstellen, so zu tun, als versohle er ihnen das Hinterteil mit seinem wuchtigen Lineal, das er bisher als Waffe gegen ihre spielerischen Annäherungen eingesetzt hatte. Und als er nach und nach die Ausstrahlung des freien Mannes verlor und aufzutreten begann wie ein Ehemann auf Freigang, akzeptierten ihn auch die jungen Männer nicht mehr, nicht einmal die verheirateten, und verhielten sich nicht mehr so, als könnte er einer von ihnen sein. Stattdessen wurde ihm nun die ermüdende Zuwendung Wilkinsons zuteil, des Büro-Buddhisten, dessen weitere Marotte darin bestand, gelegentlich auf Socken durch die Korridore zu laufen.

Er hatte sich angewöhnt, länger als üblich oder notwendig im Büro zu bleiben, wie um sich auf diese Weise das Alleinsein, die Ungestörtheit, die ihm verloren gegangen war, zumindest teilweise zurückzuerobern. Eines Abends schaltete er das Licht in der Bibliothek aus, trat in den dunklen Korridor und stieß dabei mit einem Mann zusammen, der so groß war wie er selbst. Die Kleider des Mannes fühlten sich rau an; er gehörte zum Wachpersonal. Dann hörte er ein Mädchen (er erkannte eine der Schreibkräfte) etwas atemlos sagen: »Wir finden den Lichtschalter nicht, Mr. Stone.« Er zeigte ihnen den Schalter. Ja mehr noch, er schaltete das Licht an. Erst als er in der U-Bahn saß, die Aktentasche mit den Abendzeitungen leicht auf seinem Schoß ruhend, begriff er die Situation. »Elender Trottel«, dachte er, wobei sein Ärger gleichermaßen ihnen wie sich selbst galt. Er entwickelte eine Abneigung gegen diese Schreibkraft und war froh, als sie wenig später die Firma verließ.

Da ihm das Büro keine Zuflucht bot, musste er zu Hause

Zuflucht suchen, und so hatte sowohl sein Weggehen als auch sein Wiederkommen etwas von einer Flucht, bis er irgendwann feststellte, dass er sich in seinem neuen Leben eingerichtet hatte, es inzwischen erwartete, dass die Haustür, sobald er das Gartentor aufmachte, von einer nun adretteren Miss Millington geöffnet wurde und dass Margaret, die, am Fenster stehend, das Signal zum Türöffnen gegeben hatte, ihm entgegeneilte, zunächst wie um ihn förmlich zu empfangen, ihn dann aber umarmte, wobei ein bisschen von dem Puder auf ihren Wangen an seinen Wangen hängen blieb. Sie kleidete sich nachmittags ebenso sorgfältig für seinen Empfang wie morgens für seinen Aufbruch.

In der Straße behielt man sie nach wie vor im Auge, besonders bei dieser abendlichen Begegnung. Um seine Gelassenheit besser wahren zu können, machte er es sich zur Gewohnheit, ein Liedchen zu pfeifen, sobald er in Sichtweite des Hauses kam. »Das war aber hübsch, Richard«, sagte Margaret eines Tages, als sie ihn küsste. »Ja, dieses Hündchen ist sehr wohl zu verkaufen!« Er hatte »How much is that doggie in the window?« gepfiffen. Also pfiff er das nun jeden Abend. Und so kam es, dass er zu »Hündchen« wurde, und seltener wurde auch sie zu »Hündchen«.

In seiner Zwiesprache mit dem Baum konnte er freilich nicht umhin, dessen Gleichmut seiner Verstörung gegenüberzustellen. Der Baum würde zu gegebener Zeit seine Blätter abwerfen; doch das würde zu einer Erneuerung führen und damit zu größerer Kraft. Auf ihn hingegen war die Verantwortung zu spät gekommen. Er hatte das Grundmuster seines Lebens durchbrochen, und dieser Bruch konnte bestenfalls geheilt werden; zu einer Erneuerung würde er nicht führen. Daher war ihm der Baum kein Trost mehr. Er war ein lebender Vorwurf.

Das Männchen war in diesem Sommer geschäftiger denn je, es errichtete ein Nebengebäude. Noch sehnlicher als zuvor wünschte sich Mr. Stone, ein Unfall möge den endlosen Heimverschönerungen ein Ende setzen, Verschönerungen, die von der vielköpfigen Brut des Mannes mit nicht nachlassender Bewunderung verfolgt wurden.

Er war also ein Mann. Beherzt stürzte er sich jeden Morgen in die harte Geschäftswelt. Und er lernte, dass Margaret eine Frau war. Ihre Aufgaben als Frau und Gattin hatten für sie größtes Gewicht. Diese waren, zu nähren, sich schön zu machen, zu willfahren, zu ermutigen, gelegentlich zu verführen und niemals zu enttäuschen. Sie ruhte vormittags, um sich von der Anstrengung des morgendlichen Verabschiedens zu erholen; sie ruhte nachmittags, bevor sie sich für seine Heimkehr bereitmachte; sie achtete sehr darauf, nachts ausreichend Schlaf zu bekommen, damit sie morgens nicht schrecklich aussah. Diverse Salben und Nährcremes ergänzten ihre Ruhephasen. Und er dankte es ihr nicht. Er weigerte sich, davon Notiz zu nehmen. Er begann sie für müßig, faul, eitel zu halten. Wenn er an die Verantwortung dachte, die sie ihm auferlegt hatte, wenn er daran dachte, wie sie sich die Decke bis zum Kinn hochgezogen hatte, dann konnte er sich des Eindrucks nicht erwehren, dass sie bei der Aufgabenverteilung besser weggekommen war.

Die Betonung der Unterschiedlichkeit ihrer Aufgaben als Mann und Frau war eine bleibende Irritation. Er hätte es gern gesehen, wenn sie ihm den Garten abgenommen hätte, aber das wollte sie nicht. Und zwar nicht nur, weil sie Gartenarbeit nicht mochte – in dieser vorehelichen Aussage hatte ein Körnchen Wahrheit gesteckt –, sondern auch, weil sie es für angemessen befand, dass ein Mann ein Hobby pflegte und dass dieses Hobby bei Mr. Stone die Gartenarbeit sei, da er sonst keine Neigungen hatte. Zweimal am Tag (sonntags dreimal) saß er ihr am Esstisch gegenüber, und diese Momente, die er beim Gedanken an eine Heirat nie vor sich gesehen hatte, waren Momente größter Mühe. Sie, die fürs Nähren Zuständige, aß mit enormem Appetit und entschuldigte sich dabei fortwährend für ihre Langsamkeit. Er konnte den Puder auf den Härchen ihrer angespannten Gesichtshaut sehen. Ihre angemalten Lippen wurden fettig, dann wurde die Farbe blasser und verteilte sich über urspünglich nicht davon bedeckte Bereiche. Wenn er bei Tisch an ihren Müßiggang und ihre Oberflächlichkeit dachte, an die vielen Stunden, die sie damit verbrachte, sich für ihn herzurichten, fürchtete er, womöglich etwas Beleidigendes zu sagen. Doch ihr erster Streit hatte einen ganz anderen, lächerlichen Anlass.

Auf Margarets Vorschlag hin und gegen seinen Wunsch gaben sie ein Dinner, das großenteils den Tomlinsonschen Dinners nachempfunden war. Es war notgedrungen etwas weniger vornehm, denn nicht einmal Margarets Verschönerungseifer hatte in dem Haus, das so lange so sorgsam vernachlässigt worden war, nachhaltige Spuren hinterlassen. Die Tomlinsons kamen auch, sie strahlten Gönnerschaft und Wohlwollen aus und gaben durch ihr Verhalten zu verstehen, dass sie sich als Schöpfer dieses neuen Hausstandes betrachteten. Diverse Freunde von Margaret waren gekommen, einige, die sie über die Tomlinsons kannte, ein oder zwei auch aus der Pension in Earl's Court. (Wie wenig er doch über Margaret wusste!) Unter ihren Freunden befand sich auch eine große, massige Frau von vierzig oder fünfzig Jahren, deren Gesicht von jeglichem Ausdruck, jeglicher Attraktivität blank geschrubbt war; sie redete nicht, wurde kaum beachtet und wirkte doch rundum zufrieden, wie sie da steif auf dem ihr zugewiesenen Platz saß.

Mr. Stone hatte eigentlich ein paar seiner Geschäftskollegen einladen sollen. Doch ihm war niemand eingefallen. Evans, Keenan, Wilkinson, keiner hätte gepasst. Am ehesten vielleicht noch Evans, der die Einladung jedoch nur angenommen hätte – wenn überhaupt –, um ihm einen Gefallen zu tun. Zu seinen Kollegen hatte Mr. Stone eine reine Arbeitsbeziehung, die zwar ausgesprochen herzlich war, sich aber im Laufe seines langjährigen Junggesellentums als ebensolche verfestigt hatte, so dass jede Form von Besuch nunmehr wie ein Eindringen gewirkt hätte; ohnehin schienen Besuche eher unter den Jüngeren üblich zu sein. Auch zufällige Begegnungen mit Kollegen außerhalb des Büros schätzte Mr. Stone nicht besonders. Nach der überschwänglichen Begrüßung, die auf jede Menge Gemeinsamkeiten, jede Menge Gesprächsstoff schließen ließ, nach dem Austausch des aktuellen Bürowitzes verebbte die Unterhaltung mangels echter Themen, bis einer von beiden mit forscher Munterkeit sagte: »Na dann – wir sehen uns im Büro.« Solche Beziehungen konnten nur innerhalb des Büros gedeihen; sie waren wie Treibhauspflanzen, benötigten den Schutz ihrer künstlichen Umgebung.

Von Mr. Stones Seite kamen daher nur zwei Gäste, Olive und Gwen. Mit denen er also in der Minderzahl war. Miss Millington konnte er nicht als Verbündete betrachten. Sie hatte, mit Haarnetz und Schal angetan, schnaufend und stöhnend und in kalten Schweiß gebadet, unter Margarets Anleitung den ganzen Tag lang emsig gearbeitet. Und dann hatte Margaret sie zu ihrer ungläubigen Freude für das Dinner mit einer neuen Schürze sowie einem neuen Häubchen bedacht, das schräg nach hinten geneigt auf ihrer niedrigen Stirn saß und ihrem gealterten Kindergesicht etwas Keckes gab. Auch Gwen konnte Mr. Stone nicht seiner Seite zurechnen. Bleich, picklig und griesgrämig, suchte sie jedermann ihre ungeduldige Verachtung spüren zu lassen. Den in seiner neuen Rolle als Gatte und Gastgeber ohnedies verletztlichen Mr. Stone irritierte das ungemein.

Mit dem Wein – »Ein guter Beaujolais scheint mir das Richtige«, hatte Margaret gesagt und damit in die Zuständigkeit ihres Gatten eingegriffen, der keine Anstalten gemacht hatte, dieser nachzukommen – wurden Trinksprüche ausgebracht. Nicht viele, denn sie hatten bloß eine Flasche Beaujolais besorgt, der nun wie Likör ausgeschenkt wurde, ein Gläschen pro Gast, so wie es bei den Tomlinsons üblich war. Und dann, ebenfalls wie bei den Tomlinsons üblich, separierten sich Damen und Herren voneinander. Mit der einer erfüllten Frau eigenen Freude an der Trennung der Geschlechter scheuchte Margaret die Damen aus dem Esszimmer, so dass Mr. Stone, Tomlinson und ein anderer Mann (das Verhältnis war unausgewogen, da viele der Frauen verwitwet waren) schweigend zurückblieben; Mr. Stone wusste nicht, was er sagen sollte, Tomlinson schaute gequält drein und räusperte sich ab und zu, der andere Mann (ein Buchhalter, ein Chefbuchhalter) setzte irgendwann zu sprechen an, brachte aber mit seiner nach längerem Schweigen eingerosteten Stimme nur einen Quiekser heraus.

»Ein ausgezeichnetes Essen haben Sie uns da serviert«, sagte Tomlinson schließlich in lobendem, ermunterndem Ton.

»Ja«, stimmte der Chefbuchhalter eilig zu. »Ausgezeichnet.«

Sie lauschten dem Geraschel und zufriedenen Plappern der Damen. Margarets Stimme war tief, Grace sprach leiernd. Im Esszimmer gab es nichts zu trinken (bei den Tomlinsons gab es auch nie etwas). Einmal, es war schon mehrere Weihnachtsdinners her, hatte Tomlinson versucht, eine schlüpfrige Geschichte zu erzählen. Alle hatten sich pflichtbewusst darauf eingestellt, zuzuhören, zu lächeln und vielleicht sogar Gelächter zu produzieren, das im Nachbarzimmer vernehmbar sein würde. Aber Tomlinson hatte seine Geschichte so präzise erzählt, seine Pausen und sein Lächeln waren so berechnet und zugleich malten sich solch unübersehbare Pein und Abscheu auf seinem schmalen Gesicht, dass die Geschichte ihre Wirkung vollkommen verfehlte; keiner wusste, wann sie zu Ende war, keiner lachte, alle waren peinlich berührt und ein wenig schockiert, denn ohne Witz wirkte die Geschichte schlicht wie eine gewollte Obszönität. Tomlinson hatte danach seine Rolle als Herrenunterhalter aufgegeben. So standen sie nun also da und warteten.

»Ich würde sagen, wir können jetzt hinübergehen«, sagte Mr. Stone. Er wollte den Ausdruck »uns zu den Damen gesellen« nicht verwenden, da er glaubte, das nicht mit der gleichen Überzeugung und Selbstverständlichkeit wie Tomlinson tun zu können.

»Noch nicht«, sagte Tomlinson, so als habe man ihn als Autorität zu Rate gezogen.

Tatsächlich ertönte in diesem Moment die Toilettenspülung.

Der Chefbuchhalter räusperte sich.

Als sie endlich hinübergingen, begrüßte Margaret sie mit den Worten: »Na, worüber habt ihr Männer denn so schallend gelacht?«

Sie nahmen rund um das Tigerfell Platz, wie Teilnehmer an einer Art Kampf. Mr. Stone ließ, äußerlich gutmütig, innerlich schäumend, die Neckereien hinsichtlich seiner Eheschließung über sich ergehen, runzelte allerdings unwillkürlich verärgert die Stirn, als Grace Tomlinson sagte: »Wie ich sehe, hast du ihn schon gut erzogen, Margaret.«

Das Unterhaltungsprogramm gestaltete sich wie bei den Tomlinsons. Man sang. Und genau wie bei den Tomlinsons wurde von den Frauen erwartet, dass sie gut sangen und den entsprechenden Applaus ernteten. Vereinzelt, sehr vereinzelt, mochte es unter ihnen wohl auch eine ausgewiesene Komödiantin geben. Die Männer hingegen sollten herumalbern – grimmige Wesen, die sich, in der Geschäftswelt Furcht und Achtung gebietend, im Schutz ihrer eigenen vier Wände auf diese Weise entspannten und, allein für ihre Gefährtinnen und Freunde, gutartige oder auch kindliche Aspekte ihres Charakters enthüllten, die ihre Umwelt niemals bei ihnen vermuten würde. Also stellte er irgendwelchen Unsinn mit seinen Jackettaufschlägen an, strich sich die Haare in die Stirn, krempelte ein Hosenbein hoch und sang mit den anderen beiden Männern sein spaßiges Lied.

Danach bat Margaret Gwen, doch »etwas Nettes« vorzutragen. Zu Mr. Stones Überraschung erhob sich Gwen sofort, die Rückseite ihres Glockenrocks knittrig von dem unförmigen Gewicht, das gerade noch darauf gelastet hatte, und nahm ihren Platz auf dem Tigerfell ein. Sie gab eine Szene aus *Bunburry oder Die Bedeutung, Ernst zu sein*, intonierte dabei mit tiefer Stimme nicht etwa den männlichen, sondern, in Anlehnung an die berühmte Schauspielerin, den weiblichen Part. Mr. Stone schaute voller Staunen zu, hatte er es doch bis zu diesem Moment nicht für möglich gehalten, dass Gwen irgendetwas konnte. Ihre zuvor griesgrämige Miene war nun wie blank gewischt, als hätte sie sich selbst aus dem Zimmer verbannt. Mit völliger Hingabe bot sie die Szene dar, drehte den Kopf abrupt in die eine oder andere Richtung, um den Wechsel der Rolle anzudeuten. Sie blieb nie hängen und verlor auch dann nicht die Fassung, als ihr bei dem Versuch, »in einer Handtasche« mit besonders kehliger Stimme zu sagen, die Silbe »Hand« als Quieken entfuhr. Sie erntete beträchtliches Lob, dem Mr. Stone sich anschloss.

Dann kam ihm der Gedanke, es sei vielleicht ungehörig von Gwen, die Schauspielerin zu imitieren, die normalerweise von Margaret imitiert wurde, und das in einem Kreis, der schon so lange Margarets Imitation guthieß. Er schaute kurz zu Margaret hinüber und sah, dass sie tatsächlich litt. Die Falte zwischen Nase und Mund war tiefer geworden, und ihre Lippen waren fest über dem Gebiss geschlossen. Anteilnahme erfasste ihn. Doch am Ende der Darbietung war es Margaret, die am lautesten applaudierte und »Bravo, bravo!« rief.

Mit einer geübten Verbeugung bedankte sich Gwen für den Beifall, schien dabei allerdings niemanden im Zimmer wahrzunehmen. Dann begann sie zur allgemeinen Überraschung mit einer neuen Rezitation, der Gerichtsszene aus dem *Kaufmann von Venedig*. Diese gelang ihr weniger gut. Während sie zuvor Prosa wie gebundene Rede gesprochen hatte, sprach sie nun gebundene Rede wie Alltagssprache. Mr. Stone erkannte Portias Worte kaum wieder. Dann drehte Gwen den Kopf, um den Sprecherwechsel anzudeuten, und versuchte sich an Shylock, und zwar an einem Shylock mit jiddischem Akzent.

Irgendwie spürte Mr. Stone, dass das nicht in Ordnung war, und als er sich im Zimmer umsah, fand er die Bestätigung auf allen Gesichtern. Grace Tomlinson, deren Mund normalerweise leicht geöffnet war, hatte die Lippen fest zusammengepresst. Tomlinson blickte streng drein. In Margarets Augen lag entschiedene Verärgerung. Alle warfen kurze, unauffällige Blicke auf den Chefbuchhalter, der die Augen fest auf Gwen geheftet hatte.

Die Rezitation nahm ihren Gang, und Olive in ihrem Stolz war die Einzige, die von der unterschwelligen Missbilligung und Verlegenheit nichts bemerkte.

Die Rezitation war vorüber. Ohne auf Applaus zu warten, verbeugte sich Gwen und ging zu ihrem Platz zurück, wo sie den Rock unter sich glatt strich und dann in ihren Schoß hinunterblickte wie jemand, der verärgert ist, dem man zu nahe getreten ist, während nun Geraschel und Füßescharren den Raum erfüllten.

»Miss Banks«, sagte Margaret kühl, »haben Sie Ihre Noten mitgebracht?«

Bei der Angesprochenen handelte es sich um die große Frau mit dem blank geschrubbten Gesicht. Man hatte ihr nur wenig Beachtung geschenkt, doch sie war sich den ganzen Abend selbst genug gewesen. Bei Tisch hatte sie sich als stille, stetige Esserin erwiesen. Nun zog sie wortlos die Noten aus ihrer sehr großen Tasche, stand auf, setzte sich ans Klavier und begann zu spielen.

In dem nun folgenden Schweigen – Miss Banks' Musik wurde übertriebene Aufmerksamkeit zuteil – hatte Mr. Stone viel Zeit nachzudenken. Er dachte über Miss Banks nach, und er dachte über sein Haus nach. Wie hatte es sich verändert! Seine Nachbarn konnten jetzt Klaviermusik hören. Und doch hatte es sich äußerlich überhaupt nicht verändert. Was für seltsame Dinge sich wohl hinter den nichts sagenden Eingangstüren vieler Häuser abspielten! Und so, wie er sich beim Zugfahren im Geiste manchmal des Zuges, der Sitzbänke und der Passagiere entledigte und sich, in Sitzhaltung anderthalb Meter über dem Erdboden schwebend, mit sechzig Stundenkilometern vorwärts gleiten sah, überfiel ihn jetzt eine Vision der von Stein und Beton, Holz und Metall entledigten, aller Gebäude entledigten Stadt, in der die Menschen neben-, unter- und übereinander schwebten und den üblichen Verrichtungen des menschlichen Lebens nachgingen. Und ihm kam eine Erkenntnis, die zu verstörend war, um sich ihr länger als einen Augenblick zu widmen, dass nämlich alles Beständige, Unveränderliche, Dauerhafte auf dieser Welt, alles, womit der Mensch sich verband (das Monster, das seine Frühlingsblumen goss, das Männchen, das sein Nest ausbaute), ihm nur scheinbar zu Gefallen war. Denn was nicht Fleisch war, hatte für den Menschen keine Bedeutung; wesentlich war allein das Fleisch, des Menschen Schwäche und Vergänglichkeit.

Das Dinner hatte zwei Wochen später ein absurdes Nachspiel. Ungefähr alle vier Wochen schickte Olive Mr. Stone einen selbst gebackenen Früchtekuchen. Diese Tradition hatte Olives Ehe überlebt, und sie hatte Gwen überlebt. Mr. Stone war froh, dass sie auch seine eigene Heirat überlebt hatte und dass Margaret, so ungern sie auch daran erinnert werden mochte, dass noch jemand das Mannsein ihres Gatten in Anspruch nahm, am Ritual des Aufschneidens von Olives Kuchen bereitwillig teilhatte.

Doch an diesem Abend, als der Kuchen aufgeschnitten und der Kaffee gekocht war und sie vor dem Elektrokamin Platz genommen hatten, tat Margaret etwas Seltsames. Sie spießte ein großes Kuchenstück auf ihr Messer und hielt es direkt an das Schutzgitter.

»Pass auf, du wirst einen Schlag kriegen!«, rief Mr. Stone.

Der gehaltreiche Kuchen hatte bereits Feuer gefangen. Margaret warf ihn auf den Reflektor. Er brannte gleichmäßig und ergiebig, wie guter Brennstoff. Auch als er schon völlig verkohlt war, brannte er noch weiter, und das heraustropfende Fett färbte das Metall braun.

»In Indien«, sagte Margaret und blickte dabei auf den Kuchen, »geben die Menschen immer eine Kleinigkeit, so wie den Kuchen hier, ins Feuer, bevor sie etwas kochen oder essen.«

Mr. Stone war außer sich. Nachdem er seinen Teller, den er zunächst gewohnt sachte hatte abstellen wollen, kurz entschlossen auf den Tisch geknallt hatte, erhob er sich und ging zur Tür, wobei er dem Tigerkopf, über den er beinahe gestolpert wäre, einen Fußtritt versetzte.

»Hündchen!«

Er hielt die Tür offen. »Ich – ich glaube nicht, dass du je in Indien gewesen bist.«

»Hündchen!«

Er schloss sich in dem früher als Rumpelkammer genutzten Zimmer ein, das Margaret mit einigen ihrer Möbel ausgestattet und ihm als »Arbeitszimmer« präsentiert hatte, als einen Ort, an dem ein Mann für sich sein konnte. Und dort blieb er, trotz Margarets Klopfen, Rufen und Gurren, und dachte im Dunkeln an seine Vergangenheit, an Olive, sich selbst, seine Kindheit. Er sah einen Jungen von siebzehn Jahren, der an einem Wintertag nach der Schule alleine heimging, an den Läden der Hauptstraße vorbei. Der Junge ging nach Hause, nicht ahnend, was ihn dort erwartete. Ob das Bild so stimmte oder aus anderen Bildern zusammengesetzt war, wusste er nicht; ob es einen bestimmten Grund dafür gab, dass er sich gerade an dieses Stück seines Heimwegs erinnerte, vermochte er nicht zu sagen. Doch wenn er sich mit zärtlichen Gefühlen an seine Kindheit erinnern wollte, erschien ihm immer dieses Bild. Der Junge wusste nicht, dass sein Leben ohne Störung verlaufen sollte, dass die Jahre gleichmäßig dahinfließen würden; und Mr. Stone empfand ein schmerzliches Mitleid mit ihm.

Schließlich legte sich seine Wut. Es war schon ziemlich spät, er fühlte sich steif und fror. Trotzdem blieb er bis nach zehn im Arbeitszimmer. Dann begab er sich ohne bestimmten Grund hinunter ins Wohnzimmer. Margaret sagte nichts, sie las in einem Büchereibuch. Mr. Stone sprach sie nicht an. Er ging hinauf ins Bad. Es war zur Regel geworden, dass er als Erster ging. Ebenso war es die Regel, dass er dort seine Pfeife rauchte; es wärme den Raum auf, behauptete Margaret, und sie mochte den Geruch seines Tabaks. Daher hatte er es sich zur Gewohnheit gemacht, vor Verlassen des Bades vier- oder fünfmal heftig an seiner Pfeife zu paffen. An diesem Abend ging er wegen ihres Streits ohne Pfeife ins Bad.

Vom Schlafzimmer aus hörte er zu, wie sie sich fertig machte. Als sie hereinkam, lag er unter der Decke und rührte sich nicht. Sie machte das Licht nicht an. Sie stellte den Wecker und legte sich ins Bett.

Er war gerade am Wegdämmern, als er sie hörte.

»Hündchen.«

Er antwortete nicht.

Ein paar Minuten später sprach sie wieder.

»Hündchen.«

Er brummelte etwas.

»Hündchen, du hast mich sehr unglücklich gemacht.«

Woraufhin er fast die Beherrschung verloren hätte. Nur aus Erschöpfung sagte er nichts.

Sie begann zu schluchzen.

»Hündchen, ich möchte ein Stück von deinem Kuchen essen.«

»Dann geh doch und iss.«

Sie schluchzte noch ein bisschen.

»Willst du nicht mitkommen und auch ein Stück essen, Hündchen?«

»Nein.«

»Nur ein kleines Stück, Hündchen.«

»Hergott noch mal!«, rief er und warf die Bettdecke ab.

Sie saß aufrecht im Bett.

Sie gingen ins Bad und holten ihre Gebisse. Dann gingen sie hinunter ins Wohnzimmer, das nach dem kalten Schlafzimmer stickig wirkte, und aßen schweigend große Stücke von Olives Kuchen.

Sie gingen wieder ins Bad hinauf, nahmen ihre Gebisse heraus und legten sich ins Bett, immer noch schweigend.

Er war jetzt hellwach.
»Hündchen«, sagte sie.
»Hündchen.«
Es dauerte eine Weile, bis sie einschlafen konnten, und sie hatten schreckliches Magendrücken.

Olive schickte weiterhin ihren Kuchen. Doch Mr. Stone wusste, dass die Beziehung zu seiner Schwester der Vergangenheit angehörte.

Und so wurde er Schritt für Schritt zum verheirateten Mann, und Schritt für Schritt lernte er das Verheiratetsein schätzen. Denn Margaret bewies eine charakterliche Formbarkeit, die den Prozess, sie kennen zu lernen und sich an sie zu gewöhnen, verkürzte und schmerzlos machte. Er stand im Zentrum ihrer Beziehung; sie passte sich um ihn, so bedingungslos und behaglich, dass er sie mit ihren eigenen Freunden erleben musste, um sich überrascht daran zu erinnern, dass sie ja einen eigenen Charakter, eigene Ansichten und Verhaltensweisen besaß. Und war ihm anfangs Margaret wie eine Erweiterung von Miss Millington vorgekommen, so betrachtete er nun beide als Erweiterungen seiner selbst. Außerdem dachte er mit wachsendem Gefallen, auch wenn er sich das zunächst nicht einmal selbst eingestehen wollte, an den zeitweiligen Stillstand, der im Hause eintrat, sobald er morgens ging, und an das nachmittägliche Wiederaufleben, wenn man sich auf seine Rückkehr vorbereitete.

Seine Gewohnheiten wurden zu Ritualen verwandelt; bald waren sie ihm selber heilig. Er schickte sich in die Gartenarbeit, wie Margaret sie sich vorstellte, und die Aufmerksamkeiten, die er den Beeten und Blumenzwiebeln angedeihen ließ, wurden sowohl von Margaret als auch von Miss Millington, willigen Acolyten, als heilige Handlungen betrachtet (Miss Millington, deren einziger Bezug zum Garten bisher doch darin bestanden hatte, ihn auf ihre kostspielige, unkontrollierte, sandsturmartige Weise mit Pfeffer einzustäuben und vielleicht noch ein paar Worte über die hübschen Blumen zu verlieren, wenn denn welche sprossen). So kam man also überein, dass er »Gartenarbeit liebte«. Als Margaret allerdings versuchte, ihn zum regelmäßigen Hören der Sendungen *Fragen zum Landleben* und *Ihr Garten* zu bewegen – »Das ist doch was für dich, Hündchen« –, verweigerte er sich. Er linderte ihre Enttäuschung, indem er wiederholte, was er im Büro gehört hatte, dass nämlich die Leute, die im Radio mit ländlichem Akzent über das Landleben sprachen, allesamt in Mayfair wohnten und ihre Erfahrung mit dem Landleben sich auf die Pflege ihrer Blumenkästen beschränkte. Das wurde zu einem seiner »Aussprüche«; noch nie hatte jemand seine Äußerungen als »Aussprüche« behandelt.

Ebenso kam man überein, dass die schwarze Katze von nebenan ein Feind war. Die beiden Frauen machten sich in liebevoller Komplizenschaft daran, die Aktivitäten des Tiers vor dem Hausherrn zu verbergen. Eine regelmäßige Nachmittagswache wurde eingerichtet, und Verwüstungen wurden hastig beseitigt, damit sich der Hausherr bei seiner Rückkehr nicht aufregen musste. Die Frauen waren erfolgreicher, als sie ahnten. Da ihm der Krieg aus den Händen genommen war, schwand Mr. Stones Feindseligkeit gegenüber der Katze und hinterließ ein Gefühl des Verlusts.

Doch unter der scheinbaren Ruhe, die ihm die Ehe zurückgebracht hatte, veränderte sich seine Wahrnehmung der Zeit. Die Zeit enteilte. Sie verschlang sein Leben. Jede Woche – und wie schnell folgten die Sonntage im Radio aufeinander: *Auf dem Land und an der Küste*, immer nach den Nachrichten, oder *Das Landleben im Oktober*, *Das Landleben im November*, monatliche Sendungen, die ihm wie wöchentliche erschienen: Sonntage, die ihm das Gefühl vermittelten, der vorige Sonntag sei gerade erst gestern gewesen –, jede verfliegende Woche brachte ihn dem Ruhestand, der Untätigkeit, der Verwesung näher. Jede wohl geordnete Woche erinnerte ans Scheitern, an all die unkreativen Jahre, die einst so beruhigend in seinem Gedächtnis verstaut gewesen waren. Jeder bürofreie Sonntag verstärkte seine innere Bedrängnis, ließ ihn den Montag und den vergänglichen Balsam der Wochentage herbeisehnen, obgleich er wusste, dass ihre Erfülltheit täuschte, mochte er auch neuerdings im Büro einen Terminkalender führen, in dem er Verabredungen und anstehende Aufgaben notierte, um sich das Gefühl zu geben, er sei ein viel beschäftigter Mann.

Der Baum, der sich veränderte und mit dem Jahr fortentwickelte, machte jeden Tag seine klare Aussage. Und wenn Mr. Stone sonntags beim Tee saß, aus seinen präzisen, langsamen Gesten Beruhigung zu ziehen suchte und dann manchmal sagte: »Du bist ein Teil von mir, Margaret. Ich weiß nicht, was ich ohne dich täte«, dann sprach er mit einem Nachdruck und einer Dankbarkeit, die sie letztlich nicht verstand.

3

Ende März, als an den schwarzen Ästen die Knospen in der Sonne weiß aufschienen und mit jedem Tag ein bisschen grünlicher wurden, verließen Mr. Stone und Margaret London für zwei Wochen. Es war sein Urlaub – bald würde er keinen Urlaub mehr brauchen – und zugleich ihre Hochzeitsreise. Sie fuhren nach Cornwall. Mr. Stone verbrachte seinen Urlaub am liebsten in England. Nach dem Krieg hatte er gedacht, er würde ins Ausland gehen. 1948 war er nach Irland gereist, doch der angenehmste Teil dieses Urlaubs war die Überfahrt von Southampton nach Cobh auf einem amerikanischen, nicht von den Rationierungen betroffenen Luxusdampfer gewesen. Ein vierzehntägiger Aufenthalt in Paris zwei Jahre später erwies sich, nach der ersten Freude darüber, in dieser berühmten Stadt zu sein, als qualvoll und dröge. Er besichtigte pflichtbewusst die Sehenswürdigkeiten, was ihn ziemlich ermüdete; später hatte er sich oft gefragt, warum er dem Reiseführer so sklavisch gefolgt war und so trostlose Orte wie das Panthéon und den Invalidendom besucht hatte. Er war in die Pariser Cafés gegangen, doch der Kaffee schmeckte ihm nicht, und untätig an einem unbekannten Ort herumzusitzen bereitete ihm kein Vergnügen, außerdem waren die Portionen sehr klein. Er hatte es mit Aperitifs versucht, war aber zu dem Schluss gekommen, dass sie reine Geld- und Zeitverschwendung waren. Er war sehr einsam; ein algerischer Taschendieb bestahl ihn zum Spaß und ermahnte ihn dann, in Zukunft vorsichtiger zu sein; alles war furchtbar teuer; die unablässig *le service, monsieur, le service!* schreienden Männer und Frauen vermittelten ihm ein ganz neues Bild von den Franzosen, die er bis dahin für ein frivoles, lebenslustiges, durch den Krieg ein wenig traurig gestimmes Volk gehalten hatte. Und an den letzten beiden Tagen hatte er eine Art von Durchfall bekommen, die es ihm unmöglich machte, etwas Festeres als Mineralwasser zu sich zu nehmen.

So ging es also nach Cornwall. Margaret unterdrückte ihre Enttäuschung durch Reflexionen über die Notwendigkeit zu sparen, die, bereits dezent eingestanden, in ihren Gesprächen mehr und mehr Raum einnahm, nun, da Mr. Stone nur noch rund anderthalb Jahre vom Ruhestand trennten. Margaret sagte zu Grace Tomlinson – und Grace stimmte ihr zu –, es sei höchste Zeit, dass sie ihr eigenes Land kennen lernten.

Sie quartierten sich im Queen's Hotel in Penzance ein. Die Saison hatte noch nicht richtig begonnen. Das Wetter sei ungewöhnlich schlecht, meinten die Leute vom Hotel, als wollten sie ihnen versichern, dass sie keine Dummheit begangen hatten, und man widmete ihnen viel Aufmerksamkeit.

Sie fuhren mit dem Bus und machten ausgedehnte Spaziergänge, wobei sich Mr. Stone in seinem schwarzen Stadtmantel sehr auffällig vorkam (der Mantel war von Simpson's und zwanzig Jahre alt: Kleidung von Simpson's, da waren

Tomlinson und er sich schon seit langem einig, war den Aufpreis wert, und Mr. Stone hatte zuzeiten große Befriedigung daraus gezogen, von Kopf bis Fuß ein Simpson's-Mann zu sein). In einer anderen Gegend von England wäre er sich in seinem schwarzen Mantel vielleicht weniger auffällig vorgekommen. Aber in dieser Landschaft war der Mantel ein Symbol der Verweichlichung und Untauglichkeit. Von Menschen bewohnt zu werden hatte das Land kaum verändert; es war nicht so, als hätten sich die Menschen daraus zurückgezogen, sondern als seien sie wegen nachlassender Stärke aus diesem felsbeherrschten Land getilgt worden, das bis heute vom Missklang zwischen Mensch und Erde zeugte.

Einmal fanden sie auf einem nackten Felskliff einen toten Fuchs, der, unversehrt wie ein lebendiges Tier, weder von Kampf noch Tod gezeichnet, auf der Seite lag, als schliefe er, das Fell vom Wind zerzaust.

Am Sonntag fuhren sie nach Chysauster. Es war ein anstrengender Spaziergang, der sie zeitweilig einen mörderisch steinigen Weg hinabführte. Der Wind war schneidend und unangenehm böig, die Sonne schien nur sporadisch und wenn, dann schwach. Als sie ihr Ziel erreichten, hatten sie beide schlechte Laune und keine Lust, sich verlassene keltische Wohnstätten anzusehen. Sie setzten sich auf der windabgewandten Seite an eine niedrige Steinmauer, Mr. Stone ohne auf seinen Mantel Rücksicht zu nehmen, und arbeiteten sich durch ihr mitgebrachtes Vesper, das zu tragen den Spaziergang noch beschwerlicher gemacht hatte. Von Zeit zu Zeit, aber nie lang genug, um sie zu wärmen, kam die Sonne heraus.

Danach schauten sie sich, Riesen gleich, die menschliche Behausungen betreten, die kleine Ansammlung wuchtiger Steinhütten an. Wie dick die Wände doch waren, wie unförmig, wie wenig Raum sie umschlossen, als wären sie für Menschen erbaut worden, die vor mehr als den Elementen Schutz suchten! Mr. Stone musste an das Monster mit seiner Gießkanne und an den Nestbau des Männchens denken: Sie gehörten nicht in diese Umgebung. Dann fiel ihm sein eigener Simpson's-Mantel ein. Er sah sich als Comicfigur, im Leopardenfell und mit knorriger Keule – lange hatte das Bild nicht vor seinem inneren Auge Bestand. Die Steinhäuser waren auf undefinierbare Weise deprimierend. Er wollte weg.

Sie hatten vorgehabt, den Bus nach St. Ives zu nehmen und von dort aus mit einem anderen Bus zurück nach Penzance zu fahren. Im Hotelzimmer vor Landkarten und Busfahrplänen war ihnen diese abenteuerliche Rückfahrt nicht weiter problematisch erschienen. Doch der Spaziergang nach Chysauster hatte länger gedauert als erwartet, und jetzt wussten sie nicht recht, wo sie waren. Margaret verkündete, sie sei in solchen Dingen völlig unbegabt, und überließ es ihm, ihren Standort zu bestimmen, was zusammen mit dem Wind und der trügerischen Sonne seine Laune wieder sinken ließ.

Dann sahen sie das Feuer. Es kam über das dürre kahle Feld jenseits der Steinhütten auf sie zu, lautlos und mit viel reinweißem Rauch.

Und sie sahen, dass sie nicht allein waren. Zu ihrer Linken stand, nicht sie, sondern das Feuer betrachtend, ein sehr großer, grobknochiger Mann mit dunkelblauem Barett und zerlumpter, aufgeknöpfter Uniformjacke. Er sah aus wie ein Landarbeiter. Sein langes fleischiges Gesicht war dunkelrot, er hatte kleine Augen, und seine Lippen waren wund und geschwollen.

Mr. Stone fand, dass es höchste Zeit war, zu verschwinden.

»Wie kommen wir zur Straße nach St. Ives?«, fragte er und stellte fest, dass er geschrien hatte, als würden seine Worte sonst vom Rauch des lautlosen Feuers übertönt.

Der Mann in der Uniformjacke sagte nichts. Er schaute sie kurz an, dann ging er mit zügigen, weit ausholenden Schritten los. Er stieg über die Mauer, die die Steinhütten vom Feld trennte, und lief den weißen Weg entlang über das Feld, mitten in den Rauch hinein.

Eilig, um ihn nicht aus den Augen zu verlieren, folgten sie ihm, kletterten über die Mauer.

Der Mann entschwand in den Rauch.

Mr. Stone verspürte Panik.

Der Mann blieb stehen, drehte sich zu ihnen um und wurde vom Rauch verschluckt. Und sie folgten ihm.

Sie hörten das leise, zufriedene Knistern des Feuers. Rauch hüllte sie ein. Sie wurden der Welt und der Wirklichkeit beraubt. Er wurde der Urteilskraft beraubt, jedes Handlungswillens.

Dann holte ihn Margarets Schrei: »Hündchen!« zurück zu Angst und Zweifel, und sie rannten wieder zur Mauer, aus dem Rauch hinaus ins Freie, in die klare Luft, zu Felsen und Erde und Himmel.

Hinter der Mauer blieben sie stehen und beobachteten das Feuer. Es kam bis an die Mauer heran und brannte vor ihren Augen aus. Der Rauch zerstreute sich in der Luft. Und dann war es, als hätte es kein Feuer gegeben, als sei, was passiert war, nur eine Halluzination gewesen.

Die Realität wurde endgültig wiederhergestellt durch das Nahen eines Morris Minor. Mr. Stone fragte nach der Straße Richtung St. Ives. Die Neuankömmlinge boten ihnen an, sie nach Penzance mitzunehmen.

Erst als sie im Auto saßen, sahen sie, nicht weit von den Steinhütten entfernt, wieder den Mann in der Uniformjacke. Er betrachtete das nur leicht verkohlte Feld. Er schaute nicht zu ihnen herüber.

»Na ja«, sagte der Mann an der Rezeption in vertraulichem Ton, »Cornwall ist eben von Mythen durchdrungen« – sein Birminghamer Akzent ließ das »ng« nachklingen, als werde es von einem Klavierpedal verstärkt –, »voll und ganz von Mythen durchdrungen.«

Mr. Stone hatte keinen Zweifel, dass es für den Vorfall eine einfache, rationale Erklärung gab. Aber dieser halluzinatorische Moment, als Erde und Leben, Sinn und Verstand außer Kraft gesetzt waren, blieb ihm in Erinnerung. Es war wie eine Erfahrung des Nichts gewesen, wie eine Todeserfahrung.

Sie beschlossen, sich das mythische Cornwall zu schenken – der Mann an der Rezeption hatte ihnen voller Hingabe von einem Bekannten erzählt, dessen Haus nach einem Besuch in Chysauster niedergebrannt worden war –, und das Wetter tat das seine, denn es blieb kalt, regnerisch und unbeständig. Am Tag vor ihrer Abreise allerdings klarte der Himmel auf, und nachmittags gingen sie spazieren. Der Weg führte an Kliffs entlang, die, von leuchtend weißen Fußwegen gesäumt, halb in Trümmer gesunken ins Meer abfielen, einem Prinzip der Zerstörung gehorchend, das einfach zu verstehen, in dieser Dimension jedoch gedanklich kaum mehr fassbar war.

Es war immer noch kalt, und sie begegneten unterwegs nicht mehr als einem halben Dutzend Menschen, darunter zu Mr. Stones Befriedigung auch einem Mann in einem schwarzen Stadtmantel. Gerade als sie müde wurden und das Bedürfnis nach etwas Süßem bekamen, entdeckten sie ein properes Hinweisschild, das Tee in fünfzig Metern Entfernung verhieß.

Das Haus war so proper wie das Schild. Einem reinweißen Kärtchen auf jedem der bügelfrischen karierten Tischtücher – immer abwechselnd ein rotes und ein blaues – war zu entnehmen, dass Miss Chichester die Besitzerin war. Miss Chichester war genau das, was ihr Name, ihr Haus und ihre Karte versprachen. Sie war mittleren Alters, stämmig, vollbusig. Ihre energische Art kündete von der Würde der Arbeit als einer Entdeckung, deren Allgemeingültigkeit sie selbstverständlich voraussetzte; sie sprach mit vornehmem, aber nicht übertriebenem Akzent; ihre Kleidung und ihr dezentes Make-up deuteten an, dass sie verwitwet sein und in beschränkten Verhältnissen leben mochte, sich aber keinesfalls gehen ließ.

Nur einer der Tische war besetzt, und zwar von einer Dreiergruppe, einem Mann und zwei Frauen. Die Frauen waren so stämmig wie Miss Chichester, aber ein Zuviel an Fleisch hier und da, eine gewisse Derbheit, die in Beinen, Haut und Haaren, in ihren Mänteln, Hüten und glänzenden neuen Taschen zutage trat, verwiesen bloß auf eine traute Gewöhnlichkeit, genau wie ihr unverwandtes Starren durch Brillen in schlecht gewählten Fassungen und die glatten, geschwollenen Hände, Handtaschen auf Schenkeln umklammernd, deren Fettheit durch die nur unten aufgeknöpften Mäntel noch betont wurde. Der Mann war ein hutzeliges Wesen mit schmalen Schultern, die lose in einem steifen neuen Tweedjackett hingen; sein dünnes Haar, das Kabel eines Hörgeräts und ein metallenes Brillengestell trugen das ihre zum Gesamteindruck eines gefährlichen Dahinschwindens bei, wie auch die selbst gedrehte Zigarette, die, so dünn und runzlig wie der Hals des Rauchers selbst, erkaltet und vergessen zwischen seinen schmalen Lippen hing. Er zeigte keinerlei Interesse am Auftauchen von Margaret und Mr. Stone und starrte weiter auf das karierte Tischtuch, flankiert von den beiden Frauen (die eine seine Frau, die andere – was?), die aussahen wie seine Bewacherinnen.

Ihr Schweigen nötigte auch Margaret und Mr. Stone zu schweigen, und selbst als Miss Chichester der Gruppe ihren Tee brachte, hielt das Schweigen an. Der Mann stürzte sich wortlos auf die Teller, Teekannen und geschmackvollen Milchkännchen, als hätte er seine ganze Kraft für diesen Moment aufgespart. Er fiel über die feinen Schnittchen, die frischen Scones, die selbst gemachte Marmelade her und schien mit jedem Bissen energiegeladener, ruheloser und tatendurstiger zu werden. Seine schmale behaarte Hand schoss hierhin und dorthin, um nach Teekannen, Kuchentellern, Marmeladengläsern zu greifen, Gesten von solcher Bestimmtheit und Autorität, dass sich seine Bewacherinnen, die seine greifvogelartigen Vorstöße zunächst abzuwenden suchten, geschlagen gaben und sich damit begnügten, möglichst viel Essbares in Sicherheit zu bringen. Auf einmal hörte der Esser auf. Er fuhr sich gründlich mit der Zunge über die Lippen, machte ein paar saugende Geräusche, und dann konnte man zusehen, wie die blinde Begierde in seinem Gesicht der vorherigen griesgrämigen Niedergeschlagenheit wich. Er starrte mit leerem Blick vor sich hin, derweil seine Bewacherinnen, um ein vorzeitiges Ende des Tee-Intermezzos zu verhindern, immer mal wieder an einem Stückchen Butterbrot knabberten, so als hätten sie keinen rechten Appetit. Während der ganzen Zeit war am Tisch kein Wort gefallen.

Die Angewohnheit, Leute zu beobachten, die älter waren als er, hatte Mr. Stone im Laufe des vorangegangenen Jahres entwickelt. Er kämpfte dagegen an; seiner Beobachtung nach taxierten nur Frauen, sehr kleine Kinder und sehr alte Männer ihresgleichen derart ausgiebig und unverhohlen. Doch jetzt schaute er wider Willen hinüber, fasziniert und entsetzt zugleich, und merkte, dass mit zunehmender Hektik des Essers seine eigenen Bewegungen übertrieben langsam wurden.

Auch ihr Tee wurde nun gebracht, und sie machten sich daran, ihn einzunehmen. Als Mr. Stone versuchte, das Schweigen zu brechen, stellte er fest, dass er flüsterte, und dieses Flüstern klang wie Schüsse. So blieb es still, bis auf das Geklapper aus der Küche und Miss Chichesters stampfende Schritte.

Dann war es mit der Stille vorbei. Die Tür wurde schwungvoll aufgestoßen, und ein sehr großer, blonder Mann sowie ein sehr kleines, blondes junges Mädchen traten ein. Der Mann trug Bergsteigerkleidung, er war ausgerüstet wie für eine Expedition in den Himalaya oder doch zumindest die Alpen. Er hatte einen Rucksack und Seile dabei; seine dicken, groben Hosen waren in dicke Wollsocken gestopft, die wiederum in massiven, glanzlosen Stiefeln mit außerordentlich dicken Sohlen verschwanden. Sein männliches Eintreten und das Absetzen seiner Traglasten machten Lärm für zwei oder drei. Das Mädchen war sanft und stumm. Ihre Slacks, unzulänglich und zaghaft ausgefüllt, vermittelten einen Eindruck von Zerbrechlichkeit; ebenso ihr hellblauer Seidenschal. Die blassen Farben ihrer Kleidung, das milchige Rehbraun ihres Regenmantels und der Stil ihrer blass ockerfarbenen Schuhe wiesen sie als Festlandeuropäerin aus.

Sobald der Bergsteiger am Tisch saß, die Knie in den groben Hosen oben am Tischtuch, so dass der Tisch mitsamt der Blumenvase geradezu winzig wirkte, grüßte er mit einer kleinen Verbeugung in den Raum hinein. Er sprach mit einem ganz leichten Akzent.

Der Esser und seine Bewacherinnen nickten. Mr. Stone zog die Augenbrauen zusammen wie jemand, der überrascht und gekränkt worden ist. Margaret ließ sich nur für einen Moment von Scones und Marmelade ablenken.

Doch der Mann füllte den Raum aus. Sein Reden entwickelte eine eigene Dynamik; dass die anderen schwiegen, machte nichts. Er sagte, er sei Niederländer, in seinem Land gebe es keine Berge, Cornwall sei unbeschreiblich malerisch. All dies auf Englisch und, da er Niederländer war, fehlerlos, eine sprachliche Leistung, die durch die zwischendurch an seine stumme, in ihren Schal gehüllte Begleiterin gerichteten niederländischen Sätze noch beeindruckender wurde.

Er benötigte keine Antworten, doch der Esser und seine Bewacherinnen ließen sich nach und nach in eine Unterhaltung hineinziehen. Erst nickten sie, riefen »Ja!« oder »Ach!«, dann lobten sie sein gutes Englisch. Der Niederländer übersetzte diese Komplimente für seine Gefährtin, die sie, verlegen den Blick hebend, auf sich selbst zu beziehen schien.

»S-so –«, setzte der Esser an und rollte die runzlige Zigarette zwischen den Lippen hin und her. »S-Sie sind also auf Urlaub hier?« Er hatte eine dünne, eigenartig nörgelige Stimme.

»Für zwei Wochen«, antwortete der Niederländer.

Der Esser kaute an seiner Zigarette. »I–Ich bin letzten Freitag in Rente gegangen.«

Der Niederländer sagte etwas auf Niederländisch zu seiner Gefährtin.

»Vierzig Jahre bei derselben Firma«, ergänzte der Esser freudlos.

Seine Bewacherinnen ermunterten Margaret und Mr. Stone mit einem kurzen Blick, diese Information zur Kenntnis zu nehmen.

»Vierzig Jahre«, sagte Margaret, während sie noch ihren Kuchen hinunterschluckte. »Das ist aber schön.«

»Sehr schön«, sagte der Niederländer.

Jetzt bedachten die Bewacherinnen sie alle mit einem breiten Lächeln.

»Zeig sie ihnen, Fred«, sagte die eine.

»Am Freitag«, sagte Fred mit demselben griesgrämigen, niedergeschlagenen Gesicht und derselben nörgeligen Stimme, »gab es eine Feier. Für mich.« Die Worte wollten ihm nicht recht über die Lippen. Er hielt inne, schluckte und fügte hinzu: »Mir zu Ehren.«

Seine Hand bewegte sich zu seiner Westentasche. »Die hier habe ich geschenkt bekommen.«

Eine der Bewacherinnen reichte dem Niederländer die Uhr.

»Vierzig Jahre«, sagte Fred.

»Sehr schön«, sagte der Niederländer, und dann sagte er noch etwas auf Niederländisch.

Seine Gefährtin blickte auf, errötete und lächelte Fred an.

Die Bewacherin nahm die Uhr wieder entgegen und reichte sie Margaret.

»Na ... die ist aber ... schön!«, sagte Margaret und schaute dabei von der Uhr zu Fred hinüber; sie sprach wie zu einem Kind, das Ermutigung braucht. »Ist die nicht schön, Richard?«

»Sehr schön.«

»Ich habe sie am Freitag bekommen«, sagte Fred. »Bin am Freitag in Rente gegangen –«

»Wir sind gleich am Samstag mit ihm hierher gefahren«, sagte die Hauptbewacherin triumphierend.

Jetzt kam Fred richtig in Fahrt. »Lesen Sie die Gravur«, sagte er und reichte die Uhr wieder Mr. Stone. »Auf der Rückseite. Es war so eine Art Überraschung, wissen Sie. Natürlich hat es einiges Getuschel gegeben ...«

»Sehr schön«, sagte Mr. Stone und hielt die Uhr von sich.

»Zeigen Sie sie ihr«, befahl Fred und deutete auf Margaret. »Aber was soll denn so besonders sein am letzten Tag, hab ich gesagt. Der letzte Tag ist genau wie jeder andere. Der letzte Tag ist einfach ein –«

»Sehr schön«, sagte Margaret.

»Darf ich?«, fragte der Niederländer und streckte die Hand aus.

»Mir ging es nie um Ruhm und Ehre. Bei vielen der jungen Kerls heutzutage ist das doch so. Die sind bloß auf Ruhm und Ehre aus. Kam so'n junger Kerl zu mir und wollte den Schlüssel haben. ›Nimm ihn nur, Junge‹, hab ich gesagt. ›Ich bin nicht auf Ruhm und Ehre aus.‹«

Als Margaret auf dem Heimweg seine Verdrossenheit bemerkte, sagte sie: »Nicht traurig sein, Hündchen. Ich kauf dir auch eine Uhr.«

Es war die Art scherzhafter Bemerkung, wie sie jetzt öfter zwischen ihnen fiel, ein Überrest ihres anfänglichen Esprits. Doch an seinem unveränderten Gesichtsausdruck, dem leichten Abrücken von ihr, seinem Schweigen merkte sie, dass er verärgert war. Also verstummte auch sie und starrte aus dem Fenster.

Sein Ärger ging tiefer, als sie ahnte. Es war nicht nur die groteske Szene in dem Teehaus, der Anblick der beiden zu Karikaturen verkommenen Männer, des Bergsteigers wie der Brillenschlange. Im Teehaus hatte ihn ein Ekel vor den Frauen erfasst. Vor der ins Korsett geschnürten, üppigen, aufgeblühten Miss Chichester, mochte sie auch bedürftig, mochte sie auch verwitwet sein. Vor den Bewacherinnen des Essers in ihrer trauten Gewöhnlichkeit. Und die errötende kleine Stumme in den blassen Farben hatte ihn am allermeisten angewidert. Diese dekorative kleine Kriechpflanze würde zum Schmarotzer werden; der über sie wachte, würde zum Bewachten werden, würde seine Sprüchlein aufsagen, seine Kunststückchen vorführen dürfen.

Seit zwei Wochen waren Margaret und er nun rund um die Uhr zusammen, von den Momenten abgesehen, wo er oder sie im Badezimmer waren. Es war eine neue, verstörende Erfahrung. Im Teehäuschen hatte diese Verstörung ihren Höhepunkt erreicht, und Margarets spielerische Bemerkung, »Ich kauf dir auch eine Uhr«, die sie in einem Ton geäußert hatte, als gelte es, ein Kind aufzumuntern – was unter den gegebenen Umständen (nachdem sie eine spaßige Episode des »Lebens« beobachtet hatten) durchaus verzeihlich war –, hatte seinen ganzen Groll hervorbrechen lassen.

Allerdings mischte sich in diesen Groll das Gefühl, dass seine Gedanken über Frauen und seine Ehe auf dieser Fahrt über das dunkler werdende Land, wo das Dunkel noch etwas Bedrohliches hatte, einen Verrat an ihr darstellten, die sie neben ihm saß, kein bisschen fett, kein bisschen schmarotzerhaft, nur erfüllt von liebender, erniedrigender, tödlicher Anteilnahme.

Ihr Schweigen, ihr Streit dauerte auch im Hotel noch an, wo der Mann an der Rezeption ihre Stimmung befriedigt zur Kenntnis nahm.

Gegen Ende des Abends jedoch hatte sich Margarets Gegenwart, die er im Teehäuschen noch weggewünscht hatte, gerade wegen dieses Schweigens in einen Trost verwandelt.

Als er im Bett jenen halluzinatorischen Moment im weißen Nichts, den Verlust der Realität ganz bewusst heraufbeschwor, erfasste ihn wirklicher Schrecken, und er sagte: »Hündchen.«

»Hündchen.«

Auch ihre Härte war verflogen. Er merkte, dass sie geweint hatte.

4

In dieser Nacht kam Mr. Stone die Idee mit der Gemeinschaft der firmen Ritter – der Name folgte erst später, er stammte vom jungen Whymper, dem Öffentlichkeitsreferenten. Die Idee kam ganz plötzlich, als er im Bett lag, sie kam ihm vollständig, und zu seiner Überraschung war sie auch am nächsten Morgen noch gut. Während der Rückfahrt nach London beleuchtete er sie von allen Seiten, ohne irgendetwas hinzuzufügen, von der ängstlichen Freude eines Menschen erfüllt, der befürchtet, ihm könne das, was er erdacht hat, noch entgleiten.

Zu Hause angekommen, verkündete er, dass er zum »Arbeiten« in sein Arbeitszimmer gehe. Auf diese Mitteilung hatte man lange gehofft, und die beiden Frauen beeilten sich, alles heranzuschaffen, was er benötigen könnte, wobei sich in Margarets Freude Erleichterung darüber mischte, dass er nicht aus Missmut den ganzen Tag so still gewesen war. Sie rückte die Leselampe zurecht, spitzte Bleistifte, brachte ungebeten ein heißes Getränk herein. Erst als sie Mr. Stones Ungeduld bemerkte, räumte sie widerwillig das Feld, nachdem sie Miss Millington bereits instruiert hatte, dass der Herr des Hauses arbeite und nicht gestört werden dürfe. Miss Millington presste die Lippen zusammen und versuchte, auf Zehenspitzen zu gehen. Wegen ihres langen schwarzen Rocks war nur schwer zu erkennen, ob es ihr gelang, aber sie ließ sich nicht beirren und äußerte sich nur noch in heiseren Flüster-Eruptionen, die lauter waren als ihr normales, keuchendes Sprechen.

Im Arbeitszimmer saß indessen Mr. Stone und schrieb, allein des friesbedeckten Schreibtischs (er gehörte Margaret) als einer Insel von Licht gewahr, und sein weicher Bleistift glitt geschmeidig über das steife weiße Papier.

Er arbeitete bis spät in die Nacht. Als er am nächsten Tag aus dem Büro kam, begab er sich direkt in sein Arbeitszimmer, und wieder wurde verkündet, dass er arbeite. So ging es mehr als eine Woche lang. Er schrieb, korrigierte, überarbeitete, und nie befiel ihn Erschöpfung. Seine Schrift veränderte sich. Sie war nicht mehr so ordentlich, wurde eng und unleserlich, die Bögen teils bewusst unelegant, und doch wurde das Schriftbild insgesamt ansprechender, strahlte mehr Autorität aus, besaß sogar eine gewisse Symmetrie. Die Zeilen waren gerade, die Ränder entstanden ganz von selbst. Das gleichmäßige Bedecken der Seiten war ein Vergnügen, das Schurren des weichen Bleistifts auf dem willigen Papier, das Durchstreichen, die umkringelten Korrekturen auf dem Rand.

Und dann war er mit der Niederschrift fertig. Und mochte er auch abends weiterhin in sein Arbeitszimmer gehen, so gab es dort für ihn doch nichts mehr zu tun. Eines Morgens packte er die Reinschrift in seine Aktentasche (womit diese endlich einem Zweck zugeführt wurde) und nahm sie mit ins Büro, wo er eine der Schreibkräfte überredete, sie abzutippen. Als er zwei oder drei Tage später das auf dickem Excal-Papier erstellte Typoskript erhielt, war er aufs Neue von der Schlüssigkeit und Stringenz seiner Ausführungen beeindruckt. Und nun überkam ihn große Scheu. Er wollte das Typoskript nicht seinem Abteilungsleiter geben. Er hatte das Gefühl, es sei keine gute Reklame für seine Arbeit, wollte es lieber jemandem zukommen lassen, der ihn nicht kannte. Und so adressierte er seine Ausführungen ein paar Tage später unter Missachtung des Dienstwegs an Sir Harry, den Chef von Excal, legte ein Begleitschreiben bei und gab den Umschlag in die Hauspost.

Er war erschöpft, traurig, fühlte sich leer. Ob er im Garten arbeitete, fernsah oder Zeitung las: Seine Abende waren inhaltslos.

Er rechnete nicht damit, dass irgendetwas geschehen würde, war aber auch nicht überrascht, als Keenan aus der Buchhaltung, ein Mann, der alles wusste, noch bevor es geschah, aus wohl bekannten Tatsachen dagegen gern ein Geheimnis machte, eines Tages in die Bibliothek kam, wobei er die letzten paar Schritte bis zu Mr. Stones Schreibtisch absurderweise auf Zehenspitzen zurücklegte, und ihm zuflüsterte: »Ich glaube, man will Sie im Hauptbüro sehen, Stoney.«

Mehr sagte Keenan nicht, aber es war klar, dass er glaubte, Mr. Stone habe sich etwas zuschulden kommen lassen. Sein

Schnurrbart bog sich über den kleinen, wohl geformten Zähnen nach oben, seine Augen zwinkerten hinter der Brille, deren einer Bügel fehlte (eine Nachlässigkeit, die er kultivierte), und die langen dünnen Beine in der ausgebeulten Hose schienen auf Kniehöhe zu zucken.

Es sprach sich rasch im Büro herum. Man wollte Mr. Stone im Hauptbüro sehen! Als hätte sich Mr. Stone für ein so ungeheuerliches Vergehen zu verantworten, dass man in seiner eigenen Abteilung überfordert war und das Ganze ans Hauptbüro weitergeleitet hatte, was ihm nun eine Vorladung eingebracht hatte, wie sie doch normalerweise nur dem Abteilungsleiter zukam.

Mr. Stone war sich des Geredes bewusst. Er bemerkte die Blicke. Und er befleißigte sich einer Gleichgültigkeit, die, das wusste er, als überraschender Mut ausgelegt werden würde. Die Situation war ihm seltsam vertraut. Dann fiel ihm der Esser in dem Teehaus in Cornwall ein. »Natürlich hat es einiges Getuschel gegeben. Aber was soll denn so besonders sein am letzten Tag, hab ich gesagt.« Das war beunruhigend. Doch die Vertrautheit saß tiefer. Ihm war, als hätte er die Ereignisse des Vormittags schon einmal erlebt.

Erst gegen Mittag, als er an Evans' offener Tür vorbeiging, wurde ihm klar, was es war. Evans war früher bei der Royal Air Force gewesen, was von ihm selbst nie, von allen anderen jedoch immer wieder erwähnt wurde. Er trug dunkelblaue Zweireiher, schritt auf seinen kurzen Beinen energisch aus, wobei die Lederabsätze jedem einzelnen Schritt etwas Militärisch-Zackiges gaben, und hatte das strenge Gebaren eines Mannes, der viel und Wichtiges zu tun hat. Man konnte ihm nicht trauen, selbst wenn er sich zu »unseren Jungs« herabließ, denn er war eine Art »Präfekt«, ein selbst ernannter Büroaufpasser, der sich über Vorgesetzte und die Aufgabenverteilung im Büro Witze erlaubte, denen man bei genauerer Betrachtung stets Harmlosigkeit bescheinigen musste, die aber gelegentlich einen der »Jungs« zu einer Indiskretion verlockten. Als Mr. Stone also an Evans' allzeit offener Tür vorbeiging, wurde ihm bewusst, dass er die nutzlosen Unterlagen dabei hatte, die er, um beschäftigt zu wirken, immer mitnahm, wenn er die Bibliothek verließ. Und ihm fiel auf, dass gerade an diesem Tag die Unterlagen eigentlich nicht nötig waren, dass Evans, der stirnrunzelnd an seinem Schreibtisch saß, ihm nicht seinen normalen, sondern den ehrfurchtsvollen Blick zuwarf, mit dem ihn an diesem Vormittag alle angesehen hatten. Und jetzt endlich konnte er die Vertrautheit der Ereignisse an diesem Vormittag einordnen. Was er verspürte, war das genüssliche Gefühl, das er in seinen Fantasien hatte, wenn er gelassen in seinem Sessel umherflog und die Leute aus dem Büro verwundert gafften.

Also übertrieb er seine Gelassenheit, und erst als er in der U-Bahn saß, die Aktentasche auf dem Schoß, entspannte er sich. Die feinen Fältchen um seine tief liegenden Augen wurden zu Lachfältchen, die Mundwinkel hoben sich. Er lächelte, ein müder, älterer Büroangestellter, der die Menschen ringsum ignorierte, seine blicklosen Augen auf das Versicherungsplakat geheftet.

Als er an diesem Abend nach dem Essen seine Pfeife stopfte und Margaret bei quälend schummrigem Licht (sie war sehr lichtempfindlich) strickte, sagte er: »Ich glaube, man will mich im Hauptbüro sehen.«

Sie konnte mit dem Satz nicht viel anfangen. Und so antwortete sie einfach: »Das ist schön, Hündchen.«

Er verstummte. Sie bemerkte es nicht, so dass keines ihrer Schweigen daraus entstand. Doch er beschloss, ihr nichts weiter zu erzählen.

Old Harry – wie er bei denjenigen hieß, die ihn nicht persönlich kannten, Sir Harry dagegen für jene, denen der Umgang mit ihm gewährt wurde, eine Anrede, die, so hofften sie, Vertraulichkeit suggerierte – war eine furchterregende Gestalt. In den Augen ihrer Gattinnen stellten auch Männer wie Mr. Stone, Tomlinson und Tomlinsons Freunde in der Öffentlichkeit Respekt heischende Persönlichkeiten dar.

Doch während diese ihre Maske im privaten Umfeld fallen ließen, ließ Old Harry – so bedeutend nämlich war er – seine Maske in der Öffentlichkeit fallen. Er schrieb Leserbriefe an die *Times*. Er schrieb über die Anzahl der Nadeln in neuen Hemden, die Anzahl von Streichhölzern in Streichholzschachteln; er schrieb über Lichtmasten aus Beton. Am »Wer hört den ersten Kuckuck«-Wettbewerb nahm er nie teil, aber er steuerte wichtige Beiträge zu »Die Eigenheiten des 11er Busses« bei und initiierte die Leserbriefdebatte über den Busfahrschein der Londoner Verkehrsbetriebe. (»Dieser schmuddelige, sich einrollende Papierfetzen, den ich in die Hand gedrückt bekomme, sieht weder wie ein Busfahrschein aus, noch fühlt er sich so an, dabei handelt es sich doch immerhin um ein Reisedokument, und sei es auch ein noch so profanes. Er ist kaum dazu geeignet, hinters Hutband gesteckt zu werden, wie sich das für einen anständigen Fahrschein gehört. Vielmehr ermuntern seine Labberigkeit und sein rundum schäbiges Erscheinungsbild dazu, ihn achtlos zu einem Kügelchen zusammenzuknüllen oder aber, in kreativeren Momenten, zu einer winzigen Ziehharmonika zu falten, wobei sowohl Kügelchen als auch Ziehharmonika natürlich spurlos verschwunden sind, sobald der Kontrolleur sie zu sehen wünscht.«) Das Transportwesen war überhaupt sein Spezialthema, und er hatte sich – nirgendwo mehr als bei Excal selbst – einen Ruf als Kenner des nationalen Eisenbahnnetzes erworben. (Seine auf der Gartenparty an Miss Menzies gerichteten Worte waren legendär: »In Streatham wohnen Sie? Da zweigt doch die Fernbahnstrecke nach Portsmouth ab.«) Miss Menzies schnitt jeden Brief, den Old Harry an die *Times* schrieb, mitsamt des Inhaltsverzeichnisses der Leserbriefseite aus, da dort die Absender mit vollem Titel angegeben wurden, klebte das Ganze auf ein dünnes weißes Blatt und ließ es in der Abteilung herumgehen, bis es schließlich, eindrucksvoll in den verschiedensten Schriften, Tinten und Bleistiftstärken abgezeichnet, zu ihr zurückkehrte. Über die Jahre führten diese banalen Briefe dazu, dass Old Harry nachgerade zur Lichtgestalt wurde. Mit jedem Brief entrückte er weiter; dass er sich selbst gelegentlich als »einen Verkehrsteilnehmer unter vielen« bezeichnete, war schockierend, und seine Aura der Unnahbarkeit und Größe wurde durch seine angebliche Linksorientierung perfekt.

Und so glich Mr. Stones Aufbruch zu seiner Unterredung mit Old Harry im Hauptbüro, deren Grund weder Evans noch sonst jemand aus der Abteilung kannte, einer feierlichen Entsendung. Er trug seinen besten Simpson's-Anzug; Margaret hatte, weniger den Anlass als Sir Harry würdigend, die Krawatte für ihn ausgesucht. Einen Moment lang kam Mr. Stone sich vor, als ginge er auf eine Hochzeit, und er wurde in diesem Gefühl noch bestärkt, als eine der Schreibkräfte in Tränen aufgelöst in der Bibliothek erschien, eine grobschlächtige junge Schlampe, deren Hauptgesprächsthema die Weigerung des London County Council war, sie und ihren Mann auf die Warteliste für eine städtische Wohnung zu setzen (dabei hatten sie sogar ein eigenes Auto). Sie hatte einen schwierigen Vormittag hinter sich; Evans hatte sie »zurechtgestutzt«, und jetzt sagte sie beinahe wütend zu Mr. Stone: »Es sind Leute wie Sie, die uns das Leben schwer machen.«

Er beachtete sie nicht, sondern verließ, ohne jegliche Unterlagen und in der Mitte des Korridors gehend, anstatt dicht an der Wand wie früher, als er nicht hatte bemerkt werden wollen, am helllichten Vormittag das Büro.

~

Kaum hatte er sich am Nachmittag wieder auf seinem Stuhl in der Bibliothek niedergelassen, kam auch schon auf Zehenspitzen Keenan herein.

»Und, was hatte Old Harry zu sagen?« Keenans Knie zuckten, seine Hände in den Hosentaschen schienen mit seinen Geschlechtsteilen zu spielen, und der besorgte Ton seiner geflüsterten Frage wurde von der Freude in Augen, Lippen und Schnurrbart Lügen gestraft.

»Sir Harry und ich«, sagte Mr. Stone, »haben über den von mir eingereichten Vorschlag gesprochen, eine neue Abteilung einzurichten.«

Und wieder hatte Mr. Stone das köstliche Gefühl, in seinem Sessel durch die Luft zu fliegen. Keenans Reaktion war eine Karikatur von Erstaunen und Ungläubigkeit. Ein paar Sekunden lang behielt er die verschwörerisch gebeugte Körperhaltung, das Lächeln bei. Dann richtete er sich auf, Hände und Knie hörten auf, sich zu bewegen, das Lächeln wurde ausdruckslos und verschwand, und es schien, als sei der Abstand zwischen den beiden Männern unüberbrückbar geworden. Keenans Jovialität verpuffte. Die Gute-Laune-Fältchen in seinem Gesicht wurden zu Falten panischer Besorgtheit und unterdrückter Hysterie. Mit seiner dünnen sackartigen Hose und der schadhaften Brille wirkte er neben Mr. Stone in seinem Simpson's-Anzug geradezu schäbig, ja elend. Und auch das fast umgehende Wiederaufleben seiner ruhelosen Fröhlichkeit machte diesen Moment nicht ungeschehen.

Eine weitere Beziehung war zurechtgerückt, verändert worden. Aber Mr. Stone flog. Den restlichen Nachmittag, den Rest der Woche ging er wie ein Mensch durch die Bürokorridore, der sich in seinen Sessel setzen und fliegen kann.

Ende des Monats wurde Mr. Stone zu »Soziales« versetzt, in ein neues Büro in einem neuen Gebäude, wo das Mobiliar von Heal's stammte und nagelneu war und wo es keine Miss Menzies gab, an deren Kostümen sich das Verstreichen der Tage ablesen ließ. Sein Jahreseinkommen wurde auf eintausendfünfhundert Pfund angehoben. Seine Versetzung, nicht allerdings sein Gehalt, wurde in der Hauszeitschrift gemeldet; auch ein Foto war dabei. Und die Hauszeitschrift (er hatte gleich ein halbes Dutzend Exemplare in seine Aktentasche gesteckt) zeigte Mr. Stone dann am Erscheinungstag ganz beiläufig Margaret mit den Worten: »Da steht was über mich drin.«

Ringsum erwachte die Welt zum Leben, zu Sonnenschein

und jungem Grün. Erst hingetupft, dann schwungvoll aufgetragen, erschien das Grün an dem Baum auf dem Schulgelände hinterm Haus. Und darin offenbarte sich nicht nur das Verrinnen der Zeit. Er war eins mit dem Baum, denn er entwickelte sich mit ihm, von einem Tag zum nächsten, und jeden Tag gab es neue, anregende Dinge zu tun. In Soziales gab es die langen Sitzungen mit Whymper, dem jungen Öffentlichkeitsreferenten, den man der neuen Abteilung zugewiesen hatte. Die Idee, meinte Whymper, sei gut, sehr gut. Er finde sie »spannend«, doch fehle ihr noch die rechte Würze. Diese letzten Worte sagte er mit einem fast körperlichen Genuss, seine dicke Zunge fuhr über die Oberlippe, und zugleich klopfte er auf seine ganz eigene Art den Tabak einer Zigarette auf seinem silbernen Zigarettenetui fest. Whymper betrachtete sich als jemanden, der Rohmaterial verarbeitete. Er redete wie ein Mensch, dessen größte Freude es war, zu sieben, zu klären, Unreinheiten zu beseitigen. Er sagte, er erschaffe selbst nichts. »Aber«, fügte er hinzu, »ich mache aus nichts etwas.«

Für jemanden, der sich so viel auf seine Verfeinerungskünste zugute hielt, war sein Erscheinungsbild erstaunlich derb, und Mr. Stones erster Eindruck von ihm war wenig vorteilhaft. Seine eckige Kieferpartie war schlaff und etwas zu fleischig, die Lippen sahen lädiert aus und ihre Ränder erinnerten an Striemen (wenn er auf diese ganz bestimmte Weise, auf die er so stolz war, den Tabak einer Zigarette festgeklopft hatte, rollte er sie zwischen diesen Lippen hin und her, und manchmal kam sie mit nassem Ende wieder heraus), seine Augen waren sanft und braun, sein Blick unstet wie bei einem Menschen, den Leid unsicher gemacht hat. Er war von mittlerer Größe und durchschnittlicher Statur. Für solche Männer werden Konfektionsanzüge zu Hunderttausenden hergestellt, doch nichts, was Whymper anhatte, schien ihm richtig zu passen. Seine Kleider waren von der gleichen Schlaffheit wie seine Kieferpartie und erweckten den Eindruck, das darunter liegende Fleisch sei weich und verzärtelt, werde niemals den Elementen ausgesetzt. Seine stets verrutschte Jacke ließ ihn hängeschultrig und manchmal sogar bucklig aussehen. Und die schicken Westen – Whymper interessierte sich nämlich für Kleidung – waren bloß auffällig und lächerlich.

Mr. Stone ließ sich nicht gerne sagen, dass seiner Idee die rechte Würze fehle. Und sein Missfallen wuchs, als Whymper bei ihrem ersten Treffen in der Abteilung Soziales sagte: »Bitte nehmen Sie es mir nicht übel, Stone, aber Ihre Art, den Tabak festzuklopfen, irritiert mich ungemein.«

Mr. Stone hielt inne, die Zigarette in der Hand.

»Na los«, sagte Whymper. »Machen Sie mal.«

Mr. Stone hielt die Zigarette zwischen Zeigefinger und Daumen und schlug sie auf. Das, so Whymper, sei falsch. Die richtige Methode sei, die Zigarette aus etwa einem Zentimeter Höhe herunterfallen zu lassen, so dass sie wieder hochspringe und zwischen Daumen und Zeigefinger lande.

Zwei oder drei Minuten lang klopften sie den Tabak ihrer Zigaretten fest, Whymper der Lehrer, Mr. Stone der Schüler.

Doch seine Abneigung gegen Whymper wich rasch der Freude an dessen scharfem Verstand, seinem enormen Arbeitsvermögen und vor allem seiner Begeisterung, die Mr. Stone als Kompliment für sich betrachtete, auch wenn sich bald herausstellte, dass Whymper andere Dinge »spannend« fand als Mr. Stone.

»Wie wäre es damit?«, fragte Whymper. »Unsere Rentner besuchen die Rentner von Kundenfirmen. Mit einem kleinen Präsent von der Firma und so weiter. Excal würde das nicht umbringen. Und denken Sie weiter. Es wird sich herumsprechen. ›Wir bieten Ihnen mehr als eine Geschäftsbeziehung. Unsere Geschäftsbeziehungen sind Beziehungen unter Freunden.‹« Er intonierte das wie einen Slogan. »So etwas wird viel mehr bewirken als die ganzen Weihnachtskarten. Öffentlichkeitsreferenten mag keiner. Das brauchen Sie mir nicht zu erzählen. Aber wer wird diese alten Knaben verdächtigen? Denken Sie doch nur. Männer, die sogar im Ruhestand noch für Excal arbeiten. Eine ganze Armee von Excals Ehemaligen, unterwegs im ganzen Land.«

Mr. Stone gestattete sich, mit dem Gedanken zu spielen. Er verpasste den Rentnern in seiner Vorstellung lange weiße Bärte, dicke, knorrige Stöcke und Uniformen wie die der pensionierten Soldaten im Chelsea Royal Hospital. Er sah sie Landsträßchen entlangwandern, mit zittrigen Schritten üppig blühende Gärten durchqueren und an die Tür schilfgedeckter Häuschen klopfen.

»Tausende von unbezahlten Öffentlichkeitsreferenten«, sagte Whymper gerade. »Überall willkommen. In jedem Dorf einer.«

»Unrealistisch.«

Es gab immer diesen Unterschied in ihrer Herangehensweise. Whymper sprach von dem Nutzen für Excal, und Mr. Stone musste vertuschen, dass er mit seinem Plan nicht die Förderung von Excals Ansehen im Sinn gehabt hatte, sondern einfach die Sorge für die Alten.

Und Whympers Haltung hatte noch einen irritierenden Aspekt, nämlich dass er sich weder der Furcht und Besorgnis, aus denen heraus der Plan entstanden war, noch der Leidenschaft bewusst zu sein schien, die Mr. Stone während dessen Ausgestaltung mitgerissen und Abend für Abend in sein Arbeitszimmer getrieben hatte. Whymper war sich dieser Gefühle nicht bewusst, und Mr. Stone wollte sie nicht zur Sprache bringen. Und im Laufe ihrer endlosen Diskussionen über Varianten und Alternativen stellte Mr. Stone fest, dass er sich Whympers Auffassung, es gehe hier um Öffentlichkeitsarbeit, sukzessive anzueignen begann.

»Ich finde diese Geschichte ausgesprochen spannend«, sagte Whymper täglich während ihrer Diskussionen. »Ich habe das Gefühl, daraus lässt sich etwas Großes machen.«

Er steckte voller Ideen. Er hatte Spaß daran, seine Kreativität auszuschöpfen, und erläuterte auch die wildeste Idee in allen noch so nebensächlichen Einzelheiten. Und wenn ihm die Ideen ausgingen oder sie verworfen wurden, wandte er sich wieder dem vervielfältigten Konzept zu, das vor ihm lag, und bat Mr. Stone, seinen Plan ein weiteres Mal zu umreißen.

»Wir schreiben an unsere Rentner«, sagte Mr. Stone. »Wir laden sie ein, wenn sie möchten, zu ›Besuchern‹ oder ›Gefährten‹ zu werden. So trennen wir die Aktiven von den Inaktiven. Wir schicken unseren ›Besuchern‹ oder ›Gefährten‹, oder wie immer wir sie eben nennen werden, Informationen über die Leute, die sie aufsuchen sollen. Die Inaktiven. Alter, Abteilung, Beginn des Ruhestands, Anzahl der Dienstjahre und so weiter.«

»Dafür werden wir Personal brauchen«, sagte Whymper.

»Unsere Besucher melden Fälle besonderer Bedürftigkeit. Denen gehen wir nach. Aber bei den normalen Besuchen fallen bloß die Reisekosten des Besuchers an und die Unkostenerstattung für das kleine Präsent – Blumen oder Pralinen. So organisieren wir unsere Rentner zu einer autonomen Selbsthilfetruppe. Wir stellen bloß die Verwaltung.«

So kamen sie immer wieder auf Mr. Stones ursprüngliche Ideen zurück, und es schien, als gedenke Whymper ihnen »die rechte Würze« dadurch zu verleihen, dass er sich von jeder einzelnen Idee entfernte, nur um wieder zu ihr zurückzukehren.

Whympers verqueres Vorgehen ermunterte Mr. Stone, sich mit größerem Enthusiasmus zu äußern. Aus Angst, seine Motive deutlich werden zu lassen, blieb er zunächst vage. Doch nach und nach gab er zu erkennen, was er wirklich dachte, und zu seiner Überraschung machte sich Whymper weder darüber lustig, noch schien er verwirrt.

»Das ist ja interessant«, sagte Whymper aufmerksam und kniff die Augen zusammen. »Ich bin ganz Ohr. Das ist genau das, was ich suche.«

Mr. Stone erläuterte. Er habe einige der Probleme des Alters gelöst: Er bewahre die Männer vor Untätigkeit; er schütze sie vor Grausamkeit. Er erhalte den Männern die im

Büro herrschende Kameradschaft, die sie aus den Zwängen der familiären Beziehungen befreie. Er erhalte ihre Treue zur Firma aufrecht. Und das alles fast kostenfrei: Sein Projekt werde Excal nicht mehr als zwanzigtausend Pfund im Jahr kosten.

»Eine Gesellschaft«, sagte Whymper, »zum Schutz der Männer, die nicht mehr können.«

Whympers Äußerungen strotzten von derlei sexuellen Anspielungen. Mr. Stone hatte gelernt, sie zu ignorieren, aber bei dieser Bemerkung konnte er seine Verlegenheit und Abscheu nicht verbergen.

Whymper war begeistert. »Das ist genau das, was ich suche«, sagte er. »Sie haben meine volle Aufmerksamkeit. Sprechen Sie weiter.«

Im Laufe ihrer Bemühungen um die rechte Würze bugsierte Whymper Mr. Stone mehr und mehr in die Position des Verfechters, des Erklärenden, bis Mr. Stones Leidenschaft schließlich erschöpft war und er sich zu einfachen Aussagen hinreißen ließ, die Unaufrichtigkeiten gleichkamen. Sie beeindruckten Whymper dennoch.

Gegen Ende der Woche hörte sich Mr. Stone einmal sagen: »Es ist einfach eine Methode, den armen Alten zu helfen.«

Es war absurd und billig und weit von dem entfernt, was er fühlte. Aber Whymper sagte bloß in ernstem, nüchternem Ton: »Wie man in diesem Land die Alten behandelt ist schlichtweg skandalös.«

Und auf dieser Ebene verharrten ihre Diskussionen dann auch, so als hätten sie beide beschlossen, ihre Gedanken nicht völlig preiszugeben, und sich stillschweigend darauf geeinigt, es einander durchgehen zu lassen.

Sie kamen auf den möglichen Namen des Projekts zu sprechen.

»Wir brauchen etwas wirklich Inspirierendes«, sagte Whymper. »Etwas, das die alten Knaben tatsächlich auf die Straße und an all die verschiedenen Haustüren treibt.«

An einen Namen hatte Mr. Stone nie gedacht. Und als er jetzt mit Whymper am Tisch saß und Whymper den Tabak seiner Zigarette festklopfte und sie dann zwischen den Lippen hin- und herrollte, merkte er, dass er nicht über einen Namen nachdenken wollte. Er befürchtete eine weitere Herabsetzung seiner Idee.

»Rabattmarken sind der große Renner«, sagte Whymper. »Und wissen Sie, warum? Wegen der Bezeichnung. Rabattmarke. In diesem Wort klingt alles an: Markt, beraten, merken, bappen, stark, sparen, satt. Die ganze Idee in einem Wort zusammengefasst. So etwas suchen wir. Etwas Erklärendes. Etwas Inspirierendes. Etwas, das in Erinnerung bleibt.«

»Die Veteranen«, sagte Mr. Stone.

Whymper schüttelte duldsam den Kopf. »Genau das wollen wir nicht. Wir suchen einen Namen, in dem Jugendlichkeit anklingt. Jugendlichkeit, Kameradschaft und der Schutz des Mannes.«

Mr. Stone meinte zu begreifen, wie Whymper sein Rohmaterial bearbeitete.

»So was wie Ritter«, sagte Whymper.

»Wohl kaum zum Schutz des Mannes.«

Whymper beachtete ihn nicht. »Die Ritter von irgendwas. Ritter der offenen Landstraße. Die fahrenden Ritter. Genau das werden sie doch sein, oder? Fahrende Ritter.«

Mr. Stone fand den Vorschlag absurd. Am liebsten hätte er Konzept und Unterlagen vom Tisch gefegt, Whymper eine Beleidigung an den Kopf geworfen und wäre an seinen friedlichen Bibliothekarsschreibtisch zurückgekehrt.

Es war still, derweil Mr. Stone innerlich tobte und Whymper nachdachte. Dann, wie es gelegentlich geschah, wenn er nachdachte, wurde Whymper albern.

»Türklopfer«, sagte er. »Die Abordnung der Türklopfer. Der ritterlichen Türklopfer. Der Orden der Ehrenwerten Türklopfer.«

Mr. Stone zündete sich eine Zigarette an, nachdem er den

Tabak auf seine Weise, und zwar ziemlich heftig, festgeklopft hatte. Doch der Vorschlag hatte etwas. In Gedanken zog er seinen Rentnern die roten Uniformen aus und gab ihnen schmucke braune Uniformen mit gelben Streifen, dazu Kniehosen und schwarze Strümpfe; an die Türen klopften sie mit langen Stäben, in die ein uraltes bedeutsames Muster geschnitzt war.

»Die ritterlichen Besucher«, sagte Whymper. »Die ritterlichen Gefährten.«

»Sagen Sie doch gleich ›die alten Galane‹.«

»Sie nehmen mich nicht ernst, Stone.«

»Sie laden nicht dazu ein.«

Ein bittender Ausdruck trat in Whympers unstete Augen. »Aber ritterlich ist doch gut.«

»Die ritterlichen Mannen«, sagte Mr. Stone müde.

»Die mannbaren Ritter.« Whymper kicherte.

Mr. Stone sah aus dem Fenster.

»Die gestandenen Ritter«, sagte Whymper. »Die firmen Ritter.«

Mr. Stone schwieg.

»Das ist es doch«, sagte Whymper. »Die Gemeinschaft der firmen Ritter. Im ›Ritter‹ steckt das Jugendliche und zugleich das Edle, Hilfsbereite. Und ›firm‹ vermittelt Kompetenz, Reife und moralisches Format, außerdem steckt da die Firma drin. Meine Güte! Was bieten sich da für Möglichkeiten. Die Ritter können sich zur Tafelrunde treffen. Einmal im Jahr. Sie können sich in Wettbewerben miteinander messen. Wissen Sie was, Stone, ich glaube, jetzt haben wir Ihrer Idee die nötige Würze gegeben.«

Und nun nahm Margaret eine neue Rolle an und tat dies mit derselben Leichtigkeit, mit der sie schon immer neue Rollen angenommen hatte. Sie war nicht mehr nur die Ehefrau, die zu Hause auf ihren Mann wartet, sie war jetzt die Ehefrau, die ihren Mann bei seiner Arbeit ermuntert und inspiriert. Während zuvor der Inhalt von Mr. Stones Tätigkeit kaum je Thema gewesen war, denn seine Anmaßung des Titels »Chefbibliothekar« klang noch leise nach und erinnerte sie beide an ihre Vorspiegelungen bei ihrer ersten Begegnung, so redeten sie jetzt unablässig über seine Arbeit, und sein nahender Ruhestand trat in den Hintergrund. Margarets Kleidungsstil veränderte sich unmerklich: Wenn sie jetzt abends Mr. Stone begrüßte, hätte sie ebenso gut, ohne sich schämen zu müssen, Besuch empfangen können. (Und wie war ihm ihre Toilette ans Herz gewachsen, ihr Granatschmuck und das Kleid aus roter Moiréseide, einst die faszinierenden Attribute eines neuen Menschen, nun die vertrauten, sorgsam gehegten Teile einer beschränkten Garderobe.) Sie passte sich immer noch um ihn, doch sie lebte auf und nahm wieder etwas von ihrem früheren Gebaren an. Sie erkannte früher als Mr. Stone, dass sich ihre Verpflichtungen ausgeweitet hatten, und sprach von diesen Verpflichtungen als einer Last, die es entschlossen auf sich zu nehmen gelte. Sie sprach vom »Einladungen geben« wie von etwas Schrecklichem, unmittelbar Drohendem, und sie wurde umso ernster und nachdrücklicher, je häufiger, länger und selbstgefälliger in der Hauszeitschrift über Mr. Stone und die Gemeinschaft der firmen Ritter berichtet wurde. Die Pflicht rief, sie wie ihn, und sie durften sich ihr nicht entziehen.

Und so besprachen sie, wie junge Paare es eben tun (so sagte Margaret es selbst, lachend, um spöttischen Bemerkungen vorzubeugen und jede Verlegenheit zu zerstreuen), welche Veränderungen im Haus vorgenommen werden mussten. Sie brauchten neue Teppiche, neue Bilder, neue Tapeten, und Margaret sprudelte über vor Ideen. Mr. Stone hörte nur halb zu, sagte kaum etwas, goutierte Margarets typisch weibliches Gerede in diesem Zimmer mit Tigerfell als einen Teil seiner neuen Situation. Seine Gesten wurden gemächlicher, er übertrieb sie, zelebrierte sie zu seinem eigenen Vergnügen. Die Lektüre der Abendzeitung war für ihn nicht länger nur ein tröstendes Ritual, ohne das der Abend unvollständig gewesen wäre. Er las jetzt mit genüsslicher Gönnerhaftigkeit über den Rest dieser wunderbaren Welt. Er war schneller amüsiert und schneller gerührt. Oft las er Margaret Meldungen vor, und es war eine Erleichterung, zu lachen oder ergriffen zu sein, so übervoll waren sie mit Emotionen. All ihre Gefühle waren intensiver. Sie brachen sogar kleine Streits vom Zaun, die sie jedoch nie in eines ihrer Schweigen ausarten ließen.

Zu den Veränderungen am Haus äußerte Mr. Stone sich kaum. Er eignete sich schelmisch ihre Einstellung an und erklärte, das sei Frauensache; sie wiederum tat, ungeachtet Mr. Stones ständiger Ausführungen, als wisse sie kaum etwas über die Gemeinschaft der firmen Ritter, und gab manchmal sogar vor, das viele Gerede darüber langweilig oder lästig zu finden.

Und so begann sich das Haus schrittweise erneut zu verändern. Schrittweise, weil sie feststellten, dass im Falle gründlicher Reparaturen große Teile des Hauses hätten erneuert werden müssen. Ein Teil des Dachs war eingesunken, der Boden des Speichers war ein Sicherheitsrisiko, die Fensterrahmen waren verzogen. Kriegsschäden, erklärte Mr. Stone – er schilderte, wie die Flugzeuge samstagnachts über diesen Teil Südlondons hinweggeflogen waren –, für die es keine Entschädigung gegeben habe, was Margaret mit rechtschaffener Wut auf die Regierung erfüllte. Sie beschlossen also, nur diejenigen Bereiche des Hauses zu renovieren, die den Blicken distinguierter Gäste ausgesetzt sein würden: den Flur, das Wohnzimmer, das Bad und den Teil der Treppe, der von dem höchsten Punkt aus sichtbar war, bis zu dem hinaufzusteigen es vertretbar scheinen mochte.

Die im Parterre liegende Küche und das Schlafzimmer im ersten Stock beschlossen sie unverändert zu lassen.

Miss Millington wurde für fähig befunden, die Renovierungsarbeiten durchzuführen. Zuerst strich sie. Die Spuren ihres bemühten, ineffektiven und unsauberen Gepinsels waren bald überall zu sehen. Danach verkündete sie, nun zum Tapezieren bereit zu sein, ließ allerdings durchblicken, dass Eddie und Charley verfügbar seien, die, wie sie sagte, gerade das Fischgeschäft fertig machten. Und am selben Nachmittag landete ein properes weißes Kärtchen im Briefkasten – E. Beeching und C. Bryant, Fachmännische Renovierungen. Abends kamen sie vorbei. Sie waren schon älter, aber rührig. Bryant, mit rundem Gesicht und Brille, lächelte. Beeching, der hohlwangige Sprecher der beiden, sagte, sie seien selbständig und derzeit bemüht, sich einen Namen zu machen. Sie verlangten viel, aber Beeching sagte, die Firma, bei der sie vorher gearbeitet hätten, verlange noch mehr. Man verpflichtete sie. Und Schritt für Schritt, wobei zwischen der Renovierung der einzelnen Teile des Hauses ein oder zwei Wochen liegen konnten, in denen Beeching und Bryant anderweitig beschäftigt waren und man Miss Millington ermunterte, nochmals ans Werk zu gehen, wurden die öffentlichen, oder vielmehr bald öffentlichen Bereiche des Hauses renoviert.

Margaret hatte sich vorgestellt, dass man bei den Abendgesellschaften im Sommer auch den Rasen würde nutzen können. Es war ein kleines Rasenstück, das trotz des Ausblicks auf die Rückwände anderer Häuser durchaus geeignet gewesen wäre, besonders angesichts der Weite des angrenzenden Schulgeländes. Aber die Nachbarn waren nicht kooperativ. Der Mann, dem die schwarze Katze gehörte, war kein Heimwerker, sein Zaun war in einem fürchterlichen Zustand, wackelig und schief, und sein Garten war verwildert, mit ein paar Malven und zu groß gewordenen Rosenstöcken, die aus einer Menge Gestrüpp emporwuchsen. Die Leute auf der anderen Seite neigten eher der Wüste als dem Dschungel zu; außerdem vermieteten sie Zimmer, und im Garten waren Wäscheleinen gespannt. Selbst ihr eigener Zaun ließ zu wünschen übrig, denn die Wurzeln des Baums, den Mr. Stone jeden Tag beim Rasieren betrachtete, brachten ihn mehr und mehr in Schräglage.

Und so behielt das Haus trotz der Veränderungen seinen Charakter. Die fremde Muffigkeit, die mit Margarets Hab und Gut Einzug gehalten hatte und inzwischen eine vertraute Muffigkeit war, wurde lediglich übertüncht. Die renovierten Teile des Hauses verloren nicht den Geruch nach altem Schmutz, Lumpen und Politur. Und wenn sie abends die Treppe hinauf in ihr Schlafzimmer gingen, zu den braunen Samtvorhängen, dem mit Troddeln besetzten, grün angestrichenen Lampenschirm, dem abgetretenen Teppich und Linoleum, war es, als kehrten sie in das alte Haus zurück, in die Vergangenheit.

Auch Miss Millington veränderte sich. War sie zuvor eine alte Hausangestellte gewesen, deren Ineffizienz und Hinfälligkeit sich allmählich zum Problem entwickelten, so gewann sie nun einen besonderen Wert; sie verlieh dem Hausstand Glanz. In wie vielen Häusern wurde die Tür schließlich noch von einer Bediensteten in der entsprechenden Tracht geöffnet? Und hatte man vorher, um sie kommen zu lassen, bloß mehr oder weniger lautstark gerufen, so fand sich nun zu diesem Zweck auf dem Flurtisch, neben der Pflanze im messingnen Übertopf, eine Messingglocke auf einem Tablett; und damit Miss Millington ihrerseits sie rufen konnte, fand sich nun an der Wand ein großer Gong aus gehämmertem Messing, den die hinfällige Alte nur unter größter Anstrengung bedienen konnte; sie presste die Lippen zusammen, schloss die Augen und schlug mit langsamer, ausholender Bewegung wie benommen auf den Gong, bis der von ihr produzierte Schall in ihr Bewusstsein vordrang und sie dazu brachte aufzuhören. Und so schleppte sie sich durch ihr Dasein in dem veränderten Haus, im steten Wechsel zwischen ihren Rollen als Zierde des Hausstandes und als Schwerarbeiterin, eine Rentnerin nur am Donnerstagnachmittag, wenn sie die Rentnervorstellung im Kino besuchte und den Nachmittag verschlief.

»Wir stellen nur die Verwaltung«, hatte Mr. Stone zu Whymper gesagt, und nun widmeten sie sich der Verwaltung des Pilotprojekts. So nannte Whymper es. Er hatte ein Faible für eindrückliche, gewichtige Bezeichnungen. Es war sein Vorschlag gewesen, die Abteilung Soziales, die für die Gemeinschaft der firmen Ritter zuständig war, als »Einheit« zu bezeichnen. Die »Einheit« führte eine »Operation« durch, für die ein »Nachrichtendienst« notwendig war. Diese Anhäufung militärischer Begriffe sowie Whympers Gewohnheit, ihn mit Namen anzureden und sich auf die in großem Maßstab erstellte Wandkarte der Gegend zu beziehen, die sie für das Pilotprojekt ausgewählt hatten, regte Mr. Stone hin und wieder zu der Fantasie an, sie trügen beide Generalsuniformen, stünden leise sprechend in einem hohen getäfelten Raum, wie er ihn aus Filmen kannte, und auf ihr Kommando schwärmten die Rentner im ganzen Lande aus.

Er genoss Whympers Bezeichnungen. Er genoss die Dringlichkeit, die Whymper der »Operation« durch sein Auftreten, die überquellende Aktentasche und die Klagen über den lästigen, aber, wie er sagte, absolut unverzichtbaren Papierkram verlieh. Er genoss die Worte »Verwaltung« und »Personal«. Und Personal wurde eingestellt, wobei in der konkreten Umsetzung von Wort und Idee ein gewisser Abstieg zu verzeichnen war, nahmen sie doch die Gestalt von drei Schreibkräften an, deren Gewöhnlichkeit und Unbildung sie dem Charme der Schreibkräfte aus Filmen und Cartoons (den Mr. Stone gegen alle Erfahrung erwartet hatte) denkbar weit entrückte, von vier männlichen Büroangestellten, deren fortgeschrittenes Alter das Projekt nicht ganz so dringlich, ja gewissermaßen absurd erscheinen ließ und deren scheinbar unermüdlicher Fleiß mit einer eigenartig begrenzten Leistung einherging, sowie von einem jungen Buchhalter aus Yorkshire, einem Jüngling von wahrhaft lächerlicher Anmaßung in puncto Garderobe und Gebaren.

Briefe mussten geschrieben, Antworten sortiert werden. Firme Ritter mussten ernannt und Kurzbiographien der Inaktiven erstellt, die Buchhaltung musste organisiert werden. Und trotz des fleißig tippenden, fleißig blätternden und geschäftig mit Aktenstapeln durch die Korridore eilenden Personals musste Mr. Stone ein gut Teil der Arbeit selbst erledigen. Zugleich galt es, das Projekt stetig weiter zu bewerben. Das war Whympers Aufgabe. Und Mr. Stone war dankbar für Whymper. Whymper hatte das richtige Gespür. Gerade die Ideen, die billig und überzogen gewirkt hatten, fanden durchweg Anklang.

Es war Whympers Idee, jedem firmen Ritter eine Ernennungsurkunde auszustellen, auf handgeschöpftem Papier mit unbeschnittenen Kanten. Dafür musste ein Text verfasst werden, altertümlich, aber nicht albern, der eine gewisse Autorität ausstrahlte; Whymper verfasste ihn. In einem gesonderten Gespräch musste um Sir Harrys Genehmigung ersucht werden, für diese Schriftrollen das Firmensiegel von Excal zu verwenden, und zu Mr. Stones Überraschung reagierte Sir Harry weder belustigt noch verärgert auf ihr Spiel, sondern begeistert, und war voll des Lobes. Es war Whympers Idee, dass die firmen Ritter kleine silberne Figürchen am Revers tragen sollten: Ritter in Rüstung, die mit heruntergelassenem Visier und gesenkter Lanze in vollem Galopp zum Angriff preschten – das und sonst nichts, kein Wort, kein Buchstabe. Ebenso hatte er die Idee, die allerdings nicht umgesetzt wurde, dass alle Excal-Rentner kleine metallene Rosen tragen sollten, an deren unterschiedlichen Farben die Dauer ihrer Dienstzeit bei der Firma abzulesen wäre, damit andere Rentner und die firmen Ritter sie leichter erkannten. Whympers Geist sprühte, und oft war er dem Zeitplan der Einheit um Längen voraus, was gelegentlich viel Zeit kostete (so verwandte er mehrere Tage auf Entwürfe für den angreifenden Ritter, obwohl er kein Künstler war), doch er löste stets Begeisterung aus.

Und Mr. Stone war immer wieder fasziniert von seiner eigenen administrativen Leistung – dass aus einer Idee, aus Wörtern, die er in seinem Arbeitszimmer zu Papier gebracht hatte, eine Organisation aus lebendigen Menschen entstanden war. Jetzt enthielt seine abgenutzte, speckige Aktentasche Papiere von Belang. Und jetzt ertappte er sich gelegentlich dabei, wie er Aktentaschen in Schaufenstern betrachtete, bereit, sich der einstigen Attrappe zu entledigen, die ihm doch in der Zeit, als die Wochen schlicht absolviert, nummeriert und gehortet werden wollten, so viel Freude bereitet hatte. Er redete von nichts anderem mehr als der Gemeinschaft der firmen Ritter. Margaret wusste bestens über die Personalprobleme Bescheid, und Grace Tomlinson erzählte nun ihrerseits Geschichten über Tomlinsons jahrelang im Stillen erduldeten Probleme mit dem Personal. Jetzt, so schien Grace zu sagen, könne sie ja davon sprechen: Margaret und Richard würden es verstehen. Und Margaret spendete bereitwillig nachträgliche Anteilnahme.

Bei dem Pilotprojekt tauchten gewisse Probleme auf.

Ein ehemaliger Abteilungsleiter von Excal, der angesichts seiner Ernennung zum firmen Ritter altes Blut witterte, reiste in aller Ruhe durch Wales, besuchte acht weit verstreut lebende Rentner aus seinem Bekanntenkreis und schickte dann eine genau aufgeschlüsselte Rechnung über 249£ 17s 51/2d, der die Quittungen teurer Hotels sowie von Restaurants und Tankstellen und die Rechnungen für die erworbenen Geschenke beigelegt waren. Einem Rentner hatte er ein Radio gekauft. Er bedauerte, dass es ihm nicht möglich gewesen sei, einem anderen, ertaubten Rentner einen Fernseher zu kaufen und legte es der Einheit in seinem Brief sehr ans Herz, das nachzuholen.

Zwanzig firme Ritter waren unterwegs. An neunzehn schickte man eiligst einen Brief. Und die Rechnung des ehemaligen Abteilungsleiters, die von Vorgesetztem zu nächsthöherem Vorgesetzten weitergereicht und jeweils entsetzt zurückgewiesen wurde, musste schließlich Sir Harry persönlich vorgelegt werden. Man beschloss, die geforderte Summe zu erstatten, legte dem Scheck jedoch einen von Whymper und Mr. Stone nach langem Ringen verfassten Brief bei, in dem der eng gesteckte Rahmen des Projekts verdeutlicht wurde. Ein firmer Ritter, schrieben sie, solle sich nicht über

Gebühr verausgaben; er solle nur die – stets in erreichbarer Nähe wohnenden – Rentner besuchen, deren Namen man ihm nannte, und die Geschenke sollten nur einen Symbolwert haben. Der von dem ehemaligen Abteilungsleiter gezeigte Einsatz sei bewundernswert, doch stünden ihm für acht Besuche nicht mehr als vier Pfund zu, und sie könnten nicht verhehlen, dass seine Forderung nach mehr als dem Sechzigfachen dieser Summe sie vor der Buchhaltung in große Verlegenheit gebracht und gar die Fortsetzung des ganzen Programms in Frage gestellt habe.

Die Antwort kam postwendend: Der große Umschlag enthielt die Ernennungsurkunde. In einem langen, wirren Brief dankte der Abteilungsleiter mit entrüsteten, gekränkten und entschuldigenden Worten der Einheit und Excal für den Scheck. Er fühle sich jedoch verpflichtet, seine Ernennungsurkunde zurückzugeben. Er selbst habe zu seiner Zeit seine Angestellten in dem Glauben bestärkt, in dem man auch ihn bestärkt habe, dass nämlich Excal seine Sache entweder gut mache oder gar nicht. Was die silberne Anstecknadel angehe, so behalte er diese erst einmal; er harre ihrer Anweisungen.

Man bat ihn, die Anstecknadel ganz zu behalten. Und dann ward bis zum Ende des Jahres nichts mehr von ihm gehört.

Weniger gravierend, aber dafür vielleicht peinlicher, war der Verwaltungsfehler, aufgrund dessen ein unzureichend informierter firmer Ritter, ein einstiger Bürobote, zu einem ehemaligen Vorstandsmitglied von Excal geschickt wurde. Die ihm vorliegende Kurzbiografie war von gleichmacherischer Lückenhaftigkeit, und der Bürobote wusste nichts von dem hohen Rang des Mannes, zu dessen Beistand er sich eingefunden hatte. Mit mildem Erstaunen empfangen, beharrte er zunächst auf seiner Mission, bis seine Ritterlichkeit doch gewissen Zweifeln wich und sich schließlich in Panik auflöste. Das ehemalige Vorstandsmitglied erschien persönlich, der Bürobote verneigte sich tief, überreichte ein Päckchen Tee aus dem Konsumladen und entschwand.

Whymper hatte auf seinen Werbezetteln besonders hervorgehoben, dass sich unter den firmen Rittern sowohl ein Bürobote als auch ein Vorstandsmitglied befanden. Doch jetzt beschloss man, dass zwischen Besucher und Besuchtem kein allzu großes soziales Gefälle bestehen solle. Ebenso beschloss man, an Stelle eines festgelegten Betrags für die Geschenke eine mit dem jeweiligen Status des Besuchten korrespondierende Abstufung einzuführen. Ebenfalls zu dieser Zeit, einer Phase tiefer Desillusionierung bezüglich der Gemeinschaft der firmen Ritter, schlug der Buchhalter aus Yorkshire vor, die Rechnungen für die erstandenen Geschenke direkt an die Einheit schicken zu lassen. Das würde zwar zusätzliche Arbeit bedeuten, aber der Buchhalter belegte mit ein paar Zahlen, dass falls infolge dieser Maßnahme nur zwei oder drei Shilling pro Besuch gespart werden würden – und es konnte leicht mehr werden, denn bei einigen Geschäften würde sich ein Rabatt für Excal herausschlagen lassen –, die Einheit Gewinn machen oder schlimmstenfalls kostendeckend arbeiten würde.

»Was wir brauchen«, sagte er, »ist mehr Personal.«

Der von Whymper und Mr. Stone voll Begeisterung eingereichte Antrag auf mehr Personal wurde von Sir Harry mit ebensolcher Begeisterung entgegengenommen. Also stellte man weiteres Personal ein, so dass das weibliche Gewusel zwischen Büros und Waschräumen in den Zeitspannen von zwölf Uhr dreißig bis eins sowie von fünf bis halb sechs geradezu störend wurde: klack-klack-klack auf flotten Absätzen, Pause, Spülung, klack-klack-klack; wie eine träge See, die, sporadisch aufgepeitscht, wild gegen eine steile Felsküste brandet.

Zwei weitere Unregelmäßigkeiten kamen ans Licht, und für die erste schien es keine Lösung zu geben. Eine Reihe gekränkter Beschwerdebriefe in einer Vielzahl zittriger Handschriften brachte zutage, dass ein firmer Ritter seine Legitimation missbraucht hatte, um für die Zeugen Jehovas zu missionieren. Seine Geschenke, die ihm die Einheit schon seit einigen Wochen bezahlte, waren Exemplare von *Die Harfe Gottes* sowie ein Jahresabonnement der Zeitschrift *Erwachet!*. Eilig brachte man achtzehn Briefe auf den Weg, in denen die firmen Ritter vor derartigen Praktiken gewarnt wurden, und an den Zeugen Jehovas selbst erging ein Brief, in dem man ihm mitteilte, dass er von der Liste der firmen Ritter gestrichen sei. Es kam eine gelassene Antwort. Der Zeuge schrieb, was er getan habe, sei völlig legitim, denn die Wahrheit müsse auf jedem möglichen Wege verbreitet werden. Die Autoritäten fürchteten die Wahrheit immer, und die Reaktion der Einheit komme für ihn nicht überraschend; er werde jedoch mit seinem »Werk der Verbreitung und Verkündigung« fortfahren. Er machte seine Drohung wahr, und der Bezirk blieb lange eine Problemzone, wie an der Ballung von Rot auf der Wandkarte zu erkennen war, auf der blaue Fähnchen Zufriedenheit anzeigten, rote Fähnchen Unzufriedenheit und gelbe Fähnchen Fälle, denen die Einheit nachgehen musste.

Man beschloss, künftige firme Ritter hinsichtlich ihrer religiösen Überzeugung auf Herz und Nieren zu prüfen. Das zog zusätzliche Arbeit nach sich, da die Personalabteilung nicht über die entsprechenden Informationen verfügte. Whymper kommentierte das – im selben Tonfall, in dem er auch gesagt hatte: »Wie man in diesem Land die Alten behandelt ist schlichtweg skandalös« – mit den Worten: »Das ist das Schlimme, wenn man in einem heidnischen Land lebt.« (Hier kam Mr. Stone zum ersten Mal der Gedanke, dass Whymper Katholik sein könnte.) »Da arbeitet jemand vierzig, fünfzig Jahre lang für eine Firma, und keiner schert sich darum, ob der Mann womöglich Buddhist oder Moslem ist.«

Die andere Unregelmäßigkeit wurde rein zufällig entdeckt. Ein firmer Ritter behauptete, in seinem Bezirk zehn Personen aufgesucht zu haben, und man sandte ihm fünf Pfund. Genau an dem Tag, als der Scheck abgeschickt wurde, meldete die Rentenabteilung jedoch, dass einer der Rentner zwei Wochen vor dem angeblichen Besuchstermin umgezogen war. Nachforschungen ergaben, dass der Rentner überhaupt keinen Besuch erhalten hatte. Ein weiterer strenger Brief wurde abgeschickt, ein weiteres Set von Insignien zurückgefordert, und Whymper verfügte, dass in Zukunft jede an einen firmen Ritter geschickte Rentnerliste einen verstorbenen Rentner enthalten sollte.

Bei den Dinners, die sie mittlerweile veranstalteten – zu Gast waren die leitenden Angestellten von Soziales sowie der Renten- und der Personalabteilung, vor denen die Hausherrin verzweifelt Miss Millingtons Fish and Chips pries –, gaben Margaret und Mr. Stone solcherlei Geschichten zum Besten. Sie hatten geglaubt, der in ihrem Leben zu erwartende Fundus an Geschichten sei komplett; jetzt kamen zu ihrem Vergnügen fast jede Woche neue Geschichten hinzu. Die Geschichte von der Katze und dem Käse, die sich Mr. Stone und die Tomlinsons so oft hatten anhören dürfen, geriet in Vergessenheit, fast wie die Katze selbst: Das Tier hatte aufgehört, den Garten aufzubuddeln, den Mr. Stone jetzt an seinen freien Abenden und am Wochenende fleißig bestellte, nach wie vor – wenn auch überflüssigerweise – von Margaret und Miss Millington ehrfurchtsvoll ermuntert.

Zu einigen der Dinners kam auch Whymper. Beim ersten Mal verblüffte er sie damit, dass er im Gesellschaftsanzug erschien, wobei auch hier das Jackett um seine Hängeschultern nicht recht sitzen wollte. Margaret begegnete er bei diesem ersten Treffen mit übertriebener Höflichkeit; er war weder schroff noch provokativ, wie Mr. Stone es befürchtet hatte. Er war höflich, aber finster. Seine Augen waren zusammengekniffen, und er hatte einen entschlossenen Zug um den Mund, was seiner Kieferpartie eine wenig überzeugende Straffheit verlieh. Er rauchte zahllose Zigaretten, klopfte jedes Mal auf seine Art den Tabak fest und rollte die Zigarette langsam zwischen den Lippen hin und her. Er redete wenig. Er widersetzte sich Margarets Munterkeit; sie wiederum war von ihm eingeschüchtert. Sie glaubte, vor

Whymper nicht bestanden zu haben, und Mr. Stone teilte ihren Eindruck. Doch Whymper kam wieder, ein ums andere Mal, nahm jede Einladung bereitwillig an, und er erschien jedes Mal im Gesellschaftsanzug. Margaret ließ sich in ihrer Munterkeit nicht beirren, und allmählich taute Whymper auf, näherte sich seinem Büroverhalten an. Er fläzte sich breitbeinig und mit krummem Rücken im Sessel; sein Blick verlor die Finsterkeit und Unsicherheit, und gelegentlich ließ er jenes Kichern hören, das Mr. Stone im Büro irritierend und gewöhnlich fand, bei sich zu Hause aber gerne vernahm.

»Sagen Sie, Mr. Whymper«, fragte ihn Margaret eines Abends in gelungener Imitation der Schauspielerin, »was halten Sie eigentlich von diesem ganzen Gerede über die unbefleckte Geburt?«

»Was gemeinhin unbefleckte Geburt genannt wird, läuft bei mir unter ausgeheckte Geburt«, sagte Whymper. »Da hatte jemand was gegen den Ehemann.«

Margaret war schneller als Mr. Stone. Sie vergaß die Schauspielerin, ihr Mund wurde ganz eckig vor Entzücken, und sie lachte schallend, wobei sie die Knie auseinander spreizte und sich zu Whymper hinüberbeugte.

Ihre Freundschaft festigte sich. Er wurde ein regelmäßiger Gast und aß oft mit ihnen allein zu Abend, so dass sich Mr. Stone manchmal fragte, ob Whymper trotz seines gewandten, geschäftigen Auftretens keine anderen Freunde hatte. In seiner üblichen Art, die Ehrlichkeit vor Umgangsformen setzte, äußerte sich Whymper ganz unverblümt zu Margarets Kleidung und dem Essen, das sie auftischte. Mr. Stone litt, aber Margaret war entzückt. Das sei doch »typisch Whymper«. Whymper gefiel diese Anerkennung, und er bemühte sich seinerseits zu gefallen. Für Margaret wurde er zu Bill, und sie wurde für ihn zu Margaret, während Mr. Stone einfach Stone blieb, zu Hause in pseudoförmlichem, liebevollem Ton ausgesprochen, im Büro dagegen ganz sachlich.

Manchmal waren auch Olive und Gwen unter den Gästen. Gwen war so sauersüß wie eh und je. Aber sie hatte abgenommen – man sah es an der etwas schlaffen Haut am Hals –, und es war ihr schließlich und endlich gelungen, ihrem Körper ein wenig Form zu verleihen. Sie trug ihre Büstenhalter eng, so dass ihre großen Brüste nach oben geschoben wurden. Sie dominierten, sie dräuten. Aber sie waren wohl geformt, und wenn Gwen saß, war sie nicht unattraktiv. Stand sie allerdings auf, wurde dieser Eindruck verdorben. Sie hatte nämlich breite Hüften, zwar nicht unverhältnismäßig breit, doch trug das dumme Kind, um seine Brüste zu betonen, Kleider mit enger Taille und manchmal sogar breite Gürtel, die ihre Hüften wiederum noch breiter erscheinen ließen.

Gwen war immer anstrengend, doch Mr. Stone begann nun auch Olive so zu empfinden. Er wünschte sich Bewunderung von ihr, doch sie reagierte eher lauwarm. Trotz all der zur Schau getragenen freundschaftlichen Gefühle, der Ausrufe angesichts dieser oder jener neuen Dekoration, trotz Margarets und ihres entspannten Umgangs miteinander war es, als hätte sich Olive aus dem Haushalt der beiden zurückgezogen und könne weder an ihren Freuden noch ihrer Traurigkeit mehr richtig teilhaben. Selbst wenn Margaret nicht im Zimmer war, redete sie, als wäre Margaret noch da. Und Mr. Stone war enttäuscht. Er wollte etwas Süßeres, etwas Verschwörerisches.

Das Laub an dem Baum auf dem Schulgelände verfärbte sich, fiel ab und gab den Blick auf die Häuser des Monsters und des Männchens wieder frei (Letzteres wühlte diesen Herbst zu einem Zweck in der Erde herum, den Mr. Stone trotz ausgiebiger Beobachtung nicht ermitteln konnte). Das Pilotprojekt ging seinen Gang und konnte als Erfolg bezeichnet werden. Eindrucksvolle Summen waren ausgegeben worden; doch man hatte auch Eindrucksvolles geleistet. Die Einheit war in Form gebracht worden. Man hatte die Verwaltungsvorgänge vereinfacht, die Zusammenarbeit mit »Renten« und anderen Abteilungen konsolidiert, und einer Ausweitung des Programms stand nichts mehr im Wege. Seine Nützlichkeit war zweifelsfrei erwiesen. Die firmen Ritter deckten nicht nur Fälle von Bedürftigkeit und Not auf, sie brachten auch zahlreiche Fälle von Vernachlässigung und Grausamkeit ans Licht. Auf diese stürzte sich Whymper mit Feuereifer, er berichtete in *Hört, hört!* darüber, dem im Schablonendruck vervielfältigten Mitteilungsblatt der Einheit, druckte Fotos der betreffenden firmen Ritter ab und ermunterte die anderen, ihre Schützlinge genauer unter die Lupe zu nehmen. Die beschützende Funktion der Einheit wurde zunehmend wichtiger, weit über das Maß hinaus, das Whymper oder selbst Mr. Stone erwartet hatten. Und die Bezeichnung Gemeinschaft der firmen Ritter, die für Mr. Stone zunächst bloß Ausdruck von Whympers mangelndem Respekt und beruflichem Überschwang gewesen war – wiewohl Whymper sie stets mit größter Ernsthaftigkeit benutzte und einmal den jungen Buchhalter sogar rundheraus beschimpft hatte, weil dieser sie mit einem komplizenhaften Lächeln verwendet hatte –, die Bezeichnung erwies sich als absolut treffend. Denn die Operation war zum Kreuzzug geworden.

Es war ein weiterer Beleg für Whympers gutes Gespür, und Mr. Stone war voll der Bewunderung. Und Whymper war mit solchem Eifer bei der Sache, freute sich so sehr über jeden Beweis für die Nützlichkeit des Programms, dass Mr. Stone nicht sicher war, ob sich Whymper der Sache nicht tatsächlich vorbehaltlos verschrieben hatte. Bei Whymper war das schwer zu sagen. In dieser Hinsicht war er ein bisschen wie Evans, der ehemalige Royal-Air-Force-Mann. Er erlaubte sich gelegentlichen Spott, insbesondere über die kleinen Unehrlichkeiten, die ans Licht kamen, fuhr jedoch ohne Zögern jedem über den Mund, der es ihm gleichzutun suchte, und sei es Mr. Stone. Manchmal hatte Mr. Stone mittlerweile das Gefühl, dass er, der er in die Verwaltungsarbeit vertieft war, und Whymper, der im Ton der Leidenschaft sprach, die Rollen getauscht hatten.

»Die Sache ist ein Erfolg«, sagte Whymper, die Augen auf der Wandkarte mit den vielen blauen Fähnchen, dem hartnäckigen Fleckchen Rot und der inzwischen großzügigen Prise Gelb. »Aber was heißt schon Erfolg? Wir haben jede Menge Briefe bekommen, wir können jede Menge Zahlen anführen, die Ritter sind glücklich und zufrieden. Aber das reicht nicht, Stone. Ein Geretteter hier und ein Geretteter da, das ist ja alles schön und gut. Aber in ein paar Monaten ist selbst das zur Routine geworden. Alle werden anfangen sich zu langweilen, auch die firmen Ritter. Wir brauchen etwas Großes. Etwas Zündendes. Etwas, das die Sache, sagen wir, für ein Jahr am Laufen hält.«

So war Whymper, er wurde unzufrieden, sobald etwas reibungslos lief, brauchte die anregende Wirkung neuer Ideen und brachte Mr. Stone damit immer wieder aus dem Gleichgewicht, denn dieser war zufrieden, war angesichts all der Beweise für die Nützlichkeit seines Projekts auch keineswegs überrascht, und seine Freude über die Erschaffung der Einheit steigerte sich beträchtlich durch deren reibungsloses Funktionieren und seine tägliche sinnende Betrachtung wirklicher Männer und Frauen mit einem normalen, eigenen Leben, die damit beschäftigt waren, ein Projekt zu realisieren, das er an seinem Schreibtisch, jener Insel von Licht in seinem Arbeitszimmer, in Worte gefasst hatte.

Dann entdeckten sie den Gefangenen von Muswell Hill.

Eines späten Nachmittags erhielt Mr. Stone den Anruf eines Mannes, der sich als Mr. Duke meldete. Mr. Duke war völlig außer sich, und ein Großteil dessen, was er sagte, war unverständlich. Doch Mr. Stone begriff immerhin so viel, dass Mr. Duke kürzlich zum firmen Ritter ernannt worden war und an diesem Tag zum ersten Mal mit dem silbernen Ritter am Revers seine Besuchsrunde angetreten hatte. Die ersten beiden Rentner, zu denen er ging, waren tot, und zwar schon seit Jahren.

»Ich habe Walnusskuchen für sie gekauft«, wiederholte er immer wieder, als bedrücke es ihn, dass es sich dabei um etwas leicht Verderbliches handelte.

Der eine Rentner war tatsächlich tot. Aber der andere, so

meldete die Rentenabteilung, lebte noch, zumindest schicke man ihm noch seine Rente. Ein gelbes Fähnchen erschien wie eine Quarantäneflagge über Muswell Hill, und am nächsten Morgen wurde eine Ermittlerin losgeschickt. Sie kehrte kurz vor der Mittagspause zurück, reichlich erschüttert, und erzählte folgende Geschichte.

Wie sich zeigte, lag das Haus in einer der besseren, durch ihre Backsteinbauten geprägten Straßen von Muswell Hill. Im schnellen Vorbeigehen fiel einem das Haus nicht weiter auf, denn Backstein ist nun mal Backstein, und verwilderte Gärten gibt es in Muswell Hill wohl mehr, als man es im Bezirk Hornsey gern wahrhaben möchte. Erst bei genauerem Hinsehen merkte man, dass das Haus ziemlich heruntergekommen war, der Anstrich der Fensterrahmen verwaschen, die Vorhänge von einer eigenartigen Farblosigkeit; erst dann nahm man die Aura von Verfall wahr, die unbewohnten Häusern eignet. Die wenigen Schritte zur Haustür verstärkten diesen Eindruck. Die Klingel war verrostet, der Klopfer ebenfalls. Sie hatte geklopft und geklopft. Endlich regte sich etwas, und sobald die Tür aufging, quoll ihr ein Gestank nach Dreck, Moder, Katzen und Lumpen entgegen, der teils aus dem Haus, teils aus dem billigen Pelzmantel der Frau drang, die geöffnet hatte. Die Frau war um die fünfzig, von mittlerer Größe, mit blassblauen Augen hinter einer rosa eingefassten Brille. Ihr Blick war fragend, aber nicht misstrauisch. In dem dunklen Flur hinter ihr herrschte unablässige Bewegung, und sie hielt die Tür sowohl fest, um das, was dahinter war, am Entwischen zu hindern, als auch um der Ermittlerin den Zutritt zu verwehren. Die Bewegung hielt an, ein leises Reiben, Kratzen, hier und da ein sanfter Aufprall. Das Haus war voller Katzen. Ihr Vater, sagte die Frau, sei tot. Das habe sie ihnen bereits mitgeteilt. Warum sie es noch einmal hören wollten?

Die Ermittlerin erzwang sich den Zutritt zum Flur. Katzen strichen ihr um die Beine; über die Proteste der Frau im Pelzmantel setzte sie sich mit einiger Grobheit hinweg. Im

Flur stapelten sich Briefe: ein Haufen Fußballtippscheine, diverse amtliche Schreiben und das gesamte von der Einheit geschickte Informationsmaterial zur Gemeinschaft der firmen Ritter. Nur mit Mühe atmend, hatte die Ermittlerin das Haus durchsucht und schließlich in einem von außen verriegelten Zimmer den Rentner gefunden. Dort stank es noch übler als unten. Der Mann sah sie nicht, im Zimmer herrschte Dunkelheit, er lag auf einem Haufen Lumpen. »Er mag keine Katzen«, sagte die Frau im Pelzmantel. Der Mann schien der Sprache nicht mehr mächtig zu sein, er gab nur kurze raue Laute von sich. Die Ermittlerin riss ein paar Vorhänge herunter, was nicht schwierig war; die Fenster zu öffnen war nicht ganz so einfach. Und dann sagte der Mann schließlich etwas, einen vollkommen unsinnigen Satz. An dieser Stelle brach die Ermittlerin in Tränen aus.

Was der Mann denn gesagt habe, dort auf seinem Lumpenbett?

»Ich werd Sie für'n Posten im Marylebone Cricket Club vorschlagen.«

Die Geschichte schockierte und beängstigte Mr. Stone. Sie weckte wieder das tiefe Unbehagen, das ihm seit seinem Wechsel zu Soziales aus dem Sinn gekommen, das von der Schaffung der Einheit, der Faszination seiner Urheberschaft, dem Auskosten seines Glücks überlagert worden war.

Es war keine der Geschichten, die er Margaret erzählte. Und an diesem Abend war es ihm kein Trost, im eigenen hell erleuchteten Haus zu sitzen, wo alles von Neuheit und der Möglichkeit rascher Veränderung kündete, wo das Schlafzimmer mit dem grünen Lampenschirm zum Gefängnis werden konnte. Die Muffigkeit war wieder fremd und bedrohlich.

Er war froh, als der Morgen kam und er sich ins Büro davonmachen konnte.

Aus seiner düsteren Stimmung errettete ihn Whymper, auf den die Geschichte vom »Gefangenen von Muswell Hill« – wie die Zeitungen später titelten – eine rundum anregende

Wirkung hatte. Auch er war schockiert und entsetzt, doch seine Empörung setzte sich direkt in Energie um, in den Wunsch, »dieses Land, das so etwas zulässt, zu beschämen«.

»Diese Angelegenheit ist zu schwer wiegend, zu skandalös für *Hört, hört!*«, sagte er. »Ich finde, wir sollten die Presse einschalten.«

Mr. Stone hatte das Bedürfnis, sich von Whympers Eifer zu distanzieren. Er sah die Vorteile einer Publikmachung, doch zugleich scheute er davor zurück – so wie er sich am Abend zuvor gescheut hatte, Margaret davon zu erzählen –, eine Erniedrigung an die Öffentlichkeit zu bringen, der sie alle so nahe waren, eine Erniedrigung, die die Gefährdeten verletzbarer machte.

Doch das sagte er nicht. Er sagte nur das, was Whymper von ihm erwartete: »Ich finde, wir sollten vorsichtig sein. Das sollte eine höhere Instanz entscheiden.«

Und Whymper stimmte zu, nicht wie jemand, der einen leichten Sieg errungen hat, sondern wie jemand, der aus Respekt und dem Wunsch nach Harmonie eine Zügelung seines Enthusiasmus hinnimmt.

Wieder war es, als stünde etwas Unausgesprochenes zwischen ihnen.

Man wandte sich an die höhere Instanz, die höhere Instanz gab ihre Zustimmung, und die Geschichte wurde an die Presse weitergeleitet. Auf diese Weise erfuhr die Öffentlichkeit von der Gemeinschaft der firmen Ritter. Die Geschichte wurde rechtzeitig für eine Veröffentlichung in den Sonntagszeitungen bekannt gegeben und stieß auf genügend Interesse für eine Folgeberichterstattung in den Tageszeitungen, den regionalen wie den überregionalen. Das Lokalblatt von Muswell Hill allerdings, das zu einer Zeit, als das Viertel von Fotografen und Reportern wimmelte, auf seinen Plakaten mit der Schlagzeile »Elfjähriger von deutschem Schäferhund gebissen« warb, bot seinen Lesern solidere Kost.

Die Belobigungen, die folgten, sowohl von innerhalb als auch von außerhalb der Firma, freuten Mr. Stone überaus.

Die Einheit hatte sich etabliert, ihre Zukunft war gesichert, der Kreuzzug würde fortgesetzt werden. Gratulationen wehrte er mit den Worten ab, sie hätten viel Glück gehabt. Whymper sagte das Gleiche. Und Mr. Stone ließ Tomlinson und Tomlinsons Freunde von den Diskussionen auf hoher Ebene wissen, die stattgefunden hatten, bevor die Geschichte – er sagte dies im Ton eines Mannes, der sich das Recht erworben hatte, es so zu sagen – »an die Presse weitergeleitet« worden war.

Einige Zeit später reiste Mr. Stone geschäftlich in den Norden. Er nutzte die Gelegenheit zu einem Besuch in der als Krankenhaus bezeichneten Irrenanstalt von Yorkshire, wo die Tochter des Gefangenen von Muswell Hill untergebracht war. Der Gefangene selbst war kurz nach seiner Befreiung gestorben. Seine Tochter hatte man ihres Pelzmantels und der Katzen entledigt. Sie vermisste keins von beidem. Sie war vollkommen harmlos und durfte sich um das Zimmer eines der Ärzte kümmern. Jeden Morgen überreichte sie dem Arzt einen Blumenstrauß aus dem Krankenhausgarten. Und jeden Tag kaufte sie in der Kantine zwei Süßigkeiten. Die eine für sich, die andere für jemanden, dessen Namen sie nicht verraten wollte. Nach ihm hielt sie den ganzen Vormittag Ausschau. Dann schenkte sie die Süßigkeit traurig der Krankenschwester.

5

Mit dem Erfolg veränderte sich Mr. Stones Einstellung zu Whymper. Ausgesprochen wurde nichts, und ihre Beziehung gestaltete sich wie zuvor, aber Mr. Stone stellte fest, dass er mehr und mehr sein Bild von Whymper korrigierte. Er ertappte sich dabei, wie er Whympers Gesicht und seine Eigenarten studierte, ihn so zu sehen versuchte, als sei es das erste Mal, und fragte sich, wie es gekommen war, dass er seine ursprüngliche Abneigung unterdrückt hatte, wie es ihm gelungen war, Zuneigung zu Whymper zu verspüren, Gefallen zu finden an seinem obszönen Lachen und seinen obszönen Witzen (Whymper über die verschiedenen Sorten von Fürzen, Whymper über weibliche Gangarten), an seinen Wortspielen (»Gleicher Hohn für gleiche Arbeit«), an seinen Aphorismen (»Suppe ist der beste Essensersatz, den ich kenne«), die wahrscheinlich gar nicht von ihm selbst stammten, an der Radikalität seiner sozialistisch-faschistischen politischen Ansichten. Er hatte das Gefühl, von Whymper zum Narren gemacht worden und seinem professionellen Charme erlegen zu sein. In dieser Stimmung war er nicht bereit, Whymper in seinem Handeln auch nur die geringste Aufrichtigkeit zuzugestehen. Er sah bloß, dass seine eigene Nachgiebigkeit und Einfalt Whympers Cleverness und Rücksichtslosigkeit perfekt ergänzten.

Von alldem erzählte er Margaret nichts. Sie und Whymper waren dicke Freunde geworden. Whymper zuliebe hatte Margaret ihr Partygebaren erweitert: Sie verwendete gewagte Ausdrücke und war »unschockierbar«. Sie wusste Whymper gut einzuschätzen. Beide hatten Spaß an den gleichen Witzen und genossen es, dem anderen als »Original« zu gelten.

Und Mr. Stone konnte Margaret auch nichts von der Irritation, der Verärgerung, ja manchmal auch der Qual erzählen, die es ihm verursachte, dass Whymper, wie er es bei sich nannte, »auf seinen Schultern zum Erfolg geritten« sei. Dies waren die Worte, die ihm in den Sinn kamen, und sie beschworen ein Bild von fast biblischem Elend herauf: ein robuster, pausbäckiger junger Mann, der auf den Schultern eines sehr hageren, zerlumpten, auf einen Stock gestützten Greises saß. Mr. Stone konnte vor sich selbst nicht mehr verhehlen, wie sehr es ihm missfiel, dass ihre Namen, Whymper und Stone, so häufig gemeinsam genannt wurden. Und stets wurde in den Meldungen der Hauszeitschrift Whymper zitiert, so dass im Laufe der Monate der Eindruck entstanden war, Whymper sei die Einheit. Sein eigener Beitrag, seine Leidenschaft und Qual waren umsonst gewesen, hatten nur dazu gedient, Whymper zu erhöhen. Aus seinem Leben war diese eine, einzige Idee hervorgegangen; für dieses eine Werk war sein Leben auf immer verändert, ja vielleicht sogar zerstört worden. Doch gedient hatte es allein dazu, Whymper zu erhöhen, den jungen Whymper, der sich damit brüstete, nichts zu erschaffen.

Zugleich allerdings empfand er weiterhin Teilnahme für Whymper, eine fast väterliche, aus ihrer Beziehung erwachsene Teilnahme, die manchmal dem Mitleid sehr nahe war. Die Kluft zwischen Whympers Selbstbild und dem, was er tatsächlich darstellte, war einfach zu groß. Seine Versuche, schick zu sein, waren kläglich. Er trug gute Kleidung, doch sie kleidete ihn nicht. Er klopfte mit solch bedachter Eleganz den Tabak seiner Zigaretten fest, doch wenn die Zigarette wieder zwischen seinen lädierten Lippen hervorkam, war sie nass und widerlich anzuschauen. Er versuchte Autorität auszustrahlen, forderte damit aber oft nur Ablehnung heraus; und obwohl er mit dieser Ablehnung halb zu rechnen schien, hatte er nie gelernt, mit ihr umzugehen. Und was Mr. Stone geradezu als Vorwurf empfand, war Whympers oft bekundete wachsende Zuneigung zu Margaret und ihm, eine Zuneigung, die Mr. Stone wider Willen mit Dankbarkeit und Freude erfüllte, vielleicht auch mit einer gewissen Verwunderung, denn im Büro war ihr Verhältnis nach wie vor förmlich.

Whymper sprach ständig von sich, doch über seine Familie hatte er fast nichts zu sagen. Er war Londoner. Sein Vater wohnte nach wie vor in Barnet, aber wenn man Whymper von ihm reden hörte, schien es um jemand weit Entfernten, Unwichtigen zu gehen. Seine Mutter erwähnte er nie. Er war ein Mann ohne Familie, jemand, der nur der Stadt angehörte. Genau wie um seine Eltern machte er auch um sein Haus ein Geheimnis. Er redete fast nie davon, gab bloß zu verstehen, dass es ihm komplett gehöre. All seine wichtigen Aktivitäten schienen außerhalb des Hauses stattzufinden, und Margaret und Mr. Stone gewannen allmählich den Eindruck, dass Whymper nie jemanden in dieses Haus einlud. Daher waren sie überrascht, als er eines Abends nach dem Essen sagte: »Ich kann diesen Fraß, den Margaret uns immer vorsetzt, nicht mehr ertragen. Kommen Sie doch mal zum Essen zu mir, dann werden Sie sehen, was man aus Lebensmitteln machen kann.«

Er wohnte in Kilburn, auf der Seite der Hauptstraße, wo die Telefonnummern Hampstead zugeordnet sind. Es war ein normales Reihenhaus ohne Garten. Whymper wohnte im Erdgeschoss; den Keller und die anderen Stockwerke hatte er vermietet. Margaret und Mr. Stone saßen im Wohnzimmer, während Whymper sich in der Küche zu schaffen machte, die am Ende des Flurs neben der Kellertreppe lag. Das Wohnzimmer war spärlich und primitiv möbliert. Eine Art gelbbraune Matten bedeckte den Boden. Die beiden Sessel waren von pflichtschuldiger Modernität und einer Schlichtheit, die bereits zu Schäbigkeit geworden war. An einer Wand war mit vergilbten Klebestreifen ein oben eingestaubtes Stierkampfplakat befestigt, die anderen Wände waren kahl. Das Bücherregal war ein einziges Durcheinander aus Taschenbüchern, alten Zeitungen und Exemplaren von *Esquire*, *Time* und *Spectator*; nur in einem Fach standen ordentlich aufgereiht graugrüne Penguin-Taschenbücher. Für Margaret und Mr. Stone, die etwas Glanzvolleres erwartet hatten, etwas, das eher Whympers Kleidung entsprach, zeugte das Zimmer von Einsamkeit. Während sie dasaßen und warteten, hörten sie Schritte auf der Treppe und im Flur: Whympers Mieter.

Er brachte das Essen tellerweise herein. Sein Geschirr war sorgfältiger ausgewählt als das Mobiliar. Als Erstes bekam jeder einen Teller mit in Scheiben geschnittenem kaltem Rindfleisch unter einer dicken Schicht aus fein gehackten Karotten, Salatblättern, Kohl, Paprika und Knoblauch, alles roh. Dann holte er eine große, schmale Flasche hervor.

»Olivenöl«, sagte er.

Margaret tröpfelte ein wenig Öl auf ihren Teller.

»Nicht so zaghaft«, sagte er und nahm ihr die Flasche ab. »So macht man das.« Er goss mit einer langsamen, kreisenden Bewegung. »Na kommen Sie schon. Essen Sie.« Bei Mr. Stone machte er es ebenso, dann ging er in die Küche.

Margaret und Mr. Stone saßen stumm im trüben Licht und starrten die Teller auf ihren von Servietten bedeckten Knien an.

»Erinnern Sie sich noch«, sagte Whymper, als er wieder hereinkam, »an die hungernden Polen im Krieg, die kein leckeres Weißbrot hatten wie wir, sondern von Schwarzbrot leben mussten? Bloß ist dieses Schwarzbrot zehnmal so gut wie unser Wattebrot. Keine Scheibe, Margaret. Brechen Sie sich ein richtiges Stück ab. Kein Fish-and-Chips-Gehabe heute Abend, meine Liebe. Und nehmen Sie Butter dazu. Sie auch, Stone.«

Sie brachen sich richtige Stücke ab.

Er ließ sie wieder allein.

»Was sollen wir bloß machen, Hündchen?«

Er kam mit einer nicht etikettierten Flasche mit einer gelben Flüssigkeit zurück.

»Fangen Sie ruhig schon an«, sagte er. Er füllte drei große Gläser. »Dieses Land war mal ein richtiges Weintrinkerland. Heute glauben Leute wie Sie mit ihrer einen Flasche Beaujolais, Wein wäre etwas zum Nippen. Wie finden Sie ihn, Stone? Der Geschmack kommt vom Harz.«

Er setzte sich ihnen gegenüber. »Brr«, machte er, während er mit gespielter Abscheu an seinem Teller schnupperte. »Diese dreckigen Ausländer mit ihrem Knoblauch und Öl. Wo ist nur der Ketchup?« Er begann sich durch sein geraspeltes Hasenfutter mit Olivenöl durchzufuttern, trank dazu Retsina, biss von seinem Stück Schwarzbrot ab und plauderte unterdessen fröhlich vor sich hin, meistens übers Essen, während sie knabberten und nippten.

Danach gab es Kräcker mit Brie und Camembert. Und

dann servierte er ihnen türkischen Kaffee aus einem glänzenden Kupferkännchen mit langem Griff.

Sie kehrten sehr hungrig, doch voller Zuneigung für den lächerlichen jungen Mann nach Hause zurück. Ein oder zwei Tage später bestätigten sie einander, dass das Abendessen »typisch Whymper« gewesen sei.

Und es war, als habe Whymper beschlossen, dass nun, da er Mr. Stone zu sich nach Hause eingeladen hatte, keine Zurückhaltung mehr zwischen ihnen notwendig sei. Sie aßen jetzt oft zusammen zu Mittag. Whymper führte Mr. Stone in die Freuden mittäglicher Taxifahrten durch London auf Kosten von Excal ein. Und Mr. Stone bekam Whympers Bekenntnisse zu hören.

Als Erstes stellte sich heraus, dass Whymper eine »Mätresse« hatte. Er verwendete das Wort mit enormer Beiläufigkeit. Es handelte sich um eine fürs Radio arbeitende Schauspielerin, deren Name Mr. Stone nur vage bekannt vorkam, auch wenn er Whymper zuliebe so tat, als sei ihm der Name völlig vertraut. Whymper stellte sie als Person des öffentlichen Lebens dar und erging sich in Geschichten über ihre sexuelle Gier. Wie es schien, hatte Essen eine tiefgreifende Wirkung auf sie. Einmal, als sie im Restaurant gerade vor dem Hauptgericht saßen, war sie laut Whymper plötzlich aufgestanden, hatte nach ihrer Handtasche gegriffen und gesagt: »Zahl jetzt, und dann lass uns nach Hause gehen und –«

»Sie reißt einem die Kleider vom Leib«, fügte Whymper hinzu.

Mr. Stone bereute es, sich interessiert gezeigt zu haben, denn Whymper redete in zunehmendem Maße über Sex. Die Einzelheiten, die er über seine Schaupielerinnenmätresse erzählte, waren intim und peinlich. Und nach einem Abendessen bei den Stones sagte er einmal über Gwen: »Ich habe das Gefühl, wenn ich dieses Mädchen drücken würde, dann würden alle möglichen sexuellen Säfte aus ihr herausquellen.«

Von dem Wort »Mätresse« und Whympers Gerede überwältigt, begann Mr. Stone schon daran zu zweifeln, dass es die Schauspielerin tatsächlich gab, als Whymper eines Mittags ein Treffen in einem Pub arrangierte. (»Ich wage es ja nicht, ihr etwas zum Mittagessen vorzusetzen«, sagte Whymper.) Sie war enttäuschenderweise über dreißig, hatte ein zu stark gepudertes Gesicht, nachlässig angemalte Lippen und tränenverschleierte Augen. Sie vermittelte den Eindruck von Länge: Ihr Gesicht war schmal und lang, sie hatte keinen nennenswerten Busen, und ihr Hintern, der eher lang als breit war, hing sehr tief. Sie hatte so gar nichts von einer Schauspielerin, wie Mr. Stone sich Schauspielerinnen dachte, weder was ihr Aussehen noch was ihre Stimme betraf. Er konnte sich nicht vorstellen, dass sie jemandem die Kleider vom Leibe riss, aber es freute ihn, dass sie Whymper aufregend genug fand, um ihm die Kleider vom Leib zu reißen, und es freute ihn, dass Whymper sie aufregend genug fand, um es zuzulassen. Für beide hegte er väterliche Gefühle: Er fand, dass sie Glück hatten, einander gefunden zu haben.

»Sie ist sehr charmant«, sagte er hinterher.

Und Whymper sagte: »Ich kann den Kopf zwischen ihre Beine legen und stundenlang so liegen bleiben.«

Er sagte das mit einem Ernst, der Traurigkeit glich. Und fortan beschwor der Anblick von Whymper, der eine Zigarette zwischen den Lippen hin- und herrollte, immer diesen unerwarteten, freudlosen, beängstigenden Satz herauf.

Nach ihrem Treffen hörte Mr. Stone eine Weile lang nichts mehr von der Schauspielerin. Stattdessen erzählte Whymper, unzusammenhängend und vage, so als seien die Erniedrigungen noch nicht lange her, Episoden aus seiner Kindheit und seiner Zeit bei der Armee. »Wir haben uns im Radio die Übertragung der Krönung angehört, ein paar Freundinnen meiner Mutter waren da. Ich war damals ziemlich dick, wissen Sie. Meine Mutter sagte: ›Komm mal her und guck dir das an, Bill. Sie kommen gerade die Straße herunter.‹ Und ich ging hin und guckte. Ich ging hin. Alle haben gebrüllt vor

Lachen. Ich hätte sie umbringen können.« »Es heißt doch, dass einen die Armee zum Mann macht. Mich hat sie kaputtgemacht. Sie kennen doch den alten britischen Soldaten. ›Schrecklich‹ dumm und ›furchtbar‹ mutig. Ich war weder das eine noch das andere.«

Manchmal gab er einen von Verachtung getränkten laufenden Kommentar zu allem ab, was er sah. Das konnte amüsant sein. Einmal sagte er, als sie gerade in eine Straße einbogen: »Schauen Sie sich mal diesen Idioten an.« Vor ihnen stand, als hätten Whympers Worte ihn herbeigezaubert, ein Mann in aufgeblähter Motorradfahrerkluft, sein ausgebeulter Hosenboden voll schmieriger Fingerspuren. Es gab Tage, da versetzte ihn der Anblick schwarzer Männer auf Londons Straßen in Wut; einmal zählte er die ganze Mittagspause hindurch jedes Mal laut mit, wenn er einen sah, bis er und Mr. Stone schießlich beide lachen mussten. Aber diese mittäglichen Spaziergänge mit Whymper hatten auch ihre peinlichen Momente. Gut gekleidete Frauen mit ihren Töchtern machten ihn genauso wütend wie schwarze Männer; und einmal, als sie auf einer Verkehrsinsel am Oxford Circus hinter einem solchen Paar standen, hörte Mr. Stone ihn murmeln: »Aus dem Weg, du alte Zicke.« Er machte das oft, mitten im Gewühl solche Beschimpfungen murmeln. Aber diesmal war er zu laut gewesen. Die Frau drehte sich um und bedachte ihn mit einem ruhigen, von tiefer Verachtung erfüllten Blick, unter dem er sich zu winden schien; die Niedergeschlagenheit, die ihn daraufhin erfasste, hielt an, bis sie wieder im Büro waren.

Er machte eine schwierige Phase durch. Er schien sich an Mr. Stone zu klammern. Eines Tages sagte er beim Mittagessen mit plötzlicher Leidenschaft: »Ich wünschte, ich wäre wie Sie, Stone. Ich wünschte, mein Leben wäre schon vorbei. Ich wünschte, alles wäre bereits geschehen.«

»Woher wollen Sie denn wissen, dass mein Leben schon vorbei ist?«

»Ich kann den Gedanken, dass ich weitermachen muss, nicht ertragen. Es muss so schön sein, zurückblicken zu können, einfach zu sein, was man ist. Alles erledigt zu haben, zu wissen, dass man alles erledigt hat. Von Ruhe erfüllt zu sein, einer seligen Ruhe, Tag für Tag; auf einem grünen Rasen an einem Tisch mit frisch gewaschener Tischdecke zu sitzen und Tee zu trinken.«

Seine Worte trafen Mr. Stone, sie rissen ihn aus seinem Gefühl der Teilnahme für Whymper, riefen ihm eine Vergangenheit ins Gedächtnis, die noch so nah und jetzt doch unerreichbar war. Wie Recht Whymper hatte, und wie Unrecht! Whympers Worte, die er geradezu poetisch fand, blieben ihm in Erinnerung wie der Text eines Liedes und bewegten ihn stets aufs Neue.

Whympers Vertraulichkeiten wurden Tag für Tag beunruhigender.

»Ich bin ein anderer Mensch«, sagte er eines Mittags. »Seit heute. Wie kann ich diese Verwandlung sichtbar machen, Stone?«

»Da fällt mir nichts ein.«

»Ein Hut, Stone. Ein Mann braucht einen Hut. Der Hut macht den Mann. Schauen Sie sich selbst an. Schauen Sie all die Leute an, die Hut tragen. Wo kriege ich einen Hut her?«

»Ich kaufe meine bei Dunn's. Am Ende der Oxford Street gibt es eine Filiale.«

»Gut. Dann gehen wir zu Dunn's.«

Sie drängten sich durchs mittägliche Getümmel, derweil Whymper skandierte: »Ein Hut, ein Hut, ein Hut muss her.«

Doch als sie vor dem Schaufenster von Dunn's angelangt waren, blieb Whymper mit offenem Mund stehen, seine Entschlossenheit dahin, seine neue Persönlichkeit vergessen.

»Ich wusste nicht«, sagte er leise, »dass Hüte so teuer sind.«

Mit dem Rücken zum Schaufenster stehend, betrachteten sie eine Weile das rege Treiben auf der Straße, bis Mr. Stone schließlich sagte, dass sie sich wohl auf den Weg machen sollten.

Whymper sah schon seit einiger Zeit nicht gut aus, die Augen eingesunken, das Gesicht fahl, und eines Morgens kam er zerschlagen und krank aussehend ins Büro.

»Ich war die ganze Nacht bei ihr im Garten«, sagte er zu Mr. Stone.

Es war das erste Mal seit dem Treffen im Pub, dass er seine Mätresse erwähnte.

»Ich habe gesehen, wie sie zu Abend aßen« – Mr. Stone fiel ein, was für eine Wirkung Essen auf Whympers Mätresse hatte, und wollte schon lächeln, aber Whymper erzählte das nicht zur Erheiterung –, »und ich habe zugeschaut, bis sie die Vorhänge zuzogen. Ich bin dort geblieben, bis er gegangen ist. Ich konnte einfach nicht weg. Es war die Hölle.«

»Wer war dieser andere – Kerl?«

Whymper nannte den Namen einer eher unbedeutenden Fernsehpersönlichkeit von nachlassender Beliebtheit und sprach ihn mit der gleichen Beiläufigkeit aus wie das Wort »Mätresse«.

Mr. Stone gestattete sich, beeindruckt zu sein. Aber Whympers Stolz war restlos in seinem Kummer aufgegangen, und Mr. Stone wollte ihn gerne trösten.

»Na ja«, sagte er, »damit wäre das wohl vom Tisch. Sie klingt nach einem ausgesprochen unzuverlässigen Menschen, und ich an Ihrer Stelle würde mich nicht mehr mit ihr treffen.«

»Verstehe«, sagte Whymper verärgert. »Ich werde dafür sorgen, dass Sie ihr nicht mehr begegnen. Nie mehr.«

Und das war nicht nur das Ende von Whympers Geschichten über seine Mätresse, es war auch das Ende seiner sonstigen Vertraulichkeiten und ihrer mittäglichen Ausflüge. Im Büro war Whymper Mr. Stone gegenüber wieder der harte, fähige Mann der Tat, und nichts an seinem Verhalten ließ darauf schließen, dass er sich Mr. Stone einmal zu seinem eigenen Nachteil offenbart hatte.

Die Krise oder Krisen in Whympers Privatleben beeinträchtigten seine Arbeit für die Gemeinschaft der firmen Ritter nicht im Geringsten. Sein Geist war so rege und kreativ wie eh und je. Er rief einen Wettbewerb für die firmen Ritter ins Leben. Es war schwierig, eine Grundlage für eine Punktwertung zu finden, und letzten Endes beschlossen sie, dass der Preis an einen von Whymper und Mr. Stone ausgewählten Teilnehmer gehen sollte. In *Hört, hört!* wurde weiterhin die Illusion eines Wettbewerbs mit korrekter Bewertung aufrechterhalten, und Ende November wurde bekannt gegeben, dass der Preis bei einem Weihnachtsdinner der Tafelrunde von Sir Harry verliehen werde.

Dieses Dinner beschäftigte und beflügelte Whymper ungemein, und Mr. Stone musste ihn ständig bremsen. Als Erstes hatte er die Idee, dass die firmen Ritter in historischen Kostümen erscheinen sollten. Als das keine Zustimmung fand, schlug er vor, der Toastmaster solle ein Kettenhemd tragen, echt oder nachgemacht, die Kellner sollten elisabethanisch gekleidet sein (Whympers Vorstellung von den geschichtlichen Epochen war romantisch eingefärbt und ungenau), und Musiker in ebenfalls elisabethanischen Kostümen sollten elisabethanische Musik spielen.

»Diese Musik würde genau passen«, sagte er. »Kennen Sie sie? Plink, plink, schnarr, plink. Die alten Knaben würden zu ihren Plätzen gefiedelt werden. Plink, schnarr. Wir könnten die Kostüme vom Old Vic ausleihen.«

Mr. Stone sagte, er glaube nicht, dass ein Restaurant, das etwas auf sich halte, oder auch die entsprechenden Kellner davon sonderlich begeistert wären.

»Kostüme aus dem Old Vic?«, sagte Whymper, der jetzt albern wurde. »Ach was, wir mieten gleich das ganze Theater.«

Wieder ruhiger geworden, plädierte er für einen Toastmaster im Kettenhemd, dann für einen Portier in Rüstung, schließlich für eine Rüstung an der Tür. Letzten Endes gab er sich dann mit altertümlich formulierten Einladungen in gotischer Schrift auf pergamentartigem Papier zufrieden.

Am betreffenden Abend kamen fast alle, die zugesagt hatten, viele mit der einer Schriftrolle ähnelnden Einladung in der Hand. Einer der Ersten war der ehemalige Abteilungsleiter, von dem man nichts mehr gehört hatte, seit er den Erhalt des Schecks über 249£ 17s 51/2d bestätigt hatte. Er trat mit dem Gebaren eines tief Gekränkten ein. Doch sein Name löste keinerlei Erinnerung bei Whymper und Mr. Stone aus, die zwar über sein Stirnrunzeln und den lauen Händedruck etwas verwundert waren, sich aber mehr für seine Begleitung interessierten. Es schien, als erwarte den ehemaligen Abteilungsleiter eine neuerliche Demütigung, denn obwohl man auf der Einladung eigens vermerkt hatte, dass es sich um eine reine Männerveranstaltung handeln werde, die zudem als ritterliche Tafelrunde angekündigt war, hatte er seine Frau mitgebracht, die, nachdem sie Whymper und Mr. Stone die Hand geschüttelt hatte, bereits tiefer in den Saal vorgedrungen war, in dem kleine Gruppen älterer Männer, teils im Straßenanzug, teils im Smoking, gehemmt und verlegen herumstanden. Whymper reagierte schnell.

»Die Damen ins Boudoir, bitte«, sagte er, als er sie eingeholt und ihr den Weg verstellt hatte.

Einige an den Oberkellner gerichtete Worte zeigten sofortige Wirkung. Die Dame wurde, überrascht, aber ohne zu protestieren, in einen anderen Raum auf derselben Etage geführt, wo sie ein Weilchen alleine saß.

Whympers Reaktion erwies sich als Segen. Denn eine ganze Reihe firmer Ritter (»Was soll man mit diesen Idioten bloß machen?«, brummelte Whymper) brachten ihre Frauen mit, und allmählich füllte sich das Boudoir.

Sir Harry traf ein. Seine Anwesenheit verlieh dem Schweigen Tiefe und Gewicht. Doch wie klein war er für einen so bedeutenden Mann!

Namen wurden auf Listen überprüft, Sitzplätze aufgesucht, und das Dinner begann. Hin und wieder zuckten Blitzlichter auf, und die Speisenden kniffen die Augen zusammen. Die Presse war zahlreich vertreten, und ihre Wirkung auf die Kellner war beträchtlich.

Als man fertig gespeist und einen Toast auf die Queen ausgebracht hatte (»Gott segne sie«, sagte Whymper, ohne eine

Miene zu verziehen), war es an der Zeit für Sir Harry, seine Rede zu halten. Er zog ein paar maschinengeschriebene Seiten aus der Brusttasche, und Stille legte sich über den Raum. Es war allgemein bekannt, dass er seine Reden sorgfältig vorbereitete, sie Wort für Wort notierte, und bei Excal herrschte die unumstößliche Überzeugung, dass sein Englisch nicht mehr verbesserungsfähig war.

Sie hätten sich hier versammelt, begann Sir Harry, um ihre Gemeinschaft zu feiern und einen aus ihrer Mitte zu ehren. Doch habe es noch einen tieferen Sinn, dass sie zusammengekommen seien. Es beweise dreierlei. Erstens beweise es, dass Excal seine Verpflichtungen gegenüber den Angestellten nicht als beendet betrachte, nachdem diese aus ihrer Verantwortung entlassen worden seien. Zweitens beweise es, dass bei Excal jeder, der über ausreichende Energie und Entschlossenheit verfüge, aufsteigen könne, egal, wie alt er sei. Mr. Stone sei dafür ein gutes Beispiel. (An dieser Stelle erhob sich Beifall, und Mr. Stone wusste nicht, wo er hinsehen sollte.) Außerdem beweise es, dass Teamwork in einer Organisation wie Excal von zentraler Bedeutung sei. Die Einheit sei ein Erfolg, das stehe außer Zweifel. Und dass sie zum Erfolg geworden sei, das sei der Leistung und Unbeirrbarkeit dreier Personen zu verdanken. Falls Glückwünsche angebracht seien, und seiner Ansicht nach sei das der Fall, gelte es diese, so wie einst Gallien, dreizuteilen. Sie gebührten Mr. Stone. Sie gebührten Mr. Whymper.

»Und – ahaa!« Er blickte spitzbübisch von seinem getippten Redemanuskript auf. »Sie haben sicher gedacht, ich würde jetzt sagen: Und nicht zuletzt gebühren sie …! Aber nein – zuallerletzt, und zwar in jedem Sinne, gebühren sie dem Mann, der Ihnen jetzt den Hauptprogrammpunkt und den eigentlichen Star des Abends nicht länger vorenthalten möchte.«

Er setzte sich, während frenetischer Beifall losbrach, der eine oder andere sich die feuchten Augen wischte und einige, in denen der Anlass ein stärkeres Gemeinschaftsgefühl weckte, als sie es während ihrer Dienstzeit je verspürt hatten, »Guter alter Harry!« riefen. Kaum saß er wieder, schien er mit den Gedanken ganz woanders zu sein, den Beifall kaum wahrzunehmen, und vertiefte sich in ein gewichtiges Gespräch mit seinem Tischnachbarn.

Whymper war der nächste Redner. Er sprach von dem Wettbewerb und ihren Schwierigkeiten bei der Auswahl des Siegers. Ein einziger Mann werde den Preis erhalten, aber in gewisser Weise sei es ihrer aller Preis, denn schließlich hätten sie sich ja hier versammelt, wie Sir Harry ganz richtig hervorgehoben habe, um ihre Gemeinschaft zu feiern.

Und dann folgte der Höhepunkt.

»Ruhe! Ruhe!«, rief der Toastmaster.

Es wurde ruhig.

»Möge der firme Ritter Jonathan Richard Dawson sich von der Tafel erheben und nach vorne begeben!«

(Das Ritual und den Wortlaut hatte Whymper sich ausgedacht.)

Am einen Ende der hufeisenförmigen Tafel erhob sich ein alter Mann im Tweedanzug und mit Brille, der vage Kaubewegungen vollführte und ziemlich elend aussah. Von Aberdutzenden feuchter Augenpaare verfolgt, begab er sich in vollkommener Stille in die Mitte und dann nach vorn, wo Sir Harry nun wieder aufstand, von einem Assistenten ein Schwert entgegennahm und es ihm überreichte. Ein Blitzlichtgewitter erfolgte, und am nächsten Morgen war die Szene in den Zeitungen zu sehen: Die Überreichung des Schwertes *Excal*ibur an den firmen Ritter des Jahres.

Es war die Woche der Weihnachtsessen und Weihnachtsfeiern, und am nächsten Abend mussten Margaret und Mr. Stone zu den Tomlinsons. Darauf freute sich Mr. Stone mehr, als er sich auf die Tafelrunde gefreut hatte. Denn er würde als Privatperson dort sein, unter Freunden, denen es nicht vergönnt gewesen war, an diesem Tag ihren Namen und ein Foto, auf dem sie klar zu erkennen waren, in der Zeitung zu sehen, würde dort sein als jemand, der sich angesichts der öffentlichen Aufmerksamkeit keineswegs aufblies, sondern ganz gelassen blieb, als jemand, der unter seinen Freunden immer noch natürlich und unverdorben sein konnte.

An dem Empfang, den man ihnen bereitete, konnte Mr. Stone ablesen, dass er und Margaret die Stars der Party waren. Das Foto wurde nicht erwähnt, und es erfüllte ihn mit unbeschreiblichem Vergnügen, das Gespräch auf völlig normale, ja banale Themen zu lenken. Seine Gesten wurden bedächtiger und entspannter. Er beobachtete sich selbst, und das Wort, das ihm einfiel, war »weltmännisch«. Er spürte, dass seine Entscheidung Gewicht hatte und von vielen beachtet wurde, und als er sich zwischen süßem und trockenem Sherry zu entscheiden hatte, zeigte er sich dementsprechend heikel und umständlich. Mit dem stetigen Schwund des Hauptgangs und dem Herannahen des Desserts allerdings fand er, dass Tomlinson und Tomlinsons Gäste es mit ihrer Entschlossenheit, nichts zu dem Thema zu sagen, das ihnen doch sichtlich auf der Seele brannte, ein bisschen übertrieben. Er zog sich sogar etwas aus der banalen Unterhaltung zurück, an der er sich vorher so rege beteiligt hatte. Und er war erleichtert, als er Grace sagen hörte: »Es ist doch wirklich schön für Richard und Margaret, finden Sie nicht auch?«

Sofort erklang ein Chor dezenter Zustimmung.

»Man würde es nicht für möglich halten«, sagte Grace, »aber sie haben sich erst vor zwei Jahren hier unter diesem Dach kennen gelernt.«

»… erst vor zwei Jahren«, wiederholte Tomlinson.

Margaret übernahm sogleich.

»Seit einem halben Jahr höre ich von nichts anderem mehr«, sagte sie. »Wenn ich auch nur noch ein einziges Wort über Richards Tattergreise höre, fange ich an zu schreien.«

»Tja, Margaret«, sagte Grace, »du bist selbst daran Schuld. Wir erzählen Richard schon seit Jahren, dass jeder Mann eine Frau braucht, die ihm den Rücken steift.«

»Den Rücken – wie unbefriedigend!«, sagte Margaret und wiegte sich auf ihrem Sessel hin und her, wie immer, wenn sie eine witzige Bemerkung gemacht hatte.

Mr. Stone erkannte Whympers Einfluss und prüfte unauffällig die Reaktionen am Tisch. Doch alle waren vergnügt. Selbst die sittsame, stumme Frau des stummen Chefbuchhalters war zwar bis zu den Ohrläppchen errötet, lächelte aber auf ihren Teller hinunter. Bei diesem Dinner, so viel war klar, konnte Margaret den Ton vorgeben und ihre eigenen Bedingungen diktieren.

Hätte es noch eines weiteren Beweises dafür bedurft, dass an diesem Abend sie das Sagen hatten, so erfolgte dieser, als die Damen hinausgeleitet worden waren und die Herren, ohne Getränk, ohne Zigarre und mit Partyhütchen auf dem Kopf, beieinander standen und sich anschickten, Konversation zu machen. Die ganze Wonne, der er während des bisherigen Abends keinen Ausdruck verliehen hatte, sprudelte nun aus ihm heraus. Das Partyhütchen auf den Hinterkopf geschoben, sein Gesicht ein einziges permanentes Lächeln, griff er gedankenlos nach den Nüssen, die Tomlinson ihm gewichtig aufdrängte, und führte das Wort. Und nun war er es, auf den Tomlinson hörte, waren es seine Worte, die Tomlinson wiederholte.

»Es ist wie eine religiöse Bewegung«, sagte er und stellte sich dabei auf die Zehenspitzen, führte beide Arme nach oben und schob sich eine Hand voll Nüsse in den Mund.

»... ja, eine religiöse Bewegung«, sagte Tomlinson mit der gequälten Miene, die er bei seinen Wiederholungen immer zur Schau trug.

»Wir könnten unsere Ehemaligen doch die Ehemaligen unserer Kunden besuchen lassen, hieß es. Aber« – er schwenkte eine mit Nüssen gefüllte Hand und kaute –, »›Warum?‹, habe ich gefragt. ›Es geht doch nicht darum, Excal zu helfen. Es geht darum, all den armen Alten zu helfen, die keine Freunde haben, keine Familie, kein – gar nichts.‹« Wieder schob er sich ein paar Nüsse in den Mund.

»… natürlich, den armen Alten helfen …«

»Wobei man natürlich«, sagte der Chefbuchhalter, den Mund voll halb zerkauter Nüsse, die er, als seine Worte nur undeutlich herauskamen, hastig herunterschluckte, »natürlich sagen muss: Die Idee ist eins, aber die Präsentation ist etwas ganz anderes. Und da kann ich nur sagen, Hut ab. Die Präsentation. Auf die kommt es doch heutzutage besonders an.«

»Ja, natürlich, die Präsentation«, sagte Mr. Stone und stockte kurz, bis ihn seine Wonne erneut mitriss. »Wir mussten die alten Knaben ja erst einmal dazu bringen, loszuziehen und an all den Türen zu klingeln.«

»… ja, die Präsentation…«

Doch bevor Mr. Stone seine Gedanken zur Präsentation genauer ausführen konnte, sagte Tomlinson, sie sollten sich wieder zu den Damen gesellen.

Den Damen erklärte Margaret gerade: »Ja, das sage ich immer zu Richard, wenn er deprimiert ist.« (Wann war er je deprimiert?) »Es ist doch viel besser, jetzt Erfolg zu haben, als mit dreißig ein Strohfeuer zu erleben.«

Das liebe Hündchen! Wann hatten sie darüber je geredet? Wann hatte sie je so etwas zu ihm gesagt?

Der Abend war die reine Wonne. Im Rückblick würde er erkennen, dass dieser Abend den Höhepunkt seines Lebens markierte.

6

Denn sobald sich die Tür hinter ihnen geschlossen hatte und sie allein auf der leeren, laternenbeschienenen Straße standen, wollte er nicht mehr reden. Er wollte nur noch diese ungewöhnliche Stimmung auskosten. Margaret, die die Veränderung in ihm spürte, schwieg. Und als die Minuten verstrichen und ihn stetig weiter von dem Glanz entfernten, war ihm, als wäre dieser Glanz etwas bereits Verlorenes, eine Halluzination, die nicht wiederholbar war, und sein Schweigen entwickelte sich zu einer Art Gereiztheit, die womöglich niemals Ausdruck gefunden hätte, wenn nicht Margaret, die sich nicht länger beherrschen konnte, im Taxi angefangen hätte zu reden, Partykommentare, Partyplatitüden. Durch jenes Achselzucken, mit dem er ihr seine Abneigung kundtat, seinen Wunsch, allein zu sein, getrennt von ihr, zwang er sie zu schweigen, und schweigend fuhren sie nach Hause. So endete, unerwarteterweise, der Abend.

Und je weiter der Glanz schwand, desto klarer erkannte er dessen ungewöhnliche Qualität. Es war ein Glanz, der sich nicht aufrechterhalten ließ, und zugleich ein Glanz, dessen noch so geringe Minderung einen beklagenswerten Verlust darstellte, eine Erinnerung an die durchlebte Dunkelheit und eine Androhung der Dunkelheit, die da kommen würde.

Es war wieder jene schwierige Zeit des Jahres, in der das Alltagsleben zeitweilig außer Kraft gesetzt ist, jene Zeit des Innehaltens und der guten Absichten, die alle stärker auf sich selbst zurückwirft und die kurzen Tage lang erscheinen lässt. Die Feiertage verliefen völlig anders, als sie es geplant hatten. Seine Stimmung hob sich nicht. Der Glanz, den er wieder zurückgewinnen wollte, wurde nebelhafter; und in hilfloser Wut, wobei Hilflosigkeit wie Wut durch die Abwesenheit der Menschen, gegen die seine Wut sich richtete, noch angestachelt wurden, kehrten seine Gedanken wieder und wieder zu gewissen Details des Abends zurück, die er in seinem Glanz ignoriert hatte, jetzt aber nicht mehr leugnen konnte. Sir Harrys Rede. Whymper. Der Chefbuchhalter mit seinem wissenden kleinen Kommentar zum Thema Präsentation, den er zweifellos aus irgendeiner Zeitschrift oder Zeitung hatte. Andere hatten sich seine Idee zu Eigen gemacht, und nun ritten sie auf seinen Schultern. Sie hatten sich der einen, einzigen Idee eines alten Mannes bemächtigt, den Schmerz ignorierend, aus dem sie geboren war, und jetzt brauchten sie ihn nicht mehr. Selbst wenn er starb, würden die Whympers und Sir Harrys weiterhin *Excal*iburs überreichen. Er würde zusammen mit seinem Schmerz in Vergessenheit geraten: eine kleine Meldung in der Hauszeitschrift, und dann nichts weiter.

So verbrachte er die Feiertage in ohnmächtiger Wut, und er konnte Margaret nicht von seinen Gefühlen erzählen. Er fürchtete, sich lächerlich zu machen, und er fürchtete Margarets Ungeduld: Er war sich sicher, dass sie es mit der anderen Seite halten und sich für die Whympers und Sir Harrys stark machen würde. So verblasste der Glanz immer mehr, bis nur diese Angst, dieser Zorn, dieses Verlustgefühl geblieben waren. Jede Erwähnung seines Erfolgs rief ihm seine nunmehrige innere Leere vor Augen. »Mit mir hat das alles überhaupt nichts zu tun«, sagte er, doch diese Bescheidenheit, die er für schicklich hielt, bemäntelte eine Bitterkeit, die sich bereits in Gram verwandelte.

Und dann eines späten Abends, weniger als eine Woche nach der Party der Tomlinsons, zerriss das Schrillen des Telefons die Stille. Margaret setzte ihre Brille ab und ging hinaus, um abzunehmen. Ihre wenigen, in großen Abständen geäußerten Worte drangen gedämpft zu ihm herein.

Als die Tür aufging und Margaret wieder hereinkam, wusste er Bescheid.

»Das war Grace. Tony ist tot.«

Er legte langsam die Pfeife hin, hörte das leise Klacken, als sie auf dem Tisch auftraf.

»Um halb neun hat er noch ferngesehen. Um neun war er tot.«

Tony! So heil und ganz, so typisch Tony, so lebendig in den oft vergegenwärtigten Momenten jenes Abends!

Margaret trat hinter seinen Stuhl und legte ihm die Arme um den Hals, die Wange auf den Kopf. Es war eine theatralische Geste. Er schätzte sie. Doch sie tröstete ihn nicht.

Er ging in sein Arbeitszimmer. Es war sehr kalt. Er schaltete den Elektrokamin ein, setzte sich davor und betrachtete das immer heller werdende Leuchten, sah zu, wie die Staubkörnchen auf den Heizelementen kurz aufglühten, roch, wie sie verbrannten.

»Um halb neun hat er noch ferngesehen. Um neun war er tot.«

Das neue Jahr brachte Mr. Stone nicht die Ermutigung, mit der er halb gerechnet hatte. Es gab nichts Neues, das ihn begeistert oder in Anspruch genommen hätte, und ein Großteil der Arbeit, die er zu erledigen hatte, war schlichte Routine. Abgesehen von seinen und Whympers Diskussionen über die Tafelrunde war das eigentlich schon seit vielen Wochen so, doch jetzt, mit seinem neuen Blick, meinte er seine Position deutlicher zu erkennen. Er war im Büro das, was er auch in der Bibliothek gewesen war, ein sanfter, liebenswerter Mann, der kurz vor der Rente stand und keine größere Bedeutung hatte. Er bemerkte jetzt, wie oft sich »das Personal« in Krisenmomenten instinktiv an Whymper wandte, denn Whympers Geistesgegenwart, seine Fähigkeit, Auswege zu finden, war legendär – »die Damen ins Boudoir« war im Büro bereits zum geflügelten Wort geworden –, und war er auch nicht beliebt, so wurde er doch respektiert. Mr. Stone merkte, dass man ihn selbst mit den Aufgaben betraute, bei denen keine Schwierigkeiten zu erwarten waren: mit der Verwaltung der Listen, der Überwachung der Konten. Er war selbst zu schlichtem »Personal« abgesunken. Dieser Betrachtungsweise hatte er nichts entgegenzusetzen. Er hatte nicht Whympers rastlosen Geist; er hatte keine neue Idee zu bieten; er konnte die Öffentlichkeitsarbeit – und dieser Aspekt ihrer Tätigkeit war seit ihrem Gang an die Öffentlichkeit wichtiger geworden – nicht so geschickt wie Whymper betreiben. Er wurde bissig, wenn er im Büro war, er wurde rüde. Und zwischen Whymper und ihm kam es zu einem Streit wegen einer polnischstämmigen Schreibkraft.

Erbost über ihre unzulänglichen Grammatikkenntnisse, ihren schlampigen Aufzug und ihr, wie er fand, unverschämtes Verhalten, hatte er vor anderen mit ihr gestritten und war sogar so weit gegangen, sie als »diese Vertriebene« zu bezeichnen. Er saß in seinem Zimmer und geißelte sich wegen seines Benehmens, als Whymper in heiligem Zorn hereingestürmt kam, mit zusammengekniffenen Augen und bebenden Lippen, ausgerechnet Whymper, der doch während ihrer mittäglichen Spaziergänge mit solcher Inbrunst davon gesprochen hatte, dass sich »die Ausländer hier überall breit machen«. Sein Auftritt war melodramatisch und selbstgerecht, und zwar vom ersten bis zum letzten Moment, von seinem »Was muss ich da hören, Stone?« bis zu »Unterstehen Sie sich, noch einmal so mit jemandem vom Personal zu sprechen!« Mr. Stone durchschaute das Ganze und war dennoch eingeschüchtert. Ihm kam in den Sinn, dass das Mädchen womöglich Whympers neue Mätresse war, und mehrere Antworten auf Whympers Drohung fielen ihm ein. Aber er besaß die Klarheit, nichts zu sagen.

Am nächsten Tag jedoch gedachte er sich zu rächen. Das Mädchen hatte in einem Brief an einen namhaften firmen Ritter »Kosten*be*stattung« anstelle von »Kosten*er*stattung« geschrieben. Er wies sie nicht auf den Fehler hin. Stattdessen versah er das Wort in dem Brief mit einem Sternchen und schrieb eine Fußnote: »Ich habe das stehen lassen, da ich vermute, dass dieses Beispiel für die souveräne Sprachbeherrschung unserer Schreibkräfte Sie amüsieren wird. Es sollte natürlich ›Kosten*ge*stattung‹ heißen.« Es war ein sehr bemühter Scherz, am Ende des Arbeitstages ersonnen; mit seinem morgendlichen Urteilsvermögen hätte er das vielleicht erkannt. Zwei Tage später kam die Antwort: »Offenbar färbt die souveräne Sprachbeherschung Ihrer Schreibkraft ab. Ich nehme an, mit Kosten*ge*stattung meinen Sie Kosten*er*stattung.« Natürlich wusste er ganz genau, wie das Wort heißen musste, und er betrachtete diese prompte Zurechtweisung als eine Art Urteil, das ihn von seinem Feldzug gegen das Mädchen Abstand nehmen ließ und sein Bedürfnis minderte, sich im Büro zu behaupten.

Seine Beziehung zu Whymper erfuhr eine weitere Veränderung. Whympers Verhalten war nun von strikter Förmlichkeit, und angesichts ihrer jeweiligen Position im Büro war diese Förmlichkeit so viel wie Gleichgültigkeit. Auf ihren Streit über die Schreibkraft war das kaum zurückzuführen. Vielmehr schien Whymper seit dem Dinner der Tafelrunde nach und nach das Interesse an der Gemeinschaft der firmen Ritter verloren zu haben, und mit dem Interesse an ihnen hatte er auch das Interesse an Mr. Stone verloren. Und eines verstimmte Mr. Stone noch zusätzlich, dass nämlich trotz Whympers abgeflautem Interesse an der Einheit dessen Macht und Ansehen als ihr Vertreter stetig wuchs.

Und so wandte er sich vom Büro, einst Quell solch großer Begeisterung, Quell seines neuen Elans, abermals seinem Zuhause zu. Dort zeugte alles von dem Status, den er im Büro nicht recht spürte: die renovierten Zimmer, die Organisation des Haushalts, Miss Millingtons Betätigung des Abendessengongs (ein Vorgang von zunehmender Dauer), schließlich Margarets Dinners.

Bei diesen Einladungen, zu denen Whymper weiterhin kam, wenn auch nicht mehr so häufig, gab es eine neue feste Größe: Grace. Margaret leistete mit Feuereifer das für sie, was sie einst für Margaret geleistet hatte. Und Grace war eine genauso charismatische Witwe, wie Margaret es gewesen war. Seit ihrem ersten Auftritt, bleich, mit tränenverhangenem Blick und tapfer-traurigem Lächeln, war die hagere Gestalt trotz des winterlichen Nebels und Nieselregens von Woche zu Woche sichtlich aufgeblüht. Ihr vorher zu beobachtender körperlicher Schwund – geradeso, als hätte sie sich dem Erscheinungsbild ihres Mannes anpassen wollen – wurde abrupt zum Stillstand gebracht. Das faltige schmale Gesicht wurde füllig, der Hals war nicht mehr ganz so dürr, die Augen bekamen etwas Strahlendes, ihre schon immer tiefe Stimme wurde noch tiefer, ihr Ton entschiedener. Selbst ihre Bewegungen vermittelten Freiheit, als wäre etwas Hinderndes von ihr genommen. War sie es früher zufrieden gewesen, mit hängenden Schultern scheinbar geschwächt im Sessel zu sitzen und unter gelegentlichem Blecken ihrer sehr weißen dritten Zähne irgendwelche zumeist von ihrem Mann übernommenen Bemerkungen herunterzuleiern, so hatte sie nun etwas Lebhaftes, Reges, Unabhängiges. Ihre Frisur veränderte sich. Und dann, zunächst nur von Margaret bemerkt, die es Grace gegenüber nicht für fair gehalten hätte, davon zu sprechen oder sie an Mr. Stone zu verraten, tauchten nach und nach neue Kleider und neuer Zierrat an dem alten Geschöpf auf. Diese Vorliebe wurde, einmal entfesselt, zur Besessenheit. Margaret beließ es weiterhin beim Beobachten, bis Grace es nicht mehr aushielt und das Schweigen brach. Und eines Sonntagnachmittags überraschte Mr. Stone dann die beiden, als sie wie Kinder die Köpfe über einer Reihe neuer Anschaffungen zusammensteckten – diese beiden Frauen, die sich an der Tür noch so weltmüde begrüßt hatten, die eine tapfer, die andere ernst.

Dann kam Grace volle zehn Tage lang nicht zu Besuch. Als sie wieder auftauchte, sah sie gesund, aber trauriger aus. Sie sei in Paris gewesen, sagte sie und gab zu verstehen, dass diese Aktion nicht zuletzt ein Ergebnis ihrer tiefen Verstörung gewesen war. Sie sei mitten am Tag die Bond Street entlanggegangen und am Gebäude von Air France vorbeigekommen. Einer spontanen Regung nachgebend, sei sie eingetreten und habe sich erkundigt, ob in einer der an diesem Tag nach Paris abgehenden Maschinen noch ein Platz frei sei, es sei dringend; sie habe gebucht und bezahlt, sei im Taxi nach Hause gerast, um ihren Pass zu holen, im selben Taxi zur Bank gerast, um sich Reiseschecks zu besorgen, und habe es im allerletzten Moment zum Flughafenbus in West Kensington geschafft. Dabei habe sie die ganze Zeit keine Kontrolle über sich gehabt, habe wie eine Wahnsinnige gehandelt. Die Reise habe ihr, wie kaum anders zu erwarten, nicht viel Spaß gemacht. Aber sie habe Margaret etwas mitgebracht: ein Fläschchen Parfum »Robe du Soir« von Carven (es war eines aus einem Dreierset, das sie auf ihrem Rückflug mit British European Airways erstanden hatte). Sie habe auch noch diverse andere Sachen erstanden; in der Eile habe sie nämlich vieles eigentlich Benötigte vergessen einzupacken. Einige der Sachen trage sie am Leibe; diverse kleinere Erwerbungen habe sie mitgebracht, und Margaret gab wohlwollende Kommentare ab, wobei das Wohlwollen mit zunehmender Dauer der Vorführung erstarb.

Das war Graces erstes Verschwinden. Als sie Mitte März braun gebrannt und fast pausbäckig aus Mallorca zurückkehrte, sagte sie zu Mr. Stone: »Irgendwas muss man ja schließlich machen, oder?«

Letzten Endes begann trotz Graces Mitbringseln selbst Margarets Loyalität zu leiden. Mr. Stones Verblüffung verwandelte sich in schlichte Missbilligung. Doch sie konnten nichts sagen, denn mit jeder weiteren Eskapade schien Grace ängstlicher auf ihre Unterstützung bedacht.

Tony wurde nie erwähnt. Zunächst aus Feingefühl. Später schien es, als sei er infolge von Graces angestrengtem Bemühen tatsächlich in Vergessenheit geraten.

Und manchmal ging Mr. Stone der Gedanke durch den Kopf, dass er von Frauen umgeben war – Margaret, Grace, Olive, Gwen, Miss Millington –, und dass diese Frauen alle in einer Welt verstorbener oder abwesender Männer lebten.

Der Winter hatte immer noch die Oberhand, aber im morgendlichen Sonnenlicht, das mit jedem Tag weniger fahl war, lag die Verheißung von Frühling. Es fiel schräg durch die schwarzen Äste des Baumes und legte sich, hauchzarte Vergoldung, auf das baufällige grauschwarze Dach des Nebengebäudes im Nachbargarten. Und dort entdeckte Mr. Stone eines Morgens seinen alten Feind, die schwarze Katze. Sie schlief. Unter seinem Blick erwachte sie, streckte sich mit einer langsamen und genüsslichen, selbstsicheren Bewegung und stand auf. Es war, als erwache die Welt vom Winter. Dann trottete die Katze, noch schläfrig von ihrem Nickerchen in der Sonne, über das Brett, das der Nachbar zwischen Nebengebäude und Zaun angebracht hatte (vielleicht um den Zaun, oder auch das Nebengebäude, vor dem endgültigen Zusammenbruch zu bewahren, oder um die beiden aneinander abzustützen). Auf dem ramponierten Zaun lief die Katze bis ans Ende des Gartens und sprang dann leichtfüßig auf das Gelände der Mädchenschule. Träge, oft innehaltend, um sich umzuschauen, spazierte sie im feuchten Gras umher, bis sie schließlich gelangweilt in den eigenen verwahrlosten Garten zurückkehrte und sich zu putzen begann. Sie blickte auf, und Mr. Stone sah sich mit den Augen konfrontiert, die ihn zwei Jahre zuvor vom dunklen Treppenabsatz herunter angestarrt hatten. Er klopfte ans Fenster. Die Katze drehte sich um, lief zum Ende ihres Gartens und ließ sich in einer Zaunlücke nieder, so dass Mr. Stone nur mehr die Karikatur eines Katzenbuckels vor Augen hatte.

Für Mr. Stone markierte das Wiederauftauchen der Katze das Ende des Winters, und er sah nun Morgen für Morgen zu, wie sie sich streckte, aufstand und ihre ziellose Wanderung durch den Garten und über das Schulgelände aufnahm. Seine Feindseligkeit war längst erloschen, sie lebte nur in Margarets fast vergessener Geschichte fort. Er war nicht nur von der trägen Eleganz der Katze angetan, sondern auch von ihrer Einsamkeit. Bald war ihm, als warte die Katze jeden Morgen auf ihn, so wie er auf sie wartete. Eines Morgens wandte sie sich nicht ab und ging davon, als er ans Fenster klopfte. Also klopfte er jeden Morgen ans Fenster, und die Katze reagierte jedes Mal, schaute mit geduldigem, unbeweglichem Blick zu ihm auf. Er spielte mit ihr, klopfte ans Fenster, kauerte sich an der Wand nieder, stand wieder auf. »Du benimmst dich wie ein alter Trottel«, dachte er manchmal. Und eines Tages, als er an die Scheibe geklopft und lockende Laute von sich gegeben hatte, hörte er Margaret dann auch fragen: »Was ist denn los, Hündchen? Du kommst noch zu spät, wenn du dich nicht beeilst.«

Sie klagte neuerdings öfters darüber, dass er immer länger brauche, um die einfachsten Dinge zu tun, und dass die

Langsamkeit seiner Bewegungen zu schlichter Geistesabwesenheit verkommen sei.

Seine Zwiesprache mit der Katze, die sich jeden Morgen in der wärmenden Sonne streckte, ließ ihn die Anzeichen des nahenden Frühlings aufmerksamer wahrnehmen. Seine Beobachtungen schlossen nun, außer dem Baum auf dem Schulgelände, auch die Bäume und Sträucher auf dem Weg zur Arbeit ein. Er begann sich für die Wettervorhersage in der Zeitung zu interessieren, studierte die Temperaturen, die Zeiten des Sonnenauf- und -untergangs und stellte fest, dass es, obwohl die Tage unverändert kurz schienen und die Nachmittage sich oft in Regen und Nebel auflösten, den Zeitungen zufolge jeden Tag etwas länger hell blieb. Er bemerkte das Nahen des Frühlings am Verhalten der Menschen auf der Straße und im Zug, an der Reklame, ja selbst an den Leserbriefen. Besonders ein Brief war ihm in Erinnerung geblieben, von der geschwätzigen Leserbriefseite eines Massenblatts, das er manchmal im Büro las. Er stammte von einem Mädchen, das mit Bedacht sein Alter, nämlich sechzehn, in Klammern hinter dem Namen angegeben hatte. Sie verwahrte sich entschieden gegen das Verhalten der Männer im Frühling. Männer, so schrieb sie, schauten im Frühling immer »so gierig«. »Manchmal«, beendete sie ihren Brief heftig, »würde ich am liebsten zurückstarren.« Es war ein so freudiger Brief. Er kündete mit einer so unschuldigen Gewissheit vom Nahen des Frühlings.

Er beobachtete. Doch die Teilnahme war ihm verwehrt. Es war wie bei seinem »Erfolg«, von dem er sich noch auf dessen Höhe abgeschnitten gefühlt hatte und der ihn bloß an die bevorstehende Leere und Dunkelheit erinnerte. Eine weitere Bestätigung seiner Bedeutungslosigkeit ließ nicht lange auf sich warten. Aus Gründen, die in seinem Kopf wirr durcheinander gingen – seine Ruhelosigkeit; seine Angst, zu Hause eingesperrt zu sein; seine Hoffnung, dass er, wenn er mehr Zeit hätte, etwas auf die Beine stellen würde, das ganz sein Eigen wäre, ihn wirklich befreien würde –, hatte er vage Erkundigungen angestellt, ob es möglich sein würde, den für Juli vorgesehenen Rentenantritt aufzuschieben. Man war ihm, wie es schon immer der Fall gewesen zu sein schien, mit milder Konzilianz begegnet, mit dem Hinweis, dass er genug getan habe, und der Flachserei, er solle sich keine Sorgen um seine Ernennung zum firmen Ritter machen, er habe gute Aussichten, im kommenden Jahr das Schwert *Excal*ibur überreicht zu bekommen.

Er konnte der Flachserei nichts abgewinnen. Sie vertiefte seine Abneigung gegen die Arbeit, die er Tag für Tag verrichtete; vertiefte seine Abneigung gegen Whymper, der jetzt eigenartig verschlossen war und zu dessen Förmlichkeit sich eine gewisse Schroffheit gesellt hatte, was Mr. Stone beides wohl zu durchschauen meinte, aber dennoch ärgerlich fand; sie vertiefte das Gefühl von Verlust und ließ ihn umso stärker an der Angst und der Wut festhalten, die allein von jenem Abend des Glanzes geblieben waren.

Auf den Frühling würde der Sommer folgen, die Rente und jene Zeit, von der Whymper gesprochen hatte – »Von Ruhe erfüllt zu sein, einer seligen Ruhe, Tag für Tag; auf einem grünen Rasen an einem Tisch mit frisch gewaschener Tischdecke zu sitzen und Tee zu trinken«.

Für diese Zeit traf Margaret bereits Vorbereitungen. Sie sprach von der Notwendigkeit, aktiv zu sein: Dem Müßiggang müsse gewehrt werden. Sie plante bereits Besuche und Ausflüge, und Grace, deren Hilfsbereitschaft nahe legte, dass sie nicht abgeneigt sein würde, sie zu begleiten, hatte jede Menge Ratschläge parat. Allerdings war klar, dass es zunächst eine unvermeidliche Maßnahme zu treffen galt. Miss Millington musste gehen. Die alte Frau war in den letzten Monaten noch dicker geworden und beträchtlich gealtert, womöglich aufgrund all der Mühen, die man ihr auferlegt und die sie willig auf sich genommen hatte. Obwohl ihre Begeisterung ungebrochen war und sie alles tat, um ihre Hinfälligkeit zu verbergen, konnte auch die adretteste Hausmädchentracht nicht darüber hinwegtäuschen, dass sie keine Zierde mehr war und längst unter den Status des alten Faktotums, das gelegentlich zur Aushilfe herangezogen wurde, abgesunken war. Ihr Schlurfen war zu einem gequälten Kriechen verkommen, und es ließ sich nicht leugnen, dass sie roch. Oft traf man sie dösend in der Küche an, wo sie einst ihre unnachahmlichen Fish and Chips zubereitet hatte. Eines Tages fiel ihr der Abendessensgong auf den Fuß. Der Gong war danach verbeult, was ihr fürchterlich Leid tat. Die eigenen Schmerzen verbarg sie, doch ihr Fuß schwoll an und blieb geschwollen; ihr hinfälliges Fleisch hielt nicht mehr stand. Einmal schwappte ihr ein wenig Suppe auf das Jackett eines leitenden Angestellten von Soziales, und bei dem reflexartigen kläglichen Versuch, die Situation zu retten, hatte sie ihm den Rest in den Schoß gekippt.

Und einmal hätte sie beinahe Margaret umgebracht. Man hatte mit der Messingglocke nach ihr geläutet. Wenig später kam Miss Millington aus dem Arbeitszimmer des Hausherrn geschlurft und erschien oben auf dem Treppenabsatz, das Brotmesser in der Hand. Was wollte sie bloß da oben mit dem Brotmesser? Aber so war das jetzt mit der Alten: Sie hatte ein paar Minuten zuvor unten in der Küche belegte Brote für den Nachmittagsimbiss ihres Herrn zubereitet. Sie erschien also mit dem Brotmesser in der Hand. Und während Margaret nach oben schaute, glitt das Messer Miss Millington aus der Hand, sauste, durch das Gewicht des beinernen Griffs im Flug stabilisiert, wie ein Dolch nach unten, kaum fünf Zentimeter an Margarets Kopf vorbei, und blieb, als habe ein Messerwerfer es geworfen, senkrecht und bebend im Telefonkabel stecken. Margaret war wie gelähmt stehen geblieben und hatte sich geweigert, das Messer, das ziemlich tief eingedrungen war, anzurühren. Und als Miss Millington schließlich Stufe um Stufe die Treppe herabgestiegen war, bei jedem Schritt mit ihrer keuchenden Stimme wirre Entschuldigungen stammelnd, klingelte es an der Haustür, Mr. Stone wurde von einer ziemlich mitgenommenen Margaret eingelassen und sah vor sich, neben dem Telefon, dem Kennzeichen einer geheimen Gesellschaft gleich, das Brotmesser stecken.

Miss Millington musste also gehen. Doch bevor sie ging, wurden Diskussionen geführt, die es Margaret ermöglichten, Macht und, süßer noch, Mitgefühl zu kosten. Waren zuvor die beiden Frauen zu Komplizinnen geworden, um gemeinsam dem Herrn des Hauses jegliche Unannehmlichkeiten vom Leibe zu halten, so versuchte Margaret jetzt, Mr. Stone in komplizenhafte Diskussionen über Miss Millington zu verwickeln. Aber Mr. Stone war daran nicht interessiert; er schien unwillig, eine Entscheidung zu treffen. Also wandte sich Margaret Grace zu. Und nun wurde oft, wenn Miss Millington nicht im Zimmer war, im Flüsterton das Nachlassen der alten Dienerin besprochen, und man war sich einig, dass Entschiedenheit genauso angebracht war wie Mitgefühl. Betrat Miss Millington dann das Zimmer, wurde es still. Einen Moment lang starrten die beiden Frauen auf das bleiche, verschwollene Kindergesicht, das von Haarnetz und Kopftuch bedeckte Haar, den langen Rock. Dann sprach Margaret mit ihr, etwas zu laut, so wie man mit einem Haustier spricht, das ein Kunststückchen vorführen soll. Und das altersschwache Geschöpf, einem Tier gleich, das den Schlachthof wittert, redete daraufhin hastig und keuchend drauflos, unverständliches Zeug, suchte weiterhin, die eigene Tatkraft und Nützlichkeit unter Beweis zu stellen, wobei sie weniger an Margaret als an Grace zu appellieren schien, deren gebräuntes, fülliges Gesicht das gleiche zahnreiche Scheinlächeln zeigte wie immer.

Eines Tages war Margaret nicht da – sie war mit Grace zu einem Schlussverkauf gegangen, einer jener Einkaufsgelegenheiten, die ihnen beiden zunehmend wichtiger geworden waren –, und Mr. Stone war mit Miss Millington allein im Haus. Er teilte ihr mit, dass er hinauf in sein Arbeitszimmer gehe. Er tat dort nichts, was er nicht im Büro hätte besser tun können, doch zog er es mittlerweile vor, einen Teil seiner Arbeit mit nach Hause zu nehmen, so, als hoffte er, in seinem Arbeitszimmer die Leidenschaft und den Elan wiederzufinden, die ihn einst Abend für Abend angetrieben hatten, als er im warmen Lichtschein an dem Schreibtisch arbeitete, der mit Margaret ins Haus gekommen war.

Während er dort saß, hörte er eine Stimme dumpf durchs Haus dröhnen. Er rief: »Miss Millington!« Das Dröhnen ließ nicht nach. Er öffnete die Tür und trat hinaus auf den Treppenabsatz.

Es war Miss Millington. Er sah sie unter sich im Flur, wo sie auf dem Stuhl neben dem Telefontischchen saß und mit einer Stimme in den Hörer sprach, die verschwörerisch klang und ihrer Ansicht nach wohl ein Flüstern war, tatsächlich aber als atemloses Schreien in Flur und Treppenhaus widerhallte. Sie hatte ihre weiße Schürze umgebunden. Das Kopftuch lag auf dem Tisch, und er sah das Netz auf ihrem grauen Haar.

»Sie glaubt, ich hätte versucht, sie umzubringen«, sagte sie. »Mit dem Brotmesser. Sie sagt es nicht. Aber ich weiß, dass sie es denkt. Als Nächstes wird es Diebstahl sein. Dabei hat sie herzlich wenig Stehlenswertes. Ich glaube, dass sie verrückt geworden ist. Der Herr? Der ist sehr seltsam geworden. Ehrlich gesagt, weiß ich nicht, was mit diesem Haus los ist. Ich weiß nicht, wie ich noch hier bleiben soll, nach allem, was vorgefallen ist.«

Mit wem redete sie? Wer in dieser riesigen Stadt war der Mensch, bei dem Miss Millington Trost suchen, zu dem sie mit solcher Gewissheit sprechen konnte, mit solcher Überzeugung, ein offenes Ohr zu finden? Von ihrem Leben außerhalb des Hauses – ihrer Beziehung zu Eddie und Charley, die »gerade das Fischgeschäft fertig gemacht« hatten, zu den Kindern, für die sie Süßigkeiten kaufte, zu dem Neffen in Camden Town, den sie manchmal besuchte – wusste er fast nichts. Und plötzlich stimmte ihn das traurig. Noch stärker allerdings war das Gefühl von Wärme, das er plötzlich für dieses Geschöpf empfand, für diese Alte, die ihre Gekränktheit unter der von Margaret und ihm längst totgeglaubten Würde kaum verbergen konnte.

Indes brachte er nicht mehr heraus als: »Miss Millington! Miss Millington!«

Aber sie war wie betäubt von ihrem eigenen Dröhnen.

Erst als er schon halb die Treppe hinunter war, wobei er ihren Namen immer lauter rief, je näher er ihrem Brüllen kam, blickte sie auf, Spuren von Tränen im Gesicht, die weniger Ausdruck von Gefühl denn von körperlichem Verfall zu sein schienen, ihre Miene bar jedes Schuldbewusstseins, jeder Ahnung, ertappt worden zu sein.

»Jawohl«, sagte sie in den Hörer. Und mit derselben leisen Stimme, die wie Stille war, fügte sie hinzu: »Ich muss jetzt auflegen.« Dann presste sie die Lippen zusammen, als sei weiterhin Geheimhaltung geboten, legte den Hörer sanft auf die Gabel und presste bei dem damit verbundenen kurzen Klingelton die Lippen noch fester aufeinander.

Er sagte: »Wo Mrs. Stone nur bleibt?«

Was sollte er auch sagen?

Und Miss Millington, die reflexartig und völlig wirkungslos mit ihrem Kopftuch das Telefontischchen abstaubte, sagte: »Ach, Sie wissen doch, wie das ist mit diesen Schlussverkäufen. Außerdem ist ja Mrs. Tomlinson bei ihr.«

Margaret sprach gegenüber Grace manchmal davon, aufs Land zu ziehen, wenn Mr. Stone erst einmal in Rente gegangen war. Sie hatte nicht vor, das zu tun – mit Mr. Stone redete sie nie darüber –, fand jedoch, dass solcherlei Absichtsbekundungen angebracht seien. Außerdem konnte sie Grace auf diese Weise ihre hilflose Erkenntnis vermitteln, dass die Straße nicht mehr das war, was sie einmal gewesen war. Schon vor einer Weile, ja noch bevor Margaret hergezogen war, hatte die Straße angefangen, sich zu verändern. Einst vornehmlich eine Wohngegend der Alten und Etablierten, fielen nun die jungen Ehepaare ein. Mehr Kinderwagen wurden durch die Straße geschoben. Häuser wurden in Mietwohnungen unterteilt. Immer häufiger tauchten im Grün der Hecken leuchtend rot-weiß-schwarze Schilder mit der Aufschrift »Zu vermieten« oder »Zu verkaufen« auf, ja in den Gärten einiger Häuser, die immer wieder in neue Hände übergingen, wurden sie geradezu zur festen Einrichtung: Spekulanten hatten Einzug gehalten. Eddie und Charley – E. Beeching und C. Bryant, Fachmännische Renovierungen, fröhliche rote Gesichter zwischen grauen Mützen und weißen Overalls – erschienen regelmäßig in der Straße, strichen mal hier eine Mauer, mal reparierten sie dort ein Dach, mal sah man sie durch die vorhanglosen Fenster in einem kahlen Wohnzimmer. Eine jamaikanische Familie von grimmiger Ehrbarkeit (sie empfingen keine Neger, akzeptierten keine Neger als Untermieter und hielten einen Wellensittich) zog in eines der Häuser ein, das Eddie und Charley prompt komplett neu strichen, innen wie außen: Der glänzend rote, schwarz verfugte Backstein wirkte wie ein Vorwurf an den Rest der Straße.

In dieser Zeit der Gärung beschlossen die Leute von nebenan umzuziehen. Das berichtete Margaret. Den Midgeleys sei ihr Haus zu groß. Sie hatte ihren Namen herausgefunden und zitierte Mrs. Midgeley, zu der sie trotz der schwarzen Katze, des verwilderten Gartens und des verfallenen Zauns ein herzliches Verhältnis zu haben schien. Sie zögen in eine andere Stadt, so Margaret, die auf die Straße nichts kommen lassen wollte, wo sie sich »wohler fühlen« würden.

Für Mr. Stone waren die Midgeleys immer noch Neulinge – es ärgerte ihn ein wenig, ihren Namen zu erfahren –, und er begriff die Tragweite von Margarets Mitteilung erst am nächsten Morgen, als er die Katze in der Zaunlücke hocken sah, wo sie, ihr Rücken Ausdruck purer Langeweile, auf diejenigen kleinen Mädchen wartete, die zu früh gekommen waren und nun, da es wärmer geworden war, bis in diesen Bereich des Schulgeländes ausschwärmten.

Beim Frühstück sagte er: »Tja, ich nehme an, die schwarze Katze haben wir bald das letzte Mal gesehen.«

»Den Kater, ja, den lassen sie einschläfern«, sagte Margaret. »Das hat mir Mrs. Midgeley kürzlich erzählt.«

Er löffelte weiter sein Ei aus.

»Als er noch klein war, mochten ihn die Kinder. Aber jetzt können sie nichts mehr mit ihm anfangen. Das hat mir Mrs. Midgeley kürzlich erzählt. Denn, mein Lieber« – sie schien Mrs. Midgeleys Tonfall nachzuahmen, der seltsam stolzerfüllt klang –, »er ist anscheinend der Schrecken der Katzendamen in unserer Straße.«

Sein morgendliches Spiel mit der Katze gewann eine neue Qualität. Jeden Morgen erwachte das Tier in der Sonne, seine Anmut ungebrochen, seine Instinkte intakt, und doch erwartete es die Vernichtung. Er wollte diese Instinkte in Aktion sehen, sich versichern, dass sie nicht zu verkümmern begonnen hatten, ihre anhaltende Perfektion bewundern. Er klopfte; die Katze reagierte sofort. Er studierte ihren Körper, folgte ihrem trittsicheren Gang, blickte in ihre leuchtenden Augen. Er verspürte Wut und Mitleid. Die Wut war vage und diffus, richtete sich nur gelegentlich und nach einer gewissen Willensanstrengung gegen die Midgeleys und ihre grässlichen Kinder. Das Mitleid war wie Liebe, ein Verlangen danach, zu erretten und beschützen und das Weiterleben zu ermöglichen. Doch zugleich war eine große Mattigkeit in ihm, ein Widerwille zu handeln. Und der Impuls der Liebe blieb nie über das Badezimmer hinaus bestehen.

Er beobachtete die Katzen der Straße genauer, hielt nach den Katzendamen Ausschau, unter denen der schwarze Kater so gewütet hatte. Vielleicht waren es ja jene Tiere, die so gleichmütig auf den Fensterbrettern der Vorderzimmer saßen, auf Zaunpfosten und auf Treppenstufen, dieselben Tiere, die in den Gärten hinter den Häusern so frivol und hemmungslos wurden, denn diese Katzen, das erkannte er jetzt, hatten ein Benehmen für die Straße und eines für die Gärten. Er hielt auch nach etwaigen Nachkommen Ausschau. Einen glaubte er auf dem Schulgelände auf Pirsch entdeckt zu haben, ein Geschöpf wie sein Vater, schwarz, aber pelziger und ruheloser.

Jetzt selbst von Mrs. Midgeleys Stolz erfüllt, sah er im

Mittelpunkt des Katzentreibens auf der Straße nun seinen schwarzen Kater stehen, der ihn jeden Morgen in einer Haltung friedlicher Sehnsucht erwartete. Und allmählich wurde das, was er zuerst voller Wut und Mitleid gedacht hatte – »Bald wirst du tot sein« –, zu einer reinen Wortfolge, deren Bedeutung er sich nur mit Mühe vergegenwärtigen konnte, denn sie löste bloß noch eine süße Traurigkeit aus, deren eigentlicher Gegenstand vergessen war; eine kurzlebige Empfindung, die er durch einen Zusatz zu vertiefen suchte, den er zunächst abwehrte, dann aber mit trauriger Befriedigung akzeptierte. »Bald wirst du tot sein. Genau wie ich.« Denn inzwischen waren die Frühlingsblätter hart geworden, und das Jahr raste auf seinen sommerlichen Höhepunkt zu, nur er war ausgeschlossen aus diesem Kreislauf, mit dem er sich doch noch vor einem Jahr so im Einklang gefühlt hatte.

In derlei Überlegungen versunken, beachtete er die Umzugsvorbereitungen der Midgeleys kaum. Allerdings gab es auch nicht viel zu sehen. Kurz nach Margarets Ankündigung war das Wohnzimmer der Midgeley's ausgeräumt worden und präsentierte sich seither vorhanglos und kahl, bis auf einige wenige, trostlos wirkende Möbelstücke und eine fleckige, schäbige Matratze. Dieses Wohnzimmer gab dem Haus etwas Verlassenes, genau wie der Vorgarten, in dem die nicht gärtnernden Midgeleys einen einzelnen, halb verwilderten Rosenstrauch stehen hatten, der weiterhin pflichtschuldig seine alljährlichen, in ihrer Reinheit und isolierten Schönheit überraschenden weißen Blüten trug. In diesem Garten sah man nun spätnachmittags immer eine Ansammlung von Katzen. Es war, als spürten sie die Vernachlässigung des Hauses und seine bevorstehende Leere. Sie legten stets ihr bestes Vor-dem-Haus-Benehmen an den Tag, doch ihre Anzahl, ihre stumme Kameradschaft inmitten des Verfalls und ihre scheinbare Wachsamkeit beunruhigten Mr. Stone; und sie ignorierten all seine unauffälligen Versuche, sie zu verscheuchen.

Das untypische Verhalten einer dieser Katzen fiel ihm eines Nachmittags ins Auge, als er, seine neue Aktentasche schwingend, die Straße entlangkam. Die Katze, weiß mit braunen Flecken, lief ruhelos im Garten hin und her. Sie hatte einen dicken Bauch, und von Zeit zu Zeit vollführte sie einen regelrechten Schmerzenstanz und warf sich in die Luft. Ihre Raserei erschreckte Mr. Stone. Er machte eine drohende Geste der Art, dass ein Zuschauer hätte meinen können, er hätte bloß mit einer unnötig aufwändigen Bewegung seine Aktentasche von einer Hand in die andere gewechselt. Die Raserei des Tiers ebbte ab; dann sprang es überraschenderweise auf den Zaun und floh.

Er dachte erst am nächsten Morgen wieder an diesen Vorfall, als keine Katze auf dem Dach des Nebengebäudes saß, niemand auf seinen Ruf reagierte, und er wusste, dass der schwarze Kater, am vorigen Morgen noch heil und ganz, eingeschläfert worden war.

Kein süßes Gefühl überkam ihn. Ihn befiel Entsetzen. Er verspürte Selbstekel und, was er nie erwartet hätte, Angst. Ihm sträubten sich die Härchen auf den Armen vor Angst. Jede vertraute Geste des Badezimmerrituals wurde bedeutungslos, eine Verspottung seiner selbst. Vorwurf und Angst lagen in jeder Gefühlswahrnehmung, dem Rasiermesser auf seinem Kinn, dem Scheuern des Handtuchs. Er fürchtete sich davor, etwas zu berühren oder berührt zu werden.

»Beeil dich, Hündchen. Du verpasst noch die Kurznachrichten.«

Er hatte in den Spiegel gestarrt, das Handtuch in der Hand.

Beim Frühstück erzählte Margaret von ihrem Plan. Nachdem die Midgeleys nun fort waren, wollte sie, bevor die neuen Nachbarn eintrafen, den halb zusammengebrochenen Zaun vollends niederreißen. Er würde sich mühelos niederreißen lassen, und die Neuen würden gezwungen sein, ihn zu reparieren.

Sie waren im Garten, an einem Sonntagnachmittag etwa vier Wochen später. Mr. Stone ging seiner Gartenarbeit nach. Margaret beaufsichtigte und unterstützte die Ausübung dieser

Leidenschaft, die – wie das bei Männern eben so ist – zum Erliegen jeglicher anderer Aktivität im Haus geführt hatte. Miss Millington hielt eine Kiste mit Petuniensämlingen, die Margaret am Morgen zuvor gekauft hatte – weniger Mr. Stone als dem verzweifelten alten Mann zuliebe, der sie an der Türe feilgeboten hatte. Dem in der Hocke krabbenartig entlang des Beets sich vorarbeitenden Mr. Stone folgte Schritt um Schritt Miss Millington, die ihm die Kiste mit den Sämlingen hinhielt wie eine Krankenschwester dem Chirurgen die Instrumente. Sie, die Arme, würde die Blumen nicht mehr blühen sehen: Man hatte es ihr noch nicht mitgeteilt, aber in vierzehn Tagen würde sie gehen müssen. Das Gespräch während der Gartenarbeit drehte sich vor allem um die jüngsten Verwüstungen durch den jungen schwarzen Kater, Nachkomme des Eingeschläferten. Er hatte offenbar die Eigenschaften seines Vaters geerbt. Miss Millington äußerte sich sehr heftig zu diesem Thema, und Margaret betrachtete sie mit einem distanzierten, aber zustimmenden und ermunternden Blick, in dem sich Überraschung, Erheiterung und Bedauern mischten.

Es war eine beschränkte, gezwungene Unterhaltung, die vornehmlich von Miss Millington bestritten wurde. Zum Teil verlief sie eben wegen Miss Millingtons Anwesenheit so, zum Teil auch deshalb, weil man sich der neuen Nachbarn bewusst war, deren Fremdheit sich noch nicht abgeschliffen hatte, sondern eine Belastung darstellte. Für Mr. Stone hatte das Eintreffen der neuen Leute das Nachbarhaus sofort in feindliches Territorium verwandelt. Vom sicheren Badezimmerfenster aus verfolgte er voller Missbilligung alles, was sich drüben abspielte. Und mit ebensolcher Missbilligung gegenüber seinen Nachbarn, schien auch der neue Hausbesitzer seinen Erledigungen nachzugehen. Er war klein, fett und kahl. Er rauchte Pfeife und stolzierte in Weste und hochgekrempelten Hemdsärmeln durch seinen Garten. Mr. Stone fand ihn genauso widerlich wie seinen Hund, eine kleine Promenadenmischung, die an einen Welsh Corgi erinnerte, rund wie eine Wurst war und den ganzen Tag zu schlafen schien, wobei der weiße, übertrieben sauber gehaltene Körper in der Sonne geradezu blendete. Auf Geräusche reagierte das Tier, indem es beiläufig den Kopf hob und ihn dann wieder sinken ließ; der Vorgarten blieb im Besitz der Katzen. Und sosehr Margaret sich an der wenig männlichen Untätigkeit von Mr. Midgeley gestoßen hatte, so stieß sie sich jetzt an dem Verschönerungseifer des neuen Hausbesitzers. Innerhalb weniger Tage waren Eddie und Charley, die Verräter, herbeigerufen worden und hatten sich mit offensichtlichem Vergnügen in Haus und Garten zu schaffen gemacht. Sie stellten einen neuen Zaun auf, der so neu, so gerade und so stabil war, dass ihr eigener jetzt schäbig und verwittert wirkte. Besonders der Zaun am Ende des Gartens, den die sich ausbreitenden Wurzeln des Baums auf dem Schulgelände schief und krumm gedrückt hatten, bot einen wahrhaft schändlichen Anblick.

In dieser seltsamen Atmosphäre also pflanzte Mr. Stone im Garten seine Petunien aus, Miss Millington redete über den schwarzen Kater und Margaret merkte ab und zu flüsternd an, wie dumm es doch von dem Nachbarn sei, den Zaun nicht mit Kreosot zu behandeln. Und als die Dämmerung sich niedersenkte, begann schließlich Mr. Stone, der immer noch neben dem Beet hockte, ganz beiläufig zu sprechen. Er sprach davon, dass die Tage wieder länger wurden. Er sprach von dem Baum, in dessen Schatten sie bald an heißen Sommertagen sitzen würden. Er sprach von Blumen.

Das wässrige Licht vertiefte sich zur Dunkelheit. Ringsum gingen Lichter an, im Nachbarhaus und jenseits des Schulgeländes bei Monster und Männchen.

»Es gibt einem schon zu denken«, sagte er. »Kürzlich noch war der Baum ganz kahl. Und diese Dahlienstaude. Wie vertrocknetes Gras, den ganzen Winter über. Ist es denn mit uns nicht genauso? Werden nicht auch wir unseren Frühling haben?«

Er brach ab. Es war still. Um sie herum verschwammen

die Konturen, die Fenster wurden heller. Die Sätze, die er gerade gesagt hatte, klangen in ihm nach. Sie waren ihm peinlich. Das Schweigen der Frauen war ihm peinlich. Miss Millington hielt ihm immer noch die leere Kiste hin. Er stand auf, wischte sich die Hände ab, sagte, er gehe sich jetzt säubern, und verschwand durch die Hintertür ins Haus.

»Miss Millington«, hörte er Margaret sagen, »haben Sie gehört, was der Herr gerade gesagt hat? Was meinen Sie dazu?«

Er verlangsamte seinen Schritt.

Er hörte, wie Miss Millington ansetzte: »Na ja, Mum ...«, und danach tat die diplomatische Alte nur noch so, als redete sie, und gab eine Reihe von Keuchlauten von sich, die alles und nichts bedeuten konnten.

Er ging weiter, stieg die Treppe hinauf. Ein Licht ging an, jemand putzte sich auf der Fußmatte die Füße ab, und dann sagte Margaret mit ihrer Partystimme: »Also, ich finde, das war ein Haufen Unsinn.«

An einem Sonntag zwölf Jahre zuvor, als Olive in Balham wohnte, war Mr. Stone einmal bei ihr und der damals sechsjährigen Gwen zum Tee gewesen. Welche wichtige Rolle dem Nachmittagstee in ihrem Leben zukam, hatte er bei einer anderen Gelegenheit nicht lang zuvor erfahren. Sie waren im Clapham Common spazieren gegangen. Gegen vier sagte Olive, es sei an der Zeit, sich auf den Heimweg zu machen, doch er bestand darauf weiterzugehen, um das Vergnügen, das es ihm bereitete, die beiden auszuführen, noch etwas zu verlängern. »Du kannst gern weitergehen, wenn du möchtest«, sagte Olive. »Aber Gwen will jetzt sicher ihren Tee.« In ihren Worten lag Schärfe, eine unüberhörbare Gereiztheit, und Mr. Stone fühlte sich für seine Gedankenlosigkeit streng getadelt. Der Vorfall trug nicht dazu bei, seine Zuneigung zu der fetten Kleinen, die jetzt »sicher ihren Tee« wollte, zu vergrößern. Und der Nachmittagstee bei Gwen und Olive wurde zu einer gefürchteten Vergnügung, insbesondere weil Olive damals »für ihr Kind lebte« und sich dem

Leben mit einem Ausmaß an Tapferkeit stellte, das Mr. Stone schlichtweg übertrieben fand.

Beim Tee in Balham also war er verkrampft. Gwen hatte keinen Grund, verkrampft zu sein, und Olive war vollauf mit Gwen beschäftigt, die sie glücklich und zufrieden mit Nahrung und einem gelegentlichen scharfen Wort bedachte. (Mit welcher Begeisterung hatte Olive das Essensritual vollzogen, das ihr eine Regierung auferlegte, die sich Gwens derart bewusst war: Milch, Orangensaft und Lebertran, als milde Gabe ausgeteilt, wie ein Sakrament empfangen und gespendet!) Als die Fütterung sich schließlich dem Ende zuneigte, war seine Verkrampftheit nicht mehr zu übersehen, und Olive bat ihn, Gwen von seinem Urlaub in Irland zu erzählen, aus dem er gerade zurückgekehrt war.

Er war mit seinen Versuchen, Gwen zu unterhalten, bis dahin immer kläglich gescheitert, und er wusste, dass die Darbietung, die Olive von ihm verlangte, kritisch bewertet werden würde, denn Olive befand sich in einer Phase, da die Instinkte der Lehrerin und der verwitweten Mutter sich auf furchterregende Weise in ihr vereint hatten und sie die Menschen nach ihrer Fähigkeit beurteilte, mit Kindern, insbesondere mit Gwen, »zurechtzukommen«.

Nachdem also das Teegeschirr weggeräumt war und Olive sich in dem braunen (für ihr Mobiliar so typischen) Ledersessel niedergelassen und ihr Strickzeug zur Hand genommen hatte – wie sehr Olive in ihrer Tapferkeit versucht hatte, sich alt zu machen! Sah er sie jetzt je mit Stricknadeln? –, nahm Mr. Stone Gwen auf den Schoß, und die Tortur begann.

Er versuchte mit den Augen eines Kindes zu sehen, erzählte so schlicht wie möglich, wie er erst mit dem Zug gefahren und dann an Bord des großen Linienschiffs gegangen war. Es machte ihm Spaß, ihr eine Vorstellung von der Größe des Schiffs zu vermitteln, und er hatte den Eindruck, er schlage sich gut. Dann kam er zu seinem ersten Blick auf Cobh. Es war ein nebliger, nieseliger Morgen gewesen, und auf einem Hügel von blassestem, regenverschleiertem Grün war wie ein Märchenschloss ein hohes weißes Gebäude erschienen. Es war ein Moment der Verzauberung, den ein Kind, so glaubte er, würde nachempfinden können, und während er erzählte, durchlebte er diesen frühmorgendlichen Augenblick auf dem verregneten Schiffsdeck noch einmal, die See unruhig und grau, in schlingernden kleinen Booten Männer in Ölzeug, die Grenzlinien zwischen Meer und Land und Himmel von Regen und Nebel verwischt.

»Zu gewollt und sentimental«, sagte Olive zum Schluss.

Und es war etwas dran gewesen an ihren Worten. Was er jetzt fühlte, als er im dunklen Badezimmer stand und zusah, wie in dieser Phase der Ruhe zwischen der Betriebsamkeit des Tages und der Betriebsamkeit des Abends die Lichter in den Häusern ringsum aufleuchteten, ähnelte dem Gefühl, das er damals gehabt hatte. Was rein war, was direkt aus dem Herzen kam, sollte man niemals preisgeben.

»Also, ich finde, das war ein Haufen Unsinn.«

Natürlich hatte Margaret Recht.

Was rein war, sollte man niemals preisgeben. Und jetzt erkannte er, dass in dem Projekt um die Gemeinschaft der firmen Ritter, das so stark zu seiner Ruhelosigkeit beigetragen hatte, die einzigen reinen, wahrhaftigen Momente jene in seinem Arbeitszimmer gewesen waren, als er aus einem Gefühl heraus geschrieben hatte, dessen Tiefe ihm erst beim Schreiben bewusst geworden war. Was er geschrieben hatte, war nur ein blasser Abklatsch dieses Gefühls, und das von der Einheit entwickelte Programm war nur mehr ein Schatten dieses Schattens. Jegliche Leidenschaft war daraus verschwunden. Episoden wie die um den Gefangenen von Muswell Hill waren notwendig gewesen, um ihn, der er nur mit der Verwaltung und dem Gelingen des Projekts befasst gewesen war, an seine ursprüngliche Empfindung zu erinnern. Alles, was er getan hatte, selbst die Qualen, die er jetzt litt, waren ein Verrat an dieser positiven Empfindung. Jede Tätigkeit, jede Erschaffung von Neuem war Verrat, ein Verrat am Gefühl und an der Wahrheit. Und während sich dieser Verrat ereignet hatte, war um ihn herum seine Welt in sich zusammengestürzt. Es blieb ihm nichts, woran er sich hätte festhalten können.

An der Routine im Büro hatte er, genau wie am Rhythmus der Jahreszeiten, keinen Anteil mehr. Alles geschah ohne Bezug zu ihm. Bald würde es ohne seine Anwesenheit geschehen. Seine frühere Bockigkeit – »Warum fragen Sie mich? Fragen Sie doch Mr. Whymper!«, über die der lächerliche junge Mann aus Yorkshire in seinem lächerlichen Aufzug doch tatsächlich gekichert hatte, um dann zu verbreiten, »Pop«, so der alberne, gewöhnliche Spitzname für ihn, den der alberne, gewöhnliche Junge aufgebracht hatte, habe an diesem Morgen keine gute Laune –, seine frühere Bockigkeit war Müdigkeit und Gleichgültigkeit gewichen und schließlich einer Abneigung gegen das Büro, die wie Angst war.

Es gab Tage, an denen ihm das Büro allein durch sein Wissen um Whympers Anwesenheit unerträglich war. Er hatte das Gefühl, Whympers Gleichgültigkeit habe sich in Verachtung verwandelt, Verachtung von der Art, wie sie auf Zuneigung folgt; er fand, es drücke sich eine neue Einschätzung darin aus, Beleidigtsein, Widerwille, Ablehnung. Es gab Zeiten, da glaubte er, er habe diese Verachtung selbst auf sich gezogen, seine eigene Abscheu und Feindseligkeit hätten sich Whymper mitgeteilt, der nun durch übertriebene Herzlichkeit gegenüber den anderen Mitarbeitern demonstrierte, wie wenig ihn dieses Urteil beeindruckte. Whymper war in den letzten Wochen deutlich umgänglicher geworden, und die Whympersche Strategie, auf anfängliche Jovialität betonte Kühle folgen zu lassen, war nicht mehr so oft zu beobachten. »Erzählen Sie ihnen einen Witz«, pflegte Whymper in der Anfangszeit zu sagen. »Sie werden lachen. Die Neuen werden versuchen, ihrerseits einen Witz zu erzählen. Sie lachen nicht.«

Der junge Buchhalter war häufig Opfer dieser Taktik geworden. Jetzt versuchte er, durch Whympers Freundschaft gestärkt – er war Whympers neuer Mittagspausengefährte –, sie gegenüber Untergebenen selbst anzuwenden. Auch versuchte er Schreibkräfte in Verlegenheit zu bringen, indem er auf ihre Stirn starrte, eine »Vorgesetztenstrategie«, von der Mr. Stone schon gehört, die er aber nie praktiziert gesehen hatte. Der widerliche junge Mann hatte sich angewöhnt, den Tabak seiner Zigaretten – er hatte den Fimmel, nur Lambert and Butler's zu rauchen, die mit dem gestreiften Papier – auf Whympers Art festzuklopfen. Und eines Nachmittags – die beiden jungen Männer schienen sich gegenseitig zu beeinflussen – kam Whymper mit einer extravaganten Fliege um den Hals ins Büro zurück; auch der junge Buchhalter trug manchmal Fliege. Mr. Stone konnte es sich nur zu gut vorstellen: wie Whymper kurz entschlossen mit dem jungen Buchhalter zum Laden marschiert war, wie er mit bestimmter Miene und schlaffer Kinnpartie vielleicht ein halbes Dutzend Fliegen erstanden hatte. Von da an trug Whymper immer Fliege, und da er nun mal Whymper war, saß die Fliege immer schief. In Mr. Stones Augen waren die beiden jungen Männer ein absolut lächerliches Paar, namentlich samstagvormittags, wenn der junge Buchhalter im Landhausstil gekleidet ins Büro kam, mit einem Hut, der eine schlichte Anmaßung war. Den Hut verabscheute Mr. Stone ganz besonders. Er war grün, mit einer grünen Feder, so, als wollte der Junge jeden Moment ins Moor aufbrechen.

In gelassenerer Stimmung dachte Mr. Stone, dass Whymper womöglich nur seinen früheren Indiskretionen entgegenwirken wollte, wobei Mr. Stone davon überzeugt war, dass dieselben und vielleicht auch andere Indiskretionen vor dem jungen Buchhalter wiederholt wurden. Auch sah er in Whympers seltsamem Verhalten die Bestätigung für das inzwischen nicht mehr aus der Welt zu schaffende Gerücht, dass Whymper bald die Einheit verlassen und womöglich sogar aus der Firma ausscheiden werde.

Alles in allem war es eine Erleichterung, als Whymper seinen Urlaub antrat, auch wenn die Anwesenheit seines Vertrauten eine fortwährende Irritation darstellte.

Margaret wirkte ungewöhnlich erregt, als sie Mr. Stone an diesem Abend die Haustür öffnete – vormals die Aufgabe von Miss Millington, die man inzwischen entlassen hatte, verbunden mit der bisher nicht wahrgenommenen Einladung, wann immer sie wolle, zum Fernsehen zu kommen –, und sie lotste ihn in ungewohnt geschäftsmäßiger Manier geradewegs ins Wohnzimmer. Dort fand er Olive vor. Sie war wie zum morgendlichen Einkauf angezogen, trug formelle, aber durchaus fröhliche Kleidung. Doch sie sah ernst und erschöpft aus, und in Margarets vorsichtiger Miene spiegelten sich Anteilnahme und zugleich der eindeutige Wunsch, jeden Anschein von Einmischung zu vermeiden. Ihrer dezenten Regie gemäß ließ Margaret erst Mr. Stone Platz nehmen und setzte sich dann selbst. Es war klar, dass Olive wichtige Neuigkeiten mitgebracht hatte und dass diese Neuigkeiten – er sah Teetassen herumstehen – bereits erzählt worden waren. Doch er wurde nicht sofort ins Bild gesetzt, zunächst bekam er von Margaret und Olive Fragen zum Büro gestellt, bekam Tee gereicht und was zum Tee dazugehört. Als schließlich der Boden bereitet war, blickte Margaret kurz zu Olive hinüber, wie um sie zu ermuntern anzufangen, und dann zu Mr. Stone, fast so, als wolle sie sich vergewissern – Mr. Stone musste unwillkürlich an das Kinderprogramm im Radio denken –, ob er auch bequem saß. Sie selbst rutschte auf die Stuhlkante vor, wiegte sich hin und her und zupfte sich unruhig den Rock über den Knien zurecht, so, als hätte sie gleich mehrere witzige Bemerkungen gemacht.

Schließlich kam es heraus, und Olive schien dabei am ruhigsten zu bleiben.

Gwen wollte mit Whymper in den Urlaub fahren.

Margaret, die sie beide mit der peinlichen Aufmerksamkeit einer Schiedsrichterin beobachtete, fragte: »Hast du das gewusst, Richard?«

Er antwortete nicht. Aber seine rasch ausschweifenden Gedanken machten sich sofort an verschiedenen Begebenheiten fest, die er im entsprechenden Moment zwar ignoriert, offenkundig aber dennoch registriert hatte. Den Täuschungen der Jungen saßen nie die Jungen auf, immer nur die Alten. So viele Aspekte von Whympers Verhalten in der letzten Zeit erklärten sich jetzt. Die Bürde eines solchen Geheimnisses war zu groß gewesen, selbst für Whymper. Und Mr. Stone zweifelte nicht daran, dass Whymper die Geheimhaltung auf Gwens Veranlassung betrieben hatte. Er sah ihr griesgrämiges, dümmliches Gesicht vor sich, während sie, die eigene Erfüllung fälschlich für Macht haltend, in dem schäbigen Wohnzimmer mit dem Stierkampfplakat Whymper kindisch Versprechen abverlangte und Drohungen ausstieß, derweil draußen im Flur Whympers Mieter unterwegs waren.

Aber Whymper!

»Na, das wirst du natürlich nicht erlauben. Gwen benimmt sich einfach ausgesprochen töricht.«

Er bemerkte ihr Zögern.

Dann sagte Olive, Gwen habe am Morgen das Haus verlassen und sich zu Whymper begeben.

»Das ist doch lächerlich. Vollkommen lächerlich.« Er stand auf und schritt auf dem Tigerfell hin und her. »Und wenn ihr beide wüsstet, was ich über ihn weiß, dann würdet ihr nicht mit so einer selbstzufriedenen Miene hier sitzen.« Eigentlich blickten sie beide mit einer gewissen Besorgnis zu ihm auf. »Whymper! Bill! Der Mann ist unmoralisch. Ich kennen ihn besser als ihr beide. Unmoralisch«, wiederholte er und fügte voller Genugtuung hinzu: »Und gewöhnlich. Unmoralisch und gewöhnlich.«

Seine Heftigkeit überraschte sie. In Olives Mundwinkeln stand der Speichel.

»Wir sind genauso schockiert und bestürzt wie du, Richard«, sagte Margaret wenig überzeugend. »Aber ich kann mir nicht vorstellen, dass Olive hergekommen ist, um dich so reden zu hören.«

»Dieses ganze Gefasel über unser heidnisches Land«, sagte Mr. Stone.

Es war kurz still.

»Will sicher ihren Tee«, sagte er dann nachdenklich. »Tja, nun hat sie ihn. Brennt mit diesem Kerl durch wie eine Verkäuferin im Urlaub. Und jetzt kommt ihr zu mir. Warum geht ihr nicht zu Bill? Aber wahrscheinlich wollt ihr, dass ich sie nach Hause hole und ihr ein bisschen Enid Blyton vorlese und ihr eine kleine Geschichte darüber erzähle, was ich heute im Büro gemacht habe.«

Er sah sich Whympers Haus betreten, sah Whympers ängstliches und zugleich verächtliches Gesicht, sah die mürrische, befriedigte, triumphierende Gwen, sah, wie Whymper »ritterlich« ausfällig wurde. Es war zu viel. »Aber darum könnt ihr euch kümmern, du und Margaret. Ihr könnt Gwen selbst von der kleinen Dickmadam und den vielen Sternlein am großen Himmelszelt erzählen.«

»Richard!«, rief Margaret. Die feierlich-ernste Szene, die sie im Auge gehabt hatte, war praktisch ruiniert.

Zu spät kam jetzt heraus, dass Gwen schwanger war.

»Das überrascht mich kein bisschen! Das überrascht mich kein bisschen!« Er war maßlos überrascht. »Aber der Wohlfahrtsstaat hat noch genügend Milch und Orangensaft und Lebertran auf Lager.«

Zu keiner weiteren Ironie mehr imstande, bediente er sich nun einer so derben Sprache, dass Margaret nur mit Müh und Not den Bruch zwischen den Geschwistern verhindern konnte.

Erst später, als Olive gegangen war, ohne dass irgendetwas beschlossen oder auch nur besprochen worden wäre, beruhigte er sich.

»Ich verstehe dich nicht, Richard«, sagte Margaret abends, als sie sich bettfertig machten. »Wenn du die beiden so hasst, warum regst du dich dann so auf?«

»Du hast völlig Recht«, sagte er, während er an den alten dicken Vorhängen aus braunem Samt vorbei aus dem Schlafzimmerfenster schaute. »Du hast völlig Recht. Sie verdienen einander. Und ich kann sie beide nicht ausstehen.« Er brachte sogar ein Lachen zuwege. »Arme Olive.«

Noch vor Ablauf der Woche wurde Whympers Kündigung offiziell bekannt gegeben.

»Bill hat ein Angebot von Gow's bekommen«, sagte der junge Buchhalter wichtigtuerisch. »Er wollte halt schon immer ein echter Gowboy sein!«

Die Stimme seines Herrn, dachte Mr. Stone.

Und am Donnerstagnachmittag kam der Junge mit einem Exemplar der *World's Press News* in Mr. Stones Büro.

»Haben Sie die Meldung über Bill schon gesehen?«

Neben einem Foto, auf dem ein Geschäftsführer, der in den Ruhestand verabschiedet wurde, ein antikes Möbelstück überreicht bekam, las Mr. Stone:

Bill Whymper wechselt zu Gow's

Bill Whymper verlässt zum Monatsende Excal, um den neu geschaffenen Posten des leitenden Öffentlichkeitsreferenten bei Gow's zu übernehmen. »Die Berufung ist Ausdruck des hohen Stellenwerts, den Gow's im Rahmen seiner Expansion einer fortschrittlichen Vermarktungspolitik und Öffentlichkeitsarbeit beimisst. Mr. Whymper wird uns bei der Formulierung und Überarbeitung unserer Pläne beratend zur Seite stehen«, sagte ein Sprecher.

Mr. Whymper blickt bei Antritt dieser Führungsposition auf viele Jahre erfolgreicher Öffentlichkeitsarbeit für Excal zurück. Man wird ihn als den Mann in Erinnerung behalten, der hinter der energischen und einfallsreichen Vermarktung von Excals letztjährigem außerordentlich erfolgreichem Projekt »Die Gemeinschaft der firmen Ritter« stand.

Als er die Zeitung schließlich sinken ließ, war es still im Büro. Er ging hinaus in den Korridor. Von der Straße drang ungehindert Verkehrslärm herauf. Das Schreibzimmer war leer, das Licht ausgeschaltet, die Maschinen waren mit schwarzen Abdeckungen versehen. Die Uhr zeigte zwanzig nach vier an.

7

London ging an diesem Tag zu Fuß. Er hatte den eintägigen Streik der Verkehrsbetriebe vergessen, der, am Morgen noch nicht flächendeckend wirksam, im Laufe des Tages allmählich dramatische Ausmaße angenommen hatte, so dass sich auf den Titelseiten der Abendzeitungen die Meldungen über Beeinträchtigungen beziehungsweise die zeitweilige Einstellung des Bus- und Bahnverkehrs überschlugen. Die Themse-Uferstraße war vollkommen von Autos und Bussen verstopft. Wer in hoffnungslos langen Schlangen angestanden und sich einen Platz im Bus erkämpft hatte, saß jetzt fest und schmorte in der Hitze: Die Streikenden hatten sich einen schönen Tag ausgesucht. Und trotzdem blieben die Schlangen weiterhin bestehen, kaum zu erkennen in den Menschenmassen, die sich auf dem Bürgersteig langsam in beide Richtungen bewegten. Zuerst hatte auch er Schlange gestanden. Dann war er einem vereinzelten Bus über eine Seitenstraße bis zur Strand gefolgt, wo er problemlos hatte einsteigen können, nur um dann feststellen zu müssen, dass der Bus nicht weiterfuhr. Also beschloss er, zu Fuß zu gehen. Und er ging mit der ganzen Stadt. Die Uferstraße entlang und über die Brücke, jedes Gefühl für Entfernung und Zeit verlierend, vom steten Tritt tausender Füße umgeben, der hier in der Weite am glitzernden Fluss voller und zackiger klang, ging mit elastischem, weit ausholendem Schritt, genoss die Anstrengung, wollte nicht, dass sie aufhörte, wollte sich verausgaben, den Schmerz in seinem Innern betäuben, kaum der Menschen ringsum gewahr, Gesichtslose, ihre Kleider uniform in der Masse, aus der sich nur die militärisch Gesinnten, Befehlshaberischen abhoben durch ihren Gang und die Knäuel von Wetteifernden um sich herum. Auf der anderen Seite des Flusses verschwanden viele in die Waterloo Station, und dann ebbte mit jeder weiteren Straßenecke das Geräusch der Schritte weiter ab und die Bürgersteige leerten sich. Die Schilder ganz normaler Pubs, deren offene Türen den Blick auf menschenleere beige-braune Innenräume freigaben, luden zu Rast und Entspannung ein. Und nun erforderte das Weitergehen eine gewisse Willensanstrengung, denn es ging durch lange Straßen von dunklem Backstein und Stuck, der blätterte wie die Rinde der gekappten Platanen, vorbei an reihenweise hell erleuchteten kleinen Läden, die durch ihre Reklameschilder, Poster und verblichenen Schaufensterauslagen noch gewöhnlicher wirkten. Abend für Abend kehrten die Menschen aus dem warmen, hellen Herzen der Stadt, wo sie arbeiteten und sich zu ihren Vergnügungen wieder hinbegaben, in solche Gegenden, solche Straßen, solche Häuser zurück.

Und als er so durch die langen, öden Straßen lief und bei jedem Schritt spürte, wie sich seine Hüften, Waden und Zehen bewegten, veränderte sich seine Stimmung, und er hatte eine Vision von der Stadt, wie er sie schon einmal gesehen hatte, bei dem ersten von Margaret und ihm veranstalteten Dinner. (Gwen und Olive waren da gewesen, Grace und Tony Tomlinson, und Miss Millington hatte ihre unvergleichlichen Fish and Chips serviert.) Er entledigte die Stadt alles Dauerhaften und sah, dass nichts, was nicht Fleisch war, für den Menschen Bedeutung hatte. Von Belang war allein das Fleisch, des Menschen Fragilität und Vergänglichkeit. Die kosmische Ordnung, mit der er sich hatte verbünden wollen, war nicht seine Ordnung. Das hatte er schon zuvor erkannt. Doch jetzt erkannte er außerdem, dass der Mensch nicht durch die Erschaffung von Neuem seine Macht bewies und der feindlichen Ordnung trotzte, sondern allein durch Zerstörung. Indem er den Fluss aufstaute, indem er den Berg zerstörte, indem er der Erdoberfläche solche Wunden zufügte, dass jeder Versuch der Natur, sich wieder Geltung zu verschaffen, eine Farce bleiben musste.

Er war inzwischen in Brixton mit seinen großen, verglasten Geschäften, seiner modernistischen Polizeiwache, seinen altmodischen Essensständen und dem Gedränge von Schwarz und Weiß auf den Straßen. Hier fielen Fußgänger nicht auf. An der Bushaltestelle standen lange, aber vertretbare Schlangen. Mehrere Busse trafen ein; viele Leute stiegen aus. Er drängelte sich in einer Schlange vor, gelangte hinter den abwehrend ausgestreckten Arm eines Schaffners im 109er Bus und fuhr nach Hause. Er war froh, fahren zu können. Er spürte jetzt die Anstrengung und war ziemlich außer Atem.

Als er mit ausgreifenden, energischen Schritten die Straße nach Hause entlangging, spürte er, wie er größer wurde. Er ging als der Zerstörer, ging als der Mann, der die Zerstörung der Erde als Möglichkeit in sich trug. Größer und größer wurde er, schritt fester und fester aus, an den unbedeutenden Gärten unbedeutender Häuser vorbei, wo die Menschen sich mit dem Leben zu arrangieren suchten, vorbei an unbewegten, aufmerksamen Katzengesichtern, an Schildern mit der Aufschrift »Zu verkaufen« oder »Zu vermieten« und all den kurzlebigen Handwerksarbeiten von Eddie und Charley.

An seiner Haustür klingelte er. Nachdrücklicher, länger. Das Haus war leer. Margaret war mit Olive und Grace zusammen. Fröhliche Schwesternschar! Er zog seinen eigenen Schlüssel hervor, schloss auf, betrat den dunklen Flur.

Die Augen waren grün.

Angst ging in Schuldbewusstsein über, Schuldbewusstsein in Liebe.

»Miezmiez.«

Doch noch bevor er es ganz ausgesprochen hatte, war die

junge schwarze Katze schon die Treppe hinunter, und bevor er eine Geste hätte machen können, war sie durch die offene Tür verschwunden.

Er war kein Zerstörer. Schon einmal war die Welt um ihn herum zusammengestürzt. Doch er hatte überlebt. Und er bezweifelte nicht, dass mit der Zeit wieder Ruhe über ihn kommen würde. Jetzt war er bloß sehr müde. Er war allein im leeren Haus. Er brachte die Aktentasche ins Arbeitszimmer hinauf, um dort zu warten und vielleicht ein wenig zu arbeiten, bis Margaret wiederkam.

Srinagar, August 1962

Eine Flagge über der Insel

Meine Tante Goldzahn

Ihren richtigen Namen weiß ich gar nicht, dabei ist anzunehmen, dass sie einen besaß, auch wenn alle sie nur Goldzahn nannten. Sie hatte tatsächlich Goldzähne, sechzehn an der Zahl. Sie hatte früh geheiratet und gut geheiratet, und gleich nach der Hochzeit hatte sie ihr vollkommen intaktes Gebiss gegen Goldzähne austauschen lassen, um aller Welt zu zeigen, dass sie mit einem vermögenden Mann verheiratet war.

Aber meine Tante wäre auch ohne ihre Goldzähne aufgefallen. Sie war klein gewachsen, keine einssechzig groß, und unglaublich dick. Beim Anblick ihrer Silhouette wusste man nicht, ob man sie von vorne oder von der Seite sah.

Sie aß wenig und betete viel. Da ihre Familie hinduistisch war und ihr Mann ein Pandit, war auch sie eine rechtgläubige Hindu. Vom Hinduismus verstand sie außer den Riten und Verboten wenig, doch das reichte ihr. Tante Goldzahn sah in Gott eine Macht und in den religiösen Ritualen ein Mittel, diese Macht für einen praktischen Nutzen einzuspannen, ihren eigenen.

Das mag so klingen, als hätte Tante Goldzahn gebetet, weil sie nicht mehr so dick sein wollte. Tatsache ist, dass sie mit beinahe vierzig Jahren noch keine Kinder hatte. Es war ihre Kinderlosigkeit, die sie bedrückte, nicht ihre Leibesfülle; um von diesem Fluch erlöst zu werden, betete sie. Sie war bereit, es mit allem zu versuchen – jedem Ritual, jedem Gebet –, um die übernatürliche Macht für sich zu gewinnen und einzusetzen.

Und eines Tages begann sie, sich heimlich in verbotenen christlichen Praktiken zu üben.

Damals lebte sie in einem Dorf namens Cunupia im Bezirk Caroni. Die Kanadische Mission war hier lange gegen die Gottlosigkeit der Inder zu Felde gezogen und hatte eine Menge Seelen gerettet. Aber Tante Goldzahn war standhaft geblieben. Der Pfarrer von Cunupia hatte ihr seine presbyterianische Frömmigkeit angedeihen lassen, ebenso der Direktor der Missionsschule. Alles vergeblich. Tante Goldzahn dachte gar nicht daran, einen anderen Glauben anzunehmen. Die Vorstellung erfüllte sie mit Schrecken. Ihr Vater war zu seiner Zeit einer der bekanntesten hinduistischen Panditen gewesen, und auch der Ruhm ihres Ehemannes als Pandit, der Ruf seiner Fähigkeiten im Lesen und Schreiben des Sanskrit, reichten bereits weit über Cunupia hinaus. Sie war felsenfest davon überzeugt, dass Hindus die besten Menschen auf der Welt waren und der Hinduismus eine überlegene Religion. Sie fand nichts dabei, sich exotische Absonderlichkeiten näher zu betrachten, sie in abgewandelter Form in ihre Gottesverehrung einzuarbeiten, aber ihrem Glauben abschwören – nie!

Der Presbyterianismus war nicht die einzige Gefahr, der ein guter Hindu in Cunupia ausgesetzt war. Neben der stets gegenwärtigen Drohung offener Aggression von muslimischer Seite musste man auch die Katholiken im Auge haben. Ihre Pamphlete lagen überall herum, man konnte ihnen kaum entgehen. Goldzahn las darin von Novenen und Rosenkränzen und ganzen Stoßtrupps von Heiligen und Engeln. Das waren Dinge, die sie verstand, für die sie sogar eine gewisse Sympathie hegte und die sie ermutigten, weiterzuforschen. Sie las von Mysterien und Wundern, von Buße und Sündenablass. Ihre Skepsis ließ nach und wich einer anregenden, wenngleich widerstrebenden Begeisterung.

Eines Morgens nahm sie den Zug nach Chaguanas, der Bezirkshauptstadt – fünf Kilometer, zwei Stationen, zwanzig Minuten entfernt. Am Ende der Caroni Savannah Road in Chaguanas erhob sich imposant die Kirche des Heiligen Philipp und des Heiligen Jakob, und auch wenn Tante Goldzahn die Stadt gut kannte, so wusste sie von der Kirche doch nur, dass sie eine Turmuhr hatte, auf die sie auf dem Weg zum nahe gelegenen Bahnhof einen raschen Blick geworfen hatte. Bis zu diesem Tag hatte sie für das schmucklose, ockerfarbene Gebäude gegenüber, das Polizeirevier, viel mehr Aufmerksamkeit übrig gehabt.

Sie schleppte sich in den Kirchhof, beeindruckt von ihrer eigenen Kühnheit; sie kam sich vor wie eine Forscherin im Land der Kannibalen. Zu ihrer Erleichterung war die Kirche leer. Es war alles nicht so entsetzlich, wie sie befürchtet hatte. Vieles an dem Blattgold, den Bildern und prachtvollen Stoffen erinnerte sie an einen Hindutempel. Ihr Blick fiel auf ein dezentes Schild: KERZEN ZWEI CENT DAS STÜCK. Sie knotete den Zipfel ihres Schleiers auf, in dem sie ihr Geld verwahrte, nahm drei Cent heraus, ließ sie in den Kasten fallen, nahm sich eine Kerze und sprach ein murmelndes Gebet auf Hindustani. Einem kurzen Augenblick der Hochstimmung folgte sogleich ein Gefühl der Schuld, und plötzlich hatte sie nur noch den Wunsch, die Kirche zu verlassen, so schnell die Leibesfülle es ihr gestattete.

Sie fuhr mit dem Bus nach Hause und versteckte die Kerze in ihrer Kommode. Ein bisschen hatte sie befürchtet, ihr Mann mit seiner brahmanischen Fähigkeit zur Hellsicht könnte den Grund ihrer Reise nach Chaguanas längst durchschaut haben. Aber als er nach vier Tagen, die sie in einer Ekstase des Betens verbrachte, noch immer keine Andeutung gemacht hatte, glaubte Tante Goldzahn es riskieren zu können, die Kerze anzuzünden. Sie zündete sie in der Nacht an, vor ihren hinduistischen Götterbildnissen, und sandte Gebete von, wie sie meinte, doppelter Wirksamkeit zum Himmel empor.

Mit jedem Tag vertiefte sich ihr religiöses Gespaltensein;

es dauerte nicht lang, und sie hängte sich ein Kruzifix um den Hals. Weder ihr Mann noch ihre Nachbarn merkten etwas. Die Kette verschwand in den Speckfalten ihres Nackens, und das Kruzifix verlor sich vollständig in der tiefen Schlucht zwischen ihren gewaltigen Brüsten. Später erstand sie zwei Heiligenbildchen, eines von der Jungfrau Maria, das andere von der Kreuzigung, auch diese verbarg sie sorgsam vor ihrem Gatten. Die Gebete, die sie an diese christlichen Dinge richtete, gaben ihr Auftrieb und erfüllten sie mit Hoffnung. Sie verfiel dem Christentum.

Und dann wurde ihr Mann, Ramprasad, krank.

Seine plötzliche, unerklärliche Erkrankung erschreckte Tante Goldzahn. Es war keine gewöhnliche Krankheit, das wusste sie, und sie wusste auch, dass ihre religiösen Verfehlungen der Grund waren. Der Bezirksarzt in Chanuagas nannte es Diabetes, aber Tante Goldzahn ließ sich nicht täuschen. Zur Sicherheit verabreichte sie das Insulin, dass er verschrieb, aber um noch sicherer zu sein, bat sie Pandit Ganesh um Rat, den Masseur mit dem Hang zum Mystischen, der als berühmter Gesundbeter gefeiert wurde.

Ganesh kam den weiten Weg von Fuente Grove nach Cunupia. Er kam in großer Demut, geradezu versessen darauf, Tante Goldzahns Mann zu dienen, denn Tante Goldzahns Mann war ein Brahmane unter den Brahmanen, ein *Panday*, einer, der alle fünf Vedas kannte, während er, Ganesh, ein *Chaubay* war und nur vier kannte.

Mit seinem makellos weißen *Koortah*, dem geschickt verknoteten *Dhoti* und einem grünen Schal mit Troddeln um die Schultern, als Zugeständnis an die modische Eleganz, verströmte Ganesh die Zuversicht des professionellen Mystikers. Er sah sich den Kranken an, bemerkte seine Blässe, roch seinen Atem. »Dieser Mann ist verhext«, sagte er. »Von sieben bösen Geistern.«

Damit erzählte er Tante Goldzahn nichts Neues. Dass Geister im Spiel waren, hatte sie von Anfang an gewusst, aber sie war erleichtert, dass Ganesh die genaue Zahl kannte.

»Aber keine Angst«, fügte Ganesh hinzu. »Wir ›fesseln‹ das Haus mit spirituellen Banden, und kein Geist kommt mehr herein.«

Daraufhin holte Tante Goldzahn, ohne dass sie erst darum gebeten werden musste, eine Decke, faltete sie zusammen, legte sie auf den Boden und lud Ganesh ein, darauf Platz zu nehmen. Dann brachte sie ihm frisches Wasser in einer Messingkanne, ein Mangoblatt und eine Schale mit brennender Holzkohle.

»Bring mir Büffelmilchbutter«, sagt Ganesh, und nachdem Tante Goldzahn ihm auch die gebracht hatte, machte er sich ans Werk. Unter ständigem Gemurmel auf Hindustani versprühte er mit dem Mangoblatt das Wasser aus dem Krug. Er schmolz die Büffelmilchbutter im Feuer, und die Holzkohle zischte so scharf, dass Tante Goldzahn nicht verstand, was er sagte. Gleich darauf erhob er sich und sprach: »Von der Asche dieses Feuers streust du deinem Mann etwas auf die Stirn, und wenn er dich nicht lässt, mischst du sie ihm in sein Essen. Das Wasser bleibt im Krug, du musst ihn jeden Abend vor eure Haustür stellen.«

Tante Goldzahn zog sich den Schleier über die Stirn.

Ganesh hustete. »Das ist alles«, sagte er und zog seinen Schal zurecht. »Mehr kann ich nicht tun. Den Rest muss Gott erledigen.«

Er wollte kein Geld für seine Dienste. Für einen bescheidenen Mann wie ihn, sagte er, sei es genug der Ehre, dem Pandit Ramprasad dienen zu dürfen, und sie, Tante Goldzahn, sei vom Schicksal auserwählt, das Eheweib eines solch bedeutenden Mannes zu sein. Tante Goldzahn gewann den Eindruck, dass Ganesh das Schicksal und seine Pläne aus erster Hand kannte, und tief unter den dicken Schichten aus sterblichem, schwabbeligem Fleisch wurde das Herz ihr schwer.

»Baba, verehrter Vater«, sagte sie zögernd, »ich muss Euch etwas sagen.« Aber mehr brachte sie nicht hervor, und als Ganesh das sah, füllte es seinen Blick mit Barmherzigkeit und Liebe.

»Was denn, mein Kind?«

»Ich habe ein großes Unrecht getan, Baba.«

»Was für ein Unrecht?«, fragte er, und sein Tonfall deutete an, dass Tante Goldzahn kein Unrecht tun konnte.

»Ich habe zu christlichen Dingen gebetet.«

Zu Tante Goldzahns Überraschung stieß Ganesh ein nachsichtiges kleines Lachen aus. »Glaubst du wirklich, Gott nimmt Anstoß daran, meine Tochter? Es gibt nur einen einzigen Gott, und verschiedene Menschen beten ihn auf verschiedene Arten an. Es kommt nicht darauf an, wie du betest, Gott freut sich, wenn du überhaupt betest.

»Mein Mann ist also nicht wegen mir krank geworden?«

»Aber nein, meine Tochter.«

Als anerkannte Kapazität wurde Ganesh von Menschen aller Glaubensrichtungen um Rat ersucht, weil sie seine beruflichen Fähigkeiten schätzten, und er nutzte mit der Freiheit des Mystikers den ganzen Spielraum des Hinduismus, um für sie alle Platz zu schaffen. Das brachte ihm viele Kunden, wie er sie nannte, viele zufriedene Kunden.

Fortan rieb Tante Goldzahn nicht nur Ramprasads bleiche Stirn mit der geheiligten Asche ein, die Ganesh ihm verschrieben hatte, sondern sie mischte ihm auch beträchtliche Mengen davon in sein Essen. Ramprasads Appetit, auch nach Ausbruch der Krankheit noch enorm, nahm ab, und schon nach kurzer Zeit setzte ein sichtbarer und beängstigender Gewichtsverlust ein, der seiner Frau Rätsel aufgab.

Sie erhöhte noch einmal die Dosis an Asche, und als die Vorräte verbraucht waren und Ramprasad immer bedrohlicher ausmergelte, verfiel sie auf den letzten Ausweg der Hindufrau: Sie brachte ihren Mann in das Haus ihrer Mutter. Die ehrwürdige alte Dame, meine Großmutter, lebte bei uns in Port-of-Spain.

Ramprasad war groß und knochendürr, und sein Gesicht war grau. Die kraftvolle Stimme, mit der er tausend theologische Standpunkte erläutert und Hunderte von *Puranas* rezitiert hatte, war nur noch ein zittriges Flüstern. Wir pferchten ihn in einen Raum, der seltsamerweise »Speisekammer« genannt wurde. Er hatte nie als solche gedient, und man kann nur vermuten, dass der Architekt ihm vor über vierzig Jahren diese Verwendung zugedacht hatte. Es war ein winzig kleiner Raum. Um ihn zu betreten, musste man gleich nach dem Öffnen der Tür auf das Bett klettern, das wie durch ein Wunder haargenau hineingepasst hatte. Die untere Hälfte der Wände bestand aus Beton, die obere Hälfte aus dichtem Gitterwerk; ein Fenster gab es nicht.

Meine Großmutter hatte ihre Zweifel, ob der Raum für einen Kranken geeignet war. Das Gitterwerk machte ihr Sorgen. Es ließ Licht und Luft herein; wenn sie es verhindern konnte, sollte Ramprasad nicht daran zugrunde gehen. Mit Pappe, Wachstuch und Zeltstoff machte sie das Gitterwerk luftdicht und lichtundurchlässig.

Und tatsächlich kehrte nach einer Woche Ramprasads Appetit zurück, beharrlich und unersättlich wie eh und je. Meine Großmutter beanspruchte das ganze Verdienst für sich, auch wenn Tante Goldzahn wusste, dass die Holzkohlenasche, die sie ihm einverleibt hatte, nicht ganz ohne Wirkung geblieben war. Dann fiel ihr mit großem Schrecken ein, dass sie etwas sehr Wichtiges außer Acht gelassen hatte. Das große Haus in Cunupia war versiegelt, unzugänglich für Geister, das Haus in der Stadt dagegen verfügte über keinen solchen Schutz, jeder Geist konnte hier nach Belieben ein- und ausgehen. Ein dringendes Problem.

Ganesh kam nicht in Frage. Weil er kein Geld für seine Dienste verlangte, konnte Tante Goldzahn ihn kein zweites Mal rufen. Aber bei dem Gedanken an Ganesh fielen ihr seine Worte wieder ein: »Es kommt nicht darauf an, wie du betest; Gott freut sich, wenn du überhaupt betest.«

Was also sprach dagegen, dass sie das Christentum ein zweites Mal ins Spiel brachte?

Diesmal wollte sie kein Risiko eingehen. Sie beschloss, es mit Ramprasad zu bereden.

Er saß aufrecht im Bett und aß. Als Tante Goldzahn die

Tür öffnete, hörte er auf zu essen und blinzelte in das ungewohnte Licht. Tante Goldzahn trat in die Tür, die sie ganz ausfüllte, wodurch das Zimmer wieder in Dunkelheit getaucht war und er weiteressen konnte. Sie stützte sich mit den Handflächen auf das Bett. Es knarrte.

»Mann«, sagt sie.

Ramprasad aß.

»Mann«, sagte sie auf Englisch, »ich denke daran, in die Kirche gehen und beten. Man weiß nie, besser man geht auf Nummer sicher. Haus ist schließlich nicht versiegelt ... «

»Du sollst in keiner Kirche nicht beten gehen«, antwortete er ihr flüsternd und ebenfalls auf Englisch.

Tante Goldzahn tat das Einzige, was ihr übrig blieb. Sie fing an zu weinen.

Drei Tage nacheinander bat sie ihn um die Erlaubnis, zur Kirche gehen zu dürfen, und im Angesicht ihrer Tränen schmolz sein Widerstand dahin. Für richtigen Widerstand war er ohnehin viel zu schwach. Sein Appetit mochte zurückgekehrt sein, aber er war noch sehr krank und stark geschwächt, und mit jedem Tag verschlechterte sich sein Zustand.

Am vierten Tag sagte er zu Tante Goldzahn: »Also gut, geh in Kirche und bete zu Jesus, wenn es dir dann besser geht.«

Tante Goldzahn sorgte sogleich dafür, dass es ihr besser ging. Jeden Morgen fuhr sie mit dem Trolleybus zur Holy Rosary Church, um auf ihre ganz eigene Weise Andacht zu halten. So sammelte sie den Mut, ein Kruzifix und Bilder der Jungfrau Maria und des Messias ins Haus zu holen. Wir alle waren darüber ein wenig beunruhigt, aber wir wussten ja, wie religiös Tante Goldzahn war, und ihr Mann war ein gelehrter Pandit, und schließlich handelte es sich hier um einen Notfall, eine Sache auf Leben und Tod. Was konnten wir also tun als zuschauen? Von nun an brannten Weihrauch, Kampfer und Butterfett vor Bildnissen von Krishna und Shiva und Maria und Jesus. Tante Goldzahn legte einen Hunger nach Gebeten an den Tag, der dem ihres Ehemanns nach Essbarem in nichts nachstand, und wir staunten über beide, und sei es nur, weil weder das eine noch das andere Ramprasad in irgendeiner Weise zu helfen schien.

Eines Abends, kurz nachdem Glocke, Gong und Tritonshorn das Ende von Tante Goldzahns offizieller Gebetsstunde verkündet hatten, brach im Haus plötzlich lautes Wehklagen aus, und ich wurde in den Raum gerufen, der den Betenden vorbehalten war. »Komm schnell, es ist etwas Schreckliches mit deiner Tante passiert.«

Das Gebetszimmer, in dem noch schwer die Weihrauchschwaden hingen, bot einen außergewöhnlichen Anblick. Vor dem Hinduschrein lag Tante Goldzahn, hingestreckt auf dem Bauch, steif wie ein Sack Mehl. Ich kannte Tante Goldzahn nur in stehender oder sitzender Haltung, und der Anblick der auf dem Bauch liegenden Tante, ungewohnt und grotesk, ängstigte mich.

Meine Großmutter, von Natur aus eine Schwarzseherin, bückte sich und legte ihr Ohr an die obere Hälfte des Körpers auf dem Boden. »Kein Herzschlag zu hören«, sagte sie.

Wir alle waren ziemlich verstört. Wir versuchten, Tante Goldzahn aufzuheben, aber sie war schwer wie Blei. Dann ging, ganz langsam, ein Zittern durch ihren Körper. Das Fleisch begann unter den Kleidern kleine Wellen zu schlagen, blähte sich, und die Schreie der Kinder im Raum wurden spitzer. Instinktiv wichen wir vor dem Körper zurück und warteten, was weiter passieren würde. Tante Goldzahn begann mit der Hand auf den Boden zu schlagen und gurgelnde Laute dazu auszustoßen.

Meine Großmutter hatte die Situation erkannt. »Der Geist ist in sie gefahren«, sagte sie.

Bei dem Wort »Geist« fingen die Kinder noch lauter zu kreischen an, und meine Großmutter musste Ohrfeigen verteilen, damit sie still waren.

Das Gurgeln löste sich in Worte auf, ausgesprochen mit einem anhaltenden, grausigen Beben in der Stimme. »Heil dir, Maria, Heil dir, Ram«, sagte Tante Goldzahn, »die Schlangen sind hinter mir her. Überall Schlangen. Sieben an der

Zahl. Rama! Rama! Voll der Gnaden. Sieben Geister sitzen im Vier-Uhr-Zug von Cunupia nach Port-of-Spain.«

Meine Großmutter und meine Mutter hörten aufmerksam, mit vor Stolz leuchtenden Gesichtern zu. Mir war das Theater ziemlich peinlich, und ich war böse auf Tante Goldzahn, weil sie mir solche Angst gemacht hatte. Ich ging zur Tür.

»Wer verlässt da den Raum? Wer ist der junge *Caffar*, der Ungläubige?«, fragte jäh die Stimme.

»Rasch, komm zurück Junge«, flüsterte meine Großmutter. »Komm zurück und bitte sie um Verzeihung.«

Ich gehorchte.

»Ist schon gut, mein Sohn«, antwortete Tante Goldzahn. »Du weißt es nicht besser. Du bist jung.«

Dann hatte der Geist sie offenbar verlassen. Sie mühte sich hoch in eine sitzende Position und wunderte sich, dass wir alle da waren. Für den Rest des Abends benahm sie sich, als wäre nichts geschehen, und tat so, als bemerkte sie unsere Blicke nicht und auch nicht den ungewohnten Respekt, mit dem alle sie behandelten.

»Ich habe es immer gesagt, und ich sage es wieder«, sagte meine Großmutter, »dass diese Christen ausgesprochen fromme Leute sind. Nicht umsonst habe ich Goldzahn ermutigt, zu christlichen Dingen zu beten.«

Ramprasad verstarb früh am nächsten Morgen, und wir ließen die Bekanntmachung um dreizehn Uhr nach den Lokalnachrichten im Radio durchgeben. Ramprasads war der einzige Todesfall an diesem Tag und machte, obwohl von Werbung eingerahmt, großen Eindruck. Noch am selben Nachmittag bestatteten wir ihn auf dem Mucurapo-Friedhof.

Kaum waren wir wieder zu Hause, sagte meine Großmutter: »Ich habe es immer gesagt, und ich sage es wieder: Mir missfallen diese christlichen Dinge. Ramprasad wäre es besser ergangen, wenn du auf mich gehört hättest, Goldzahn, und nicht diesem christlichen Zeug nachgelaufen wärst.«

Tante Goldzahn schluchzte zustimmend, ihr Körper

schwabbelte und zitterte, während sie die ganze Geschichte ihres Handels mit dem Christentum beichtete. Verwundert und peinlich berührt lauschten wir. Wir hätten nie für möglich gehalten, dass eine gute Hinduistin, ein Mitglied unserer Familie, so tief sinken konnte. Tante Goldzahn schlug sich auf die Brust, zerrte ohne Sinn und Verstand an ihren langen Haaren und bettelte um Vergebung. »Ich bin schuld«, schrie sie. »Ich allein, Ma. In einem Moment der Schwäche bin ich der Versuchung erlegen. Und dann konnte ich nicht mehr zurück.«

Die Scham meiner Großmutter wich dem Mitleid. »Es ist ja gut, Goldzahn. Vielleicht hast du das gebraucht, um wieder zu Sinnen zu kommen.«

In einem Ritual vernichtete Tante Goldzahn noch am selben Abend alles im Haus, was mit dem Christentum zu tun hatte.

»Du hast es dir selbst zuzuschreiben«, sagte meine Großmutter, »wenn du keine Kinder hast, die sich um dich kümmern.«

1954

Die Tombola

Ein Grundschullehrer verdient nicht viel in Trinidad, dafür darf er seine Schüler nach Herzenslust schlagen.

Mr. Hinds, mein Lehrer, schlug viel und gern. Auf dem Regal unter *The Last of England* bewahrte er vier oder fünf Tamarindengerten auf. Tamarindengerten eignen sich hervorragend zum Schlagen. Sie sind biegsam, brennen auf der Haut und brechen nicht. Im Schulhof stand eine Tamarinde. Außerdem ließ er in seinem Wandschrank, in dem gefüllten Wassereimer, der für den Brandfall in jeder Klasse bereitstehen musste, einen Lederriemen einweichen.

Das alles wäre halb so schlimm gewesen, wenn Mr. Hinds nicht so jung und sportlich gewesen wäre. Bei dem einzigen Schulsportfest, bei dem ich dabei war, musste ich mit ansehen, wie er die blank geputzten Schuhe abstreifte, die Hosen bis zu den Waden hochkrempelte und mit der Zigarette zwischen den Lippen das Hundert-Meter-Rennen der Lehrer gewann, die Krawatte lässig über die Schulter geworfen. Die Krawatte war weinrot: Mr. Hinds achtete sehr auf seine Kleidung, und auf seine Art war das Teil des Albtraums. Er trug einen braunen Anzug, ein cremefarbenes Hemd, dazu die weinrote Krawatte.

Außerdem ging das Gerücht, dass er sich an den Wochenenden betrank.

Aber Mr. Hinds hatte eine Achillesferse. Er war arm. Wir wussten, er gab seinen »Förderunterricht« nur deshalb, weil er das Geld brauchte. Jeden Tag während der zehnminütigen Vormittagspause bekamen wir Förderunterricht bei ihm. Jeder Junge musste ihm dafür fünfzig Cent zahlen. Und wer nicht zahlte, musste trotzdem bleiben und wurde so lange geschlagen, bis er gezahlt hatte.

Wir wussten auch, dass Mr. Hinds einen Schrebergarten in Morvant hatte, wo er etwas Federvieh und ein paar Tiere hielt.

Die anderen Jungen bemitleideten uns – unnötigerweise. Wir wurden von Mr. Hinds geschlagen, aber ich glaube, wir waren alle ein bisschen stolz auf ihn.

Ich sage, *wir* wurden geschlagen, aber das stimmt nicht ganz. Aus irgendeinem mir bis heute unerfindlichen Grund wurde *ich* nie von Mr. Hinds geschlagen. Ich musste nie die Tafel abwischen. Oder ihm mit dem Staublappen die Schuhe putzen. Er nannte mich sogar beim Vornamen, Vidiadhar.

Das nahm meine Klassenkameraden nicht gerade für mich ein. Beim Kricket durfte ich nicht werfen und nicht das Tor hüten, und ich ging immer als Nummer elf ins Spiel. Mein einziger Trost war es, dass ich nur noch zwei Trimester durchhalten musste, bevor ich auf das Queen's Royal College gehen durfte. Es zog mich nicht aufs QRC, aber ich wollte unbedingt weg vom *Endeavour* (wie unsere Schule hieß). Mr. Hinds Gunst beunruhigte mich.

Eines Vormittags verkündete Mr. Hinds beim Förderunterricht, dass er eine Ziege verlosen würde – das Los für einen Shilling.

Er sagte es mit todernstem Gesicht, und niemand lachte. Mich ließ er die Namen aller Jungen auf zwei Blatt Papier schreiben. Die Jungen, die einen Shilling riskieren wollten, mussten ein Häkchen hinter ihrem Namen machen. Noch vor Ende des Förderunterrichts war hinter jedem Namen ein Häkchen.

Ich wurde sehr unbeliebt. Einige Jungen wollten nicht an die Existenz der Ziege glauben. Und wenn es doch eine gäbe, sagten sie, dann wüssten sie schon, wer sie gewinnen würde.

Ich wünschte mir, dass sie Recht hatten. Ich wollte schon immer ein eigenes Tier haben, und die Vorstellung, die Milch meiner eigenen Ziege zu trinken, fand ich überaus verlockend. Ich hatte gelesen, dass Mannie Ramjohn, Trinidads Mittelstreckenchampion, mit Ziegenmilch und Nüssen trainierte.

Am nächsten Morgen schrieb ich die Namen aller Jungen auf kleine Zettel. Mr. Hinds lieh sich meine Mütze aus, warf die Zettel hinein, nahm einen wieder heraus, sagte »Vidiadhar, die Ziege gehört dir«, und schüttete alle Zettel sofort in den Papierkorb.

Beim Mittagessen sagte ich zu meiner Mutter: »Ich habe heute eine Ziege gewonnen.«

»Was für eine Ziege?«

»Keine Ahnung. Hab sie noch nicht gesehen.«

Sie lachte. Auch sie glaubte nicht an die Ziege. Aber als sie mit Lachen fertig war, sagte sie: »Trotzdem, es wäre schön.«

Langsam glaubte auch ich nicht mehr an die Ziege. Ich traute mich nicht, Mr. Hinds daran zu erinnern, aber zwei Tage später fragte er mich: »Vidiadhar, kommst du nun deine Ziege holen oder nicht?«

Er wohnte in einem baufälligen Haus in Woodbrook, und als ich hinkam, trug er kurze Khakihosen, ein Unterhemd und blaue Segeltuchschuhe. Er putzte mit einem gelben Waschlappen sein Fahrrad. Ich war fassungslos. Niemals hätte ich ihn mir in solchen Klamotten vorstellen können, bei einer solch niederen Arbeit. Aber er war noch ironischer und distanzierter als in der Schule.

Er führte mich in den hinteren Teil des Hofs. Da stand tatsächlich eine Ziege. Eine weiße mit großen Hörnern, festgebunden an einem Pflaumenbaum. In einem Kreis um den Baum herum war der Boden morastig. Die Ziege machte einen verdrießlichen, tranigen Eindruck, wie leicht betäubt von ihrem eigenen Gestank. Mr. Hinds forderte mich auf, die Ziege zu streicheln. Ich streichelte sie. Sie schloss die Augen und kaute weiter. Als ich mit dem Streicheln aufhörte, klappte sie die Augen wieder auf.

Jeden Nachmittag gegen fünf fuhr ein alter Mann mit dem Eselskarren durch unsere Straße, die Miguel Street. Der Wagen war beladen mit frischem Gras, zu ordentlichen Bündeln geschnürt, so ordentlich, dass man meinte, Gras wäre nicht etwas auf der Wiese Gewachsenes sondern Fabrikware. Der Eselskarren wurde wichtig für mich und meine Mutter. Wir kauften fünf, manchmal sechs Bündel am Tag, das Bündel zu sechs Cent. Die Ziege veränderte sich nicht. Sie wirkte immer noch mürrisch und tranig. Von Zeit zu Zeit fragte mich Mr. Hinds lächelnd nach ihrem Befinden, und ich gab zur Antwort, es gehe ihr gut. Aber wenn ich meine Mutter fragte, wann wir endlich Milch von der Ziege bekommen würden, bat sie mich, ihr nicht auf die Nerven zu gehen. Eines Tages stellte sie dann ein Schild auf:

BOCK ZU VERMIETEN
Näheres im Haus

und wurde sehr ärgerlich, als ich wissen wollte, was das heißen sollte.

Das Schild änderte nichts. Wir kauften ordentliche Bündel frisches Gras, die Ziege fraß, und ich bekam keine Milch zu sehen.

Als ich eines Mittags nach Hause kam, war auch keine Ziege mehr zu sehen.

»Die hat sich jemand ausgeliehen«, sagte meine Mutter. Sie sah froh aus.

»Wann kommt sie zurück?«

Sie zuckte mit den Schultern.

Noch am selben Nachmittag war die Ziege wieder da. Als ich in die Miguel Street einbog, sah ich sie auf dem Gehsteig vor unserem Haus stehen. Ein Mann, den ich nicht kannte, hielt sie an einem Strick und veranstaltete ein Mordsspektakel. Seine freie Hand fuchtelte wie wild in der Luft herum.

Die Sorte kannte ich. Der ließ den Strick nicht los, bevor er seinen Sermon los war. Es lugten bereits viele Menschen hinter ihren Gardinen hervor.

»Was fällt euch ein, arme Leute auszurauben?«, schrie er. Und, an seine Zuhörer hinter den Gardinen gewandt: »Seht alle her, seht ihn euch an, diesen Ziegenbock!«

Die Ziege, von grenzenloser Teilnahmslosigkeit, kaute in aller Seelenruhe wieder, die Augen halb geschlossen.

»Wie könnt ihr so selbstsüchtig sein? Mein Bruder ist dumm, der kennt die Ziege nicht, aber ich kenn die Ziege! Jeder Mann in Trinidad, der was von Ziegen versteht, kennt diese Ziege, jeder, von Icacos bis Mayaro bis Toco bis Chaguaramas«, rief er, die vier äußersten Zipfel Trinidads aufzählend. »Sie ist das nutzloseste Tier auf der ganzen Welt. Und ihr knöpft meinem Bruder Geld für so was ab?! Sofort gebt ihr mir meinem Bruder sein Geld zurück!«

Meine Mutter sah gekränkt und verärgert aus. Sie verschwand im Haus und kam mit ein paar Dollarnoten wieder heraus. Der Mann nahm das Geld und drückte ihr den Strick in die Hand.

Am Abend sagte meine Mutter: »Geh zu deinem Mr. Hinds und sag ihm, dass ich die Ziege hier nicht mehr sehen will.«

Mr. Hinds schien nicht überrascht zu sein. »Willst sie nicht haben, was?« Er überlegte, strich sich mit dem gepflegten Daumennagel über den Schnauzbart. »Meinetwegen, ich kauf sie zurück. Fünf Dollar.«

»Aber sie hat allein an Gras schon das Doppelte weggefressen«, sagte ich.

Auch das überraschte ihn nicht. »Na gut, sagen wir sechs.«

Ich verkaufte. Damit, dachte ich, war die Sache erledigt.

An einem Montagnachmittag, etwa vier Wochen vor Ende meines letzten Trimesters, verkündete ich meiner Mutter: »Die Ziege wird wieder verlost.«

Sie hörte es mit Sorge.

Am Freitag beim Tee sagte ich beiläufig: »Ich hab die Ziege gewonnen.«

Sie hatte es kommen sehen. Noch vor Sonnenuntergang holte ein Mann die Ziege bei Mr. Hinds ab, gab meiner Mutter etwas Geld und nahm die Ziege mit.

Ich hoffte, Mr. Hinds würde niemals mehr nach der Ziege fragen. Vergeblich. Er fragte nicht in der nächsten, aber in der übernächsten Woche, kurz vor den Ferien.

Ich wusste nicht, was ich sagen sollte.

Aber ein Junge namens Knolly, ein flinker Werfer und eines von Mr. Hinds Lieblingsopfern, antwortete für mich. »Welche Ziege?«, flüsterte er laut. »Die ist doch längst geschlachtet und aufgegessen.«

Mr. Hinds wurde fuchsteufelswild. »Ist das wahr, Vidiadhar?«

Weder nickte ich noch sagte ich etwas. Die Schulglocke rettete mich.

Beim Mittagessen sagte ich zu meiner Mutter: »Ich mag nicht in die Schule zurück.«

»Du musst tapfer sein«, antwortete sie.

Das Argument missfiel mir, aber ich gehorchte.

In der ersten Stunde hatten wir Geographie.

»Naipaul«, sagte Mr. Hinds ohne Vorwarnung, meinen Vornamen vergessend, »was ist eine Landzunge?«

»Eine Landzunge«, antwortete ich, »ist ein Stück Land, das ganz von Wasser eingeschlossen ist.«

»Gut. Komm her.« Er ging zum Wandschrank und nahm den eingeweichten Lederriemen heraus. Dann fiel er über mich her. »Du verkaufst meine Ziege?« Klatsch. »Du bringst meine Ziege um?« Klatsch. »Wie kannst du so verdammt undankbar sein?« Klatsch, Klatsch, Klatsch. »Du gewinnst keinen Preis mehr bei meiner Tombola.«

Ich setzte nie wieder einen Fuß in diese Schule.

1957

Eine Weihnachtsgeschichte

Es ist Heiligabend, aber meine Gedanken sind nicht beim Fest. Sie sind bei dem Tag nach Weihnachten, denn das ist der Tag, an dem die Inspektoren des Rechnungsprüfungsamtes in Port-of-Spain in das Dorf kommen, in dem die neue Schule gebaut worden ist. Ich sehe ihrem Besuch sehr gelassen entgegen. Natürlich wäre noch reichlich Zeit, alles Nötige zu veranlassen. Aber ich werde nichts dergleichen tun, auch wenn meine Familie – leider ebenso wenig vom Geist der Weihnacht beseelt wie ich – mich anfleht, meine Skrupel, meinen neu gefundenen Glauben einmal zu vergessen und uns alle vor Schande und Ruin zu bewahren. Es stünde in meiner Macht, dies zu tun, aber irgendwann kommt im Leben eines jeden Mannes der Moment, da er Farbe bekennen muss. Ich gestehe, dass dieser Moment bei mir recht spät gekommen ist.

Auch sonst ist bei mir alles spät gekommen. Fast bis zur Vollendung meines achtzehnten Lebensjahres bin ich Hindu geblieben, obwohl ich von dieser Religion außer bedeutungslosen und peinlichen Ritualen wenig mitbekommen habe. Warum ich so lange dabeiblieb, weiß ich nicht. Vielleicht lag es an der Trägheit, mit der diese Religion ihre Gläubigen betäubt. Schließlich bedurfte es keiner großen Intelligenz, um zu erkennen, dass der Hinduismus mit seinen animistischen Riten, seiner Götzenanbetung, der Wertschätzung, die er Mango- und Bananenblättern und – der Wahrheit die Ehre – dem Kuhmist zuteil werden lässt, als Religion keinen Platz mehr in der modernen Welt hatte. Ich musste nur die Situation der Hindus mit der der Christen vergleichen, die unterschiedlichen Standards, was Kleidung, Häuser, Ernährung betraf. Solche Unterschiede sind heute weitgehend verschwunden, und die Jüngeren werden kaum noch verstehen, wovon ich spreche. Mancher wird mir vielleicht den Vorwurf machen, ich würde zu viel Wert auf Äußerlichkeiten legen. Was soll ich dazu sagen? Wird man mir glauben, wenn ich darauf verweise, dass der äußere Schein für mich immer Sinnbild des Tieferliegenden war? Es muss genügen, wenn ich feststelle, dass mir mit achtzehn die Augen geöffnet wurden. Ich brauchte von den Presbyterianern der Kanadischen Mission nicht erst »bekehrt« zu werden. Ich musste mir nur die Arbeit anschauen, die sie unter den rückständigen Hindus und Muslimen in unserem Bezirk verrichteten. Ich musste mir nur ihre Schulen anschauen, und die Häuser der von ihnen Bekehrten.

Und so wurde ich von meinem presbyterianischen Glauben, so spät ich zu ihm fand, tief geprägt. Ich wollte Lehrer werden – was blieb einem Mann mit meinen begrenzten Mitteln und meiner schmalen Ausbildung schon anderes übrig –, und mein Glaube erwies sich dabei als großer Vorteil. Er adelte mich in den Augen meiner Vorgesetzten. Und er befähigte mich, ein guter Lehrer zu sein, weil er die Dissonanzen aufhob zwischen dem, was ich fühlte, und dem, was ich lehrte. Wie viel schlechter waren die noch nicht Bekehrten dran, die in presbyterianischen Schulen zu unterrichten hatten!

Und da nun die Zeit für offene Worte ist, will ich auch von den Freuden sprechen, die ich meiner neuen Religion verdanke. Was war das für eine Freude, Randolph gerufen zu werden, ein Name, der so reich an historischen Assoziationen ist, ein Name, der so wunderbar in die Zeit passt, in der wir leben, in die Gesellschaft, in der ich mich wiederfand. Und was für eine Freude erst, den Namen vergessen zu dürfen, auf den ich einst – mit Scham erinnere ich mich daran – simplen Gemütes gehört hatte: Choonilal! Aber das liegt alles so weit zurück. Ich habe es begraben. Und wenn es mir jetzt wieder einfällt, dann deshalb, weil es nicht nur an der Zeit für offene Worte ist, sondern weil mein Sohn Winston vor zwei Wochen in den Familienpapieren gestöbert hat – natürlich hatte der Junge nicht das Recht, in meinen privaten Papieren zu schnüffeln, er hat die Neugier seiner Mutter geerbt – und dabei auf den Namen gestoßen ist. Er zog mich damit auf, hielt ihn mir gar vor, bis ich ihm in einem Ausbruch blinden Zorns, den ich inzwischen zutiefst bedauere und für den ich mich bei ihm entschuldigen muss, solange noch Zeit ist, eine gründliche Tracht Prügel verabreichte, wie sie zu meiner Zeit als Lehrer nur diejenigen Schüler bezogen haben, deren Stumpfsinn noch übertroffen wurde von der Dummheit und Rückständigkeit ihrer Eltern. Rückständigkeit hat mich von jeher bis aufs Blut gereizt.

Kaum weniger Freude als der Name Randolph machten mir die erhabenen und – ich finde kein anderes Wort dafür – *reinen* Bräuche, die von meiner neuen Religion gepflegt wurden. Wie angenehm war es doch, an einem Sonntagmorgen früh aufzustehen, ein Bad zu nehmen und zu frühstücken, um anschließend in frischen sauberen Kleidern durch die noch stillen, kühlen Straßen zu unserer Andachtsstätte zu gehen und dort den ehrbarsten und angesehensten Leuten zu begegnen, alle mit der gleichen Reinlichkeit gekleidet und im Vorgefühl derselben frommen Andacht, an der auch ich teilhaben durfte, nachdem ich so lange Außenseiter gewesen war, jemand, dem die Worte *Christus* und *Vater* nicht mehr bedeutet hatten als *Winter* oder *Herbst* oder *Narzisse*. Diejenigen unter den Unbekehrten, die genug Tatkraft besaßen, zu dieser Stunde schon wach und auf den Beinen zu sein, betrachteten staunend unsere weiße Prozession zur Kirche. Und so süß ihre Bewunderung schmeckte, muss ich doch gestehen, dass mich der Gedanke, vor nicht langer Zeit selber noch zu dieser gaffenden Menge gehört zu haben, mit Scham erfüllte. An ihren Blicken vorüberzugehen war eine wahre Folter für mich, denn vielleicht besser als jeder andere in der langsamen und würdevollen Prozession *kannte* ich die Praktiken, denen diese Menschen im Namen der Religion frönten – und denen auch ich durch mein Schweigen fast achtzehn Jahre lang Vorschub geleistet hatte. Meine Nachsicht mit ihnen hielt sich daher in Grenzen, und umso tröstlicher war der Gedanke, dass wir uns, so ähnlich wir uns waren, nicht nur durch unsere Namen, die wir ja nicht am Revers mit uns herumtragen, sondern auch durch unsere Kleidung voneinander unterschieden. An den Sonntagen, von denen ich spreche, kleideten die Männer sich in lange Hosen und Jacketts aus weißem Drillich, ein erfreulicher Gegensatz zu dem das Bein freilassenden *Dhoti*, in dem die anderen immer noch herumliefen – ein Kleidungsstück, von dem ich seit jeher fand, dass es seinen Träger der Lächerlichkeit preisgibt. Ich selbst setzte dazu noch einen weißen Tropenhelm auf. Die Mädchen und die Damen trugen die kurzen Kleider, die von jenen anderen so verachtet wurden, und Hüte auf dem Kopf; mit Freude stellte ich fest, wie sehr sie damit ihren Schwestern ähnelten, die den weiten Weg von Kanada und aus anderen Ländern gemacht hatten, um unter unseren Leuten ihre Arbeit zu tun. Man könnte mir vorhalten, dass ich zu viel Wert auf Äußerlichkeiten lege. Aber zu meiner Verteidigung möchte ich betonen, dass es meine tiefste Überzeugung ist, dass der Fortschritt nicht eine Sache des äußeren Scheins ist, sondern eine Geisteshaltung; und diese Geisteshaltung verdanke ich meiner Religion.

Nach dem bisher Gesagten mag es scheinen, als habe mir die Zuwendung zum presbyterianischen Glauben nur Vorteile und Freuden gebracht. Ich möchte hier kein großes Aufhebens von den Prüfungen machen, die mir auferlegt wurden, es mag der Hinweis genügen, dass ich, obschon in der Schule und auch andernorts meine glühende Anhänglichkeit an meinen neuen Glauben mit großem Wohlwollen betrachtet wurde – dass ich doch dem ständigen Hohn einiger Angehöriger ausgesetzt war, die ungeachtet meines Beispiels auf dem Weg der Dunkelheit fortschreiten wollten. Meinen Namen, Randolph, sprachen sie mit dem spöttischsten Unterton aus. Ich ertrug es standhaft. Ich hatte nichts anderes erwartet, und ich schöpfte Kraft aus meinem Glauben wie der Geizhals aus dem Gedanken an Geld. Irgendwann merkten sie, dass ihr Spott keine Wirkung auf mich hatte – im Gegenteil, denn während ich meinen Vornamen früher beim Unterschreiben immer hinter dem Initial C verborgen hatte, schrieb ich den Namen Randolph voll aus –, und sie ließen ab davon.

Aber das war noch nicht das Ende meiner Prüfungen. Bisher hatte ich mit den Fingern gegessen, eine Art des Essens, die ich inzwischen so abstoßend, scheußlich und unhygienisch finde, dass ich mich frage, wie ich mich ihrer bis zum achtzehnten Lebensjahr hatte bedienen können. Ich muss allerdings gestehen, dass mir damals kein Essen so gut schmeckte wie das mit den Fingern verspeiste und dass meine ersten Versuche mit angemessenem Gerät, Messern, Gabeln und Löffeln, beinahe den Charakter schamvoller, verstohlener Experimente hatten; nicht einmal wenn ich allein war, konnte ich das Gefühl der Befangenheit ablegen. An den Namen Randolph habe ich mich viel leichter gewöhnt als an das Essen mit Messer und Gabel.

Eines Sonntags – ich speiste gerade auf die von mir gewählte Art zu Mittag – hörte ich, dass ich einen Besucher hatte. Es war ein Mann; er klopfte nicht, sondern kam geradewegs zu mir herein, und ich wusste gleich, es musste ein Verwandter sein. Diese Leute haben nie gelernt, anzuklopfen oder die Tür hinter sich zu schließen.

Ich muss gestehen, dass ich mir mit diesen Geräten in der Hand etwas albern vorkam.

»Hallo, Randolph«, sagte der junge Hori. Er sprach den Namen auf überaus beleidigende Art aus.

»Guten Tag, *Hori.*«

Er war unempfindlich gegen meine Ironie. Dieser Junge, Hori, war der ärgste meiner Peiniger. Und der plumpeste. Er strapazierte meine Nächstenliebe. Er war ein Klotz von einem Mann und gefiel sich noch in seiner Rohheit. Er hielt sich außerdem für redegewandt und hatte mich schon in zahlreiche Diskussionen und Streitgespräche verwickelt, in denen dieser Rüpel – wie gesagt, er strapazierte meine Nächstenliebe – es als hygienischer und zweckmäßiger bezeichnet hatte, auf dem Boden zu hocken und von Bananenblättern zu essen, als mit Messer und Gabel zu speisen, die schmutzig seien, weil die verschiedensten Personen sie benutzten, während die Finger einem selber gehörten und sich mit Seife gründlich reinigen ließen. Seine Finger waren nie sauber, so viel stand fest.

»Na, Randolph, beim Essen?«

»Ich nehme mein Mittagessen ein, *Hori*.«

»Rindfleisch, Randolph? Du machst dich.«

»Freut mich, dass es dir auffällt, *Hori*.«

Ich werde nie verstehen, warum diese Leute partout nicht damit aufhören wollen, die Kuh zu verehren, die mir immer als ein besonders schmutziges Tier vorgekommen ist, weit schmutziger als das Schwein, das sie verachten. Ich muss allerdings zugeben, dass das Essen von Rindfleisch die schwerste meiner Prüfungen war. Nur der Kraft meines Glaubens verdanke ich es, dass ich standhaft blieb. Aber in einem solchen Augenblick ertappt zu werden – ich trug meinen Sonntagsanzug aus weißem Drillich, mein Gebetsbuch lag auf dem Tisch, der weiße Tropenhelm hing an der Wand und ich aß mit Messer und Gabel Rindfleisch –, in dieser Situation von Hori ertappt zu werden, war doch etwas peinlich. Ich muss ausgesehen haben wie eine Karikatur des übereifrigen Konvertiten.

Mein erster Impuls war, ihn wegzuschicken. Aber das schien mir ein zu einfacher, zu feiger Ausweg zu sein. Stattdessen schwang ich Messer und Gabel mit so viel Geschick, wie es mir damals zu Gebote stand. Er setzte sich, nicht auf einen Stuhl, sondern auf die Tischkante, gleich neben meinen Teller, der Grobian, und schaute mir beim Essen zu. Ohne mich um sein Feixen zu kümmern, aß ich meine Mahlzeit, als wäre es ein Opfermahl. Er schlug seine fetten Schenkel übereinander, stützte sich mit den Handflächen ab und glotzte mich an. Ich schenkte ihm keine Beachtung. Dann nahm er eine der Gabeln, die auf dem Tisch lagen, und stocherte sich damit in den Zähnen herum. Ich war verärgert und angeekelt. Tränen schossen mir in die Augen. Ich erhob mich, stieß den Teller von mir, schob den Stuhl zurück und befahl ihm zu gehen. Von meiner Heftigkeit überrascht, gehorchte er der Aufforderung. Kaum war er draußen, nahm ich die Gabel, die er angefasst hatte, bog sie krumm, trampelte darauf herum und warf sie dann aus dem Fenster.

Fortschritt ist, wie bereits erwähnt, eine Geisteshaltung. Und wenn ich über diesen belanglosen Zwischenfall so gefühlsbetont berichte, dann nur um zu zeigen, wie schwer eine solche Geisteshaltung zu erlangen ist, denn es gibt Hunderte, die rasch damit bei der Hand sind, diejenigen zu verachten und lächerlich zu machen, von denen sie meinen, sie wollten zu hoch hinaus. Die Leute können sagen, was sie wollen – auch die Verachtung eines Idioten ist schwer zu ertragen. Niemand soll also glauben, meine neue Religion hätte mir nicht auch viele Prüfungen und viel Kummer gebracht. Allein mein Glaube gab mir die Kraft, das alles standhaft zu ertragen.

Mein Leben war einsam geworden. Ich hatte mich aus meiner Familie ausgeschlossen, und damit auch von den großen Familientreffen, die mir bis dahin so viel Freude und Trost gegeben hatten, denn irgendwo im Hinterkopf, das gestehe ich offen, hatte ich immer noch den Gedanken gehegt, im Falle eines wirklichen Unglücks würde es Menschen geben, an die ich mich wenden konnte. Dieses Trostes war ich nun beraubt. Die Zielstrebigkeit, mit der ich an meiner Berufung festhielt, erstaunte mich selber. Um ein Lehrer zu werden, muss man erst einmal zur Schule gehen, und nach großen Schwierigkeiten ergatterte ich einen Platz am Lehrerkolleg in Port-of-Spain. Es herrschte ein erbarmungsloser Wettstreit um die freien Plätze, und viele Jahre wurde ich übergangen, weil es geeignetere Bewerber gab. Einige von ihnen waren die Kinder presbyterianischer Eltern. Doch mein Eifer, durch jeden Fehlschlag nur noch stärker angestachelt, wurde schließlich belohnt. Ich war achtundzwanzig, als man mich auf das Kolleg schickte, beträchtlich älter als die meisten anderen Ausbildungsteilnehmer.

Es freute mich nicht gerade, feststellen zu müssen, dass der junge Hori in diesen zehn Jahren sein Glück gemacht hatte. Er war ins Transportgewerbe eingestiegen, und das mit erstaunlichem Erfolg. Bald hatte er einen zweiten Lastwagen gekauft, dann einen dritten, und es hatte ganz den Anschein, als wären seinem Aufstieg keine Grenzen gesetzt, während der meine nie über den vorhersagbaren Inhalt der braunen Papiertüte hinausreichen würde, die ich an jedem Monatsletzten in Empfang nahm. Die Kleider, auf die ich zuerst so stolz gewesen war, sahen mit der Zeit immer weniger prachtvoll aus, und es wurde zur Schmach, in ihnen zur Kirche zu gehen. Aber mir wurde bald klar, dass dies eine weitere Prüfung war, der ich mich unterziehen musste, und ich hielt stand, bis ich beinahe Genugtuung über die gestopften Stellen an Ärmeln und Ellbogen empfand.

Etwa zu der Zeit erhielt ich eine Einladung zur Hochzeit von Horis Sohn Kedar. Sie heiraten jung, diese Leute! Hinter einen solchen Anlass traten religiöse Meinungsverschiedenheiten zurück, und ich freute mich sehr auf das Zusammensein mit der Familie, denn ihre Einstellung hatte sich gewandelt. Sie hatten sich mit meinem presbyterianischen Glauben abgefunden und behandelten mich mit Respekt für meinen Beruf, einem Respekt, den ich im Verhalten meiner Vorgesetzten und sogar meiner Schüler nicht selten vermissen musste. Die Trauungsriten quälten mich. Das provisorische, wenn auch prachtvolle Zelt, die mit Trauben von Früchten behängten Wedel der Kokospalme, die Verwendung von Dingen wie Mangoblättern und Gras und Safran, das Opferfeuer, das alles erfüllte mich eher mit Scham denn mit Freude. Aber die Rituale waren ja nur ein Teil der

Feierlichkeiten. Es gab reichlich und gut zu Essen, streng vegetarisch und trotzdem sehr verlockend, und nachdem ich indische Speisen eine Zeit lang verschmäht hatte, war ich inzwischen zu ihnen zurückgekehrt. Wie gesagt, das Essen war reichhaltig. Die Musik und die Tänzerinnen waren elektrisierend. Vom Zelt und der Beleuchtung ging ein Zauber aus, wie wir ihn nicht einmal an Konzertabenden in der Aula unserer Schule entstehen lassen konnten, auch wenn die Hochzeitszeremonie selbst hinter der Anmut und Würde einer richtigen, in der Kirche vollzogenen Trauung natürlich zurückbleiben musste.

Kedar erhielt eine fabelhafte Mitgift, und seine Braut, auf deren Gesicht ich nur einen kurzen Blick erhaschte, als der seidene Schleier sich einmal teilte, war wirklich sehr schön. Aber diese Art Schönheit war mir immer als oberflächlich erschienen. Die Schönheit von Frauen ist etwas Beunruhigendes. Auf keinen Fall darf man versäumen – das predige ich Winston immer wieder, denn zum Lernen ist keiner zu alt oder zu jung –, hinter der Schönheit nach den höheren Qualitäten der Haltung und der *Denkart* zu suchen. Sie war schön. Eine traurige Vorstellung, dass sie nun ein Leben lang an Kedar gebunden sein würde, aber vielleicht taugte sie zu nichts anderem. Von Kedars fürstlicher Aufmachung muss ich gar nicht reden: von seinem Turban, der Krone mit Quasten und Glasperlen, der reich bestickten Seidenjacke und all dem anderen Schmuck, hinter dem sich der Lastwagenfahrer für diesen Abend trefflich verbergen ließ.

In düsterer Stimmung verließ ich das Hochzeitsfest. Ich konnte nicht umhin, meine eigene Situation zu überdenken und sie mit der Horis oder sogar Kedars zu vergleichen. Ich war über vierzig und von einer Heirat, die man normalerweise im Alter von ungefähr zwanzig eingeht, noch weit entfernt. Das hatte ich mir selber zuzuschreiben. Arrangierte Eheschließungen wie die Kedars passten nicht in meinen Lebensentwurf. Ich wollte, wie es im *Landprediger von Wakefield* heißt, jemanden heiraten, dessen Qualitäten die Zeit überdauern. Da war die Auswahl nicht groß. Ich suchte eine intelligente, gebildete Presbyterianerin aus gutem Hause, die mich heiraten wollte – und an letzterer Bedingung scheiterte es oft. Was hatte ich denn auch zu bieten? Unter Hindus wäre das anders gewesen. Da hätte mancher bedeutende Mann seine Tochter nur zu gerne einem Lehrer gegeben, um sich das Ansehen und den Glanz eines gelehrten Berufes ins Haus zu holen. Zwar hat ein solcher Status auch seine Nachteile, da die Tochter ja, wenn man so will, der Familie unterworfen bliebe, aber ohne Reiz ist er nicht.

Wer nun meint, dass mein Glaube in dieser Zeit den stärksten Belastungen ausgesetzt war, der hat Recht. Es schaudert mich zu sagen, wie oft ich aufgeben wollte. Je näher ich daran war, abtrünnig zu werden, desto fester klammerte ich mich an meine Andachten und Gebete. Ich dachte über die Wertlosigkeit irdischer Güter nach, aber mit solchen Gedanken stand ich recht allein. Ich könnte an dieser Stelle hinzufügen (in Klammern und ganz ohne Eitelkeit), dass ich mehrere Angebote von Vätern unbekehrter Töchter hatte, die nur eine Bedingung stellten, die Sache mit meiner Religion, die ich natürlich nicht akzeptieren konnte; meine frühere Kaste hatte mich für viele akzeptabel gemacht.

In diesem Zustand des Zweifelns, des nächtlichen Ringens mit Gott, ein Begriff, dessen Bedeutung ich damals erst richtig verstehen lernte, nahm mein Schicksal eine Wendung. Man ernannte mich zum Schulleiter. Jetzt kann ich es sagen: Nur wenige wissen, wie viele Widrigkeiten, Kleinlichkeiten, Machenschaften ein Schullehrer erdulden muss, um in eine solche Position zu gelangen. Wie viel Manipulation und Eifersucht und böser Wille dabei im Spiel ist. Was soll ich sagen über das Entgegenkommen, das man zeigen, die Zurückweisungen, die man schweigend erdulden muss, das Abwarten, das Ausmanövrieren der Unwürdigen, die sich in Positionen drängen, für die sie nicht qualifiziert sind, und es trotzdem schaffen, ihre Vorgesetzten mit Zungenfertigkeit und dem äußeren Anschein von Respekt und Tüchtigkeit und Frömmigkeit davon zu überzeugen, dass nur sie dafür geeignet sind. Auch ich hatte meine Gegenspieler. Mein Hauptrivale – doch lassen wir ihn in Frieden ruhen! Ich bin, hoffe ich, ein guter Christ und will keinem Menschen das Unrecht antun, ihm zu unterstellen, er würde, noch nachdem er dieses Jammertal verlassen hat, auf seinem Irrweg fortschreiten.

In meinem Glück, das so gelegen kam, erkannte ich Gottes Hand. Ich sage das in vollem Ernst. Ohne dieses Glück wäre ich gewisslich wieder dem Dunkel anheim gefallen, denn wer von uns vermag sich so zu wappnen, dass er auf Dauer gegen Versuchungen gefeit ist? In meiner Dankbarkeit widmete ich mich meiner Aufgabe mit frischer Begeisterung. Zweifellos gewann ich auf diese Weise das Wohlwollen meiner Vorgesetzten und legte so den Grundstein für meine spätere Beförderung. Denn in einem Alter, in dem die meisten Männer sich vom Kämpfen zermürbt zurücklehnen, zeigte ich mich eifriger denn je. Ich ließ viermal am Tag beten. Ich machte die Teilnahme an der Sonntagsschule zur Pflicht. Ich unterrichtete selber dort, und mein Beispiel veranlasste die anderen Lehrer, es mir gleichzutun, so dass der Sonntag zu einem anderen Tag für uns wurde, einem Tag der Ruhe, der Arbeit für den Herrn geweiht.

Und auch die pädagogische Seite kam bei mir nicht zu kurz. Auf den Wandtafeln leuchteten Kreidediagramme in den buntesten Farben, Projekte, die wir im Auge hatten. O ja, die Schule bot damals einen schönen Anblick! Ich führte ein strenges System der Disziplin ein und machte dem willkürlichen Schlagen durch die Lehrer ein Ende. Züchtigungen nahm ich von nun an eigenhändig vor, am Freitagnachmittag, wenn ich als neutrale Instanz über Schüler und Lehrer gleichermaßen zu Gericht saß. Es ist mit Sicherheit das bessere System, und mit einer gewissen Befriedigung darf ich sagen, dass es inzwischen überall auf der Insel Anwendung findet. Die begabtesten Schüler behielt ich nach der Schule da und erteilte ihnen gegen ein geringes Zusatzhonorar Privatunterricht. Weil Arbeit von der ganzen Schule inzwischen als ein Ideal hochgehalten wurde, als ein Quell der Freude und nicht des Verdrusses, fand eine solche Nachhilfe großen Anklang, und schon bald blieben nach dem Unterricht mehr Schüler da, als ich bedienen konnte, um in den Genuss ihrer »Privaten« zu kommen, wie sie sie liebevoll nannten.

Und ich heiratete. Jetzt konnte ich praktisch heiraten, wen ich wollte, und unter dem Personal der Sonntagsschule fanden sich nicht wenige, die aus ihrer Sympathie für mich keinen Hehl machten. Ich sehe gar nicht so übel aus! Aber ich wollte jemanden mit dauerhaften Qualitäten heiraten. Ich war fast fünfzig. Was sollte ich mit einer Frau, die viel jünger war als ich? Und genau zum rechten Zeitpunkt hatte ich das Glück, ein Angebot – ich zögere bei dem Wort, das an hinduistische Gebräuche mahnt und eher nach einem Grundstücksgeschäft klingt, aber ich muss ehrlich sein –, ein Angebot von keinem Geringeren als einem Schulinspektor zu bekommen, der eine ledige Tochter von fünfunddreißig Jahren hatte, eine Frau, die von den Männern der Insel ihrer Fähigkeiten wegen übersehen worden war – jawohl, Sie lesen richtig –, ihrer Fähigkeiten wegen, die beträchtlich waren, aber nicht von der Art, die großes Aufsehen in der Welt erregt. An unserer Einstellung Frauen gegenüber gibt es noch manches zu verändern! Ich habe damals viel über die Ehe nachgedacht. Welch ein Wendepunkt, welch ein folgenschwerer Schritt! Wie wird es Winston ergehen, dem armen Jungen, wenn es bei ihm so weit ist?

Mein Domizil war nicht annähernd so prächtig wie das von Hori oder Kedar, aber dafür ein Ort des Friedens und der Kultur, wie ich es mir lange erträumt hatte. Es war ein einfaches Holzhaus, aber solide gebaut, für die Dauer, anders als viele dieser modernen Ungetüme, die heutzutage überall hochgezogen werden; und es herrschte Ordnung darin. Wir hatten einfache Krummholzstühle mit Sitzen aus Korbgeflecht. Keine Marmortische und perlenbehängte Spitzendecken! Keine Vitrinen! Ich hängte mein heiß geliebtes gerahmtes Lehrerdiplom an die Wand, zusammen mit meinen religiösen Bildern und ein paar englischen Landschaften. Und es gelang mir, eine signierte Fotografie eines unserer ersten Missionare aufzutreiben. Bei der Einrichtung unseres bescheidenen Heims entfaltete meine Frau die ganze Energie und Erfahrung ihrer fünfunddreißig Lebensjahre, die bis dahin nirgendwo ihren Ausdruck gefunden hatten.

Auch bei ihr kam, wie bei mir, alles etwas spät. Wir hatten die Befürchtung – und viele unserer Freunde, hinter deren wohlwollenden Mienen sich, wie wir schon bald feststellen durften, wenig christliche Gefühle verbargen, bestätigten uns darin –, dass wir in unserem fortgeschrittenen Alter keine Kinder mehr bekommen würden. Doch sie – und wir – unterschätzten die Kraft des Gebets, denn nur ein Jahr nach unserer Hochzeit wurde Winston geboren.

Winstons Geburt war uns eine Gnade und ein Segen. Aber sie erfüllte mich auch mit Sorge, denn ich konnte nicht umhin, mir immer wieder den Altersunterschied zwischen uns vorzurechnen. So machte ich mir zum Beispiel klar, dass ich achtzig sein würde, wenn er dreißig war. Ein beklemmender Gedanke, war mir doch die Kameradschaft von Kindern, vielleicht meines Berufs wegen, immer besonders teuer gewesen. Und noch aus einem anderen Grund machte ich mir Sorgen: In den entscheidenden Jahren würde Winston nicht nur ohne meine Lebenshilfe – denn was sollte ein Mann von siebzig Jahren einem lebenslustigen Zwanzigjährigen schon beizubringen haben –, sondern auch ohne meine finanzielle Unterstützung auskommen müssen.

Das Geldproblem, so seltsam das klingt angesichts meiner unerwarteten Beförderung und der daraus erwachsenen Vorteile, beschäftigte meine Gedanken und die meiner Frau. Meine Pensionierung rückte näher, und die Rente würde mein früheres Einkommen als einfacher Lehrer kaum übersteigen. Mir schien, dass ich mich meinen Zielen näherte wie jene Pilger, deren Fanatismus ich bewundere, aber nicht teile, indem ich zwei Schritte vor und einen zurück tat – wobei es in meinem Fall noch passender wäre, von einem Schritt nach vorn und einem zurück zu sprechen. So zerfällt der Erfolg im Mund derjenigen, die ihn so leidenschaftlich suchen wie ich, stets zu Asche! Und wäre mein Glaube von solcher Tiefe und Weitsicht gewesen wie heute, dann hätte ich damals bereits erkannt, wie trügerisch die Dinge dieser Welt doch sind, wie sehr sie einem schmeicheln, nur um einen zu täuschen.

So war uns also beiden die Ruhe geraubt. Und der Gedanke an den kleinen Winston wurde zur Quelle des Schmerzes für uns, denn das arme unschuldige Geschöpf konnte ja nicht ahnen, welche Not es erwartete, wenn unsere Zeit in diesem Jammertal abgelaufen war. Seine Hilflosigkeit und Abhängigkeit quälten mich. Über das Alter, in dem der Abschluss einer Lebensversicherung noch eine lohnende Sache gewesen wäre, war ich lange hinaus, und als einfacher Lehrer hatte ich mir dergleichen nicht leisten können. Es war, als wollte mein eigenes Glück, der Ertrag meiner Mühen, mich zerstören. Aber ich achtete nicht auf die Zeichen.

Solange ich konnte, gab ich Privatstunden. Zusätzlich zum Nachmittagstermin führte ich noch eine morgendliche Sitzung ein. Aber ich tat es schweren Herzens, gequält von dem Gedanken, dass dieses Privileg und sein schmaler Lohn mir in ein paar Jahren versagt wären, denn Privatstunden, muss man wissen, sind das Vorrecht des Schulleiters: Auf diese Weise drückt er der Schule seinen Stempel auf. Meine Ergebnisse in den Stipendiaten-Prüfungen für Jungen unter zwölf waren nach wie vor ermutigend; sie waren weit besser als die vieler anderer Landschulen. Mein religiöser Eifer blieb ungebrochen, und ich behaupte, dass dieser Eifer, der noch in einem Alter brannte, in dem die meisten Männer in meiner Position sich ausruhen – die Glücklichen, die schon erwachsene Kinder haben –, dass dieser erstaunliche Eifer also zu meiner späteren Beförderung beitrug, die ich, wie aus der nackten Schilderung der Ereignisse deutlich werden wird, nicht von mir aus angestrebt habe.

Meine Pensionierung rückte näher. Ich wurde kompromissloser in der Schule. Die mir anvertrauten Jungen sollten alle auf einmal erwachsen werden. Mit den Zurückgebliebenen hatte ich kein Erbarmen. Meine Frau, das arme Wesen, konnte ihre Befürchtungen nicht so gut verstecken wie ich. Sie hatte keine Beschäftigung, keinen Beruf, der sie ablenkte, in dem ihre Besorgnis sich verbrauchen konnte. Sie hatte nur Winston, und das geliebte Kind weckte in ihr die Sorge um seine Zukunft stets aufs Neue. Ich glaube, sie hätte ihr Leben für ihn gegeben! Es war nicht leicht für sie. Und es hätte nur eines Mindestmaßes an christlicher Nächstenliebe bedurft, zu erkennen, dass die Vorwürfe, die sie mir mit wachsender Verbitterung und Häufigkeit an den Kopf warf, einzig und allein Ausdruck dieser Angst waren. Ich muss gestehen, es gelang mir nicht immer! Und dann quälte mich, so wie auch jetzt, meine eigene Unwürdigkeit.

Wir vertrauten uns mit unseren Sorgen dem Vater meiner Frau an, dem Herrn Schulinspektor. Zwar erschien es uns unrecht, einen anderen mit unseren Ängsten zu belasten, aber nichtsdestotrotz ist es ein probates Mittel, um eine Bürde, die für den Einzelnen zu schwer wird, ein wenig zu erleichtern. Doch auch wenn er um seine Tochter mindestens so besorgt war wie sie um Winston, der arme Mann konnte uns nicht mehr als sein Mitgefühl und so gut wie keine praktische Hilfe geben. Er berichtete, dass die Behörde nicht bereit war, meine Amtszeit als Schulleiter zu verlängern. Meine Niedergeschlagenheit fand ihren Ausdruck in einem Wutausbruch, den er großmütig verzieh; denn obgleich er das Haus mit dem Versprechen verlassen hatte, keinen Finger mehr für uns zu rühren, kehrte er alsbald zurück und predigte Geduld.

Also übten wir uns in Geduld. Ich trat in den Ruhestand. Ich hatte mich so sehr an die tägliche Plackerei, die tägliche Herausforderung gewöhnt, dass ich es zu Hause nicht aushielt. Ich ging aus, machte Besuche, nur weil ich mich fürchtete, allein zu Hause zu bleiben. Über meinen Eifer, vermute ich, wurde geredet, obgleich ich die Schule, unlängst noch Schauplatz meiner Qualen, tunlichst mied. Ich versuchte, zwei oder drei Schüler, an deren Fortkommen ich das größte Interesse gehabt hatte, für Privatstunden zu gewinnen. Aber meine Methoden waren in Verruf gekommen! Die Eltern dieser Schüler berichteten, der neue Schulleiter habe sich mit deutlichem Missfallen und so unzweideutig darüber geäußert, dass das schulische Fortkommen ihrer Kinder auf dem Spiel stand. Also verzichtete ich, oder vielmehr – es ist die Zeit der offenen Worte – sie verzichteten auf mich.

Der Schulinspektor, inzwischen regelmäßiger Gast in unserem bescheidenen, traurigen Heim, riet weiter zur Geduld. Ich habe in meiner Schilderung bislang darauf verzichtet, meine Frau selber zu Wort kommen zu lassen, aus dem einfachen Grund, dass ich alles vermeiden möchte, was die Last, die sie zweifellos zu tragen hat, noch erdrückender werden lässt, denn meine Frau ist, bei all ihren unbestrittenen Fähigkeiten, nie in den Genuss einer herkömmlichen Schulausbildung gekommen, auf die heutzutage so großer Wert gelegt wird. Darum spare ich mir die wörtliche Widergabe der Bemerkung, mit der sie auf den Ratschlag ihres Vaters antwortete. Es soll der Hinweis genügen, dass sie einen Kindervers rezitierte, ohne Rücksicht auf Versmaß oder Reim, wobei sie Letzteren zerstörte, indem sie in ihrer Aufregung versehentlich eine Blumenvase vom Wohnzimmertisch auf den Fußboden beförderte, wo sich das Wasser ausbreitete wie einer dieser kleinen Seen, die unser Winston seit einiger Zeit machte. Nach diesem Zwischenfall litt das Verhältnis zwischen meiner Frau und ihrem Vater unter spürbaren Spannungen, und ich sah zu, dass ich so oft wie möglich außer Haus war; es war in der Tat Balsam für meine Seele, die häuslichen Sorgen hinter mir zu lassen und umherzugehen und von den einfachen Dorfleuten als »Herr Schulleiter« angesprochen zu werden.

Die Wolken verzogen sich, wie so oft in meinem Leben, und der Himmel klarte auf: Man ernannte mich zum Schulverwalter. Die Ankündigung wurde mir auf die herzlichste Weise vom Schulinspektor persönlich gemacht, etwa eine Woche vor der offiziellen Ernennung. Der Anlass versöhnte die Familie. Es war wirklich beglückend zu sehen, wie der geplagte Schulinspektor endlich seine Ruhe wiederfand und Vater und Tochter wieder ein Herz und eine Seele waren. Meine Freude darüber war fast so groß wie die Freude über meine neue Würde.

Was kann einem Mann im Herbst seines Lebens Besseres passieren als das Amt des Schulverwalters? Es erlaubt einem, auf die denkbar gütigste Weise Macht auszuüben. Es erlaubt einem, auf dem alljährlichen Schulfest einen freien Tag für die Schüler zu fordern, und nichts ist herzerwärmender als der frohe, spontane Jubel, der darauf ausbricht. Es verleiht einem selbst über die Schulleiter Macht, weil man unangekündigte Besuche machen und der Behörde anschließend Bericht erstatten kann. Und es ist ein höchst verantwortungsvolles Amt, denn der Schulverwalter führt die Geschäfte einer Schule wie der geschäftsführende Direktor die Geschäfte eines Unternehmens. So obliegt es ihm zu entscheiden, ob Abflüsse vollständig erneuert oder nur übergegipst werden, um wie neu auszusehen, ob ein Anstrich genügt oder ein zweiter vonnöten ist, ob eine Zimmerdecke ausgebessert und überstrichen oder komplett herausgenommen und erneuert werden muss. Der Schulverwalter ordert die Menge an Pulten und Wandtafeln, die er für nötig hält, und dazu die Kreide und das Schreibpapier. Das Amt ist, kurz gesagt, wie gemacht für jemanden, der zeitlebens aktiv gewesen ist und dem Pensionärsdasein mit leisem Schaudern entgegensieht. Es verspricht so viel Ehre wie Lohn. Hinzu kommt der Vorteil, als Schulverwalter wie ein Staatsbediensteter behandelt zu werden; Entlassungen sind selten und das Ansehen mehrt sich, anstatt abzunehmen.

Mit Feuereifer stürzte ich mich in meine neue Aufgabe, und bei uns zu Hause war wieder alles im rechten Lot. Der Vater meiner Frau kam regelmäßig zu Besuch, um teilzuhaben an dem Glück, für das er in nicht geringem Maße verantwortlich war. Ich kümmerte mich um die Schule, das Kollegium, die Schüler. Ich machte Besuche bei den Eltern der mir anvertrauten Schüler, sprach mit ihnen über den Segen einer Ausbildung, die Gefahren des Schuleschwänzens und dergleichen. Gewiss wird man es mir nachsehen, wenn ich hinzufüge, dass ich von Zeit zu Zeit, wo immer der Boden mir bereitet schien, den Samen des presbyterianischen Glaubens säte, oder zumindest ein paar Zweifel unter jene, die beharrlich den Weg der Finsternis weitergehen wollten. Einen solchen Eifer war man von Schulverwaltern nicht gewöhnt. Ich habe selber keine Erklärung dafür. Vielleicht waren es die Kasteiungen und der Ehrgeiz meiner frühen Jahre, die den Missionar in mir geweckt haben. Es ließ sich allerdings nicht vermeiden, dass mein Eifer so manchem ein Dorn im Auge war.

Bei aller Ehre, trotz all der süßen Jubelrufe, die er für seine Forderung nach freien Tagen für die Schüler erntet, hat es ein Schulverwalter in seinem Amt nicht selten mit Anfeindungen und böswilliger Nachrede zu tun. Dieses Schicksal teilt er mit allen, die Macht und finanzielle Verantwortung haben. Die Gerüchte wollten nicht verstummen; und wenn sie die Wertschätzung seitens der Schulgemeinschaft auch nicht schmälern konnten – bei den Wahlen kamen alle fünf Kandidaten auf mich zu und baten mich, ihnen meine Stimme zu geben, eine heikle Situation, aus der ich mich dadurch befreite, dass ich jedem Einzelnen versprach, neutral zu bleiben, wofür sie mir überschwänglich dankten –, kann es doch verhängnisvoll für einen Mann sein, sich unter Menschen zu bewegen, die sich jeden Tag begierig Verleumdungen gegen ihn anhören, denn das Fleisch ist schwach, und nichts ist verlockender für unsere einfachen Dorfleute als verleumderischer Klatsch. Auf solche Anwürfe zu antworten war unter meiner Würde oder vielmehr der Würde meines Amtes, und in dieser Lage wandte ich mich, wie ich es jetzt häufiger tat, an meinen

Schwiegervater um Rat. Er schlug mir vor, einen meiner Verwalterposten abzutreten, um damit meiner Missbilligung der Beschuldigungen und zugleich meiner Geringschätzung weltlicher Ehren Ausdruck zu verleihen. Ich war nämlich in meinem neuen Amt so erfolgreich, dass ich inzwischen drei Schulen verwaltete, die erlaubte Höchstzahl.

Ich folgte seinem Rat. Ich verzichtete auf die Verwaltung einer Schule, die so schlecht gebaut war, dass auch die ständigen Renovierungsarbeiten nichts gegen die primären Baumängel auszurichten vermochten. Diese Schule war Ursache der meisten Gerüchte gewesen, und mein Rücktritt von diesem Posten löste die weit reichendsten Spekulationen aus, selbst in den Zeitungen wurde darüber berichtet. Schweren Herzens legte ich die Aufgabe in andere Hände und brachte durch diesen Schritt die Gerüchte und üble Nachrede zum Verstummen. Und eine Belohnung folgte auf dem Fuße, denn ein paar Monate später verriet mein Schwiegervater – wie immer Überbringer guter Nachrichten – mir im Vertrauen, dass in unserer Gegend eine neue Schule gebaut werden sollte. Niemand sei besser geeignet als ich, ihre Verwaltung zu übernehmen, und als ehrlicher Makler zwischen der Behörde und mir teilte er mir mit, mein Name sei in diesem Zusammenhang bereits gefallen. Zu der Zeit hatte ich nur zwei Verwalterposten inne; ein dritter stand mir zu. Er drängte, ihn anzunehmen. Ich zögerte – zu Recht, wie sich später erweisen sollte. Aber der Gedanke, eine ganz neue Schule nach meinen Vorstellungen und Prinzipien einrichten zu dürfen, war berauschend. Ich erlag der Versuchung. Ach, könnte ich doch jetzt noch umkehren und meine Zusage zurückziehen! Der gute Mann eilte mit der Nachricht von dannen, und nach vierzehn Tagen hatte ich meine offizielle Ernennung.

Ich muss gestehen, dass sich meine Zweifel während der nächsten Monate im Arbeitseifer und der Begeisterung für das neue Projekt verloren. Meine beiden anderen Schulen litten ein wenig darunter. Denn wenn etwas das Herz eines

Schulverwalters höher schlagen lässt, dann ist es die Einrichtung einer noch nicht gebauten Schule. Aber ach, bei jedem unserer Schritte werden wir an die Nichtigkeit der weltlichen Dinge gemahnt. Wie oft wird ein Mensch an einen Platz gestellt, der das Ziel seiner Träume war, mit einer Position betraut, für die er sämtliche Voraussetzungen mitbringt, und plötzlich läuft ihm alles aus dem Ruder. Die heißersehnte Gelegenheit ist da, und er weiß sie nicht zu nutzen. Alle Kraft verbraucht sich im Bemühen.

So erging es mir. Fast nichts, was ich anfasste, verlief nach Plan. Ich, der ich so bedachtsam in meinen Einschätzungen und Bewertungen war, machte nun Fehler auf Fehler. Keine meiner Kalkulationen ging auf. Immer wieder kam es zu Kürzungen und Engpässen. Die Schule machte viel langsamere Fortschritte, als ich mir gewünscht hätte. Und es tröstete mich nicht, gerade in diesem Augenblick, diesem langen Augenblick der Schmerzen feststellen zu müssen, dass ich allein war! Weder an meine Frau noch an ihren Vater konnte ich mich um Beistand wenden. Beide genossen die Freude über mein Verwalterdasein an einer neuen Schule ohne einen Gedanken an mich. Ich hatte meine große Chance bekommen, und sie zweifelten nicht einen Moment daran, dass ich sie ergreifen würde; ich hätte es nicht ertragen, ihnen ihre Illusionen zu rauben oder ihr Glück mit meinen Sorgen zu trüben.

Meine Fehler zogen neue Fehler nach sich. Meine Fehler vervielfältigten sich von ganz alleine. Um einen einzigen zu vertuschen, musste ich zwanzig Verschleierungsmaßnahmen treffen, die ihrerseits verschleiert sein wollten. Ich fühlte mich gefangen in einem seltsamen Kreislauf der Unzulänglichkeit, auf den ich jeden Einfluss verloren zu haben schien, einem bösen Kreislauf, getrieben von mir feindlichen Mächten. Bald schien es, als stünde ich kurz vor dem endgültigen Scheitern, als müssten neben diesem alles übertreffenden Fehlschlag meine sämtlichen Erfolge verblassen. Gewiss, der Bau schritt voran. Von außen sah er ganz passabel aus. Wie ein richtiges Schulhaus. Aber mit meinen Vorstellungen hatte das nicht viel zu tun. Ich hatte mich gründlich verkalkuliert, und es war zu spät, meine Irrtümer zu korrigieren. Selbst das wenig geübte Auge würde Mängel und Schwächen auf den ersten Blick entlarven. Nacht für Nacht quälte mich mein Scheitern. Mit ein bisschen mehr Augenmaß hätten die Fehler vermieden werden können. Jetzt war es zu spät! Es zog mich jeden Tag zu dem Neubau, jedes Mal in der Hoffnung, ein Wunder könnte ihn über Nacht ausgelöscht haben. Und jeden Tag stand er wieder da – ein bitterer Vorwurf.

Die Vorwürfe meiner Frau und ihres Vaters machten die Sache nicht leichter. Sie fielen mir beide in den Rücken, wiesen nicht zu Unrecht auf die Folgen hin, die mein Versagen auch für sie haben würde. Und so verging Tag auf Tag! Es hat mir zeitlebens widerstrebt, auf kleinliche Weise Gleiches mit Gleichem zu vergelten, deshalb wollte ich ihnen jetzt nicht vorrechnen, dass ich mir schließlich um ihretwillen auf meine alten Tage noch ein solches Unternehmen auf die Schultern geladen hatte. Zu ihrem Ruhm hatte ich es getan, denn ich für mein Teil hatte in meinem Leben wahrlich genug Lorbeeren geerntet. Ich hatte es für meine Frau und ihren Vater und für meinen Sohn Winston getan. Aber wird mir das jemand glauben? Wer glaubt einem Mann, dass er zum Ruhme anderer arbeitet, es sei denn zum Ruhme Gottes? Sie machten mir Vorwürfe. Sie rückten von mir ab. In dieser Zeit der Not ließen sie mich allein.

Es waren bittere Tage. In der Abendkühle unternahm ich lange Spaziergänge durch unser Dorf. Die Kinder kamen aus den Häusern gelaufen, um mich zu grüßen. Mütter schauten von ihren Herdfeuern hoch, Väter von ihrem Sitz am Rinnstein und begrüßten mich: »Guten Abend, Herr Schulleiter!« Selbst dem Geringsten unter ihnen würde mein Versagen bald klar vor Augen stehen. Es galt, rasch zu handeln. Fehlschläge müssen ausgetilgt werden. Eine Schule niederzubrennen ist eine unverzeihliche Sünde, aber es gibt Umstände, unter denen sie der einzige Ausweg und somit lässlich ist. Und zweifellos waren dies solche Umstände! Eine drastische Maßnahme, zugegeben. Aber sie wäre auf dieser Insel nicht zum ersten Mal ergriffen worden. Ich ging mit mir ins Gericht. Die Antwort war immer dieselbe: Mein Versagen musste ausgemerzt werden, nicht nur um meiner selbst willen, sondern zum Besten all derer, die Dorfleute inbegriffen, deren Schicksal mit meinem verwoben war.

Nachdem der Entschluss einmal gefasst war, handelte ich beherzt. Es war Mitte November, die Jahreszeit, wenn in den Köpfen der Menschen das Weihnachtsfest alles andere zu verdrängen beginnt. Das kam meinem Vorhaben sehr entgegen. Ich brauchte – wie tief beschämt mich heute dieser Gedanke – Handlanger, denn am Tag des Ereignisses musste ich anderswo gesehen werden. Das würde viel Geld kosten, einen großen Teil der Rücklagen für die Zukunft unseres Sohns Winston. Schon vorher hatte ich einigen Amtspersonen, die drauf und dran gewesen waren, ihre Freude über mein Versagen in die Welt hinauszuposaunen, die Lippen versiegeln müssen. Aber schließlich war alles bereitet. Am zweiten Weihnachtstag würden wir nach Port-of-Spain zum Pferderennen fahren. Und wenn wir am folgenden Tag zurückkehrten, würde es keine Schule mehr geben. Ich sage »wir«, auch wenn meine Frau nicht in meine Pläne eingeweiht war.

Mit welcher Furcht, welchen Selbstvorwürfen, welch einem Selbstekel ich darauf wartete, dass die Tage vergingen! Sooft ich Weihnachtslieder hörte, für mich seit jeher Inbegriff der unbeschreiblichen Süße des Weihnachtsabends, einer Süße, die ich dank meiner Entscheidung jetzt wieder empfinden kann, wenn auch verdientermaßen noch mit dem leisen Beigeschmack von Unheil und Zerstörung, der nun wieder seine eigene, unvermeidliche Belohnung in sich birgt – sooft ich also im Radio die Lieder und die Weihnachtswerbung hörte, wurde das Herz mir schwer, und ich fühlte mich abgeschnitten von allem ringsum, wieder ein Außenseiter des Glaubens, zu dem ich mich bekenne. Und so vergingen die Tage in Betrübnis, die Nächte in Gebeten und wilden Selbstbezichtigungen. Reue plagte mich. Reue über das, was war, Reue über das, was kommen würde. Ich versank, so schien mir, in einem Sumpf des Besudeltseins, aus dem ich mich nicht mehr herauszuziehen vermochte.

Von alldem wusste meine Frau nichts. Aber eines Tages fragte sie mich: »Wozu hast du dich entschieden?«, und ohne auf meine Antwort zu warten, entwarf sie aus dem Stegreif einen detaillierten Plan, der in so vielen Einzelheiten mit meinem Vorhaben übereinstimmte, dass mir der Mut sank. Denn wenn mir in einem solchen Augenblick der Not, in dem es des größten Erfindungsreichtums bedurft hätte, nichts anderes eingefallen war als ein Plan, auf den auch jeder andere kommen konnte, war Entdeckung gewiss. Und zu meiner Schande nahm auch Winston, der mich erst zwei oder drei Tage zuvor mit meinem früheren ungetauften Namen gehänselt hatte, an dieser Beratung teil, und in seinen Zügen entdeckte ich nicht eine Spur von Scham, nur Erregung und – es schmerzt mich, es zu sagen – einen Stolz auf seinen Vater, wie ich ihn nie zuvor bei meinem Sohn gesehen hatte.

Wer kennt die Wege des menschlichen Herzen? Wie kann man vom Drang zum Bösen sprechen – einem Drang, dessen sich niemand so bewusst ist wie die Christen – und vom ausgleichenden Drang zum Guten? Man darf nicht vergessen, wir feierten das Fest der Nächstenliebe. Und Nächstenliebe war es, was ich für alle empfand. Bei jedem Weihnachtslied schmolz mir das Herz. Sooft ein Kind auf mich zugelaufen kam und »Herr Schulleiter!« rief, litt ich Qualen. Denn der Anblick dieser ungewaschenen Geschöpfe, viele von ihnen des Segens einer Schulausbildung beraubt, die doch so wichtig ist in diesen frühen Jahren, dass ihr Fehlen sich das ganze spätere Leben hindurch bemerkbar macht und das menschliche Wesen zu einer tierhaften Existenz verurteilt – der Anblick dieser dankbaren Kreaturen, zu denen ich an so vielen Abenden hingegangen war, um ihnen mit aller mir zur Verfügung stehenden Energie mein Credo zu verkünden, war zu viel für mich. Sie waren stolz auf ihre neue

Schule und mindestens so stolz, den Mann zu kennen, der sie gebaut hatte.

Überall fühlte ich mich verstoßen. Ich ging bei jeder sich bietenden Gelegenheit zur Kirche, aber selbst dort war ich ein Ausgestoßener. Und je näher der Zeitpunkt rückte, desto klarer wurde mir die Ungeheuerlichkeit meines Vorhabens. Es nützte nichts, mir zu sagen, dass es vor mir schon viele so gemacht hatten. Die Lieder, die Gottesdienste, die Botschaft von Geburt und Leben, das alles war zu viel für mich.

Ich ging umher zwischen den Kindern wie einer, in dessen Macht es steht, Segnungen zu erteilen oder zu versagen, und ich musste an den anderen Wanderer denken, der über die, zwischen denen ich umherging, gesagt hat, sie seien gesegnet und ihrer sei das Himmelreich. Und während ich so umherging, kam es mir vor, als hätte ich endlich das Wesen der Religion erfasst, die ich angenommen und für deren weltlichen Erfolg ich mich mit all meiner Kraft eingesetzt hatte. So dass es schien, als wäre diese Prüfung, der ich hier ausgesetzt war, für das Ende meiner Tage aufgespart worden, um mir jetzt erst eine Ahnung von der Ekstase zu vermitteln, von der ich bisher nur gelesen hatte. In dieser Ekstase ging ich nun umher. Es war der Heilige Abend. Der Heilige Abend. Mein Kopf fühlte sich an wie vom Körper gerissen. Es fiel mir schwer, die Größe und die Entfernung von Dingen einzuschätzen. Ich fühlte mich groß. Ich fühlte mich als Teil der Erde und ihr doch enthoben.

Und: »Nein!«, sagte ich zu meiner Frau beim Tee. »Nein, ich werde mich nicht durch einen Akt der Feigheit in Schande bringen. Lieber gestehe ich vor aller Welt mein Versagen ein und bitte um die gerechte Strafe.«

Sie reagierte, wie ich es erwartet hatte. Sie war dabei, überall Weihnachtsschmuck auszulegen, teuren Flitter aus Amerika, der gerade groß in Mode war und nichts mehr mit dem Schmuck gemein hatte, den ich vor dem Krieg in den Häusern unserer ersten Missionare gesehen habe. Und überhaupt, wie hat sich unser Haus verändert! Alle Schlichtheit verschwunden, ersetzt durch Prunk! Und darin hab ich mich gesonnt!

Sie versuchte mich umzustimmen. Sie rief Winston zu Hilfe. Zu zweit jammerten sie und flehten mich an, bei unserem Plan zu bleiben. Wenn der Herr Schulinspektor noch gelebt hätte, ich bin sicher, auch er wäre gegen mich aufgeboten worden. Aber der Glückliche hatte drei Wochen zuvor das Zeitliche gesegnet und seine Tochter und seinen Enkelsohn meiner alleinigen Obhut anvertraut; und nur das war meine Angst, dass die Seligkeit, die ich für mich erlangte, ihnen zum Schaden gereichen könnte. Aber ich blieb standfest. Und wieder spielte sich eine dieser Szenen ab, die ich zur Genüge kannte, und das Haus, am Morgen noch von Winstons Vorfreude erfüllt, verwandelte sich in ein Trauerhaus. Winston schluchzte, Tränen liefen ihm über die runden Backen und die wohlgeformte Nase zur festen Oberlippe herunter; er flehte mich an, die Schule niederzubrennen, und benahm sich überhaupt wie einer, dem man sein Freudenfeuer missgönnte. Darauf wurden von seiner Mutter ein paar Dinge zerschlagen, und dann verließ sie mit Winston zusammen das Haus, mit dem Schwur, nie mehr zurückzukehren, um nur ja nicht hineingezogen zu werden in diese Schande, die nicht ausbleiben kann.

Und so sitze ich hier, nicht auf Weihnachten wartend, in diesem Haus, wo von einem signierten Foto zwischen buschigen Brauen und einem wuchernden Vollbart die Augen eines unserer ersten Missionare auf mich herabblicken, diesem Haus, dessen Wände so viele Erinnerungen an mein vergangenes Leben, die Mühen und Entbehrungen, die Kämpfe und Triumphe und, leider, mein letztendliches Scheitern tragen; hier also sitze ich, nicht auf Weihnachten wartend, sondern auf den Tag nach den Festtagen, nach dem Pferderennen, zu dem wir nun nicht mehr gehen, den Tag, an dem mich die Inspektoren der Rechnungsstelle aufsuchen werden. Das Haus ist einsam und dunkel. Aus dem Radio klingen Weihnachtslieder. Ich bin sehr allein. Aber ich bin stark.

Und damit will ich den Stift niederlegen. Meine Hand ist müde; die schönen Buchstaben, die man uns in der Missionsschule zu formen gelehrt hat, verlieren an Kraft und schwanken bereits über das linierte Schreibpapier, und es klopft jemand an der Tür.

27. Dezember. Wer will mir etwas über die Wege dieser Welt erzählen, über das Leid und den Kummer, die uns Erdenbürgern widerfahren? Nicht einmal Buße gesteht man mir zu. Denn kaum hatte ich den letzten Satz meines Berichts niedergeschrieben, klopfte es an meiner Tür, und ich ging, sie dem Klopfenden zu öffnen. Und siehe, da stand ein Knabe mit einer Botschaft für mich. Und siehe, ein tiefroter Schein leuchtete am westlichen Himmel. Der Knabe war gekommen, um mir mitzuteilen, dass die Schule in Flammen stand. Was konnte ich tun? Die Welt brach über mir zusammen. Auch die letzte Buße, der letzte Triumph, sollte mir versagt bleiben. Manche Dinge, so scheint es, sind mir nicht bestimmt. In diesem Augenblick der Qual und Verzweiflung galt mein erster Gedanke meiner Frau. Wo mochte sie hingegangen sein? Ich lief hinaus, um nach ihr zu suchen. Als ich unverrichteter Dinge zurückkehrte, stellte ich fest, dass sie und Winston wiedergekommen waren, um nach mir zu sehen. Unter Tränen lachend, fielen wir uns in die Arme. Und es war doch noch Weihnachten für uns geworden. Gestern, am zweiten Weihnachtstag, sind wir leichten Herzens, beschwert nur durch mein Ringen mit dem Herrgott, zum Pferderennen gegangen. Wir haben nicht gewettet. Das verstieße gegen unsere Prinzipien. Und heute haben die Inspektoren der Rechnungsstelle Nachricht geschickt, dass sie nun doch nicht kommen.

Die Trauernden

Ich ging über die Hintertreppe auf die Veranda, die weiß in der Nachmittagssonne lag. Ich konnte es nie über mich bringen, das Haus über die Vordertreppe zu betreten. Wir waren die arme Verwandtschaft; man hatte uns Respekt vor dem Haus und der Familie gelehrt.

Rechts von der Veranda war die Küche, gefliest, blitzsauber, mit modernstem Gerät ausgestattet. Ein hässliches indisches Mädchen mit pockennarbigem Gesicht und schlaffen Brüsten spülte Geschirr ab. Sie trug einen schmutzigen rot bedruckten Kittel.

Als sie mich sah, sagte sie: »Hallo, Romesh.« Sie hatte munter angehoben, dann aber die Stimme in eine angemessenere Tonlage gesenkt.

»Hallo«, sagte ich leise. »Ist sie da?« Ich zeigte mit dem Daumen in Richtung Wohnzimmer, das geradeaus lag.

»Ja. Ach, Junge, sie weint den ganzen Tag. Er war ja auch zu goldig, der Kleine.« Das Dienstmädchen passte sich an die Sprache des Hauses an.

»Kann ich zu ihr?«

»Ja«, flüsterte sie. Sich die Hände am Kittel trocknend, ging sie voraus. Ihre Küche war frisch und rein, alles Unreine schien an ihr kleben geblieben zu sein. Auf Zehenspitzen ging sie zu der Tür mit der Jalousie, öffnete sie einen Spaltbreit, spähte respektvoll hinein und sagte mit etwas lauterer Stimme: »Romesh ist hier, Miss Sheila.«

Drinnen erklang ein Seufzer. Das Mädchen stieß die Tür ganz auf und schloss sie hinter mir. Alle Vorhänge waren zugezogen. Eine heiße, nach Ammoniak und Öl riechende Dunkelheit erfüllte das Zimmer. Durch die Luftschlitze fiel etwas Licht, gerade so viel, dass ich Sheila ausmachen konnte. Sie trug einen zitronengelben Hausmantel; halb saß, halb lag sie auf einem rosenfarbenen Sofa.

So langsam und lautlos ich konnte, ging ich über den gebohnerten Fußboden. Ich wandte den Blick von Sheila ab, hin zu dem Tisch neben dem Sofa. Ich wusste nicht, wie ich anfangen sollte.

Sheila brach schließlich das Schweigen. Sie musterte mich in dem Halblicht von oben bis unten und sagte: »Meine Güte, Romesh, du wirst ja erwachsen.« Sie lächelte mit Tränen in den Augen. »Wie geht es dir? Und deiner Mutter?«

Sheila konnte meine Mutter nicht leiden. »Gut – zu Hause geht es allen gut«, sagte ich. »Und dir?«

Sie brachte ein kleines Lachen zustande. »Ich lebe noch. Nimm dir einen Stuhl. Nein, nein – warte. Ich will dich anschauen. Meine Güte, du wirst ja ein richtig attraktiver junger Mann.«

Ich zog mir einen Stuhl heran und setzte mich. Zuerst saß ich mit weit gespreizten Beinen da. Aber das erschien mir respektlos und zu salopp. Also schloss ich die Knie und ließ die Hände locker auf ihnen liegen. Ich streckte den Rücken. Dann sah ich Sheila an. Sie lächelte.

Dann fing sie an zu weinen. Sie langte nach dem feuchten Taschentuch auf dem Tisch. Ich stand auf, fragte, ob sie das Riechsalz oder das Pimentöl haben wollte. Ruckartig schluchzend, schüttelte sie den Kopf und bat mich mit tränenerstickter Stimme, mich wieder hinzusetzen.

Ich saß still da und wusste nicht, was ich machen sollte.

Sie wischte sich mit dem Taschentuch die Augen, zog ein größeres Taschentuch aus dem Hausmantel und schnäuzte sich. Dann lächelte sie. »Verzeih, dass ich mich so gehen lasse«, sagte sie.

Ich wollte sagen: »Macht doch nichts«, aber das erschien mir zu unbekümmert. Stattdessen öffnete ich den Mund und stieß einen unverständlichen Laut aus.

»Du hast meinen Sohn nie kennen gelernt, Romesh?«

»Ich hab ihn nur einmal gesehen«, log ich und bereute es sogleich. Wenn sie jetzt gefragt hätte, wo ich ihn gesehen hatte oder wann? Tatsächlich hatte ich nicht einmal gewusst, ob Sheilas Kind ein Mädchen oder ein Junge war, bis die Nachricht von seinem Tod kam.

Aber sie prüfte mich nicht. »Ich habe ein paar Bilder von ihm.« Mit leiser, angestrengter Stimme rief sie: »Soomintra.«

Das Dienstmädchen öffnete die Tür. »Brauchen Sie etwas, Miss Sheila?«

»Ja, Soomin«, sagte Sheila (und mir fiel auf, dass sie den Namen des Mädchens abkürzte, was nicht üblich war). »Ja, bring mir die Fotos von Ravi.« Bei dem Namen wäre sie beinahe wieder in Tränen ausgebrochen, warf im letzten Moment den Kopf hoch und lächelte.

Als Soomintra fort war, sah ich die Wände an. In dem schwachen Licht erkannte ich einen Holzschnitt von den Prinzen im Tower und einen Farbdruck von einem Bach, der träge und bläulich schön zwischen blumenbewachsenen Böschungen dahinfloss. Ich sah die Wände an, um nicht Sheila ansehen zu müssen. Aber ihr Blick war meinem gefolgt und verweilte auf den Prinzen im Tower.

»Kennst du die Geschichte?«, fragte sie.

»Ja.«

»Schau sie dir an. Auf sie wartet der Tod, weißt du? In den letzten beiden Tagen hab ich das Bild erst so richtig verstanden, weißt du? Die Jungen. Wie traurig. Und dann der Hund ... Der versteht überhaupt nichts. Will nur raus.«

»Ein trauriges Bild.«

Sie wischte sich eine Träne aus dem Auge und lächelte wieder. »Nun erzähl mal, Romesh, wie kommst du in der Schule voran?«

»Wie immer.«

»Willst du auswärts studieren?«

»Wenn mein Examen gut genug ist.«

»Aber das wird es bestimmt. Dein Vater ist schließlich kein Dummkopf.«

Es erschien mir zutiefst egoistisch, ihr weiter zuzuhören. Ich sagte: »Du musst nicht reden, wenn du nicht magst.«

Soomintra brachte das Fotoalbum. Es war ein teures Album, in Leder gebunden. Sie hatten Ravi ständig fotografiert, von dem Augenblick, da er zum ersten Mal ins Freie durfte, bis einen Monat vor seinem Tod. Es gab Fotos von Ravi im Badeanzug, buddelnd im Sand der Ostküste, der Nordküste und der Südküste; Ravi für den Karneval kostümiert, für Teegesellschaften herausgeputzt, Ravi auf dem Dreirad, Ravi in Autos, richtigen und Spielzeugautos, Ravi unter Dutzenden von Menschen, die ich nicht kannte. Mit gebotener Langsamkeit blätterte ich die Seiten um. Manchmal beugte Sheila sich vor und erklärte. »Da ist Ravi im Haus von dem amerikanischen Doktor. Ein großartiger Mensch war das. Sieht Ravi nicht süß aus? Und schau mal hier: immer ein Lächeln für die Kamera. Er wusste genau, worauf es ankam. So ein kluger kleiner Kerl.«

Schließlich hatten wir alle Fotos angeschaut. Gegen Ende war Sheila immer stiller geworden. Sie musste in den letzten beiden Tagen oft in dem Album geblättert haben.

Ich klopfte mit den Fingern auf meinen Knien herum. Ich warf einen Blick auf die Uhr an der Wand mit den Prinzen im Tower. Sheila erlöste mich. »Du hast sicher Hunger.«

Ich schüttelte zaghaft den Kopf.

»Soomin macht dir etwas zurecht.«

Soomintra machte mir etwas zu essen, und ich aß in der Küche – das Essen hier war immer gut. Ich wappnete mich für die Tränen und das Lächeln zum Abschied. Doch da kam der Doktor herein. Er war Sheilas Mann, aber jeder kannte ihn als den »Doktor«. Er war groß und hatte ein blasses, gut geschnittenes Gesicht, das jetzt eingefallen und müde wirkte.

»Hallo, Romesh.«

»Guten Tag, Doktor.«

»Wie fühlt sie sich?«

»Nicht so besonders.«

»In ein paar Tagen sieht die Welt schon wieder ganz anders aus. Der Schock, weißt du. Und sie ist ja so zart.«

»Hoffentlich kommt sie schnell darüber hinweg.«

Er lächelte und klopfte mir auf die Schulter. Er zog die Jalousien herunter, um das Sonnenlicht von der Veranda auszusperren, und ließ mich Platz nehmen.

»Hast du meinen Sohn gekannt?«

»Nur flüchtig.«

»Er war ein außergewöhnliches Kind. Wir hatten vor – das heißt, ich hatte es vor – ihn für den Alete-Babywettbewerb anzumelden. Sheila hielt nichts von der Idee.«

Dazu fiel mir nichts ein.

»Mit vier hat er angefangen zu singen, weißt du? Alle möglichen Lieder. Auf Englisch und Hindi. Kennst du dieses eine Lied – *Wir sehen uns wieder*?«

Ich nickte.

»Das hat er immer gesungen. Er kannte die ganzen Worte. Frag mich nicht, woher, aber er kannte sie auswendig. Ich würde nicht mal mehr die Hälfte zusammenbringen. Aber so war er. Gescheit. Weißt du, was die letzten Worte waren, die er zu mir sagte? ›An den vertrauten Stätten sehen wir uns wieder.‹ Als Sheila hörte, dass er tot ist, schaute sie mich an und fing an zu weinen. ›Wir sehen uns wieder‹, sagte sie.«

Ich hielt den Blick abgewandt.

»Da kommt man ins Nachdenken, nicht? Über das Leben. Heute hier. Morgen fort. Man fängt an, über das Leben und den Tod nachzudenken, stimmt's? Aber jetzt philosophiere ich schon wieder. Warum gibst du eigentlich keine Nachhilfestunden?«, fragte er mich unvermittelt. »Du könntest einen Haufen Geld damit verdienen. Ich kenne einen Jungen, der verdient fünfzig Dollar im Monat, nur mit einem Nachmittag Nachhilfe in der Woche.«

»Ich muss auf meine Prüfungen lernen.«

Er hörte schon nicht mehr hin. »Kennst du die Fotos, die wir beim letzten Karneval von Ravi gemacht haben?«

Ich brachte es nicht übers Herz, ja zu sagen.

»Soomin«, rief er, »bring doch mal das Fotoalbum.«

1950

Des Nachtwächters Stundenbuch

21. November, 22:30 Uhr. C.A. Cavander übernimmt Dienst im C ...-Hotel. Alles korrekt. *Cesar Alwyn Cavander*

7 Uhr. C.A. Cavander übergibt Dienst an Mr. Vignales im C ...-Hotel. Meldungen: keine. *Cesar Alwyn Cavander*

22. November, 22.30. C.A. Cavander übernimmt Dienst im C ...-Hotel. Meldungen: keine. *Cesar Alwyn Cavander*

7 Uhr. C.A. Cavander übergibt Dienst an Mr. Vignales im C ...-Hotel. Alles korrekt. *Cesar Alwyn Cavander*

Das ist das dritte Mal, dass ich C.A. Cavander, Nachtwächter, schlafend im Dienst angetroffen habe. Letzte Nacht um 0.45 Uhr wurde er von mir in tiefem Schlaf in einem Schaukelstuhl in der Hotelhalle ertappt. Nachtwächter Cavander wurde daraufhin fristlos entlassen.

Nachtwächter Hillyard: Dieses Buch ist ab sofort als STUNDENBUCH des Nachtwächters zu führen. Ich erwarte einen detaillierten Bericht über alles, was während der Nacht im Hotel vor sich geht. Lassen Sie sich das Beispiel des Exnachtwächters Cavander eine Warnung sein.
W.A.G. Inskip, Manager

Mr. Manager, Mitteilung Kenntnis genommen. Haben Sie keine Sorge wegen mir, Sir. *Charles Ethelbert Hillyard, Nachtwächter*

23. November, 23 Uhr. Nachtwächter Hillyard übernimmt Dienst im C …-Hotel mit einer Taschenlampe 2 Kühlschrankschlüssel und Zimmerschlüssel 1, 3, 6, 10 und 13. Und noch 25 Kartongs Carib Bier, 7 Kartongs Heineken Bier, 2 Kartongs amerikanische Zigaretten. Bierkartongs intakt, Bar intakt, alles korrekt, Meldungen: keine. *Charles Ethelbert Hillyard*

7 Uhr. Nachtwächter Hillyard übergibt Dienst an Mr. Vignales im C …-Hotel mit einer Taschenlampe 2 Kühlschrankschlüssel und Zimmerschlüssel 1, 3, 6, 10 und 13. 32 Kartongs Bier. Bar intakt alles korrekt, Meldungen: keine. *Chas. Ethelbert Hillyard*

Nachtwächter Hillyard: Mr. Wills hat sich heute Morgen bitter darüber beklagt, dass Sie ihm gestern Nacht den Zutritt zur Bar verwehrt haben. Mir scheint, Ihnen ist nicht ganz klar, welchem Zweck dieses Hotel dient. In Zukunft ist allen Gästen zu jeder gewünschten Tageszeit der Zutritt zur Hotelbar zu gestatten. Sie haben lediglich aufzuschreiben, was jeder Gast zu sich nimmt. Das ist einer der Gründe, weshalb das Hotel eine gewisse Anzahl von Bierkartons (bitte Schreibweise beachten) bereitstellt. *W. A. G. Inskip*

Mr. Manager, Mitteilung Kenntnis genommen. Und ich bitte um Entschuldigung, wenn ich keine Schulbildung genossen hab, Sir. *Chas. Ethelbert Hillyard*

24. November, 23 Uhr. N. W. Hillyard übernimmt Dienst mit 1 Taschenlampe 1 Barschlüssel 2 Kühlschrankschlüssel 32 Kartons Bier, alle intakt. 12 Uhr Mitternacht Bar geschlossen, Barmann geht aber Mr. Wills und noch andre bleiben da und gehn um 1 Uhr aus der Bar. Mr. Wills trinkt 16 Carib Bier Mr. Wilson 8 Mr. Percy 8. Um 2 Uhr kommt Mr. Wills noch mal zurück und nimmt sich 4 Carib Bier und Brot und wie er sich Brot runterschneiden will schneidet er sich die Hand. Sie müssen also nichts denken wegen den Flecken im Teppich, Sir. Um 6 Uhr kommt Mr. Wills wieder und will Sodawasser, gab es aber keins also nimmt Mr. Wills Ingwerbier. Sir ich will meine Arbeit gut machen, ich versteh nicht, wie Nachtwächter Cavander bei so einer Arbeit einschlafen kann. *Chas. Ethelbert Hillyard*

Interessanterweise wissen Sie immer die genaue Uhrzeit, und die Gäste scheinen die Angewohnheit zu haben, die Bar nur zur vollen Stunde zu betreten. Wenn Sie in Zukunft bitte die exakte Uhrzeit notieren würden. Die Uhr aus der Küche steht auf der Fensterbank neben den Lichtschaltern. Sie dürfen sie benutzen, solange Sie sie ZUVERLÄSSIG jeden Morgen vor Schichtwechsel wieder an ihren Platz zurückstellen. *W.A.G. Inskip*

Kenntnis genommen. *Chas. Ethelbert Hillyard*

25 November. Um Mitternacht Bar geschlossen, Barmann geht 0:23 Uhr, Mr. Wills und noch andre bleiben da. Mr. Owen trinkt 5 Flaschen Carib Mr. Wilson 6 Flaschen Heineken. Mr. Wills 18 Carib. Sie gehen um 2:52. Nichts ungewöhnlich. Mr. Wills war hilflos. Wie kriegt ein Mensch so viel Bier in sich rein, achtzehn Flaschen in nur ein Mensch, da muss man ja Adventist von 7. Tag werden bei so einer Arbeit, und ein anderer Mann von dem ich den Namen nicht kenne kommt in die Bar, zu dem sagen sie Paul und er hilft mir weil die anderen nichts mehr machen konnten, wir haben Mr. Wills hoch in sein Zimmer gebracht und ihm die Stiefel ausgezogen und die anderen Sachen so halb und sind dann wieder runter. Weiß nicht ob sie noch mehr genommen haben wo ich weg war, Sir, auf der Pepsi-Cola-Tafel stand nichts aber getrunken haben sie noch, sah aus, wie wenn sie wieder zurückgekommen wären und sich noch was genommen haben aber mit Mr. Wills brauche ich noch eine Extrahilfe, Sir.

Mr. Manager, die Uhr ist kapputt, ich bin von Mr. Wills zurückgekommen und da war sie kapputt, Sir. War 3:19 wo sie laufen aufgehört hat. *Chas. E. Hillyard*

Letzte Nacht sind über 2 Pfund Kalbfleisch aus dem Kühlschrank verschwunden, und von der Torte, die über Nacht in der Vitrine stand, fehlen mehrere Stücke. Es gehört zu Ihren Pflichten, Nachtwächter Hillyard, ein Auge auf diese Dinge zu haben. Ich sollte Sie auch darüber in Kenntnis setzen, dass ich die Polizei gebeten habe, alle Angestellten beim Verlassen des Hotels zu durchsuchen, damit solche Dinge in Zukunft unterbleiben. *W. A. G. Inskip*

Mr. Manager, ich weiß nicht, warum alle Leute immer gleich Personal in die Schuhe schieben, Sir. Wegen dem Kuchen, die Vitrihne ist in der Nacht zugesperrt, Sir, und Schlüssel hab ich keinen. Alles sicher von wegen mir, Sir. *Chas. Hillyard*

26. November. Mitternacht Bar geschlossen und Barmann geht. Mr. Wills war nicht da, jemand hat gesagt, der ist bei den Amerikanern heute, alles ruhig, nichts ungewöhnlich.

Mr. Manager, noch eine Bitte, wenn Sie bitte Barmann sagen er soll mir sagen wenn Damen im Hotel wohnen, Sir. *C. E. Hillyard*

Heute Morgen musste ich von einem Gast erfahren, dass letzte Nacht Schreie im Hotel zu hören waren. In Ihrem Bericht steht »alles ruhig, nichts ungewöhnlich«. Wenn ich um eine schriftliche Erklärung bitten dürfte. *W. A. G. Inskip*
Erklärung bitte hier eintragen:

ERKLÄRUNG. Telefon klingelt nach Mitternacht mit einer Dame dran für Mr. Jimminez. Ich wollte ihr sagen wo er ist aber die Dame sagt sie kann nicht richtig hören. Fünfzehn Minuten später kommt sie im Taxi und sieht wütend aus und ganz müde und ich gehe hoch Mr. Jimminez rufen. Tür war nicht zugesperrt also geh ich rein und wie ich seinen Fuß anstoss und ganz leise sein Namen ruf springt er aus dem Bett und schreit los. Als er wieder bei sich ist sagt er er hatte einen Albtraum, und dann kommt er runter und geht fort mit Frau und war nicht der Rede wert.

Mr. Manager bitte noch mal meine Bitte dass Sie bitte Barmann sagen dass ich wissen muss wenn weibliche Gäste da sind. *C. Hillyard*

27. November, 1 Uhr Bar geschlossen, Mr. Wills und ein Amerikaner 19 Carib dann um 2.30 Uhr kommt die Polizei und fragt nach Mr. Wills, der Amerikaner hätte gesagt sie haben ihm $ 200,00 geklaut wo er vorher noch mit Mr. Wills und noch anderen in der Bar vom C …-Hotel gesessen war. Dann wollten Mr. Wills und die Polizei die Bar durchsuchen aber ich sag ich kann die Bar nicht einfach so aufschliesen da muss die Polizei mit dem Manager kommen. Da sagt der Amerikaner das war nur ein Witz er hat einen Witz gemacht damit die Polizei was zum Lachen hat aber der Polizei macht ein Gesicht genau wie ich mich fühle. Aber Mr. Wills lacht und er fährt mit Mietauto weg, weil selber wegfahren kann er sich nicht mehr und draußen wartet der Amerikaner, sie fallen beide um beim Einsteigen und Mr. Wills sagt wenn du dein Konto mal überziehen willst mein Junge kommst du einfach in meine Bank. Und die Polizei geht für sich allein weg. *C. Hillyard*

Nachtwächter Hillyard: »War nicht der Rede wert«!! Es ist nicht an Ihnen zu entscheiden, was in diesem Stundenbuch festgehalten werden muss und was nicht. Seit wann sind Sie Eigentümer dieses Hotels und treffen die alleinige Entscheidung über die Bedeutung von Vorkommnissen? Wenn der Gast es nicht erwähnt hätte, wüsste ich jetzt noch nicht, dass es während der Nacht Schreie im Hotel gegeben hat. Und könnten Sie mir freundlicherweise mitteilen, wer dieser Mr. Jimminez ist? Und welches Zimmer er bewohnt oder bewohnt hat? Und mit welchem Recht? Ich habe Sie persönlich darüber informiert, dass die Namen aller Hotelgäste auf der Tafel neben den Lichtschaltern stehen. Wenn Sie den Namen dieses Mr. Jimminez auf der Tafel finden oder mir Informationen über diesen Mann geben könnten, wäre ich Ihnen sehr verbunden. Bei der Dame, nach der Sie ständig fragen, handelt es sich um Mrs. Roscoe, Zimmer 12, wie Sie sehr wohl wissen. Es gehört zu Ihren Pflichten, dafür zu sorgen, dass unsere Gäste nicht von ungebetenen Besuchern belästigt werden. Sie dürfen solchen Leuten keinerlei Informationen über Gäste geben, und ich möchte Sie bitten, solche Besucher in Zukunft direkt an mich zu verweisen. *W. A. G. Inskip*

Sir, ich hab das schon zweimal gefragt und möchte wissen, was für eine Arbeit mach ich hier eigentlich, ich dachte immer Nachtwächterarbeit ist ruhige Arbeit und ich misch mich nicht gern in Angelegenheiten von weißen Leuten aber der Gentleman hat auch in Zimmer 12 gewohnt, er war ja drin, als ich hoch bin, ihn holen und fand das braucht's nicht aufschreiben weil es mich nichts angeht, Sir. *C. E. H.*

28. November, Bar geschlossen 12 Uhr Mitternacht, Barmann geht um 0.20 Uhr, Mr. Wills und noch andre bleiben und sie gehen alle zusammen um 1.25 Uhr. Mr. Wills 8 Carib. Mr. Wilson 12. Mr. Percy 8 und der Mann der Paul heißt 12. Um 0.33 Uhr kommt Mrs. Roscoe und setzt sich zu den Herren, vier Gin, alle sagen Minnie aus Trinidad zu ihr und dann singen sie alle das Lied und noch andere Lieder. Nichts ungewöhnlich. Später noch leises Singen und Gitarren spielen von Zimmer 12. Um 2.17 Uhr kam ein Mann herein und wollte telefonieren und wie er telefoniert kommen 7 Männer rein und wollen ihn verprügeln, da legt er schnell auf und sie laufen alle weg. Um 3 Uhr bemerke ich kein Vorhängeschloss vor der Vitrihne und wie ich reinkuck ist keine Torte drin aber das Schloss war auch vorher schon ab, Sir. Um 6 Uhr kommt Mr. Wills wieder runter und will noch was Süßes und kuckt in den Kühlschrank aber war nichts drin also nimmt er sich Ananas. Ein zugedeckter Teller war im Kühlschrank aber er war leer. Mr. Wills hat ihn rausgestellt und die Katze ist draufgesprungen und da ist er runtergefallen und war kapputt. Die Glühbirne in der Garage brennt nicht. *C. E. H.*

Wenn Sie den Bericht bitte mit vollem Namen unterzeichnen würden. Sie haben sich angewöhnt »nichts ungewöhnlich« zu schreiben. Vielleicht sollten Sie erst einmal gründlich nachdenken, bevor Sie eine solche Aussage treffen. Ich will wissen, was damit gemeint ist. Ich habe erfahren – natürlich nicht von Ihnen –, dass die Polizei mittlerweile jede Nacht im Hause ist. Ich wäre Ihnen sehr verbunden, wenn Sie die Zeit finden würden, die Zeitpunkte dieser Besuche zu notieren. *W. A. G. Inskip*

Sir, nichts ungewöhnlich bedeutet alles gewöhnlich. Ich weiß nicht ich kann schreiben was ich will und es gefällt Ihnen nicht. Was ist blos aus der Nachtwächterarbeit geworden dass Leute die Nachtwächter sein wollen erst ein Diplom von Cambridge brauchen, blos weil ich keine Schulbildung bekommen hab glauben alle sie können mich beleidigen. *Charles Ethelbert Hillyard*

29. November. Mitternacht Bar geschlossen und Barmann geht um 0:15 Uhr und lässt Mr. Wills und Mrs. Roscoe und noch andere in der Bar. Mr. Wills und Mrs. Roscoe gehen um 0:30 Uhr, Mr. Wilson und der Mann der Paul heißt bleiben noch länger aber gehen um 1:00 Uhr. Zwanzig Minuten vor zwei Mr. Wills und Freunde wieder da, gehen um 5 vor 3. Um 3:45

kommt Mr. Wills zurück, er nimmt Brot und Milch und Oliven und Kirschen mit und fragt ob Muskatnüsse da sind aber ich sag haben wir nicht, da trinkt er zwei Carib und geht 10 Minuten später. Und die Tasche von Mrs. Roscoe nimmt er auch mit. Alles zu trinken außer die 2 Carib hat der Mann der Paul heißt genommen. Ich weiß nicht Sir, aber diese Art Arbeit gefällt mir nicht, vielleicht sollten Sie einen Nachtbarmann einstellen. Um 5.30 Uhr kommt Mrs. Roscoe mit Mr. Paul zurück und sie streiten zusammen, Mr. Paul sagt du kotzt mich an und Mrs. Roscoe sagt mir ist selber zum kotzen und kotzt den ganzen Fußboden voll und schreit sie wollte die Scheißmilch nicht trinken. Ich wische gerade auf da kommt Mr. Wills an und fragt nach Sodawasser, müssen wir mehr Sodawasser für Mr. Wills reinlegen aber ich brauche noch Extrahilfe für Mr. Wills und seine Freunde, Sir.

Polizei war da um 2 Uhr, 3.48 Uhr und 4.52 Uhr. Ist lang in der Bar gesessen, in Hof hat es zweimal mit Schusswaffen geknallt. Ich weiß nicht, Sir, ich glaub eine andere Arbeit wär wohl besser für mich. Um drei ruft jemand »Dieb« und ich seh wen nach der Hintertür rauslaufen, und Mr. London von Zimmer 9 sagt dass ihm 80 Cent und ein Päckchen Zigaretten fehlen die auf der Kommode gelegen haben. Gerne möchte ich mal wissen wann die Leute in diesem Hotel eigentlich schlafen, Sir. *Chas. Ethelbert Hillyard*

Nachtwächter Hillyard: Es ist erheblich mehr Geld als 80 Cent gestohlen worden. Tatsächlich wurde während der Nacht in mehrere Zimmer eingebrochen, darunter in meins. Es ist Ihre Aufgabe, dafür zu sorgen, dass so etwas nicht vorkommt. Ihre Sorge um die Moral unserer Gäste scheint Sie von Ihren Pflichten abzulenken. Ihre Predigten sparen Sie sich bitte für Ihre Freiluftgebetsversammlungen auf. Mr. Pick, Zimmer 7, hat sich bitter darüber beklagt, dass Sie ihn trotz wiederholter, eindringlicher Aufforderung nicht um fünf Uhr geweckt haben. Er hat deshalb seine Maschine nach British Guinea verpasst.

Heute Morgen wurden keine Zeitungen auf die Zimmer geliefert. Ich weise Sie noch einmal darauf hin, dass Sie die Zeitungen persönlich an Portier Vignales übergeben müssen. Außerdem ist das Fahrrad des Botenjungen, bei dem es sich, wie Sie wissen sollten, um Eigentum des Hotels handelt, beschädigt worden. Was *tun* Sie eigentlich die ganze Nacht? *W. A. G. Inskip*

Besser fragen Sie mich nicht, Sir.

Wegen dem beschädigten Fahrrad, Sir, das Fahrrad hab ich da gelassen, wo ich's gesehen hab und ich habe nichts unternommen von dem es kapputtgehen kann. Ich gebe immer große Acht auf alles Eigentum, Sir. Ich verstehe nicht wie Sie drauf kommen ich hätte Zeit zum Fahrrad zu fahren. Und wegen die Zeitungen, Sir, die haben die Polizei und die anderen gelesen und waren danach nicht mehr schön genug für Gäste. Mr. Pick von Zimmer 7 habe ich geweckt um 4.50 Uhr 5 Uhr 5.15 Uhr und 5.30 Uhr. Er hat gesagt ich soll mich zum Teufel scheren weil er partu nicht aufstehen wollte und eine Streichholzschachtel hat er nach mir geworfen dass das ganze Zimmer voll Streichhölzer war. Ich mach immer alles so gut ich kann, Sir, aber Gott ist mein Zeuge, habe mein Lebtag noch keine solche Nachtwächterarbeit gesehen wo ich so viel schreibe dass für nichts andres mehr Zeit bleibt weil ich keine vier Hände und sechs Augen habe und Extrahilfe für Mr. Wills und seine Freude brauche, Sir. Ich bin ein armer Mann, mich dürfen Sie beschimpfen, Sir, aber nicht meine Religion, weil Gott der Herr alles sieht und wird Vergeltung üben Sir, und ich weiß nicht, bei was für eine Arbeit und was für einen Ärger ich hier gelandet bin, Sir, ich wollte doch nur ein bisschen ruhige Nachtarbeit und alles was ich kriege ist Beschimpfung. *Chas. E. Hillyard*

30. November. 0.25 Uhr Bar geschlossen, Barmann geht 1.00 Uhr, Mr. Wills und seine Freunde noch in der Bar. Mr. Wills 12 Carib, Mr. Wilson 6, Mr. Percy 14, Mrs. Roscoe fünf Gin.

Um 1.30 Uhr geht Mrs. Roscoe hoch und dann wieder Singen und leise Gitarrenmusik in Zimmer 12. Nichts ungewöhnlich. Polizei kommt 1:35 und sitzt ein bisschen in der Bar und trinkt nichts und redet nichts und kuckt immer blos. Um 1.45 Uhr kommt dieser Mr. Paul rein mit Mr. McPherson von der SS Naparoni und beide fallen hin und jedes Mal wenn was entzweibricht lachen sie und Mr. Paul sagt gleich krachts hier und ich soll Minnie sagen Malcolm kommt, das Schiff legt grade an. Da rennen Mr. Wills und seine Freunde in alle Richtungen weg und trinken nicht mal ihre Flaschen aus und Mr. Paul sagt ich soll rauf zu Zimmer 12, Minnie Roscoe sagen Malcolm kommt. Weiß nicht, Sir, warum alle Leute sich immer so aufführen dass man lieber Priester werden will. Der Riegel an der Bartür war abgebrochen und hing nur noch an 1 kleinem Stück Holz. Und wie ich raufgehe auf Zimmer 12, Mrs. Roscoe sagen dass Malcolm kommt und Schiff gerade im Hafen festgemacht hat, ist sie sofort stocknüchtern und will keine Gitarrenmusik mehr hören und fragt mich wo kann sie hin und kann ich sie verstecken. Ich weiß nicht, ich hab das Gefühl der jüngste Tag ist nicht mehr fern aber sie hört gar nicht zu und räumt ganz aufgeregt in Zimmer rum und packt zwischendurch Sachen ein und dann plötzlich läuft sie schnuhrstraks die Hintertreppe runter ins Nebenhaus. Und dann, 5 nach 2, immer noch in Flur, kommt mir ein bärenstarker Mann entgegengerannt der ist nüchtern wie ein Richter und wild wie ein Besoffener und er ruft wo ist sie. Wie ich ihn frag ob er berechtigter Besucher ist sagt er, ich soll blos nicht frech werden und schreit wo ist sie wo ist sie. Aber ich hab die Geschichte mit Mr. Jimminez noch nicht vergessen und bring ihn rüber ins Managerbüro. Da hört er leises Rascheln im Zimmer von Mr. Inskip und ich kann die müde Stimme von Mr. Inskip hören und die Stimme von Mrs. Roscoe. Er rein ins Zimmer und dann fünf Minuten nichts als Bumm, Bumm, Bamm, Bamm, Bamm und die Frau kreischt dazu. Weiß nicht, was aus dieser Nachtwächterarbeit geworden ist, Sir, ich hätt lieber gemütliche Arbeit wie der

Polizei. Nach einer Weile wird es still und der rothaarige Mann schleppt Mrs. Roscoe raus aus dem Nebenhaus und sie fahrn im Taxi weg und der Polizei sitzt ruhig in der Bar. Dann kommt Mr. Percy und der Rest einer nach dem anderen wieder zurück in die Bar und reden leise und trinken nichts und gehn um 3:00 Uhr. Um 3:15 Uhr kommt Mr. Wills und trinkt ein Whiskey und 2 Carib. Er fragt nach Ananas oder andre süße Frucht aber gibt's keine mehr.

Um 6 Uhr kommt Mr. Wills in die Bar und sucht nach Sodawasser aber gibt es keins. Wir müssen Sodawasser für Mr. Wills besorgen, Sir.

Zeitungen kommen um 6:30 Uhr und ich geb sie um 7:00 Uhr Portier Vignales. *Chas. Hillyard*

Mr. Hillyard: In Anbetracht der unglückseligen Erkrankung von Mr. Inskip habe ich vorübergehend die Leitung des Hotels übernommen. Ich erwarte, dass Sie weiterhin Ihre nächtlichen Berichte schreiben, aber ich wäre Ihnen dankbar, wenn Sie sich dabei möglichst kurz fassen könnten. *Robt. Magnus, geschäftsf. Manager*

1. Dezember, 22.30. C. E. Hillyard übernimmt Dienst in C …-Hotel, alles korrekt, 12 Uhr Mitternacht Bar geschlossen 2 Uhr Mr. Wills 2 Carib, 1 Brot, 6 Uhr Mr. Wills 1 Sodawasser, 7 Uhr Nachtwächter Hillyard übergibt Dienst an Mr. Vignales mit einer Taschenlampe 2 Kühlschrankschlüssel und Zimmerschlüssel 1, 3, 6 und 12. Bar intakt, alles korrekt, Unregelmäßigkeiten: keine. *C. E. H.*

1962

Der Feind

Ich hatte diese Frau, meine Mutter, immer als einen Feind gesehen. Was ich auch tat, sie verstand es unter Garantie falsch, und irgendwann war ich davon überzeugt, dass sie mich nicht nur nicht verstand, sondern ganz eindeutig etwas gegen mich hatte. Ich war ihr einziges Kind, aber für sie noch eins zu viel.

Sie hasste meinen Vater, selbst nach seinem Tode noch.

Sie sagte: »Mach du nur weiter so. Bist das Kind von deinem Vater, nicht meins, hörst du?«

Zum endgültigen Zerwürfnis zwischen mir und meiner Mutter kam es nicht in der Miguel Street, sondern auf dem Lande.

Meine Mutter hatte sich entschlossen, meinen Vater zu verlassen, und mich wollte sie zu ihrer Mutter mitnehmen.

Ich weigerte mich.

Mein Vater war krank und bettlägerig. Und er hatte mir eine Schachtel Buntstifte versprochen, wenn ich bei ihm blieb.

Ich entschied mich für die Buntstifte und meinen Vater.

Wir lebten damals in Cunupia, wo mein Vater als Aufseher auf den Zuckerplantagen arbeitete. Er war kein Sklavenaufseher, er beaufsichtigte freie Menschen, aber mein Vater tat so, als wären es Sklaven. Er ritt auf einem schwerfälligen braunen Ackergaul über die Plantage, ließ die Peitsche gegen die Arbeiter schnalzen, und die Leute erzählten sich – aber das glaube ich nicht –, dass er sie mit Fußtritten traktierte.

Ich glaube es deshalb nicht, weil mein Vater sein ganzes

Leben in Cunupia verbracht hat und nur zu gut wusste, dass die Menschen dort sich nicht herumstoßen lassen. Es sind keine brutalen Menschen, aber sie denken sich auch nichts dabei, jemanden, den sie nicht leiden können, umzubringen, und wenn sie jahrelang auf ihre Gelegenheit warten müssen. Tatsächlich sind Cunupia und Tableland die beiden Bezirke Trinidads, in denen so viele Morde geschehen, dass man dort als Polizist die besten Aufstiegschancen hat.

Zuerst wohnten wir mit in den Baracken, aber dann wollte mein Vater in ein nahe gelegenes kleines Holzhaus umziehen.

Meine Mutter sagte: »Willst den Helden spielen, was? Mach nur, kannst allein in deinem Haus wohnen, hörst du?«

Sie hatte natürlich Angst, aber mein Vater blieb stur. Also zogen wir in das Haus, worauf der Ärger erst richtig begann.

Eines Tages gegen Mittag kam ein Mann zu dem Haus und fragte meine Mutter: »Wo ist dein Mann?«

»Was weiß ich«, sagte meine Mutter.

Der Mann rieb sich mit einem Hibiskuszweig die Zähne sauber. Er spuckte aus und sagte: »Macht nichts. Hab ja Zeit. Ich warte.«

Meine Mutter sagte: »Einen Teufel tun Sie. Ich weiß schon, was Sie denken, aber meine Schwester muss jeden Moment kommen.«

Der Mann lachte und sagte: »Ich tu doch nichts. Ich will ja bloß wissen, wann er nach Haus kommt.«

Ich weinte los vor Angst.

Der Mann lachte.

Meine Mutter sagte: »Bist du wohl still. Gleich kriegst du von mir einen Grund zum Weinen.«

Ich ging nach nebenan und lief auf und ab und murmelte dazu: »Rama! Rama! Sita Rama!«, wie es mir mein Vater für Augenblicke der Gefahr beigebracht hatte.

Ich schaute aus dem Fenster. Es war heller Tag und heiß und kein Mensch weit und breit in der Welt aus Gebüsch und Bäumen da draußen.

Und dann sah ich meine Tante die Straße heraufkommen.

Sie kam her und sagte: »Stimmt was nicht bei euch? Ich hab ganz friedlich zu Hause gesessen, und plötzlich hatte ich das Gefühl, es stimmt was nicht. Ich dachte, kommst lieber her und siehst nach.«

»Ja, das Gefühl kenn ich«, sagte der Mann.

Und meine Mutter, die die ganze Zeit über so tapfer gewesen war, fing an zu weinen.

Aber das alles sollte uns nur Angst machen, und Angst hatten wir allerdings. Von da an nahm mein Vater immer sein Gewehr mit, und meine Mutter hielt eine geschliffene Machete griffbereit.

Nachts waren oft Stimmen zu hören, manchmal von der Straße her, manchmal aus dem Gebüsch hinterm Haus. Es waren die Stimmen von Leuten, die sich verlaufen hatten und nach Licht fragten, oder von Leuten, die gekommen waren, um meinem Vater mitzuteilen, dass seine Schwester in Debe unerwartet verstorben war, oder die meinem Vater nur mal eben melden wollten, dass die Zuckermühle in Flammen stand. Manchmal hörte man zwei oder drei dieser Stimmen, aus verschiedenen Richtungen, und wir saßen wach in dem dunklen Haus und warteten, warteten darauf, dass die Stimmen endlich schwiegen. Und wenn sie dann schwiegen, war das noch furchtbarer.

Dann sagte mein Vater: »Sie sind still da draußen. Sie wollen, dass ihr rausgeht und nachseht.«

Und um vier oder fünf, beim ersten Morgenlicht, hörten wir das Trappeln von Füßen im Gebüsch, Füßen, die sich entfernten.

Sobald es wieder dunkel wurde, schlossen wir uns im Haus ein und warteten. Tagelang war nichts zu hören, dann hörten wir sie wieder.

Eines Tages brachte mein Vater einen Hund mit. Wir nannten ihn Tarzan. Er war zu verspielt für einen Wachhund, ein großer wuscheliger brauner Hund, und er ließ mich auf sich reiten.

Am Abend fragte ich: »Darf Tarzan mit ins Haus?«

Er durfte nicht. Jaulend saß er draußen, mit den Pfoten an der Tür scharrend.

Tarzan lebte nicht lang.

Eines Morgens fanden wir ihn, in Stücke gehackt auf die Türschwelle geworfen.

Wir hatten in der Nacht keine Geräusche gehört.

Meine Mutter begann mit meinem Vater zu streiten, aber mein Vater tat, als wäre es ihm völlig gleichgültig, was mit ihm oder einem von uns geschah.

Dann sagte meine Mutter immer: »Spielst den Tapferen. Aber von Tapferkeit bleiben wir nicht am Leben, hörst du? Lass uns hier weggehen.«

Mein Vater hängte stattdessen Worte der Hoffnung an den Wänden auf, aus der Gita und der Bibel, manchmal auch Sprüche, die er sich gerade ausgedacht hatte.

Außerdem verlor er immer öfter die Geduld mit meiner Mutter, bis es so weit war, dass er sie anschrie, sobald sie ins Zimmer kam, und mit Gegenständen nach ihr warf. Also ging sie zurück zu ihrer Mutter, und ich blieb bei meinem Vater.

Danach verbrachte mein Vater viel Zeit im Bett, und ich musste mich zu ihm legen. Es war das erste Mal, dass ich richtig mit meinem Vater redete. Er brachte mir drei Dinge bei.

Das Erste war dies:

»Junge«, sagte mein Vater. »Wer ist dein Vater?«

Ich sagte: »Du bist mein Vater.«

»Falsch.«

»Wieso falsch?«

Mein Vater sagte: »Soll ich dir sagen, wer dein richtiger Vater ist? Gott ist dein Vater.«

»Und du, was bist du?«

»Ich, was bin ich? Ich bin – hm, also, ich bin mehr eine Art zweiter Vater, nicht dein richtiger Vater.«

Diese Lektion sollte mir später noch Ärger einbringen, vor allem mit meiner Mutter.

Das Zweite, was mein Vater mir beibrachte, war das Gesetz der Schwerkraft.

Wir saßen auf der Bettkante, und er ließ die Streichholzschachtel fallen.

Er sagte: »Jetzt sag mir, Junge, warum die Streichhölzer runterfallen.«

Ich sagte: »Aber sie müssen runterfallen. Was sollen sie denn sonst tun? Davonfliegen?«

Mein Vater sagte: »Ich will dir sagen, warum sie runterfallen. Wegen dem Gesetz der Schwerkraft fallen sie runter.«

Und er zeigte mir einen Trick. Er füllte einen Eimer halb voll mit Wasser und ließ ihn schnell um die Schulter kreisen.

»Siehst du, das Wasser fällt nicht raus«, sagte er.

Aber es fiel raus. Er wurde patschnass, und der Fußboden schwamm.

»Macht nichts«, sagte er. »Ich hab zu viel Wasser genommen, das ist alles. Nochmal.«

Beim zweiten Mal funktionierte es.

Das Dritte, was mein Vater mir beibrachte, war das Mischen von Farben. Das war ein paar Tage vor seinem Tode. Er war sehr krank, lag viele Stunden zitternd da und murmelte vor sich hin, und wenn er endlich eingeschlafen war, hörte ich ihn immer noch stöhnen.

Die meiste Zeit saß ich bei ihm auf dem Bett.

Eines Tages fragte er mich: »Wo hast du deine Buntstifte?«

Ich holte sie unter meinem Kopfkissen hervor.

Er sagte: »Willst du ein bisschen Zauberei sehen?«

Ich sagte: »Wie, kannst du wirklich zaubern?«

Er nahm den gelben Stift und malte ein gelbes Quadrat aus.

»Junge, welche Farbe ist das?«, fragte er.

»Gelb«, sagte ich.

Er sagte: »Jetzt gib mir den blauen Stift. Und mach die Augen ganz fest zu.«

Als ich die Augen öffnete, fragte er: »So, Junge, und was hat das Quadrat jetzt für eine Farbe?«

Ich sagte: »Hast du auch nicht geschummelt?«

Er lachte und zeigte mir, wie Blau und Gelb zu Grün werden.

»Das heißt, wenn ich ein Blatt nehme und es wasche und wasche und richtig sauber wasche, dann ist es hinterher gelb oder blau?«, fragte ich.

»Nein«, sagte er. »Weißt du, es ist Gott, der die Farben mischt. Gott ist dein Vater.«

Viele Stunden verbrachte ich damit, mir Zaubertricks auszudenken. Ich kannte nur den, wo man zwei Streichholzköpfe gegeneinander reibt, und wenn sie sich entzünden, bleiben sie aneinander kleben. Den kannte mein Vater schon. Endlich kam ich auf einen Trick, von dem ich sicher war, dass er ihn nicht kannte. Er sollte ihn auch nicht mehr kennen lernen, denn an dem Abend, an dem ich ihn vorführen wollte, starb er.

Es war ein sehr heißer Tag gewesen, und am Nachmittag war der Himmel immer tiefer und schwerer und schwärzer geworden. Im Haus war es beinah kühl, und mein Vater saß in Decken gewickelt im Schaukelstuhl. In dicken Tropfen begann der Regen zu fallen, mit hundert Fäusten auf das Dach zu schlagen. Es wurde dunkel, und ich zündete die Petroleumlampe an und steckte eine Nadel in den Docht, um böse Geister fern zu halten.

Plötzlich hörte mein Vater auf zu schaukeln und flüsterte: »Junge, heute Nacht sind sie hier. Hör doch. Hör.«

Wir waren beide still, ich lauschte angestrengt, aber meine Ohren hörten nichts als Wind und Regen.

Ein Fenster flog von selber auf. Der Wind wehte schwere Regentropfen herein.

»Gott!«, schrie mein Vater.

Ich lief zum Fenster. Eine pechschwarze Nacht, die Welt ein wilder und einsamer Ort, nichts als Wind und der Regen auf den Blättern. Ich brauchte meine ganze Kraft, um das Fenster hereinzuziehen, und ich hatte es noch nicht geschlossen, als ein greller Blitzschlag den Himmel entflammte.

Ich verriegelte das Fenster und wartete auf den Donner.

Er rollte wie eine Dampfwalze über das Dach.

Mein Vater sagte: »Keine Angst, Junge. Was hab ich dir gesagt, was du sagen sollst?«

Ich setzte mich vor den Schaukelstuhl auf den Boden und sagte vor mich hin: »Rama! Rama! Sita Rama!«

Mein Vater stimmte mit ein. Er zitterte vor Kälte und Angst.

Plötzlich rief er: »Junge, sie sind hier. Sie sind hier. Ich kann sie unterm Haus reden hören. Bei dem Krach können sie machen, was sie wollen, wir würden's nicht bemerken.«

Ich sagte: »Du musst dich nicht fürchten, ich hab ja die Machete, und du hast dein Gewehr.«

Mein Vater hörte mich gar nicht.

Er sagte: »Aber es ist dunkel, Mann. So dunkel. So dunkel.«

Ich stand auf und ging zum Tisch, um die Petroleumlampe näher heranzuholen. In dem Moment krachte ein Donnerschlag so nah, als wäre er direkt über dem Haus. Immer weiter rollte und rumpelte er. Dann flog ein anderes Fenster auf, und die Petroleumlampe erlosch. Wind und Regen stürzten in den dunklen Raum.

Noch einmal schrie mein Vater: »So dunkel, mein Gott.«

Dann war ich allein in der schwarzen Welt. Ich schrie, bis der Donner nachließ und sich die Wolkenbrüche in Nieselregen verwandelt hatten. Vergessen der Zaubertrick, den ich mir für meinen Vater ausgedacht hatte: die Seife, die ich mir in die Handfläche gerieben hatte, bis sie trocken geworden und verschwunden war.

In einem waren sich alle einig: Meine Mutter und ich mussten fortziehen vom Land. Port-of-Spain war der sicherste Ort. Außerdem lachten alle über meinen Vater, und es schien, als müsste ich für den Rest meines Lebens das Kreuz tragen, Sohn eines Vaters zu sein, der vor Angst gestorben war. Aber nach ungefähr einem Monat hatte ich meinen Vater vergessen und fühlte mich als ein Junge ohne Vater. Es kam mir selbstverständlich vor.

Und als wir dann in Port-of-Spain waren und ich normale Beziehungen zwischen Vätern und Söhnen erlebte, nämlich die zwischen Schlägern und Geschlagenen, war ich dankbar.

Zuerst machte meine Mutter viel Wesens darum, dass ich

in ihrer Nähe blieb, damit sie mir den ganzen Unsinn wieder austreiben konnte, den mein Vater mir beigebracht hatte. Warum sie so schnell wieder aufgab, weiß ich nicht, jedenfalls verlor sie rasch das Interesse an mir, und ich durfte auf die Straße laufen. Nur ab und zu kam sie heruntergerannt, um mich zu schlagen.

Aber manchmal kehrte sie zu ihrem harten Kurs zurück.

Eines Tages musste ich zu Hause bleiben. »Keine Schule heute«, sagte sie. »Ich hab's satt, dir ständig die Schnürsenkel zu binden. Heute lernst du's endlich selber!«

Ich fand das ungerecht. Auf dem Land war kein Mensch in Schuhen herumgelaufen, und ich war nicht daran gewöhnt.

An dem Tag schlug sie mich ohne Pause; ich fabrizierte Knoten auf Knoten und konnte am Ende immer noch keine Schleife binden. Noch auf Jahre hinaus empfand ich es als große Schande, etwas so Einfaches nicht zu können, so wie ich auch keine Orangen schälen konnte. Aber für die Schuhe dachte ich mir einen simplen Trick aus. Ich passte auf, dass meine Mutter mir nie ein Paar Schuhe in der richtigen Größe kaufte. Ich tat so, als würden sie drücken, und sie kaufte mir die Schuhe ein oder zwei Nummern zu groß. Nachdem der Verkäufer mir die Schnürsenkel einmal richtig zugebunden hatte, rührte ich die Schleife nicht mehr an und schlüpfte einfach so raus und rein. Damit sie mir nicht von den Füßen fielen, stopfte ich Zeitungspapier in die Spitze.

Wenn man meine Mutter reden hörte, musste man mich für eine Missgeburt halten. So ziemlich jeder Junge, den sie kannte, war besser und klüger als ich. Sie kannte einen Jungen, der seiner Mutter half, das Haus zu streichen. Ein anderer konnte seine Schuhe selber besohlen. Und wieder ein anderer verdiente mit seinen dreizehn Jahren gut zwanzig Dollar im Monat, während ich auf der faulen Haut lag und ihr das Blut aussaugte.

Und dann gab es wieder überraschende Anwandlungen von Freundlichkeit.

Wie zum Beispiel an dem Samstagmorgen, als ich ein paar Gläser für sie abwaschen musste und mir eins aus der Hand fiel und zerbrach. Bevor ich irgendetwas tun konnte, hatte meine Mutter die Bescherung gesehen.

Sie sagte: »Wie ist das passiert?«

Ich sagte: »Einfach aus der Hand gerutscht. War zu glatt.«

Sie sagte: »Ist doch auch Unsinn, aus Gläsern trinken. Gehen viel zu leicht kaputt, die Dinger.«

Nichts weiter. Ich machte mir ernstliche Sorgen um ihre Gesundheit.

Aber sie sich nicht um meine.

Ihrer Meinung nach gab es keine Krankheit auf der Welt, die sich nicht mit einer kräftigen Dosis heißem Epsom-Salz heilen ließ. Mich traf diese Heimsuchung einmal im Monat. Dann war mir das ganze Wochenende verdorben. Und hatte ich doch einmal etwas, das sie nicht verstand, schickte sie mich ins Gesundheitsamt in der Tragarete Road. Das war ein schrecklicher Ort. Stundenlang musste man warten, bevor man mal einen Arzt zu Gesicht bekam.

Und noch bevor man gesagt hatte, »Herr Doktor, hier tut es mir weh …«, schrieb er einem schon das Rezept aus. Und dann musste man wieder auf das Medikament warten. Alle Medikamente im Gesundheitsamt waren gleich: Wasser mit einem rosafarbenen, zwei Zentimeter dicken Bodensatz.

»Die Regierung glaubt noch ans Gesundbeten«, sagte Hat immer, wenn es um das Gesundheitsamt ging.

Meine Mutter aber fand, dass das Gesundheitsamt der ideale Ort für mich war. Morgens um acht ging ich los und war frühestens um zwei wieder zu Hause. Ich konnte keine Dummheiten machen, und das Ganze kostete sie vierundzwanzig Cent im Jahr.

Das soll nun nicht so klingen, als wäre ich immer ein Heiliger gewesen. Im Gegenteil. Manchmal packte es mich, und ich wollte mir ums Verrecken nichts befehlen lassen, schon gar nicht von meiner Mutter. Ich glaubte, für mein Leben entehrt zu sein, wenn ich mir von jemandem etwas befehlen ließ. Und das Leben ist ja auch eine komische Sache: Oft packten mich diese Anfälle gerade dann, wenn meine Mutter sich besondere Mühe mit mir gab.

An dem Tag, nachdem Hat mich in Docksite vorm Ertrinken gerettet hatte, musste ich für meinen Lehrer einen Aufsatz über das Thema »Ein Tag am Meer« schreiben. Einen solchen Aufsatz hat wohl kein Lehrer je bekommen. Ich schilderte darin, wie ich beinahe ertrunken wäre und wie ich dem Tod ganz gelassen ins Auge geblickt hatte, völlig ruhig im Kopf, und gedacht hatte: »Tja, Junge, das ist also das Ende.« Der Lehrer war so begeistert, dass er mir zehn von zwölf Punkten gab.

»Du bist ein kleines Genie«, sagte er.

Als ich nach Hause kam, sagte ich zu meiner Mutter: »Ich hab heute einen Aufsatz geschrieben und zehn von zwölf Punkten gekriegt.«

Meine Mutter antwortete: »Was fällt dir ein, mir so dreist ins Gesicht zu lügen? Muss ich dir erst eine knallen, dass du dich schämst?«

Schließlich hatte ich sie doch überzeugt.

Sie wurde weich wie Samt, setzte sich in die Hängematte und sagte: »Komm, setz dich zu mir, mein Sohn.«

Genau da bekam ich einen meiner Anfälle.

Völlig grundlos wurde ich wütend und sagte: »Nein, ich mag nicht.«

Sie lachte und lockte mich.

Ich wurde nur noch wütender.

Langsam schlug ihre Freundlichkeit um. Jetzt war es ein Kampf zwischen zwei Willen. Ich wäre lieber ertrunken, als mir durch Gehorsam Schande zu machen.

»Zum letzten Mal: Setz dich jetzt her.«

»Ich setz mich nicht zu dir.«

»Zieh deinen Gürtel raus.«

Ich zog ihn raus und gab ihn ihr. Sie lederte mich durch, bis ich Nasenbluten bekam, aber in die Hängematte setzte ich mich nicht.

Bei solchen Anlässen schrie ich, ohne es wirklich zu meinen: »Wenn mein Vater noch am Leben wäre, würdest du dich das nicht trauen.«

Sie blieb mein Feind. Wenn ich groß war, würde ich ihr davonlaufen. Das war für mich die größte Verlockung des Erwachsenseins.

Damals schwappte eine Welle des Fortschritts über Port-of-Spain hinweg. Die Amerikaner schütteten Geld über Trinidad aus, und die Engländer führten große Reden von wegen kolonialer Entwicklung und Wohlstand.

Eines der sichtbarsten Zeichen des Fortschritts war das Verschwinden der Latrinen. Ich hasste die Latrinen und musste immer an die Männer denken, die nachts mit ihren Lastwagen durch die Straßen fuhren und den ganzen Dreck wegkarrten. Dazu kam die schreckliche Angst, irgendwann doch in die Grube zu fallen.

Hat war einer der Ersten, der richtige Toiletten baute, und aus dem Abbruch seiner alten Latrine machten wir ein großes Spektakel. Alle Jungen und Männer waren gekommen, um mitzuhelfen. Zum Helfen war ich zu klein, aber zuschauen wollte ich unbedingt. Eine nach der anderen wurden die Wände eingerissen, bis nur noch eine aufrecht stand.

Hat sagte: »Kommt, Jungs, die Letzte reißen wir in einem Stück ein.«

Das taten sie.

Die Wand schwankte, begann zu kippen.

In dem Sekundenbruchteil muss der Teufel mich geritten haben, denn ich verwandelte mich in Superman und versuchte den Sturz der Wand aufzuhalten.

Ich weiß nur noch, wie die Leute riefen: »O Gott! Pass auf!«

Ich saß im Autobus – einem der grünen Autobusse von Sam's Super Service – von Port-of-Spain nach Petit Valley. Der Bus war voll alter Frauen mit bunten Kopftüchern, die riesige Körbe mit Eddoes, Jamswurzeln, Bananen bei sich hatten, manche sogar ein paar Hühner. Plötzlich begannen die alten Frauen, alle durcheinander zu reden, und die Hühner gackerten dazu. Mein Kopf fühlte sich an, als wollte er zerplatzen, aber als ich die alten Frauen anschreien wollte, brachte ich den Mund nicht auf. Ich versuchte es noch einmal, aber das Einzige, was ich hörte, immer deutlicher, war dieses wilde Geschnatter.

Wasser lief mir übers Gesicht.

Ich lag ausgestreckt unter einem Wasserhahn, und Gesichter blickten auf mich herunter.

Jemand rief: »Er kommt zu sich. Er lebt.«

Hat sagte: »Wie fühlst du dich?«

Ich lächelte mühsam: »Ganz gut.«

Mrs. Bhakcu sagte: »Hast du Schmerzen?«

Ich schüttelte den Kopf.

Im nächsten Moment hatte ich überall Schmerzen. Ich wollte die Hand bewegen, aber es tat weh.

»Ich glaub, ich hab mir die Hand gebrochen«, sagte ich.

Wenigstens konnte ich aufstehen, und sie brachten mich ins Haus.

Meine Mutter kam, und ich sah ihre Augen, ganz glasig und nass vor Tränen.

Jemand, ich weiß nicht mehr, wer, sagte: »Junge, du hast deiner Mutter vielleicht einen Schrecken eingejagt.«

Ich sah ihre Tränen und merkte, wie ich selber zu weinen anfing. Es war eine ganz neue Erfahrung, dass sie sich meinetwegen sorgte, dass sie Angst um mich haben konnte.

In dem Augenblick wäre ich gern ein Hindugott gewesen, einer mit zweihundert Armen, die ich mir einen nach dem anderen brechen konnte, nur um noch einmal diesen Moment zu erleben und wieder die Tränen in den Augen meiner Mutter zu sehen.

1955

Greenie und Yellow

Aber der Held der Geschichte ist Bluey.

Zuerst gehörte Bluey dem Waliser Ehepaar in der Kellerwohnung. Man hörte ihn im ganzen Haus, bekam aber wenig von ihm zu sehen. Ich sah ihn nur, wenn ich zu den Mülltonnen hinunterging, die direkt vor dem Kellerfenster standen. Er war graublau und so lebhaft, ja, beinahe aufmüpfig mit seinen unbeschnittenen Flügeln, dass der Käfig zu klein für ihn zu sein schien.

Als die Waliser zurück nach Wales mussten – ich glaube, Mrs. Lewis erwartete ein Baby –, gaben sie Bluey in die Obhut von Mrs. Cooksey, der Hauswirtin. Zu unserem Erstaunen nahm sie ihn. Sie hatte das Ehepaar Lewis nicht leiden können. Im Grunde konnte sie keinen ihrer Mieter leiden. Zu mir redete sie schlecht über alle, und ich vermute, dass sie zu den anderen schlecht über mich redete. Man konnte es ihr nicht verdenken: Es wohnten einfach zu viele Mieter in dem Haus. Mit Ausnahme eines Wohnzimmers im Erdgeschoss, einer Küche auf dem Absatz zur Kellertreppe und eines Schlafzimmers irgendwo unten im Keller hatten die Cookseys ihr ganzes Haus vermietet. Die Cookseys hatten keine Kinder und sparten auf ihr Alter. Das war längst da, aber sie hatten es noch nicht gemerkt.

Mrs. Cooksey war begeistert von Bluey. Sie lauerte immer hinter ihrer halb geöffneten Tür und kam herausgesprungen, wenn jemand durch den Flur ging, aber jetzt sprang sie nicht mehr heraus, um zu fragen, ob wer zu viel Milch genommen oder das Badezimmer schmutzig hinterlassen hatte, nein, jetzt rief sie einen ins Zimmer, damit man Bluey anschaute, ihm zuhörte und die Verbesserungen bewunderte, die sie an seinem Käfig vorgenommen hatte.

Der Käfig, den ich von meinen Blicken durch das Kellerfenster kannte, war ein elegantes kleines Ding mit blauen Stäben, passend zu Blueys Federkleid, zwei Spielzeugtrapezen, einem Körnertrog, einer Tränke und einer Schwingtür. Jetzt kam jeden Freitag etwas Neues hinzu: Der Freitag war Mrs. Cookseys Einkaufstag. Die erste Neuerung war ein buntes Spielzeugriesenrad aus Plastik. Dann kaufte sie ihm eine Körnerklingel, die klingelte, wenn Bluey daran pickte. Es folgte ein kleiner runder Spiegel. Und als man sich schon fragen musste, ob diese Verbesserungen überhaupt noch Platz für Bluey ließen, fügte Mrs. Cooksey noch etwas hinzu. Einen Freund für Bluey, sagte sie. Der Freund war ein rot geschnäbeltes Küken, das aus einer sauber gezackten Eierschale gekrochen kam, das Ganze aus Plastik und mit beschwertem Boden, damit es immer aufrecht stand.

Bluey liebte seine Spielsachen. Er schaukelte Küken und Eierschale, bewegte das Trapez, brachte das Riesenrad zum Rotieren, klingelte an der Körnerklingel. Er gackerte und schnatterte und flötete, und zwischendurch stieß er immer mal wieder einen lebenlustigen kleinen Schrei aus.

Aber er konnte nicht sprechen. Mrs. Cooksey gab Mrs. Lewis die Schuld. »Das ist wie mit Kindern, wissen Sie? Man muss mit ihnen üben. Aber sie hatte ja nie Zeit. Ein verwöhntes Persönchen. Den ganzen Tag herumtollen und kichern.«

Mrs. Cooksey kaufte sich eine Broschüre, *Mein Wellensittich*, die sie unter dem schweren Kristallaschenbecher auf dem Tisch aufbewahrte. Da stünden jede Menge gute Ratschläge drin, sagte sie, und nachdem sie alle gelesen hatte, begann sie mit Blueys Ausbildung. Sie redete pausenlos mit ihm, damit er sich an ihre Stimme gewöhnte. Dann gab sie ihm einen Namen: Joey. Bluey hörte nicht darauf. Als ich eines Samstags hinunterging, um die Milch zu bezahlen, teilte Mrs. Cooksey mir mit, dass sie jetzt den Fingertrick mit ihm trainierte – sie wollte ihn dazu bringen, aus dem Käfig zu kommen und auf ihrem Finger sitzen zu bleiben. Zwei oder drei Tage später rief sie mich zu sich herein, damit ich Bluey von der Vorhangstange holte, wo er laut kreischend und wild mit den Flügeln schlagend hockte. Weder mit »Joey«-Rufen noch mit ihren Gurrlauten konnte Mrs. Cooksey ihn dazu bewegen, sich auf ihrem ausgestreckten Zeigefinger niederzulassen. Es kostete mich einige Mühe, bis er wieder in seinem Käfig saß.

Der Fingertrick wurde fallen gelassen, ebenso der Name Joey. Mrs. Cooksey blieb einfach bei Bluey.

Der Frühling kam. Die Platane, die zwei Gärten weiter stand, der einzige Baum zwischen den Rückseiten der Häuser und der Rückseite eines Gebäudes, das angeblich Englands größtes Kino war, schimmerte im ersten Grün. Ein paar Tage lang schien die Sonne und erhellte für ein oder zwei Stunden auch unseren Garten, oder vielmehr – den Garten der Cookseys: Die Mieter hatten keinen Zutritt. Mrs. Cooksey stellte Bluey in seinem Käfig nach draußen, setzte sich neben ihn und strickte eine Bettjacke. Spatzen flatterten um den Käfig herum, aber sie waren gekommen, um Mr. Cookseys mit Asche bestreute, unbepflanzte Blumenbeete aufzuscharren und nicht, um über Bluey herzufallen. Und Bluey war sich keiner Gefahr bewusst. Er hüpfte von Trapez zu Trapez, ließ das Riesenrad rotieren, rieb sich den Schnabel an seinem kleinen Spiegel und gurrte sein Spiegelbild an. Die Körnerklingel klingelte und das rot geschnäbelte Küken schaukelte hin und her. Es war die glücklichste Zeit in Blueys Leben.

Als ich an einem späten Freitagnachmittag den Flur betrat, stand Mrs. Cookseys Tür einen Spaltbreit offen. Ich ließ mich von ihr überraschen. Aus ihren wässrigen Augen hinter der rosa geränderten Brille leuchtete der Schalk. Ich folgte ihr ins Wohnzimmer.

Bluey war nicht allein. Er hatte einen Kameraden. Einen lebendigen. Es war ein grüner Wellensittich.

»Kam heute Morgen in den Garten geflogen«, sagte Mrs. Cooksey. »Im Ernst. Oh, was muss das für ein kluges Kerlchen sein, dass die frechen kleinen Spatzen ihn nicht erwischt haben. Ein kluges Kerlchen, was, Greenie?«

Greenie war molliger als Bluey, und ich fand, dass er eine anmaßende Brust hatte. Er fing sofort an, uns Kunststückchen vorzuführen. Mit einer Folge von kleinen, knackenden Geräuschen breitete er einen Flügel aus, klappte ihn wieder ein und breitete den anderen aus. Außerdem konnte er sich auf einem Bein stehend auf die Seite lehnen, und so ein Gitterstab wirkte nicht sehr stabil, wenn er daran pickte. Er war lauter als Bluey und, trotz seiner Größe, flinker. Er machte ganz den Eindruck eines Wellensittichs, der sich nicht von Spatzen erwischen ließ. Aber die Erfahrung der Freiheit, seine Triumphe über die Gefahr hatten einen rechten Rüpel aus ihm gemacht. Während wir noch vor dem Käfig standen, ärgerte er Bluey. Mit Gekreisch und Flügelschlagen lockte er Bluey zum Riesenrad. Bluey hüpfte hinüber, gab dem Rad einen Stoß mit dem Schnabel und blieb sitzen, um ihm noch einen zu geben. Doch bevor er dazu kam, flatterte Greenie zu ihm hin und schlug so heftig mit den Flügeln, dass der Sand auf dem Käfigboden aufstob. Klagend zog Bluey sich zurück. Greenies Gekreische übertönte Blueys Klagen. Für das Riesenrad interessierte Greenie sich nicht, die Kunst, so ein Ding in Bewegung zu setzen, hatte er auf seinen Wanderungen durch die Welt nicht erlernt. Nach ein paar Augenblicken flog er fort vom Rad und schwang sich auf das Trapez. Er lockte Bluey wieder zum Riesenrad, Bluey hüpfte hinüber, und das ganze schändliche Schauspiel begann von neuem.

Mrs. Cooksey stieß kleine Ahs und Ohs aus. »Na, Bluey, jetzt hast du einen richtigen Freund.«

Bluey hörte sie gar nicht. Er flüchtete vom Riesenrad zu dem rot geschnäbelten Küken. Und pickte wie rasend darauf ein.

»Wie die Kinder«, sagte Mrs. Cooksey. »Sie streiten und sie kämpfen, aber sie bleiben gute Freunde.«

Das Leben wurde hart für Bluey. Greenie produzierte sich in einem fort, und Bluey, immer nur gehänselt und angekreischt, leistete zusehends weniger Gegenwehr. Nach einer Woche hatte er nicht einmal mehr den Willen zu protestieren. Jetzt war es Greenie, der das kleine Trapez in Bewegung hielt, Greenie schlug gegen die Körnerglocke und brachte sie zum Klingeln, Greenie füllte den Raum mit Lärm. Mrs. Cooksey versuchte erst gar nicht, Greenie das Sprechen beizubringen, und ich glaube nicht, dass der Gedanke an den Fingertrick ihren Sinn auch nur streifte. »Greenie ist ein großer Junge«, sagte sie.

Mit einem gewissen Vergnügen beobachtete ich, wie sich der große Junge am Riesenrad abarbeitete. Er rüttelte und ratterte daran herum, aber er brachte es nicht zum Rotieren.

»Warum machst du es ihm nicht vor, Bluey?«, sagte Mrs. Cooksey.

Aber Bluey hatte längst alles Interesse an Mrs. Cookseys Neuerungen verloren, auch an seinem Plastikküken. Er hockte auf dem Boden des Käfigs und rührte sich kaum noch. Schließlich saß er ganz still, die Federn ständig geplustert, und zitterte von Zeit zu Zeit. Die Augen hatte er halb geschlossen, die weiß geränderten Lider sahen zart und verletzlich aus. Seine Füße begannen anzuschwellen, bis sie ganz weiß und schuppig waren.

»Ein hoffnungsloser Fall«, sagte Mrs. Cooksey mit erstaunlicher Härte. »Greenie hat keine Schuld. Was hab ich nicht alles versucht, um Bluey etwas beizubringen. Aber er wollte nicht. Und wer zahlt jetzt die Zeche?«

Ein paar Tage später zeigte sie Reue. »Kann ja nichts dafür, mein armer kleiner Bluey. Die Krallen wachsen ihm nach innen. Und was für schmutzige Füßchen er hat. Hat so lange nicht mehr gebadet.«

Ich blieb und sah ihr dabei zu, wie sie den Kristallaschenbecher von Stecknadeln, Büroklammern und Gummibändern leerte und ihn mit warmem Wasser füllte. Dann schaltete sie den Heizstrahler ein und wärmte ein Handtuch daran. Mit einer Hand, auf die Greenie mit wildem Gekreische einpickte, langte sie in den Käfig, zog Bluey heraus und setzte ihn in sein Bad im Aschenbecher. Augenblicklich schrumpfte Bluey auf die halbe Größe. Sein Federkleid klebte wie eine zweite Haut an ihm. Er wurde mit Karbolseife eingerieben, im Aschenbecher klargespült und in dem vorgewärmten Handtuch getrocknet. Zum Schluss sah er feucht und zerzaust aus. »Na also, Bluey. Bist wieder trocken. Und jetzt zeig mal deine Krallen.« Sie setzte sich Bluey auf die linke Handfläche und näherte sich den geschwollenen Füßchen mit einer Nagelschere. Vor einem Monat noch hätte Bluey so viel Freiheit zu nutzen gewusst und wäre auf die Gardinenstange entflattert. Jetzt lag er still. Plötzlich kreischte er und zuckte.

»Armer kleiner Bluey«, sagte Mrs. Cooksey. »Haben wir ihn in sein Füßchen geschnitten?«

Bluey erholte sich nicht. Seine Füße schwollen weiter an, wurden immer schuppiger und knotiger. Eine papierdünne Wucherung, geformt wie ein kleiner Fingernagel, bildete sich unter seinem Schnabel und wuchs nach oben, so dass er nur noch mit Mühe fressen und gar nicht mehr picken konnte. Die obere Hälfte des Schnabels verwandelte sich in eine schwammartige Wunde.

Jetzt mochte ihn nicht einmal mehr Greenie ärgern.

Im Sommer machte Mr. Cooksey etwas, von dem er seit langem redete. Er strich den Flur und das Treppenhaus. Er wählte dafür ein gewöhnliches, langweiliges Blau, das seine außergewöhnlichen Qualitäten jedoch schnell offenbaren sollte: Es trocknete nicht. Die Innenseite der Haustür wurde schmutzig und fleckig, die Finger der Mieter hinterließen klebrige Streifen am Treppengeländer. Mr. Cooksey strich die Tür noch einmal über und hängte ein Schild auf: BITTE VORSICHT, FRISCHE FARBE. Das BITTE war dreimal unterstrichen. Zusätzlich schrieb er mit Kreide Warnungen draußen auf die

Treppenstufen. Aber nach vierzehn Tagen war die Farbe noch immer nicht richtig trocken; es sah so aus, als müsste die Tür ein drittes Mal gestrichen werden. Die Warnungen, die Mr. Cooksey auf dem Glastisch im Flur hinterließ, wurden von Mal zu Mal schroffer. Den schroffen Tonfall beherrschte er gut. Das war nicht verwunderlich, denn Mr. Cooksey war Portier oder Hausmeister oder etwas Ähnliches in der Hauptverwaltung eines großen Unternehmens der öffentlichen Hand. Jedenfalls war es eine einflussreiche Stellung: Er hatte mir erzählt, dass ihm vierunddreißig Reiniger unterstanden.

Ich dachte trotzdem nie an die Farbe, und als ich eines Tages im Flur stand und verdrossen überlegte, ob ich mir die Finger nicht an der Tapete abwischen sollte, öffnete sich die Tür der Cookseys, und Mr. Cooksey erschien.

»Einen Drink?«, fragte er. »Cocktail?«

Ich fürchtete mich vor Mr. Cookseys Cocktails: Zu offensichtlich handelte es sich dabei um eine der Vergünstigungen, die seine Stellung mit sich brachte. Ich ging trotzdem hinein, mir die Finger an meiner Abendzeitung abwischend. Das Zimmer roch nach Farbe und Leinöl.

Mrs. Cooksey strahlte mir aus dem Ohrensessel entgegen. Ihre Hände ruhten eine Spur zu sittsam in ihrem Schoß. Zweifellos hatte sie etwas vorzuzeigen.

Der Käfig auf der Nähmaschine war mit blauem Stoff verhängt, einem Stück aus einem von Mrs. Cookseys alten Kleidern. Es war später Abend, noch hell draußen, aber drinnen schon dunkel: Die Cookseys verbrauchten nicht mehr Strom als unbedingt nötig. Mr. Cooksey verteilte seine Cocktails. Mrs. Cooksey lehnte mit einem Kopfschütteln ab. Ich ließ mir einen geben, aber den ersten Schluck schob ich hinaus. Mr. Cooksey trank.

Hinter dem blauen Stoff drangen gedämpftes Rascheln und Gepolter und Gepiepse hervor. Mr. und Mrs. Cooksey saßen still und lauschten. Auch ich lauschte.

»Ein Neuer«, sagte Mr. Cooksey, trank von seinem Cocktail und gab mit den Lippen einen leisen Popplaut von sich.

»Ist der etwa auch im Garten gelandet?«, fragte ich.

»Das ist eine *Sie*!«, sagte Mrs. Cooksey.

»*Popp-Popp*. Zehn Shilling«, sagte Mr. Cocksey. »Zwölfsechzig wollt er haben.«

»Und einen Nistkasten haben wir auch für sie.«

»Aber für den haben wir nichts bezahlt, Bess.«

Mrs. Cooksey ging hinüber zum Käfig. Sie legte beide Hände auf den blauen Stoff, zögerte die Enthüllung hinaus. »Ein zierliches kleines Ding.«

»Quittegelb«, sagte Mr. Cooksey.

»Genau die richtige Gefährtin für Greenie.« Mit Schwung zog Mrs. Cooksey das blaue Tuch von dem Käfig.

Es war nicht der Käfig, den ich kannte. Es war ein größeres, primitiveres Behältnis aus Drahtgeflecht mit groben Verzierungen, von nicht mehr als zwei Stäben gestützt. Es war nur Greenie zu sehen. Er saß da, als würde er schlafen. Einen gelben Wellensittich sah ich nicht.

Mrs. Cooksey erfreute sich kichernd an meiner Enttäuschung. »Doch, doch, sie ist da. Aber in ihrem *Nistkasten*!« Jetzt bemerkte ich den kleinen Holzkasten, der an der Rückseite des Käfigs hing. Mrs. Cooksey klopfte dran. »Komm raus, Yellow. Damit der Onkel dich anschauen kann. Komm nur raus. Wir wissen, dass du da bist.« Ein gelbes Köpfchen schaute zu dem kreisrunden Loch in dem Kasten heraus, ruhelos nach rechts und nach links blickend. Als Mrs. Cooksey ein zweites Mal an den Kasten klopfte, schlüpfte Yellow zu dem Loch hinaus in den Käfig.

Yellow war kleiner als Greenie und Bluey. Geschäftig und voller Tatendrang hüpfte sie im Käfig herum. Sie dachte offensichtlich noch lange nicht ans Schlafengehen, und schon gar nicht dachte sie daran, Greenie schlafen zu lassen. Sie hüpfte auf die Stange, auf der er hockte, den Schnabel in der Brust vergraben, und pickte auf ihn ein. Greenie schüttelte sich, ohne die Augen zu öffnen. Yellow gab ihm einen Stoß. Vielleicht war es Ritterlichkeit – keine Eigenschaft, die ich Greenie zugetraut hätte –, vielleicht war er einfach nur zu müde, jedenfalls wehrte er sich nicht. Er rückte von ihr weg, bis es nicht mehr weiter ging. Dann hüpfte er auf die untere Stange. Yellow folgte ihm. Als sie ihn glücklich zum zweiten Mal verdrängt hatte, verlor sie das Interesse an ihm und zog sich zurück in ihren Nistkasten.

»Haben Sie gesehen?«, sagte Mrs. Cooksey. »Sie ist interessiert. Der Mann im Laden hat gesagt, wenn sie interessiert sind, darf man in zehn Tagen mit Eiern rechnen.«

»Zwölf, Bess.«

»Zu *mir* hat er gesagt, in zehn.«

Ich versuchte, sie von dem Thema abzulenken. »Neuer Käfig, oder?«

»Hat Mr. Cooksey gebaut.«

Mr. Cooksey machte *popp-popp*.

Frisch gestrichen hatte er ihn auch. Mit der blauen Farbe.

Yellow schob den Kopf durch das Loch in ihrem Kasten.

»Und *wie* interessiert sie ist.« Mrs. Cooksey hängte das blaue Tuch wieder über den Käfig. »Wir dürfen nicht indiskret sein. Wir müssen sie allein lassen.«

»Einer von meinen Reinigern«, sagte Mr. Cooksey und machte eine Pause, um das Possessivpronomen wirken zu lassen, »einer von meinen Reinigern züchtet Hühner und Truthähne. Verdient sich 'ne Stange Geld zu Ostern und Weihnachten. 'ne Stange Geld.«

Mrs. Cooksey sagte: »Für kein Geld der Welt würde ich meine kleinen Greenies und Yellows verkaufen.«

Da fiel es mir ein. »Wo ist Bluey?«

Ich vermute, Mrs. Cooksey wurde nicht gerne an ihn erinnert. Sie zeigte mir, wo Blueys Käfig abgestellt war, auf dem Fußboden, im Schatten des riesigen Lehnsessels und des Bücherregals, auf dem wenige Bücher und viele Porzellantierchen standen. Mutterseelenallein in der Luxusausstattung seines Käfigs saß Bluey, reglos auf einem Bein, mit geplustertem Federkleid und hängendem Köpfchen.

»Ich kann ihn doch nicht rauswerfen, oder?« Mrs. Cooksey zuckte die Achseln. »Ich hab für ihn getan, was ich konnte.«

Das Liebesleben bekam Greenie nicht.

»Sie zähmt ihn«, sagte Mrs. Cooksey.

Zweifellos war er ruhiger geworden.

»Vielleicht fehlt ihm Bluey«, sagte Mr. Cooksey.

»Jetzt hört euch den an!«, sagte Mrs. Cooksey.

Yellow war nach wie vor lebhaft, ruhelos, tatendurstig, hüpfte hinein in ihren Kasten und wieder heraus. Mrs. Cooksey demonstrierte mir die durchdachte Konstruktion des Kastens: Die Rückwand ließ sich herausziehen, damit man nach Eiern schauen konnte. Sie zählte die Tage.

»Nur noch sieben.«

»Neun, Bess.«

»Sieben.«

Dann: »Greenie stellt sich dumm«, sagte Mr. Cooksey.

»Du hast es nötig«, sagte Mrs. Cooksey.

Zwei Tage später begegnete ich ihr im Flur, und sie sagte: »Mit Greenie ist was passiert.«

Ich ging es mir ansehen. Dieselbe ungesunde Reglosigkeit wie bei Bluey hatte jetzt auch von Greenie Besitz ergriffen: Er plusterte die Federn, hielt die Augen halb geschlossen, versenkte den Kopf in der Brust. Yellow hüpfte um ihn herum, mehr verwundert als angriffslustig oder verspielt.

»Sie *liebt* ihn, sehen Sie? Ich hab versucht, ihn zu füttern. Milch aus der Pipette. Er nimmt keinen Tropfen. Sag mir, wo's wehtut, Greenie. Sag's Mami.«

Es war Freitag. Als Mrs. Cooksey in der Tierklinik anrief, sagte man ihr, sie sollte Greenie am Montag bringen. Während des Wochenendes verschlechterte sich Greenies Zustand zusehends. Mrs. Cooksey tat ihr Bestes. Obwohl es draußen warm war, lief der Heizstrahler im Dauerbetrieb, ein Luxus, den die Cookseys sich selber nicht einmal im tiefsten Winter gönnten. Vor den Heizdrähten hing immer ein Handtuch zum Wärmen. In das zweite war Greenie gehüllt.

Am Montag wurde Greenie von Mrs. Cooksey in ein sauberes Handtuch gewickelt und zum Tierarzt gebracht. Der verschrieb irgendeine Flüssigkeit und warnte Mrs. Cooksey davor, Greenie Milch zu geben.

»Von Gift hat er was gesagt«, sagte Mrs. Cooksey. »Als könnte ich meinem armen Greenie etwas antun. Den hätten Sie sehen sollen, diesen Herrn Doktor! Fast noch ein Junge. Am Freitag soll ich mit Greenie wiederkommen. In vier Tagen.«

Als ich am nächsten Abend hereinkam, die Finger mit blauer Türfarbe verschmiert, fing Mrs. Cooksey mich im Flur ab. Ich folgte ihr ins Zimmer.

»Greenie ist tot«, sagte sie. Sie war sehr gefasst.

Die Tür wurde gebieterisch aufgestoßen, und herein marschierte Mr. Cooksey, im Regenmantel, Bowler auf dem Kopf.

»Greenie ist tot«, sagte Mrs. Cooksey.

»*Popp-popp.*« Mr. Cooksey nahm den Hut ab, zog den Regenmantel aus und deponierte beides sorgfältig auf dem Stuhl neben der Anrichte.

In der folgenden Stille sah ich weder die Cookseys noch den Käfig auf der Nähmaschine an. In der Ecke, wo Blueys Käfig stand, war es dunkel, und es dauerte ein paar Augenblicke, bis ich erkennen konnte, dass Blueys Käfig leer war. Mein Blick wanderte hinauf zur Nähmaschine. Bluey saß bei Yellow im Käfig, am Boden kauernd, die Augen geschlossen, ein geschwollenes Füßchen angehoben. Yellow beachtete ihn nicht. Sie hüpfte unter dauerndem leisen Geklapper von Stange zu Stange. Bis sie durch das Loch in ihren Nistkasten schlüpfte und still war.

»Noch immer *interessiert*«, sagte Mr. Cooksey. Er sah Bluey an. »Man weiß nie.«

»Ist doch sinnlos«, widersprach Mrs. Cooksey. »Sie hat Greenie geliebt.« Ihr Altfrauengesicht verzog sich, und sie fing an zu weinen.

Mr. Cooksey öffnete die Türen der Anrichte und suchte geräuschvoll nach seinen Cocktails.

Mrs. Cooksey putzte sich die Nase. »Ach, sie sind wie Kinder. Man schließt sie so ins Herz.«

Mir wollte nichts Passendes darauf einfallen. Ich sagte: »Wir alle haben Greenie gern gemocht, Mrs. Cooksey. Ich hab ihn gemocht, und ich bin sicher, Mr. Cooksey auch.«

»*Popp-popp.*«

»Der? Der doch nicht. Der hat kein Gefühl. Heute Morgen noch hat er einen Blick auf Greenie geworfen, und wissen Sie, was er gesagt hat? Sieht besser aus, hat er gesagt. Aber so ist er. Schauen Sie ihn an. Den bringt nichts aus der Ruhe.«

»Unsinn, Bess. War 'n schrecklicher Schock. Ganz schrecklich.«

Yellow kam nicht wieder aus ihrem Nistkasten. Sie starb zwei Tage später, und Mrs. Cooksey begrub sie in ihrem Garten neben Greenie. Auf dem Haufen mit altem Holz, den Mr. Cooksey im Gartenschuppen lagerte, entdeckte ich die Trümmer des Käfigs und des Nistkastens.

Im Wohnzimmer der Cookseys nahmen Bluey und sein Käfig wieder ihren Platz auf der Nähmaschine ein. Langsam, Woche für Woche, besserte sich Blueys Zustand. Irgendwann konnte er wieder auf zwei Beinen stehen und ein paar Zentimeter vor oder zurück durch seinen Käfig tappen. Aber seine Füße wurden nie wieder ganz gesund, und der Auswuchs am Schnabel wollte auch nicht verschwinden. Die Trapeze schaukelten nicht mehr, und das Riesenrad stand still.

Es muss etwa drei Monate danach gewesen sein. An einem Samstagvormittag ging ich hinunter, um Mrs. Cooksey das Milchgeld zu zahlen. Ich bekam etwas Wechselgeld heraus, und sie musste erst nach ihrer Brille suchen und dann nach der Vase, in der sie das Kleingeld aufbewahrte. Sie schüttete Knöpfe aus der einen Vase, Stecknadeln aus einer anderen, Druckknöpfe aus einer dritten.

»Armes altes Frauenzimmer«, murmelte sie in einem fort – so redete sie inzwischen von sich. Sie hantierte mit weiteren Vasen herum, dann hielt sie inne, ein Lächeln breitete sich auf ihrem Gesicht aus, und sie streckte mir die offene Handfläche entgegen. Darauf lagen zwei Hausschlüssel und ein kleiner weißer Schädel, glatt poliert und zerbrechlich.

»Greenie oder Yellow«, sagte sie. »Welcher, weiß ich nicht. Haben die Spatzen ausgegraben.«

Wir schauten beide zu Bluey in seinem Käfig.

Die idealen Mieter

Wir hörten schon vor ihrer Ankunft von den Dakins. »Die idealen Mieter«, sagte Mrs. Cooksey, die Hauswirtin. »Sind mir von ihrer Vermieterin persönlich ans Herz gelegt worden. Sie verliert sie nur ungern, sagt sie, aber sie übernimmt ein Hotel in Benson, deshalb zieht sie weg aus London.«

Erst nach ein paar Tagen bemerkte ich, dass die Dakins im Haus waren, so leise war der Einzug vor sich gegangen. Am Samstag und am Sonntag hörte ich aus der oberen Wohnung die Geräusche von Wischlappen und Schrubber und das Gerumpel einer Teppichkehrmaschine. Am Montag herrschte wieder Stille.

In dieser ersten Woche begegnete ich ihnen ein- oder zweimal im Treppenhaus. Mrs. Dakin war um die vierzig, groß und schlank, mit einem netten Lächeln. »Sie war bei der Polizei«, sagte Mrs. Cooksey. »Sergeant, glaube ich.« Mr. Dakin war ähnlich alt wie seine Frau und sah ähnlich sportlich aus. Aber sein hartes, gut geschnittenes Gesicht war humorlos. Sein Gruß war knapp und streng und lud nicht zu Gesprächen ein.

Sie betrugen sich beispielhaft. Nie hatten sie Besuch. Es kamen keine Anrufe für sie. Es roch nie nach ihrem Essen. Ihre Milchflaschen sammelten sich nicht an, und das, obwohl sie bei Tageslicht nie eine leere Flasche auf die Treppe stellten. Und leise waren sie auch. Sie hatten kein Radio. Die einzigen Geräusche, die man von ihnen hörte, stammten von Schrubber, Besen und Teppichkehrmaschine. Manchmal, wenn es auf der Straße still war, hörte ich sie nachts in ihrem Schlafzimmer: ein leises Maunzen, von kurzen, knurrenden Basstönen unterbrochen.

»Anständige Menschen hat es in allen Schichten«, sagte Mrs. Cooksey. »Das Dumme ist, dass man heutzutage nie weiß, woran man ist. Nehmen Sie die Seymours. Schleichen sich mitten in der Nacht ins Badezimmer, um dort zu zweit herumzuplanschen. Nicht mal denen von der BBC kann man mehr trauen. Wenn ich an den Araber denke!«

Schnell avancierten die Dakins zu ihren Lieblingsmietern. Mr. Cooksey lud Mr. Dakin zu seinen »Cocktails« ein. Mrs. Dakin bat Mrs. Cooksey zum Tee zu sich herauf, worauf Mrs. Cooksey uns mitteilte, dass sie mit dem Erscheinungsbild der Wohnung sehr zufrieden sei. »Ziemlich pingelig, die zwei«, sagte Mrs. Cooksey. Ein größeres Lob gab es für sie nicht, und wir durften uns kritisiert fühlen.

Zu meiner Enttäuschung musste ich von Mrs. Cooksey erfahren, dass auch die Dakins ihre Sorgen hatten. »Er ist von der Leiter gefallen und hat sich den Arm gebrochen, und jetzt wollen sie ihm den Verdienstausfall nicht zahlen. Der Arm ist schief wieder angewachsen, er kann nicht mal mehr ans Meer fahren damit. Und seine Arbeit kann er auch nicht mehr richtig machen. Er ist Elektriker, da weiß doch jeder, dass die ständig irgendwo rumklettern. Aber glauben Sie, das interessiert die? Die doch nicht! Was sind für die schon dreihundert Pfund? Aber sie schalten auf stur. Stellen Sie sich vor, der Meister hat doch tatsächlich die Leiter verbrannt.«

Mir waren an Mr. Dakin keinerlei Entstellungen aufgefallen. Bis dahin hatte ich ihn als einen Mann von beinahe furchteinflößender Körperkraft wahrgenommen, aber jetzt betrachtete ich ihn mit größerer Aufmerksamkeit, voll Bewunderung dafür, wie klaglos er sein Unglück ertrug. Wir begegneten uns häufig auf der Treppe, tauschten aber nie mehr als einen kurzen Gruß, und dabei wäre es auch geblieben, wenn die Cookseys nicht ihre Silvesterparty veranstaltet hätten.

Zu der Zeit stand ich bei den Cookseys in Ungnade. Ich hatte eine Armee von rund fünfzehn Milchflaschen auf die Treppe gestellt, und der Milchmann hatte sich geweigert, sie alle auf einmal mitzunehmen. Einen ganzen Tag lang hatten sechs schlecht gespülte Milchflaschen die oberste Treppenstufe geziert und das Haus der Cookseys in Verruf gebracht. Unstimmigkeiten zwischen Mrs. Cooksey und dem Milchmann waren die Folge gewesen, die postwendend an mich weitergegeben wurden.

Als ich an diesem Abend nach Hause kam, stand die Tür zum Wohnzimmer der Cookseys offen, und heraus drangen Gelächter und Fußgetrampel und Musik aus dem Fernseher. Mr. Cooksey, der mit einem Tablett aus der Küche kam, blickte mich verlegen an, spannte eilig die Lippen über seine dritten Zähne und machte sein poppendes Geräusch.

»*Popp-popp.* Hereinspaziert«, sagte er. »Drinks. Cocktails.«

Ich folgte ihm hinein. Mrs. Cooksey war nüchtern, aber ausgelassener Stimmung. Gelächter und Fußgetrampel stammten ausschließlich von Mr. und Mrs. Dakin. Sie tanzten. Mrs. Dakin kreischte jedes Mal, wenn Mr. Dakin sie herumwirbelte, was er für einen Mann mit einem auf Dauer beschädigten linken Arm recht beherzt tat. Bei meinem Anblick kreischte Mrs. Dakin gleich noch einmal, und Mrs. Cooksey kicherte dazu, als sei es ihre Aufgabe, die Dakins bei Laune zu halten. Auch das Ehepaar aus der Wohnung unter mir war anwesend; sie saß im Lehnstuhl, er auf der Lehne. Sie waren in ihrem üblichen rustikalen Stil gekleidet und wirkten steif und unglücklich. Bei mir hießen sie nur der Strickmeister und die Strickmeisterin. Sie hatten unzählige kleine Besitztümer: moderne Couchtische und Stehlampen, eine Cona-Kaffeemaschine, einen Plattenspieler, ein tragbares Fernseh- und UKW-Gerät, einen 46er Anglia, der zur entsprechenden Jahreszeit einen Aufkleber trug – MITFAHRT NACH GLYNDEBOURNE AUF EIGENE GEFAHR –, und eine *Strickmeister*-Strickmaschine, die nur selten stillstand.

Die Musik verstummte, Mrs. Dakin tat so, als ließe sie sich

ohnmächtig in die versehrten Arme ihres Gatten sinken, und Mrs. Cooksey klatschte Beifall.

»Wer will noch mal, wer hat noch nicht«, rief Mr. Cooksey.

»Noch einen Drink, Liebling?«, flüsterte der Strickmeister seiner Frau ins Ohr.

»O ja«, rief Mrs. Dakin.

Die Strickmeisterin lächelte böse zu Mrs. Dakin hinüber.

»Whiskey?«, fragte Mr. Cooksey. »Bier? Sherry? Guinness?«

»Gib ihr den Cocktail«, bestimmte Mrs. Cooksey.

Die älteren Mieter kannten Mr. Cookseys Cocktails. Er bekleidete einen verantwortungsvollen Posten in einem bedeutenden Unternehmen der öffentlichen Hand – vierunddreißig Reiniger waren ihm unterstellt, sagte er –, und sowohl Herkunft als auch Rezeptur seiner Cocktails waren zweifelhaft.

Die Strickmeisterin nahm ihren Cocktail entgegen und nippte lustlos.

»Und Sie?«, fragte mich Mr. Cooksey.

»Guinness«, antwortete ich.

»Guinness!«, rief Mr. Dakin erfreut und schaute mich zum ersten Mal mit Interesse und Wohlwollen an. »Wo haben Sie Guinness trinken gelernt?«

Wir rückten zusammen und redeten über Guinness.

»Am besten schmeckt es natürlich in Irland«, sagte er. »Dick und cremig. Wie ist es dort, wo Sie herkommen?«

»Ungenießbar. Es ist zu warm dafür.«

Mr. Dakin schüttelte den Kopf. »Das liegt nicht am Klima. Es liegt am Guinness. Verträgt die Reise nicht. Wird krank davon.«

Bald wurde es Zeit für *Auld Lang Syne*.

Am nächsten Tag waren die Dakins zu ihrem beispielhaften Betragen zurückgekehrt, aber jetzt wechselten wir jedes Mal ein paar Worte über das Wetter, wenn wir uns begegneten.

Etwa vier Wochen später hörte ich eines Abends eine Art Lärm in der Wohnung über mir. Schritte kamen die Treppe heruntergepoltert, jemand hämmerte an meine Tür, Mrs. Dakin stürzte herein und rief: »Mein Mann! Mein Mann! Er windet sich vor Schmerzen.«

Bevor ich etwas sagen konnte, war sie schon wieder draußen und hastete die Treppe hinunter zu den Strickmeistern.

»Mein Mann windet sich vor Schmerzen.«

Das Surren der *Strickmeister*-Strickmaschine verstummte, und von der Strickmeisterin waren mitfühlende Laute zu hören.

Der Strickmeister sagte: »Sie müssen einen Arzt rufen.«

Als Ausdruck meiner Anteilnahme ging ich hinaus und blieb auf dem Treppenabsatz stehen. Mrs. Dakin klopfte die Cookseys heraus, es wurden weitere Schreie ausgestoßen, dann hörte ich die Wählscheibe des Telefons. Ich ging zurück in mein Zimmer. Nach kurzer Überlegung ließ ich die Tür offen stehen: eine zusätzliche Geste der Anteilnahme.

Mrs. Dakin, Mrs. Cooksey und Mr. Cooksey eilten die Treppe herauf.

Die *Strickmeister*-Strickmaschine surrte wieder.

Gleich darauf klopfte es an meiner Tür, und Mr. Cooksey kam herein. »*Popp-popp*. Der reinste Hochofen da oben.« Er blies die Backen auf. »Da muss man ja krank werden.«

Ich erkundigte mich nach Mr. Dakin.

»Eine kleine Verdauungsstörung, wenn Sie mich fragen.« Und im Tonfall eines Mannes, für den weit folgenschwerere Ereignisse das täglich Brot sind, fügte er hinzu: »Einen meiner Reiniger hat's letzte Woche erwischt. Gehirntumor.«

Der Doktor kam, und die Wohnung der Dakins war erfüllt von Schritten und Stimmen. Mr. Cooksey lief treppauf und treppab, keuchend und popp-poppend. Mrs. Dakin schluchzte, und Mrs. Cooksey tröstete sie. Die Sirene eines Krankenwagens heulte durch die Straße, und kurz darauf fuhren der Doktor, Mrs. Dakin und Mr. Dakin davon.

»Blinddarm«, teilte Mr. Cooksey mir mit. Bei den Strickmeistern ging die Tür auf.

»Blinddarm«, rief Mr. Cooksey hinunter. »Der reinste Hochofen da oben.«

»Ihm war kalt«, sagte Mrs. Cooksey.

»Pah!«

Mrs. Cooksey machte ein besorgtes Gesicht.

»Das ist keine große Sache, Bess«, sagte Mr. Cooksey. »Hitler hat seiner ganzen Armee den Blinddarm rausnehmen lassen.«

Der Strickmeister sagte: »Ich hab meinen vor zwei Jahren rausgekriegt. Winzig kleine Narbe.« Er nahm von der Spitze seines Zeigefingers aus Maß: »Höchstens so lang. Im Prinzip ist es eine Sache der Nerven. Blinddarmentzündung kriegt man, wenn was an einem frisst. Meiner Frau mussten sie ihn rausnehmen, als wir nach Frankreich fahren wollten.«

Die Strickmeisterin kam heraus, lächelte ihr schreckliches Lächeln, entblößte dabei kurze, quadratische Zähne und viel Zahnfleisch und kniff die kleinen Äuglein zu. »Guten Tag«, sagte sie, Wollhandschuhe überstreifend, die sie womöglich gerade auf der Maschine fertig gestrickt hatte. Sie trug einen Tweedrock, einen roten Pullover, eine braune Jacke aus Velourssamt, dazu eine rotweiße Baskenmütze.

»Blinddarm«, sagte Mr. Cooksey.

Die Strickmeisterin antwortete mit einem weiteren Lächeln und folgte ihrem Mann hinunter zu ihrem 46er Anglia.

»Eine schreckliche Sache«, sagte ich vorsichtig zu Mrs. Cooksey.

»*Popp-popp.*« Mr. Cooksey sah seine Frau an.

»Schreckliche Sache«, sagte Mrs. Cooksey.

Unsere Meinungsverschiedenheit wegen der Milchflaschen war vergessen.

Mr. Cooksey wurde lebhaft. »Ist nichts dabei, Bess. Viel Lärm um nichts. Meine Güte, der reinste Hochofen das Zimmer da oben.«

Gegen elf kam Mrs. Dakin zurück. Sie hatte rote Augen,

aber sie wirkte gefasst. Sie berichtete, wie nett die Krankenschwestern waren. Und zur Abrundung eines außergewöhnlichen Abends ertönte kurz darauf – an einem Werktag gegen Mitternacht – von oben das Geräusch der Teppichkehrmaschine. Die Strickmeisterin beschwerte sich auf bewährte Weise: Sie öffnete die Wohnungstür und unterhielt sich mit ihrem Mann laut über die Lärmbelästigung.

Früh am nächsten Morgen ging Mrs. Dakin wieder ins Krankenhaus. Kurz vor Mittag kam sie nach Hause und begann, kaum hatte sie den Flur betreten, so laut zu schluchzen, dass ich es bis in den zweiten Stock hinauf hörte.

Als ich hinunterging, fand ich sie in Mrs. Cookseys Armen. Mrs. Cooksey war blass und hatte feuchte Augen.

»Was ist passiert?«, flüsterte ich.

Mrs. Cooksey schüttelte den Kopf.

Mrs. Dakin lehnte sich gegen Mrs. Cooksey, die viel kleiner war als sie.

»Wo doch morgen mein Bruder heiratet!«, brach es aus Mrs. Dakin heraus.

»Kommen Sie, Eva«, sagte Mrs. Cooksey mit fester Stimme. »Jetzt erzählen Sie mir mal, was im Krankenhaus passiert ist.«

»Sie ernähren ihn durch ein Glasröhrchen. Und auf die Liste der kritischsten Fälle haben sie ihn gesetzt. Und – sein Bett steht gleich bei der Tür!«

»Das hat gar nichts zu bedeuten, Eva.«

»Doch! Hat es doch!«

»Unsinn, Eva.«

»Sie haben Wandschirme um sein Bett herum aufgestellt.«

»Sie müssen tapfer sein, Eva.«

Wir führten Mrs. Dakin in Mrs. Cookseys Wohnzimmer, ließen sie sich hinsetzen und schauten ihr beim Weinen zu.

»Er ist in seinem Bauch durchgebrochen.« Mrs. Dakin machte eine wilde Handbewegung quer über ihren Unterleib. »Sie mussten ihn aufschneiden und das Zeug aus ihm – *herauskratzen.*« Nachdem das schreckliche Wort ausgesprochen war, überließ sie sich ihrer Verzweiflung.

»Na, na, Eva«, sagte Mrs. Cooksey. »Er würde nicht wollen, dass Sie so sind.«

Zwischen Mrs. Dakins Besuchen im Krankenhaus kümmerten wir uns abwechselnd um sie. Die Nachrichten wurden nicht besser. Mrs. Dakin war bei den Cookseys zum Tee. Sie war bei Strickmeisters zum Tee. Sie war bei mir zum Tee. Wir redeten fröhlich über alles Mögliche, nur nicht über den kranken Mann, und Mrs. Dakin war sehr tapfer. Sogar ein paar Abenteuer aus ihrer Zeit bei der Polizei gab sie zum Besten. Und sie beklagte sich.

»Als Mr. Cooksey an dem Abend nach oben kam, hat er als Erstes gesagt, dass unser Zimmer der reinste Hochofen ist. Aber was sollte ich denn machen? Wo meinem Mann doch so kalt war. Sehr freundlich, wenn dann einer raufkommt und so etwas sagt!«

Ich gab Mrs. Dakin einen ganzen Stoß von den Illustrierten, die sich unter der riesigen viktorianischen Anrichte in meiner Küche stapelten. Ich hatte gesehen, dass die Strickmeisterin ihr auch welche gegeben hatte.

Mr. Cooksey übte sich schon mal an einem kleinen Abgesang. Bekümmert, aber klinisch präzise erörterte er die Operation. »Wenn er im Körper durchbricht, vergiftet er den ganzen Organismus. Deshalb mussten sie auch schneiden. Um das Gift rauszuholen. Das überlebt kaum einer.«

Mrs. Cooksey sagte: »Er war so ein netter Mann. Was bin ich froh, dass wir an Silvester noch so viel Spaß miteinander hatten. Um *sie* tut's mir Leid. Er war ihr Zweiter, wissen Sie?«

»Ja«, sagte Mr. Cooksey. »Solche Frauen gibt es.«

»Und er war so ein netter Mann«, sagte ich zur Strickmeisterin.

»Nicht wahr?«

Aus jedem Zimmer im Haus hörte ich Mrs. Dakins Schluchzen. Ich hörte ihr Schluchzen auf der Treppe.

Mrs. Cooksey sagte: »Ach, ist das alles furchtbar. Gestern hat ihr Bruder geheiratet, und sie konnte nicht dabei sein. Sie musste ihnen ein Telegramm schicken. Sie wollen herkommen, um Mr. Dakin zu besuchen. Was für ein Auftakt für die Flitterwochen!«

Mrs. Dakins Bruder und seine Braut kamen auf dem Motorrad von Wales heraufgefahren. Bei ihrer Ankunft war Mrs. Dakin im Krankenhaus, und Mrs. Cooksey machte ihnen Tee.

Mrs. Dakin bekam ich an diesem Abend nicht zu Gesicht, aber spät in der Nacht sah ich das frisch vermählte Paar mit in Papier eingewickelten Flaschen die Treppe hinauflaufen. Er war ein Riese von einem Mann – ein Fußballer, sagte Mrs. Cooksey –, und wenn er die Treppe hinauflief, hörte man es im ganzen Haus. Seine Braut war klein, bäuerlich und lebenslustig. Sie waren noch eine ganze Weile wach.

Als ich am nächsten Morgen hinunterging, um die Zeitung zu holen, war das Motorrad des Fußballers auf der untersten Stufe der Eingangstreppe aufgebockt. Es war eine Menge Öl ausgelaufen.

Auch an diesem Tag ließ Mrs. Dakin sich bei keinem von uns blicken. Und abends stieg die nächste Party in der Wohnung über mir. Wir hörten die schweren Schritte des Fußballers, seine Rufe, das Gekicher seiner Frau, Mrs. Dakins jammernde Stimme.

Mrs. Dakin bedurfte unseres Beistands nicht mehr. Uns blieb es überlassen, uns nach Mr. Dakins Befinden zu erkundigen, sie zu fragen, ob ihm die Zeitschriften gefallen hatten, ob er Nachschub brauchte. Und im Ton eines Menschen, der an eine tapfer vergessene Traurigkeit erinnert worden ist, antwortete sie, ja, Mr. Dakin danke uns sehr.

Diese neue Zurückhaltung behagte Mrs. Cooksey überhaupt nicht. Uns anderen auch nicht. Der Strickmeister gab sich nicht so schnell geschlagen, und zwei Tage später wurde er belohnt, als Mrs. Dakin sagte: »Ich hab ihm das mit den Nerven erzählt, was Sie gesagt haben, und er fragt, woher Sie das wissen wollen.« Und sie wiederholte die Geschichte von dem Sturz von der defekten Leiter, dem schief angewachsenen Arm und dem Meister, der die Leiter verbrannt hatte.

Wir staunten. Es war das erste Anzeichen, dass die Dakins sich für etwas anderes als das Krankenhaus interessierten.

»Ja, wirklich!«, sagte Mrs. Cooksey.

Die Strickmeisterin begann, sich über den nächtlichen Lärm zu beklagen.

»Pah!«, sagte Mr. Cooksey. «Durchgebrochener Blinddarm, dass ich nicht lache! Durch ein Glasröhrchen ernährt!«

Wir hörten die Frischvermählten die Treppe herunterpoltern. Die Haustür knallte zu, dann ertönte das donnernde Stottern des Motorrads.

»Man könnte ihn drankriegen«, sagte Mr. Cooksey. »Schalldämpfer abmontiert.«

»Tja«, sagte Mrs. Cooksey. «Schön, dass wenigstens ein paar Leute ihren Spaß haben. Und so preiswert. Wo wollen die wohl hin?«

»Jedenfalls nicht ins Krankenhaus«, sagte Mr. Cooksey. »Eher zum Fußball.«

Da fiel es ihm ein. Die Vorhänge wurden zugezogen und das kleine Fernsehgerät eingeschaltet. Wir schauten Pferderennen an, dann ein bisschen Fußball. Mrs. Cooksey schenkte mir Tee ein. Mr. Cooksey bot mir eine Zigarette an. Ich stand wieder in ihrer Gunst.

Am nächsten Tag, acht Tage nach Mr. Dakins Einlieferung ins Krankenhaus, begegnete ich Mrs. Dakin vor dem Tabakladen. Sie war auf Einkaufsbummel, die prall gefüllte Tasche passte gut zu ihrem frohen Gesicht.

»Morgen kommt er nach Hause«, sagte sie.

Mit einer so schnellen Genesung hatte ich nicht gerechnet.

»Im Krankenhaus waren sie alle überrascht«, sagte Mrs. Dakin. »Aber das kommt nur, weil er so stark ist, wissen Sie?« Sie öffnete ihre Einkaufstasche. »Ich habe Sherry und Whiskey besorgt und« – sie lachte – »Guinness natürlich auch. Jetzt kauf ich noch eine Ente, die gibt's dann mit Apfelmus. Er liebt Apfelmus. Er sagt, mit Apfelmus rutscht die Ente besser.«

Ich schmunzelte über den kleinen Familienscherz. Dann sagte Mrs. Dakin: »Und raten Sie, wer gestern im Krankenhaus war.«

»Ihr Bruder und seine Frau.«

Sie schüttelte den Kopf. »Der Meister!«

»Der Kerl, der die Leiter verbrannt hat?«

»Oh, und er war so liebenswürdig. Weintrauben und Zeitschriften hat er mitgebracht, und er hat zu meinem Mann gesagt, er muss sich gar keine Sorgen machen. Anscheinend haben sie's jetzt mit der Angst bekommen. Mein Mann war kaum im Krankenhaus, da hat mein Anwalt ihnen einen Brief geschrieben. Und mein Anwalt sagt, jetzt haben wir gute Chancen, mehr als dreihundert Pfund zu bekommen.«

Am selben Abend begegnete ich dem Strickmeister auf der Treppe und berichtete ihm von Mr. Dakins Genesung.

»So ernst waren die Komplikationen dann wohl doch nicht«, sagte er. »Aber das sind die Nerven. Nur die Nerven.«

Die Strickmeisterin öffnete die Küchentür.

»Morgen kommt er raus«, sagte der Strickmeister.

Die Strickmeisterin schenkte mir ihr schrecklichstes Lächeln.

»Fünfhundert Pfund dafür, dass einer von der Leiter fällt«, sagte Mr. Cooksey. »Ha! Das nächste Mal kippt er uns vom Baumstumpf, was, Bess?«

Mrs. Cooksey seufzte. »Was hat die Labourpartei nur aus diesem Land gemacht. Und für den Mittelstand rühren sie keinen Finger.«

»Schiefer Arm! Kann nicht ans Meer fahren! Verpimpelt ist der! Der Hitler hat seine Leute nicht so verpimpelt.«

Das Knattern eines Motorrads zerriss die Stille.

»Unsere glücklichen Flitterwöchner«, sagte Mr. Cooksey.

»Die sind wir bald los«, sagte Mrs. Cooksey und ging ihnen in den Flur entgegen.

»Was für einen Schlüssel haben Sie eigentlich?«

»Evas«, antwortete der Fußballer, die Treppe hinaufstürmend.

»Darüber müssen wir noch reden«, rief Mrs. Cooksey ihm nach.

Mrs. Dakin sagte: »Da bin ich runter zu Mrs. Cooksey und sage zu ihr: ›Mrs. Cooksey, wie kommen Sie dazu, meine Gäste zu beleidigen? Reicht es nicht, dass ihnen die Flitterwochen verdorben worden sind?‹ Und sie sagt, sie hat die Wohnung an mich und meinen Mann vermietet, nicht an meinen Bruder und seine Frau, und dass sie raus müssen. Und ich sag zu ihr, dass sie morgen sowieso abreisen, weil mein Mann morgen nach Hause kommt. Und dann frag ich sie, ob sie zufrieden ist, jetzt, wo sie ihnen die Flitterwochen verdorben hat, die man schließlich nur einmal im Leben hat. Manche Leute auch zweimal, sagt sie, was ich als Anspielung auf mich genommen hab, weil doch mein erster Mann während des Krieges verstorben ist. Ich sag zu ihr, wenn sie meint, sich mir gegenüber so aufführen zu müssen, dann hätte ich ihr nichts mehr zu sagen. Sie sagt, sie will hoffen, dass ich das Öl von dem Motorrad von meinem Bruder noch wegputze. Und ich sag, wenn mein Mann nicht so krank wäre, würde ich ihr auf der Stelle kündigen. Und sie sagt, nur *weil* mein Mann so krank ist, hat sie mir noch nicht gekündigt, wie jeder andere Hauswirt es längst getan hätte.«

Am nächsten Tag geschahen drei Dinge. Der Fußballer und seine Frau reisten ab. Mrs. Dakin teilte mir mit, dass die Firma ihrem Mann vierhundert Pfund gezahlt hatte. Mr. Dakin kam aus dem Krankenhaus zurück, so unbeachtet von der Hausgemeinschaft, als wäre er von der täglichen Arbeit heimgekehrt. Außer dem vertrauten Maunzen und Gebrumm drang an diesem Abend kein Laut aus der Wohnung der Dakins.

Zwei Tage später kam Mrs. Dakin zu meiner Wohnungstür heruntergestürzt. Anklopfen und Eintreten waren eins. »Heute kommt unser Fernseher«, rief sie.

Mr. Dakin würde die Antenne selber installieren. Ich staunte, dass er schon wieder ausreichend bei Kräften war, um auf dem Dach herumzuklettern.

»Sie wollten zehn Pfund dafür. Wo mein Mann doch schließlich Elektriker ist und so etwas selber machen kann. Kommen Sie doch rauf heute Abend. Wir wollen ein bisschen feiern.«

Ich ging hinauf. Ein verchromtes Flugzeug und ein weißes Zierdeckchen hatten bereits einen Platz auf dem Fernsehapparat gefunden. Er wirkte erschreckend neu.

Mrs. Dakin leerte eine Flasche Tio Pepe in drei Gläser.

»Auf die Gesundheit«, sagte sie, und darauf tranken wir.

Mr. Dakin sah mager und erschöpft aus. Aber über seiner Erschöpfung lag ein Hauch von stiller Zufriedenheit. Wir schauten ein Stück über einen vierhundert Jahre alten Mann an, der bestimmte Arzneien zu sich nahm und aussah wie ein Zwanzigjähriger. Mrs. Dakin stieß von Zeit zu Zeit kleine Freudenschreie aus – über das Stück, den Fernsehapparat, den leckeren Sherry.

Mr. Dakin nahm lässig die leere Flasche zur Hand und studierte das Etikett. »*Spanischer* Sherry«, stellte er fest.

Am nächsten Tag lauerte Mr. Cooksey mir auf. »Muss ja eine Riesenkiste sein da oben.«

»Achtzehn Zoll.«

»Von dem großen Bildschirm kriegt man Augenschmerzen, finden Sie nicht?«

»Doch.«

»Kommen Sie rein, wir trinken einen. BBC und Private?«

Ich nickte.

»Die Privaten taugen nichts. Richten unser Land zugrunde. Wir lassen unseren nicht nachrüsten.«

»Wir warten auf Farbe«, sagte Mrs. Cooksey.

Mrs. Cooksey freute sich auf einen Kampf. Sie lebte nur für ihr Haus. Sie hatte weder Verwandte noch Freunde, und sie und ihr Mann führten ein ereignisloses Leben. Einmal, kurz nach Hess' Landung in Schottland, war Mr. Cooksey von einer aufgebrachten Menge an der Victoria Station mit Mussolini verwechselt worden, aber die meisten von Mrs. Cookseys Geschichten handelten von Triumphen über ihre Mieter. Sie hielt sich bei diesen Kämpfen stets an die Regeln. *Gesetze für Mieter und Vermieter* war eins der wenigen Bücher, die zwischen den vielen Porzellantieren auf dem großen Bücherregal im Wohnzimmer ihren Platz hatten. Und Mrs. Cooksey hatte ihre ganz eigenen Vorstellungen von einem Sieg. Sie sprach so gut wie nie Kündigungen aus. Das wäre für sie einer Niederlage gleichgekommen. Mrs. Cooksey fragte mich: »Sie haben nicht zufällig einen Laib altes Brot in den Garten geworfen, oder?«

»Wo denken Sie hin«, sagte ich.

»Das hätte ich von Ihnen auch nicht angenommen. Aber andere Leute in dieser Straße sind da anders. Es ist ein Kampf, das Haus so zu erhalten, wie es ist, das kann ich Ihnen sagen. Nehmen Sie nur mal die Mäuse. Sie haben keine Mäuse oben bei sich, oder?«

»Ehrlich gesagt, gestern war eine da.«

»Hab ich's doch gewusst. Kaum lässt man locker, geht es los. Alle anderen Häuser in der Straße haben Mäuse. Das weiß ich vom Gesundheitsinspektor. Unsers ist das sauberste Haus in der ganzen Straße, sagt er. Aber wenn die Leute anfangen, mit Lebensmitteln in der Gegend herumzuwerfen, hat man keine Chance.«

An diesem Abend beschwerte sich Mrs. Dakin lauthals. Sie machte es wie die Strickmeisterin: Bei offener Tür unterhielt sie sich laut mit ihrem Mann.

»Kommt hier hochgetrampelt und fragt, ob ich ein Brot in ihren grässlichen kleinen Garten geworfen hab. Und dass es den Leuten heutzutage viel zu gut geht. Mir geht nun mal nichts über eine warme Wohnung. Ich wickle mich nicht in Wolldecken und kauere mich vor ausgeglühte Aschenreste, um dann loszulaufen und anderen Leuten vorzuwerfen, ihr Zimmer wäre der reinste Hochofen.«

Mrs. Dakin ließ die Küchentür offen und machte sich mit viel Geklirre und Geklapper an den Abwasch. Der Fernseher war so laut gedreht, dass ich in meinem Zimmer jeden Werbespruch, jedes Lied, jedes Stückchen Dialog mithören konnte. Später kam die Teppichkehrmaschine zum Einsatz; ich hörte sie gegen Wände und Möbelstücke krachen.

Am nächsten Tag setzte Mrs. Cooksey ihre Mäusejagd fort. Sie ging in jede Wohnung, riss das Linoleum heraus und stopfte die Spalten zwischen den Bodenbrettern mit Zeitungspapier aus. Außerdem leerte sie Mrs. Dakins Abfalleimer. »Wegen der Mäuse«, erklärte sie uns.

An diesem Abend hörte ich wieder den Fernseher der Dakins.

Am nächsten Morgen hing ein großer Zettel im Flur. Ich erkannte Mr. Cookseys Handschrift und Sprachstil: WÜRDEN DER ODER DIE DAFÜR VERANTWORTLICHEN BITTE FÜR DIE AUGENBLICKLICHE ENTFERNUNG DER ÖLFLECKEN AUF DER EINGANGSTREPPE SORGE TRAGEN. Im Badezimmer war eine Nachricht an dem Rohr zum Durchlauferhitzer befestigt: WÜRDEN DER- ODER DIEJENIGEN, DIE SICH AN DEM HAHN ZU SCHAFFEN GEMACHT HABEN, DIES IN ZUKUNFT BITTE UNTERLASSEN. Und auf der Toilette: WIR HÄTTEN NICHT GEGLAUBT, DARUM BITTEN ZU MÜSSEN, ABER WÜRDEN DER ODER DIE VERANTWORTLICHEN DIESEN ORT BITTE SO VERLASSEN, WIE SIE IHN VORZUFINDEN WÜNSCHEN.

Die Dakins revanchierten sich umgehend. Vier ungespülte Milchflaschen wurden auf den Ölflecken auf der Treppe deponiert. Und vor der Mülltonne stand, mit dem Etikett nach außen, eine leere Whiskeyflasche.

Meinem Gefühl nach war diese Runde an die Dakins gegangen.

»Schnaps und Fußballtoto«, sagte Mr. Cooksey. »Für so was geben diese Leute ihr Geld aus. Verpimpelt bis dorthinaus! Reg dich nicht auf, Bess. Wir geben ihnen den Strick, an dem sie sich aufhängen können.«

An diesem Abend dröhnte der Fernseher durch das ganze

Haus. Der Abwasch ging mit maximalem Geklapper vonstatten, die Teppichkehrmaschine knallte gegen Wände und Möbel, und Mrs. Dakin sang aus vollem Hals dazu. Bald darauf vernahm ich scharrende Geräusche und spitze kleine Schreie. Die Dakins tanzten. Das ging noch ein Weilchen so weiter. Dann hörte ich Badewasser einlaufen.

Es klopfte leise an meiner Tür und Mrs. Cooksey trat ein. »Wollte nur wissen, wer jetzt noch ein Bad nimmt«, sagte sie.

Nachdem sie gegangen war, plätscherte es im Badezimmer noch ein, zwei Minuten weiter. Plötzlich hörte man ein schärferes Prasseln, zischend, metallisch. Und bald darauf verstummte das Badewasser.

Der Durchlauferhitzer speiste sich nicht aus einer Zisterne (unhygienisches Zeug, Zisternen, pflegte Mr. Cooksey zu sagen), der Zufluss war vom Wasserverbrauch im Hause abhängig. Wer in seiner Küche den Wasserhahn aufdrehte, reduzierte Fluss und Temperatur des Wassers aus dem Durchlauferhitzer. Das Prasseln war ein Indiz dafür, dass jemand im Erdgeschoss einen Wasserhahn voll aufgedreht und den Durchlauferhitzer außer Gefecht gesetzt hatte.

Aus dem nunmehr stillen Badezimmer hörte man sporadisches Planschen. Das Prasseln hielt an. Dann hörte ich Mr. Dakin niesen.

Die Badezimmertür wurde aufgerissen und wieder zugeknallt. Noch einmal nieste Mr. Dakin, und Mrs. Dakin sagte: »Wenn du dir eine Lungenentzündung holst, weiß ich, wer als Nächstes Post von deinem Anwalt kriegt.«

Ihnen blieb keine andere Wahl, als den Glühstrumpf im Badezimmer zu zertrümmern.

Offenbar hatten sie ihre Niederlage akzeptiert, denn am nächsten Tag unternahmen die Dakins keine weiteren Schritte. Ich war gerade bei den Cookseys, als sie an diesem Nachmittag von der Arbeit nach Hause kamen. Nach ein paar Minuten verließen sie das Haus wieder. Im Wohnzimmer der Cookseys brannte noch kein Licht, und wir konnten sie durch die Spitzengardinen beobachten. Sie gingen Arm in Arm.

»Die gehen auf Wohnungssuche, nehme ich mal an«, sagte Mrs. Cooksey.

Es klopfte, und die Strickmeisterin kam herein, das Lächeln strahlend und schrecklich auch im Dämmerlicht. »Guten Abend«, sagte sie, und dann, an Mrs. Cooksey gewandt: »Bei uns geht das Licht nicht.«

»Stromausfall«, konstatierte Mr. Cooksey. Aber draußen brannten die Straßenlaternen. Mr. Cooksey drehte den Lichtschalter im Wohnzimmer um. Nichts passierte.

Mrs. Cooksey schaute ratlos.

»Die Sicherung«, erklärte Mr. Cooksey bestimmt. Er hielt sich für einen Experten in Elektrotechnik. Mit Hilfe einer brennenden Kerze suchte er Sicherungsdrähte aus, ging hinunter zum Sicherungskasten, ließ uns alle Lampen und Herdplatten und Öfen ausschalten und machte sich an die Arbeit. Der Draht brannte durch, immer wieder.

»Er hat sich was einfallen lassen«, sagte Mr. Cooksey.

Nur was, das erfuhren wir nicht. Die Dakins hatten ihre Wohnung mit neuen Zylinderschlössern gesichert.

Die Strickmeisterin beklagte sich.

»Es hilft nichts, Bess«, sagte Mr. Cooksey. »Du musst ihnen kündigen. Ich hab solchen Leuten noch nie übern Weg getraut.«

Die Niederlage schmeckte umso bitterer, als sich herausstellte, wie nahe der Sieg gewesen war. Nachdem Mrs. Cooksey sie aufgefordert hatte, die Wohnung zu räumen, eröffneten ihr die Dakins, dass sie einen Teil des Schmerzensgeldes als Anzahlung auf ein Haus verwandt hatten und sowieso kündigen wollten. Sie packten ihre Sachen und gingen ohne ein Wort des Abschieds.

Drei Wochen später zog in die Wohnung der Dakins eine Dame mittleren Alters mit einem fetten, glänzenden Dackel namens Nicky ein. Die Post wurde ihr von einem Damenclub nachgesandt, auf dessen schauerliche Interieurs ich vom Oberdeck des 16er-Busses manchen Blick geworfen hatte.

Das Herz

ALS SIE BESCHLOSSEN, ihn ins Meer zu werfen, weil er sonst niemals schwimmen lernen würde, trat Hari bei den Sea Scouts aus. Ein Trimester lang hatte er jeden Montagnachmittag die Uniform angezogen, auf dem Schulgelände Rudern trainiert und Flaggensignale und Knoten gelernt. Im Trimester davor war er bei den Pfadfindern ausgetreten, weil er nicht mit ins Lager wollte. Und noch ein Trimester vorher hatte er sich beim Schulsportfest für alle Wettläufe für die Unter-Elfjährigen angemeldet, aber dann, als es ernst wurde, hatte er sich nicht ausziehen wollen (seine Mutter hatte ihm kunstvoll das Familienwappen auf sein Turnhemd gestickt), und so war er nicht mitgelaufen.

Hari war Einzelkind. Er war zehn Jahre alt und hatte ein schwaches Herz. Die Ärzte rieten von zu großen Anstrengungen und Aufregungen ab, und Hari war untrainiert und dick. Er hätte gerne Kricket gespielt, denn er hielt sich für einen flinken Werfer, aber er wurde nie für eine der Klassenmannschaften ausgewählt. Er konnte nicht schnell laufen, nicht zielen, nicht schlagen und hatte einen Wurf wie ein Mädchen. Er hätte auch gerne gepfiffen, aber seine kleinen rundlichen Lippen brachten nur zischende Laute hervor. Er hatte eine fast schon chinesische Liebe zur Ordentlichkeit. Beim Schreiben hielt er das Löschpapier unter der Hand und löschte, noch während er schrieb, jede Zeile ab; zum Durchstreichen nahm er das Lineal. Seine Bücher waren sauber und nicht voll gekritzelt, nur auf das Vorsatzblatt hatte sein Vater Haris Namen geschrieben. Er wäre in der Schule nicht weiter beachtet worden, wenn er nicht so viel Geld zur Verfügung gehabt hätte. Das machte ihn unbeliebt und ermutigte die Rüpel. Regelmäßig wurden ihm seine teuren Füllfederhalter geklaut, und er hatte lernen müssen, sich vom Süßwarenladen fern zu halten.

Die meisten Jungen aus Haris Viertel gingen durch die Jameson Street zur Schule. Hari zog es vor, diese Straße zu meiden. Dazu musste er durch die Rupert Street gehen. Und an deren Ende, genau dort, wo er nach rechts abbiegen musste, stand das Haus mit den Schäferhunden.

Das Haus stand an der rechten Ecke, wenn er also auf die andere Straßenseite gegangen wäre, hätte er Hunden wie Passanten seine Feigheit offenbart. Laut bellend, in wilden Sätzen kamen die Schäferhunde von der Veranda heruntergestürzt und warfen sich gegen den Maschendrahtzaun, dass er zitterte. Mit den Pfoten reichten sie bis zum oberen Rand des Zauns, und Hari schien es immer, als müsste es ihnen ein Leichtes sein hinüberzuspringen. Manchmal kam eine magere alte Dame mit Brille und ergrautem Haar auf die Veranda gehumpelt, machte ein böses Gesicht und rief mit quäkender Stimme nach den Schäferhunden. Sofort hörten sie auf zu bellen, vergaßen Hari und rannten zurück zur Veranda, mit den kräftigen Schwänzen wedelnd, als wollten sie sich für das Gebell entschuldigen und zugleich beglückwünschen lassen. Wenn die alte Dame ihnen die Köpfe tätschelte, wedelten sie weiter mit den Schwänzen, langte sie fester zu, schlichen sie mit gesenkten Köpfen und eingezogenen Schwänzen davon, legten sich auf die Veranda und hielten Ausschau, blinzelnd, die Schnauzen zwischen den Vorderpfoten.

Hari beneidete die alte Dame um ihre Macht über die Hunde. Er war froh, wenn sie herauskam, gleichzeitig schämte er sich für seine Angst und seine Schwäche.

Die Stadt war voll von herrenlosen Mischlingen, die im Schichtbetrieb den Tag und die Nacht durchbellten. Vor diesen Hunden fürchtete Hari sich nicht. Sie waren mager, halb verhungert und feige. Um sie zu vertreiben, musste man sich nur bücken, als wollte man einen Stein aufheben, eine Geste, die jeder Straßenköter verstand. Bei den Schäferhunden funktionierte das nicht; es reizte sie nur noch mehr.

Viermal täglich – er ging zum Mittagessen nach Hause – musste Hari an den Schäferhunden vorbei, hörte ihr Gebell und ihren Atem, sah die langen weißen Zähne, die schwarzen Lefzen und roten Zungen, sah ihre kräftigen kampfeslustigen Leiber; sie waren größer als er, wenn sie sich gegen den Zaun warfen. Er rächte sich an den Straßenkötern. Wenn er sich nach imaginären Steinen bückte, preschten die Straßenköter davon.

Als Hari sich ein Fahrrad wünschte, erwähnte er weder die Jungen in der Jameson Street noch die Schäferhunde in der Rupert Street. Er sprach von der Sonne und seiner Erschöpfung. Seine Eltern hatten Bedenken wegen dem Fahrrad, aber Hari lernte das Fahren ohne einen einzigen Sturz. Und mit der Macht des Fahrrads verlor er auch seine Angst vor den Hunden in der Rupert Street. Vorbeifahrende Radfahrer verbellten sie nur selten. Also stoppte Hari vor dem Haus an der Ecke, und wenn die Schäferhunde von der Veranda heruntergelaufen kamen, tat er so, als wollte er mit etwas nach ihnen werfen, bis sie richtig wütend waren und laut hechelten. Dann radelte er langsam davon, und die Schäferhunde folgten ihm am Zaun entlang bis zum Ende des Grundstückes, vor Wut und Enttäuschung knurrend. Einmal kam die alte Dame heraus, und Hari tat so, als hätte er nur angehalten, um sich die Schnürsenkel zu binden.

Haris Schule lag in einem stillen, offenen Teil der Stadt. Die Straßen waren breit und hatten keine Gehsteige, nur breite, gut gepflegte Rasenbankette. Es waren keine ebenen Bankette, alle paar Meter kam ein seichter Graben, damit das Regenwasser von der Straße ablaufen konnte. Hari radelte gerne auf diesen Seitenstreifen mit ihrem sanften Auf und Ab.

An einem späten Freitagnachmittag war er auf dem Rückweg von einem Treffen des Briefmarkenclubs (dem er sich nach seinem Austritt bei den Sea Scouts angeschlossen hatte und in dem er dank der großen Sammlung und den teuren Alben, die sein Vater ihm geschenkt hatte, dauerhafte Wertschätzung genoss). Es wurde schon dunkel, als Hari den Seitenstreifen entlangradelte, aufwärts und abwärts mit dem Blick auf das Gras.

Da plötzlich sah er in einem der Gräben den Körper eines Schäferhundes.

Das Fahrrad rollte durch den Graben, über den kräftigen Schwanz des Hundes hinweg. Der Hund sprang auf, schüttelte sich, ohne Hari anzuschauen. Hari sah noch einen Schäferhund. Und noch einen. Beim Versuch, dem einen auszuweichen, steuerte er auf den nächsten zu. Sie lagen in den Gräben und überall auf dem Bankett. Sie hatten unterschiedliche Farben, einer war schwarzbraun. Hari hatte beim Anblick des ersten Hundes aufgehört zu treten, und inzwischen rollte er so langsam, dass er das Gleichgewicht zu verlieren drohte. Von hinten kam ein tiefes, kurzes Bellen, fast ein Niesen. Bei dem Geräusch kehrte seine Entschlusskraft zurück. Er lenkte das Fahrrad auf den Asphalt, und erst jetzt, als hätten auch sie sich von ihrem Schrecken erholen müssen, kamen die Schäferhunde hinter ihm hergelaufen. Hari strampelte, was das Zeug hielt, den Blick nach vorn gerichtet, ohne zu schauen, was hinter und neben ihm passierte. Drei Schäferhunde, darunter der schwarzbraune, hielten Schritt mit seinem Fahrrad. Ruhig erwartete Hari ihren Angriff, während er in die Pedale trat. Aber sie liefen nur neben ihm her, bellten nicht einmal. Das Fahrrad surrte, die Krallen der Hunde klapperten über den Asphalt wie Taubenfüße über ein Blechdach. Und mit einem Mal begriff Hari, dass die Wildheit der Schäferhunde ziellos war, ohne Zorn oder Bösartigkeit: ein abendliches Treffen, ein abendlicher Spaß. Hari hielt den Blick auf die Hauptstraße vor ihm gerichtet, auf die Laternen, die eben aufflackerten, die erleuchteten Trolleybusse, die Autos, die Menschen.

Dann war er dort. Die Schäferhunde waren zurückgeblieben. Er drehte sich nicht nach ihnen um. Erst hier, auf der Hauptstraße, wo die Stromabnehmer der Trolleybusse blaue Funken in die schon hereingebrochene Nacht sprühten, wurde ihm klar, wie groß seine Angst, wie nah er einem schmerzvollen Tod durch die Zähne dieser glücklichen Hunde gewesen war. Sein Herz raste von der Anstrengung. Dann spürte er einen scharfen Schmerz, wie er ihn noch nie zuvor gespürt hatte. Er gab ein ersticktes, kehliges Röcheln von sich und stürzte vom Rad.

Einen ganzen Monat verbrachte er in einer Privatklinik und musste bis zu den Ferien nicht mehr in die Schule. Aber zu Beginn des neuen Schuljahrs war er wieder auf den Beinen. Das Fahrradfahren würde er natürlich aufgeben; sein Vater legte seine Arbeitsstunden so, dass er Hari mit dem Auto zur Schule bringen und von dort abholen konnte.

Bald nach Schulanfang war sein Geburtstag, und als sie an diesem Nachmittag von der Schule zurückkamen, bekam er von seiner Mutter einen Korb überreicht. »Alles Gute zum Geburtstag!«, sagte sie.

Es war ein kleines Hündchen.

»Der beißt nicht«, sagte seine Mutter. »Kannst ihn ruhig streicheln.«

»Ich will erst sehen, wie du ihn streichelst«, sagte Hari.

»Du musst ihn streicheln«, sagte seine Mutter. »Es ist deiner. Er muss sich an dich gewöhnen. Die gehorchen nur einem Herren.«

Er musste an die alte Dame mit der quäkenden Stimme denken und streckte die Hand nach dem Hündchen aus. Das Hündchen leckte daran und drückte seine feuchte Schnauze hinein. Es kitzelte. Hari musste lachen, streichelte dem Hündchen über das Fell, und das Hündchen rieb sich an seiner Hand; Hari strich ihm mit der Hand über die Schnauze, dann hob er es hoch, und das Hündchen leckte ihm übers Gesicht, und Hari musste wieder lachen.

Das Hündchen hatte kleine spitze Zähne, mit denen es spielerisch zubiss. Es gefiel Hari, die Zähnchen zu spüren, sie hatten etwas Freundliches, und bald würde daraus Macht geworden sein. Seine Macht. »Die gehorchen nur einem Herren«, hatte seine Mutter gesagt.

Er ließ seinen Vater durch die Rupert Street zur Schule fahren. Manchmal sah er die Schäferhunde. Dann dachte er an seinen eigenen Hund und fühlte sich beschützt und gerächt. Tag für Tag fuhren sie an den Rasenbanketten entlang, auf denen die Schäferhunde hinter ihm hergejagt waren. Aber er sah dort nie wieder einen Schäferhund.

Wenn sie nach Hause kamen, wartete sein Hündchen immer schon auf ihn. Sein Vater hielt direkt vor dem Tor und drückte auf die Hupe. Seine Mutter kam heraus, um das Tor zu öffnen, und das Hündchen kam mit heraus, wedelte mit dem Schwanz und sprang am fahrenden Wagen hoch.

»Halt ihn fest!«, rief Hari.

Nichts fürchtete er jetzt mehr, als seinen Hund zu verlieren.

Er hörte es gerne, wenn seine Mutter ihren Gästen von Haris Liebe zu seinem Hund erzählte. Und sie schenkten ihm viele Bücher über Hunde. Schweren Herzens las er, dass sie nur zwölf Jahre alt wurden; wenn er dreiundzwanzig war, ein erwachsener Mann, würde er keinen Hund mehr haben. Dressur erschien ihm unter den Umständen sinnlos, aber alle Bücher empfahlen Dressur, also machte Hari einen Versuch. Er war entzückt von der Gleichgültigkeit, mit der das Hündchen reagierte. Als sie in der Schule ein Gedicht lasen, das mit der Zeile begann »Es drang ein Bellen an des Hirten Ohr«, war Hari zu Tränen gerührt. Er sah den Film »Lassie kehrt heim« und weinte. Der Film machte ihm klar, dass er bei der Dressur seines Hündchens einen wichtigen Teil vergessen hatte. Damit das Hündchen kein Fressen von Fremden annahm, tunkte er Fleischstücke in Pfeffersauce und legte sie überall im Garten aus.

Am nächsten Tag war das Hündchen verschwunden. Hari

war verzweifelt, und er fühlte sich schuldig, aber er holte sich etwas Trost aus dem Film, und als das Hündchen nach nicht ganz einer Woche wieder ankam, schmutzig, zerkratzt und abgemagert, nahm Hari es in die Arme und flüsterte die Zeile aus dem Film: »Du bist meine Lassie – meine Lassie ist heimgekehrt.«

Er brach die Dressur ab und kümmerte sich nur noch darum, dass sein Hündchen wieder gesund wurde. In amerikanischen Comic-Heften wohnten die Hunde in Hundehütten und fraßen aus Näpfen, auf denen das Wort HUND stand. Von Hundehütten hielt Hari nichts, weil sie klein und einsam wirkten, aber er drängte seine Mutter, einen Napf zu kaufen, auf dem das Wort HUND stand.

Als er eines Tages zum Mittagessen nach Hause kam, zeigte seine Mutter ihm einen Napf, auf den das Wort HUND gemalt war. Seinem Vater war es zu heiß zum Essen, er ging gleich nach oben; Haris Mutter folgte ihm. Bevor Hari aß, spülte er den Napf aus und füllte ihn mit Hundefutter. Er rief das Hündchen und zeigte ihm den Napf. Es sprang hoch, versuchte an das Fressen zu kommen.

Hari stellte den Napf auf den Boden, und das Hündchen lief hin, ohne weiter auf ihn zu achten. Enttäuscht hockte sich Hari neben das Hündchen, wartete auf ein Zeichen der Dankbarkeit. Vergeblich. Das Hündchen fraß geräuschvoll, schnappte gierig nach jedem Bissen. Hari strich dem Hündchen die Hand über den Kopf.

Das Hündchen, einen Bissen schnappend, knurrte und schüttelte den Kopf.

Hari probierte es noch einmal.

Mit schärferem Knurren ließ das Hündchen den Bissen fallen und schnappte nach Haris Hand. Hari spürte Zähne in sein Fleisch dringen, spürte den Zorn, der die Zähne trieb, die Besinnung, die sie letztlich zurückhielt. Als er auf seine Hand blickte, sah er aufgerissene Haut und quellende Blutstropfen. Der Hund stand wieder über den Napf gebeugt, schlingend, kauend, mit hartem Blick.

Hari packte den Napf mit der Aufschrift HUND und schleuderte ihn mit Mädchenwurf zum Küchenfenster hinaus. Das Hündchen hörte sofort auf zu knurren. Kaum war der Napf verschwunden, schaute es hoch zu Hari, ratlos, freundlich, vorsichtig mit dem Schwanz wedelnd. Hari versetzte der Schnauze des Hündchens einen kräftigen Fußtritt, ganz deutlich fühlte er die Schuhspitze auf den Knochen treffen. Das Hündchen wich zurück an die Tür und schaute Hari verwirrt an.

»Komm«, sagte Hari, die Stimme von Speichel belegt.

Heftig mit dem Schwanz wedelnd, kam das Hündchen näher und leckte sich dabei mit der sauberen rosa Zunge über seine schwarzen, vom Fressen noch fettigen Lefzen. Hari streckte die gebissene Hand aus. Das Hündchen schleckte das Blut ab. Dann schob Hari seinen Schuh vor den Bauch des Hündchens. Als er zutrat, war das Hündchen schon jaulend zur Küchentür hinausgelaufen, und Hari verlor das Gleichgewicht und stürzte. Seine Augen füllten sich mit Tränen. Die Hand brannte an den Stellen, wo die Zähne des Hündchens eingedrungen waren, und er konnte den Speichel spüren, der die Haut zusammenzog.

Er stand auf und ging aus der Küche. Das Hündchen stand vor dem Gartentor und beobachtete ihn. Hari bückte sich, als wollte er einen Stein aufheben. Das Hündchen rührte sich nicht. Hari nahm einen Kieselstein, warf damit nach dem Hündchen. Ein ungeschickter Wurf, der Stein stieg hoch. Das Hündchen sprang ihm nach, um ihn zu fangen, schnappte daneben, blieb stehen und wartete schwanzwedelnd, die Ohren gespitzt, mit offener Schnauze. Hari warf noch einen Kieselstein. Dieser flog flach und traf das Hündchen hart. Es jaulte und rannte in den Vorgarten. Hari folgte ihm. Das Hündchen lief um das Haus herum und versteckte sich zwischen den Flamingoblumen. Hari warf einen Stein nach dem anderen, und plötzlich konnte er zielen. Immer wieder traf er das Hündchen, das jaulend flüchtete, bis es unter dem schmalen Spalier mit den Flammenden Herzen in der Falle saß. Von dort beobachtete es ihn mit ruhelosem Blick und eingezogenem Schwanz. Von Zeit zu Zeit leckte es sich über die Lefzen. Das reizte Haris Wut. Blindwütig warf er Stein auf Stein, und das Hündchen lief von einem Strunk Flammender Herzen zum nächsten. Einmal wollte es an Hari vorbeiflitzen, aber der Weg war zu schmal und Hari zu schnell. Hari versetzte ihm einen kräftigen Tritt, und es flüchtete zurück in die Ecke, abwartend, leise winselnd.

Mit erstickter Stimme sagte Hari: »Komm.«

Das Hündchen stellte die Ohren auf.

Hari lächelte und versuchte zu pfeifen.

Zögernd, auf eingeknickten Beinen, den Rücken gebeugt, kam das Hündchen zu ihm. Hari streichelte ihm den Kopf, bis das Hündchen wieder aufrecht stand. Dann klemmte er ihm die Schnauze zwischen beide Hände und drückte fest zu. Das Hündchen jaulte auf und sprang zurück.

»Hari!« Die Stimme seiner Mutter. »Dein Vater ist gleich so weit.«

Er hatte nicht zu Mittag gegessen.

»Ich hatte keinen Appetit«, sagte Hari. Das waren Worte, die sein Vater oft gebrauchte.

Sie wunderte sich über den zerbrochenen Napf und das Hundefutter, das überall im Garten herumlag.

»Wir haben gespielt«, sagte Hari.

Sie sah seine Hand. »Diese Tiere wissen gar nicht, wie stark sie sind«, sagte sie.

Er würde dem Hündchen schon noch beibringen, sich beim Fressen streicheln zu lassen. Jede Weigerung musste geahndet werden, mit Schlägen und Steinwürfen, mit Gefangenschaft im Schrank unter der Treppe, mit Gefangenschaft hinter geschlossenen Autofenstern, sofern das Auto zur Verfügung stand. Den Teller mit dem Fressen vor sich hertragend, lockte Hari das Hündchen in die Toilette, leerte den Teller in die Toilettenschüssel und zog die Spülung. Manchmal warf er das Fressen in den Garten und bestrafte das

Hündchen dafür, dass es vom Boden fraß. Bald richtete er über alles, was das Hündchen tat, bestrafte jedes Verhalten, das ihm unfreundlich, ungehorsam oder undankbar erschien. Kam der Hund nicht ans Tor, wenn das Auto hupte, war eine Strafe fällig, hörte er nicht, wenn er gerufen wurde, war eine Strafe fällig. Hari merkte sich sorgfältig jede Strafe, die er verhängt hatte, denn er konnte sie erst vollstrecken, wenn seine Eltern nicht zu Hause oder beschäftigt waren, und war deshalb ständig in Verzug. Er fürchtete, das Hündchen könnte wieder fortlaufen, deshalb band er es nachts an. Und wenn seine Eltern zu Hause waren, erbitterte es Hari – wie damals das Lecken der fettigen Lefzen ihn erbittert hatte –, dass das Hündchen sich benahm, als ahnte es nichts von den Strafen, die es erwarteten: Behaglich lag es zu Füßen seines Vaters, gähnte, rollte sich zusammen oder begrüßte schwanzwedelnd Haris Mutter. Dann bückte sich Hari manchmal, um einen imaginären Stein aufzuheben, und das Hündchen lief aus dem Zimmer. Aber an manchen Tagen wurden die Strafen ausgesetzt, denn Hari wusste, um die Kraft des Hündchens zu seinem verlängerten Arm zu machen, reichte Bestrafung allein nicht aus, sie musste ergänzt werden durch das Band der Zuneigung.

Dann kam der Tag des Triumphes. Das Hündchen, jetzt fast schon ein Hund, wollte sich auf Hari stürzen und musste von Haris Eltern zurückgehalten werden. »Man darf keinem Hund trauen«, sagte Haris Mutter, und der Hund wurde auf Dauer angekettet. Alle paar Tage, wann immer sich Gelegenheit bot, schlug Hari den Hund. Eines Abends, seine Eltern waren ausgegangen, schlug er ihn so lange, bis er zu jaulen aufgehört hatte. Dann, weil er wusste, dass er allein war, und um seine Macht und seine Angst zu erproben, ließ er den Hund von der Kette. Der Hund griff nicht an, knurrte nicht einmal. Er lief davon und versteckte sich hinter den Flamingoblumen. Und danach ließ er sich streicheln, während er fraß.

Hari hatte wieder Geburtstag. Er bekam eine Brownie

6 x 20-Kamera und verschwendete Filme auf die absurdesten Objekte, bis sein Vater vorschlug, dass eine Aufnahme von Hari und dem Hund gemacht werden sollte. Der Hund wollte nicht stillsitzen; sie mussten ihm schließlich das Halsband anlegen, Hari hielt ihn daran fest und lächelte in die Kamera.

Haris Vater hatte an diesem Freitag zu tun und konnte Hari nicht nach Hause fahren. Hari blieb bis zur Sitzung des Briefmarkenclubs in der Schule und fuhr mit dem Taxi nach Hause. Das Auto seines Vaters stand in der Auffahrt. Er rief nach dem Hund. Der Hund kam nicht. Dafür war eine Strafe fällig. Seine Eltern hatten sich in dem kleinen Esszimmer neben der Küche zum Tee gesetzt. Auf dem Tisch lag die gelbe Mappe mit den Negativen und den Abzügen. Sie waren nicht gut geworden. Der Hund schaute steif und nervös von der Kamera weg, und er selber, fand Hari, sah sehr dick aus. Während er die Fotos betrachtete, spürte er den Blick seiner Eltern auf sich. Er drehte eines der Fotos um. Auf der Rückseite las er in der Handschrift seines Vaters: *Zur Erinnerung an Rex*. Darunter stand das Datum.

»Es war ein Unfall«, sagte seine Mutter und legte die Arme um ihn. »Er ist rausgelaufen, als dein Vater reingefahren kam. Ein Unfall.«

Haris Augen füllten sich mit Tränen. Schluchzend stampfte er die Treppe hinauf.

»Pass auf, mein Sohn«, rief seine Mutter hinter ihm her, und er hörte, wie sie zu seinem Vater sagte: »Geh ihm nach. Sein Herz. Sein Herz.«

1960

Die Geschichte des Bäckers

Seht mich an. Schwarz wie der Pik Bube und hässlich obendrein. Wer mich anguckt, käm im Traum nicht drauf, dass einer der reichsten Männer von Port-of-Spain vor ihm steht. Ich glaub's ja selber kaum, vor allem auf diesen Urlaubsreisen, die ich jetzt immer mit der Frau und den Kindern mach, und wo mir dann diese pechschwarze Visage entgegengrinst aus einen von den teuern Spiegeln, die sie in den Hotels überall rumhängen haben, wie um Leute wie mich zu ärgern.

Und alle, besonders die Schwarzen, wollen immer von mir wissen, wie die ganze Schose angefangen hat, und dann sag ich immer, ich knet mir meine Knete selber. Ha! Wie gefällt euch der? Aber wie das angefangen hat? Na gut, ihr hört mich reden, da muss ich euch nicht groß erzählen, dass die Schulbildung bei mir ins Wasser gefallen ist. In Grenada, von wo ich her bin – das ist auch so was, was die schwarzen Leute hier in Trinidad einem nicht verzeihen, wenn man als Schwarzer aus Grenada ist –, also, da drüben in Grenada war ich eins von zirka zehn Kindern, so genau krieg ich das nicht mehr zusammen, ich wusste ja nicht mal, wer der Kerl war, der meine Mutter dick gemacht hat. Der muss wohl 'ne ganz Menge Frauen dick gemacht haben da drüben, auch in anderen Bezirken von der Insel, weil jedes Mal, wenn ich nach Grenada rüberfahr auf einer von den erwähnten Urlaubsreisen, kommt garantiert jemand und sagt, ich tät ihn an den oder den erinnern, und wenn ich in einen Laden reinkomm, halten sie mich für den Verkäufer. (Wenn das so weitergeht, verkauf ich noch mal wem irgendwas, nur so aus Jux.) Und dasselbe hier in Trinidad, wenn ich einem aus Grenada übern Weg lauf. Keine Ahnung, was in Grenada passiert ist, jedenfalls ist Mammi mit mir allein nach Trinidad abgehauen, als sie noch jung war. Was mit den andern passiert ist, weiß ich nicht, aber vielleicht sind das gar nicht ihre eigenen gewesen. Jedenfalls hat sie Arbeit bei weißen Leuten in St. Ann's gekriegt. Die haben sie in 'ne Uniform gesteckt und ihr drei Mahlzeiten am Tag gegeben und noch 'n paar Dollar im Monat nebenbei. Und irgendwie hat sie einen neuen Mann gefunden, einen von diesen Orang-Utans aus Trinidad hier, und mich hat sie, ich weiß nicht, wie, bei jemand anders untergebracht, während sie bei diesem Mann gelebt hat, weil das Geld und das Essen, das sie gekriegt hat, hat grade mal gereicht, ihren gemeingefährlichen Orang durchzufüttern.

Nicht weit von dieser neuen Tante, wo ich gewohnt hab, gab's einen chinesischen Laden, und als das alte Mädchen eines Tages mal nicht genug Geld dahatte, um Brot zu kaufen – schon Wahnsinn, wenn man drüber nachdenkt, dass es auf dieser Insel Leute gibt, die nicht mal genug Bares im Haus haben, um sich ein Brot zu kaufen –, also, wie sie das Brot nicht kaufen kann, da schickt sie mich in den Chinesenladen rüber, dass ich um Kredit nachfrag. Die Chinesenfrau – joi, diese Chinesen, immer am Kindermachen –, die war dick wie nur was, und ich muss sie wohl in einem guten Moment erwischt haben, denn sie hat gesagt, nix zu machen, Kredit gibt's keinen, aber wenn ich was arbeiten will, wär das was anderes, weil sie nämlich einen braucht, der das Brot, das sie gebacken hat, zu indischen Leuten austrägt. Aber wie kann sie mir das Brot anvertrauen? Das war die Frage. Also zieh ich unter mein schmuddeliges Wollhemd, das mehr aus Löchern wie aus Wolle besteht, mein Kruzifix hervor und sag ihr, sie soll's so lang behalten, bis ich mit dem Geld für das gebackene Brot zurück bin. Ich weiß nicht, was diese Chinesenleute für einen Glauben haben, die Frau war jedenfalls verdammt beeindruckt. Und auf den Kopf gefallen war sie auch nicht. Sie hat das Kruzifix behalten und mich mit dem Brot losgeschickt, das in ein großes altes *chale-au-pain* eingewickelt war, zwei, drei Mehlsäcke, die sie einfach aneinander genäht hat. Ich hab das Geld eingesammelt und es ihr hingebracht, und sie hat mir mein Kruzifix wiedergegeben und ein Brot und noch ein paar Cent.

Ja, so hat's angefangen. Den Schwarzen sag ich immer, der liebe Gott hat mir einen Tritt ins Leben gegeben, da können die Leute hier auf Trinidad noch so viel darüber lästern, dass wir aus Grenada den ganzen Tag nur am Beten sind – es stimmt, und wenn ich in welchen Schwierigkeiten steck mit mein Geschäft, dann geht's auch heute noch, zack!, auf die Knie und gebetet, was das Zeug hält.

Das lief so weiter, bis es schließlich jeden Nachmittag so war, dass ich den Leuten das Brot hingebracht hab. Die Bäckerei hat einfaches Brot gebacken – Rundlaib, Fladen, Kasten –, und sie haben es an die ärmeren Schichten verkauft. Diese Chinesenleute haben vielleicht geschuftet! Die Frau hat mit ihrem dicken Bauch den ganzen Tag in den schmutzigen Klamotten vorm Ofen rumgehockt und geschwitzt und ein Brot nach dem anderen gebacken, an dem sie was verdient haben. Keine Ahnung, was diese Leute mit dem ganzen Geld machen, denn wohnen tun sie immer noch in ihren Hinterzimmern mit nur ein Bett und ein paar Hängematten für die Kleinen und ein paar Kisten. Mit dem Ehemann hab ich gar nix reden können. Der konnte kein einziges englisches Wort, und alles, was er aufgeschrieben hat, das hat er in chinesischer Schrift aufgeschrieben. Er war 'n dünner klappriger Kerl mit so komischen schlabberigen Khakishorts und einem weißen Wollhemd, wie alle Chinesenleute eins tragen. Aber geschuftet wie 'n Tier hat der auch. Wir Grenadier verstehen was vom Arbeiten, und ich glaub, deshalb komm ich so gut aus mit den Chinesenleuten, und deshalb sind die aus Trinidad auch so neidisch auf uns. Aber das war schon komisch. Mitten im Dreck haben die gelebt, aber die Kinder, Mann, die Kinder waren immer sauber wie frisch gebackenes Brot, wenn sie aus der Bruchbude rausgekommen sind, immer alles ganz ordentlich mit ihren kleinen Federmappen und Radiergummis und Löschern, und nie haben sie was verloren. Jeden Morgen sind sie hübsch ordentlich in einer Reihe losgezogen, und jeden Nachmittag sind sie wiedergekommen, immer noch in einer Reihe und so schön sauber, wie wenn sie den ganzen Tag lang nichts angefasst hätten. Da können die Kinder von schwarzen Leuten noch was von lernen.

Also, wie ich gesagt hab, die Bäckerei hat einfaches Brot für die ärmeren Schichten gebacken. Aber sie haben auch für die reicheren Schichten gebacken. Aber da haben sie das so gemacht, dass sie den Teig aus den Häusern von den Leuten abgeholt haben und ihn gebacken und dann wieder hingebracht haben, schön heiß und süß. Und das Abholen und hinbringen für diese Kunden, das hab ich besorgt. Im Laden haben sie mich nie bedienen lassen, sie haben mir wohl nicht zugetraut, übern Tresen zu bedienen und das Geld zu kassieren in dem Hochbetrieb. Und da war immer Hochbetrieb. Wenn ich da an die Schwarzen denk: Die brauchen bloß einen einzigen Kunden im Laden haben, und schon führn sie sich auf, wie wenn der Teufel los wär.

Ja, und wie ich eines Tages in meinem *chale-au-pain* ein Brot an eine Familie ausliefere, war da diese Frau, eine Nachbarin, die hat rumgeschwärmt, wie wunderbar es ist, sein Brot mit den eigenen Händen zu kneten, ohne dass da der Schweiß von lauter fremden Leuten reinläuft. Und da bin ich auf die Idee gekommen. Ein Backofen ist ein Backofen, der muss in Gang gehalten werden, ob für ein Brot oder für zwei. Ich sag also zu der Frau, die eine potogiesische Frau war, dass ich ihren Teig mitnehm und ihn ihr fix und fertig gebacken wieder hinbring, und dass sie das so gut wie nix kostet. Ich hab das so gesagt, dass sie nicht wissen kann, ob ich das Geld den Chinesenleuten geben will, oder ob es sie so gut wie nix kostet, weil ich's für mich behalte. Aber wie die mich angeguckt hat, weiß ich gleich, die will, dass *ich* es behalte. Also. Die Sache war geritzt. In den nächsten Tagen hab ich immer einen Batzen Teig in dem *chale-au-pain* auf dem Gepäckträger von meinem Bäckerfahrrad mit zurückgebracht. Das hab ich mit reingenommen, wie wenn ich bloß zu faul wär, es einzurollen, und dann den Teig mit dem anderen Teig vermischt und geknetet und gebacken, wie wenn alles eins wär. Denn es ist ja so, wenn man so eine Sache erst mal angefangen hat, dann muss man auch mutig dabeibleiben. Manche Leute machen wegen dem kleinsten Ding, das sie drehen, schon so einen Zirkus, dass sie unter Garantie geschnappt werden. Trotzdem, ich hab nicht schlecht gestaunt. Da schieb ich das Zeug in den Ofen, und dieser Chinesenmann mit seinem traurigen sorgenvollen Chinesengesicht zieht es mit seiner langen Schaufel wieder aus dem Ofen raus, guckt es sich an und schiebt es wieder rein.

Und wie ich das Brot wieder hinbring, mit 'n paar anderen Broten, kassier ich in aller Seelenruhe das Geld. Die Sache ist bloß, wenn du so was mal angefangen hast, kommst du da nur schwer wieder von los. Du fängst an, hin und her zu rechnen. Und das Rechnen liegt mir nun mal im Blut. Ständig sitz ich da und rechne herum, wie viel fünfzig Cent am Tag in einer Woche sind, und wie viele Wochen so ein Jahr hat. Und so ist aus der Sache eine große Sache geworden. Ich würde das nicht jedem weiterempfehlen, der ein Geschäft aufmachen will. Aber das mein ich, wenn ich zu den Leuten sage, dass ich mir meine Knete selber knete.

Der Chinesenfrau ging's jetzt nicht mehr so gut. Und der alte Mann ist auf seine chinesische Art 'n bisschen wunderlich geworden. Weiß ja jeder, wie die Chinesen immer um Geld spielen. Ganz egal, wie früh man am Sonntagmorgen über den Marine Square fährt, ich wette zwei zu eins, vor dem Finanzamt – vielleicht, weil sie da näher beim Geld sind – hocken ein paar Chinesen zusammen und spielen auf Teufel komm raus. Der Alte war also immer am Spielen und das alte Mädchen war krank, und wer kümmert sich um die

Bäckerei? Ich. Ich hab verdammt hart geschuftet für die, das kann ich euch sagen. Ich hab sogar zwei, drei Worte auf Chinesisch aufgeschnappt, und ein paar von den unverschämten Schwarzen haben mich schon einen schwarzen Chinesen geschimpft, weil ich angefangen hab, in Khakishorts und Wollhemden rumzulaufen wie so'n Chinese, und sogar Tee getrunken hab, wie's die Chinesen den ganzen Tag lang tun, und rumgelaufen bin, ohne viel zu sprechen wie ein Chinese. Glaubt bloß nicht, was die Schwarzen alles erzählen, über Chinesen und Vorurteile und so. Die haben gar nix gegen einen Schwarzen, wenn er nur hart arbeitet und dankbar ist.

Aber das Leben ist schon komisch. Gerade wie es so aussieht, als wenn ich alles im Griff hätte und alles läuft wie geschmiert, passieren lauter Sachen, dass ich heute noch losheulen könnte. Zuerst fängt sich die Chinesenlady eine Rippenzündung und geht tot. Das war natürlich 'n Hammer, aber was wollte man erwarten, wo sie ständig vorm Feuer rumhockt und dann klitschenass nach draußen an die frische Luft spaziert, und diese ganzen Kinder musste sie auch noch kriegen. Verdammt traurig bin ich gewesen, und 'n bisschen Angst hab ich auch gehabt, weil, ich konnt ja nicht wissen, wie ich allein mit dem Alten klarkomme. Während der Arbeit hat er nie einen Ton zu mir direkt gesagt, wenn er mir was zu sagen hatte, lief das über seine Frau.

Ein Schlag nach dem anderen. Kaum ist die Frau tot, kriegt der Chinesenmann 'nen Rappel. Nicht, dass er losheult oder sonst wie rumspinnt, er fängt nur an zu spielen wie ein Verrückter, und es kommt, wie's kommen muss, eines Tages, zirka einen Monat nachdem die alte Lady tot ist, sagt der Mann zu seinen Kindern, sie müssen ihre Sachen packen und ausziehen, weil er seinen Laden an einen anderen Chinesen verspielt hat. Ich wusste nicht, wo ich dran war, und gesagt hat mir auch keiner was. Sie haben alle gepackt. Ich weiß nicht, sie haben wohl gedacht, ich bin bloß 'n Stück vom Laden, und der Alte hat nicht mal gesagt, dass es ihm Leid tut, mich zu verlieren. Und kaum bin ich auf den Knien, um zu beten, da kapier ich auch schon, dass es Gott der Herr selber war, der mir damals die Idee mit dem Kneten in den Kopf gesetzt hat, weil ohne diese Idee hätt ich gar nix gehabt. Der Kerl, dem der Laden jetzt gehörte, konnt mich nicht brauchen. Er wollte die Bäckerei dichtmachen und einen richtigen Lebensmittelladen draus machen, und als Verkäufer hat er mich nicht brauchen können, weil die Kunden in einem Lebensmittelladen sich nicht von einem Schwarzen bedienen lassen. Da stand ich nun. Dreiundzwanzig und ohne Arbeit. Nix in der Hand. Nur diese Chinesenart, die ich mir angewöhnt hatte, und das Brotbacken, und das bisschen Extrageld, das ich mir in den Jahren zusammengespart hatte.

Also steig ich aus den alten Khakishorts und zieh das Wollhemd aus und treib mich bisschen in der Stadt rum, Arbeit suchen. Aber kein Mensch braucht einen Bäcker. Ich hatte vielleicht 700 Dollar, und das Herumtreiben war schön und gut, bloß hab ich schnell gemerkt, dass man nix bezahlt kriegt dafür, nur die Ersparnisse, die werden immer weniger dabei. Da stand ich nun. Und es kam mir gar nicht in den Sinn, dass ich vielleicht 'n eigenen Laden aufmachen könnte. So ist das mit den Schwarzen. Sie haben sich so dran gewöhnt, für andere Leute zu arbeiten, dass sie denken, nur weil sie schwarz sind, können sie nix anderes, wie für andere Leute arbeiten. Und wie ich zu beten anfang und Gott sagt mir, ich soll einen eigenen Laden aufmachen, da hab ich gedacht, Gott hat sich vielleicht vertan oder ich hab ihn nicht richtig verstanden. Weil Gott zu mir nur gesagt hat: »Junger Mann, nimm dein Geld und mach eine Bäckerei auf. Du bist ein guter Bäcker.« Er hat nicht gesagt, ich soll 'n Café aufmachen und Plätzchen und Mauby und anderes süßes Zeug zum Trinken verkaufen, wie viele Schwarze das tun. Nein, mach eine Bäckerei auf, hat er gesagt. Ein Schlag nach dem anderen.

War gar nicht so einfach, mir noch 'n paar hundert Dollar Kredit zu beschaffen, aber ich hab sie mir schließlich von 'nem Inder geliehen. Und das ist es, was ich den jungen Leuten immer sage. Es ist gar nicht so schwer, einen Kredit zu kriegen, wen man weiß, was man will. Ich hab den Leuten nicht erzählt, sie sollen mir Geld leihen, weil ich ein Haus bauen will oder ’nen Lastwagen kaufen. Ich wollte einfach nur Brot backen. Na gut, lange Rede, kurzer Sinn: Ich hab einen runtergekommenen Laden in der Nähe von Arouca gekauft, und das meiste Geld ist dafür draufgegangen, dass ich den Laden wieder in Schuss gebracht hab. Nichts Großartiges, denn Arouca ist Arouca, und man will die Landkundschaft ja nicht mit ’nem todschicken Laden verschrecken. Und außerdem hatte ich sowieso nicht die Kohle dazu. Also hab ich einfach ein paar gebrauchte Vitrinen und so Zeug reingestellt. Dann hab ich meinen Namen auf ein Schild gekritzelt, und fertig war die Laube.

Und jetzt ist was Komisches passiert. In Laventille konnten die Leute nicht genug von dem Brot kriegen, das ich gebacken hab – und ich hatte ja in den letzten Monaten das ganze Backen allein erledigt. Und hier lief gar nix. Mein Brot war besser als alles, was die Leute in Arouca je gesehen hatten, aber glaubt ihr, ich hätt auch nur einen von den Kerlen dazu gekriegt, durch meine windschiefe Tür zu kommen und mir für einen Penny Hopfenbrot abzukaufen? Man kennt ja die Sprüche, von wegen Qualität spricht für sich selber und so? Davon ist kein Wort wahr! Zur Qualität muss noch was dazukommen. Und das hat mir gefehlt. Ich hab mir den Kopf zerbrochen, was das wohl sein kann. Ich hab mir gesagt, das kommt bestimmt alles davon, dass ich neu in Arouca bin. Aber nein. Ich bin neu, und ich bin alt, und die Leute kommen nicht in Scharen in den alten Laden gelaufen. Jeden Tag hab ich meine zwei, drei Kilo Mehl verbacken, und das ganze Brot ist liegen geblieben und trocken geworden, und verkauft hab ich es dann an den Mann von der Regierungsfarm, der für seine Schweine und Kühe oder weiß der Kuckuck was für Viecher trocken Kuchen und trocken Brot gekauft hat. Und das war 1a Brot. Ich also wieder auf die alten Knie, als wollt ich sie durchscheuern, und losgebetet. Aber ich hab immer nur eine Antwort gekriegt: »Junger Mann« – so bin ich in meinen Gebeten immer genannt worden –, »junger Mann, back du nur dein Brot.«

Pappa! Das war ’n Ding. Die Zinsen für den Kredit sind von Monat zu Monat gewachsen. In manchen Monaten musst ich die Tante oder sonst eine freundliche Seele anpumpen, nur dass ich die Zinsen zahlen kann. Es wurde so schlimm, dass ich immer öfter rausging und so getan hab, als tät ich für eine andere Bäckerei arbeiten, der ich den Teig zum Billigpreis back. Und billig heißt in Arouca billig, das kann ich euch flüstern. Und das bisschen Kleingeld, das ich mir so schändlich zusammenkratzen musste, hat grade mal ausgereicht, um mich über Wasser zu halten.

Meine Herren! Was für Scherereien. Der alte Laden in Arouca war so weit vom Schuss – deshalb hatt ich ihn ja auch gekauft, weil ich gedacht hab, prima, die haben da keinen Bäckerladen und sind froh über das gute Brot von einem aus Grenada, dabei hat den Laden bloß niemand haben wollen, weil er so weit vom Schuss war. Er war auch nicht versichert und nix, ich hätt also nicht mal ’n kleinen Brandunfall veranstalten können – nicht, dass ihr denkt, so was tät ich machen. Und immer, wenn ich auf die Knie gehe, hör ich schon die Antwort: »Junger Mann, back du nur dein Brot.«

Gut, ich verback also jeden Tag meine drei bis vier Kilo zum Wohle des Herrn, auch wenn ich langsam das Gefühl kriege, der Herr will mir das Genick brechen, der Herr hat sich das als Strafe ausgedacht dafür, wie ich es mit den Chinesenleuten in ihrer Bäckerei getrieben hab. Immer schlechter und immer dümmer bin ich mir vorgekommen. Und wenn ich meine drei bis vier Kilo für den Herrn verbacken hatte, hab ich mich verdrückt aus der Bäckerei – die Tür nicht abgesperrt, weils nix zu klauen gab –, und wenn am Sonntag welche von den Jungs aus Laventille auf dem Weg nach Manzanilla oder Balandra oder einem von den anderen Stränden vorbeigeguckt haben, hab ich mir ’n Witz draus gemacht, dass ich gesagt hab, ich geh mich in der Sonne »backen«. Darüber haben sie sich krank gelacht. Es scheint nichts Komischeres auf der Welt zu geben, wie wenn einer, den man kennt, bis zum Hals in der Tinte steckt.

Der Inder kriegt derweil langsam Angst um seine Kohle, und ich hab's ihm nicht mal verübeln können, weil, Zinsen hat er schon seit ein paar Monaten keinen Penny mehr gesehen. Und mir wird's auch immer unangenehmer, weil damals, wie ich den Mann um Geld angepumpt hab, da hat er mich nur gefragt: »Und du bist sicher, dass du Brot backen willst? Und du glaubst, du hast ein Händchen dafür?« Klar hab ich 'n Händchen dafür, sag ich, und schon blättert er mir die Scheine hin. Und jetzt kriegt er's langsam mit der Angst. Also fahr ich eines Tages, nachdem ich die Laibe für den Herrn gebacken hab, mit dem Arima-Busdienst nach Port-of-Spain, um mal zu reden mit ihm. Unterwegs hab ich meinen Mut noch beisammen gehabt. Aber kaum seh ich das gute alte Meer und krieg den South Quay in die Nase und der Bus rollt in den Busbahnhof, da fängt's bei mir im Bauch an zu pfeifen. Und ich denk mir, läufst erst mal bisschen in der Stadt rum.

Es war 'n heißer Vormittag, *petit-careme*-Wetter, und die Kokosnuss hat damals noch vier Cent gekostet. Es stand immer 'n Kokosnusskarren am Alten Platz, und da bin ich hin. Und ich sag euch, ein Anblick für die Götter war das. Der Verkäufer war 'n Schwarzer. Obwohl, wie komisch das war, kapiert man erst, wenn man weiß, dass jeder Kokosnussverkäufer auf dieser Insel ein Inder ist. Weil die mit der Machete so umgehen können, wie kein Schwarzer das kann. Kokosnuss in die linke Hand, in der rechten Hand die Machete und *bamm*, *bamm*, *bamm* – offen ist die Kokosnuss, und du musst sie nur noch leer trinken. Ich hab nie gesehen, dass ein Kokosnussverkäufer sich mal in die Hand gehackt hat. Und jetzt steht da ein Schwarzer und hackt mit seiner Machete auf Kokosnüsse ein. Das war genauso zum Schießen, wie wenn ein schwarzer Mann mit Turban und *Dhoti* durch die Gegend läuft. Und was das Witzigste an der Geschichte war – wenn man sein Aussehen mal beiseite lässt, war der schwarze Junge ein Inder. Mit den indischen Jungs hat er Hindustani geredet, und die haben sich über ihn lustig gemacht, aber das hat ihn nicht weiter gekümmert. So was passiert, wenn Schwarze sich zu viel mit Indern abgeben. Sie fressen Curry und reden Indisch und benehmen sich genau wie die Inder. Also, ich kauf dem schwarzen Burschen eine Kokosnuss ab und zieh weiter, weil ich ja noch mit dem anderen über sein Geld reden muss.

Er war eher traurig als sauer, wie ich es ihm erzähl, und ich an seiner Stelle wär auch traurig gewesen. Das ist schon 'n Scheißgefühl, wenn die Kohle weg ist und du nicht mal jeden Monat 'n süßes kleines Küsschen von deinen Zinsen kriegst. Er hat mir noch drei Monate Aufschub gegeben, aber wenn ich dann nicht zur vereinbarten Rate bleche, hat er gesagt, muss er die Kohle einklagen. »Du bringst mich da in eine dumme Lage«, hat er gesagt. »Schau mich an. Was soll ich mit einem Laden in Arouca?«

Wie ich von dem Mann weggeh, ist mir schon bisschen besser, und wer läuft mir da übern Weg? Kein anderer als Percy. Percy ist ein alter Orang, mit dem ich in Laventille zusammen in der Grundschule war. Ich kenn keinen Jungen, der so viel Prügel gekriegt hat wie Percy. Aber das muss er wohl ziemlich gut weggesteckt haben, und jetzt trägt er teure Klamotten wie'n Filmstar und redet über seine vielen tollen Geschäfte. Ich glaub, er hat Versicherungen verkauft – was so ziemlich jeder Faulpelz in Trinidad macht –, und – denkt an meine Worte – eines Tages kommt der Tag, da versuchen die Kerle sich gegenseitig Versicherungen anzudrehen. Percy jedenfalls macht einen auf feinen Pinkel und sagt, er will mich zum Essen einladen, wegen der alten Zeiten und so. Er reißt 'n paar von den blöden alten Witzen über Leute aus Grenada, und wir gehen rauf in die Angostura Bar. Da war ich vorher noch nie drin, und ich hätt mir nicht träumen lassen, dass 'n Orang wie Percy in so einem Laden willkommen sein könnte. Aber wir sind da raufgegangen, und Percy fängt gleich an, die Kellner durch die Gegend zu schicken, und das, obwohl die nicht 'n Viertel so schwarz waren wie Percy. Unbegreiflich, dass die keinen Ton gesagt haben, vor allem, wo da lauter hellhäutige Leute rumgesessen sind. Nach den Drinks sagt Percy: »Wo willst du zu Mittag essen?«

Mit den Restaurants in der Stadt kenn ich mich ja nun wirklich nicht aus, und wie Percy was von Essen sagt, denk ich an Reis und Erbsen oder vielleicht ein Roti aus der Hand an 'nem indischen Stand, oder an ein Mauby mit Plätzchen in einem Café. Ist ja auch hart, wenn einer, und dazu noch ein Dummkopf wie Percy, den dicken Maxe vor einem spielt, und man selber hat nur zwei Nägel zum Klingeln in der Tasche. Also sag ich zu Percy, gehen wir in ein Café oder in eine Bar. »Nein, nein«, sagt er. »Wenn ich meine Freunde einlad, dann solln da keine Schwarzen in meinem Essen rumfummeln.«

Und in dem Augenblick ist mir 'n Licht aufgegangen. Ein Funken Wahrheit steckt scheint's doch in dem drin, was sie in Trinidad über die Dummheit von uns Leuten aus Grenada sagen, aber man muss erst 'ne Weile hier gelebt haben, bevor man das kapiert. Und da ist mir 'n ganzer Kronleuchter aufgegangen, Mann.

Wenn ein Schwarzer in Trinidad in ein Restaurant geht, dann will er nicht, dass Schwarze in seinem Essen rumfummeln. Und obwohl es auf Trinidad Leute von jeder Rasse und von jeder Hautfarbe gibt, hat jede Rasse hier ihre Spezialgebiete. Überlegt doch mal, wenn ihr euch eine Eistüte kauft, wo geht ihr dann hin? Etwa zu einem Inder oder 'nem Chinesen oder 'nem Potogiesen? Ihr kauft sie von einem Schwarzen. Und als ich in Arouca meinen Laden in Schuss gebracht hab, bin ich da vielleicht zu einem indischen Zimmermann oder zu einem indischen Maurer gelaufen? Ein Inder, der in Trinidad ein Geschäft als Zimmermann aufmacht, muss unter Garantie verhungern. Oder habt ihr schon mal einen indischen Zimmermann gesehen? Das einzige Land auf der Welt, wo man indische Zimmerleute und Maurer zu sehen kriegt, muss Indien sein. Schon komisch. Irgendwann muss ich da mal ’ne Ferienreise hinmachen, nur um das mal zu sehen. Und wie wir so durch die Stadt laufen, seh ich lauter Namen von Bäckern: Coelho, Pantin, Stauble. Potogiesen oder Schweizer und dann die ganzen chinesischen Läden. Oder die Wäschereien. Wenn ein Schwarzer eine Wäscherei aufmacht, würdet ihr dem eure Wäsche hinbringen? Ich jedenfalls nicht. Also, ich bin unterwegs zu dem Restaurant, aber das Herz hüpft mir vor Freude. Auf einmal passt alles zusammen. Wisst ihr noch, wie diese Chinesenleute mir nicht erlaubt haben, Brot über den Tresen zu verkaufen? Ich dachte, das ist wegen dem Hochbetrieb. Aber das war es gar nicht. Die haben mich nicht bedienen lassen, weil sie dann gar keinen Hochbetrieb gehabt hätten. Oder habt ihr schon mal gesehen, dass jemand ’nem Schwarzen ein Brot abkauft?

Ich frage Percy, warum er nicht will, dass Schwarze in öffentlichen Lokalen mit seinem Essen rumfummeln. Die Frage bringt ihn etwas aus dem Tritt. Er bleibt stehen, denkt nach und sagt: »Das sieht einfach nicht aus.«

Den Rest der Geschichte könnt ihr euch denken. Bevor ich an dem Tag wieder nach Arouca gefahren bin, bin ich zu ’nem gelben Jungen hin, der hat Macnab geheißen. Der Junge war halb Schwarzer und halb Chinese, und auch wenn er ’n bisschen braun im Gesicht war und ein paar Locken hatte, für einen von diesen Kantonesen ist er allemal durchgegangen. Ich glaub, die sind ’n bisschen dunkler wie der Rest von den Chinesen. Gefunden hab ich ihn in so ’nem Hinterhof, wie er auf eine Steeldrum einkloppt, weil die da für den Karneval geübt haben, und ich glaube, dass er nur deshalb den weiten Weg mit mir nach Arouca gekommen ist, weil er das nötige Geld für sein Karnevalskostüm nicht gehabt hat.

Aber er ist mitgekommen. Ich hab ihn in den vorderen Laden gestellt, ihn in ein Wollhemd und eine Khakishorts gesteckt und zu ihm gesagt, er soll so chinesisch wie möglich quatschen, ich geb ihm dann für den Karneval was extra. Ich bin im Hinterzimmer geblieben und hab mit Brotbacken angefangen. Ich hab Macnab sogar ’ne alte chinesische Zeitung gegeben, nicht zum Lesen, weil, Macnab kann nicht mal richtig englisch lesen, aber damit er sie rumliegen lässt, weil das besser aussieht. Und dann hab ich noch einen von diesen großen chinesischen Kalendern mit Frauen und rauschenden Wasserfällen organisiert, den hab ich an die Wand gehängt. Und als das alles fertig war, bin ich auf die Knie gegangen und hab dem lieben Gott gedankt. Und gleich hör ich wieder die alte Botschaft, aber freundlicher jetzt und viel fröhlicher: »Junger Mann, back du nur dein Brot.«

Und damit war gleich das nächste Problem gelöst. Was hab ich mir den Kopf über den richtigen Namen für mein Laden zerbrochen. New Shanghai, Canton, Hongkong, Nanking, Yang-tse-Kiang. Aber wie ich diesmal die Botschaft wieder hör, weiß ich gleich, welches der richtige Name ist. Ich hab den alten Namen weggescheuert – wie der geheißen hat, müsst ihr gar nicht wissen – und hab einen ordentlichen Schildermaler geholt, damit er mir ein paar Buchstaben aus der chinesischen Zeitung abpinselt. Und dann hat er in großen Buchstaben den Namen drunter gemalt:

YUNG MAN
BÄCKER

Mein Gesicht lass ich vorn im Laden nicht mehr blicken. Und ganz ohne Angeberei, ich back jetzt ein verdammt gutes Brot. Und die Leute in Arouca sind keine Idioten. Die wissen, was gut ist. Und bald hatt ich so viel verdient, dass ich in Arima eine Filiale aufmachen konnte und dann sogar eine in Port-of-Spain. War gar nicht so einfach am Anfang, echte Chinesen zu finden, die für einen Schwarzen arbeiten wollen. Aber Geld spricht seine eigene Sprache, und wenn ihr heute an einem von den vielen Yung-Man-Läden vorbeikommt, dann seht ihr nur Chinesen hinterm Tresen. Manche von denen wissen nicht mal, dass sie für einen Schwarzen arbeiten. Den Teil des Geschäfts regelt meine Frau, und die Frau ist Chinesin. Aus der Gegend von Cedros. Da staunt ihr, was, wie ich in Port-of-Spain Stauble und Pantin und Coelho das Geldverdienen schwer mach! Wie gesagt, ich geh nur durch die Hintertür in meine Läden. Aber jeden Montagmorgen geh ich mit erhobenem Kopf zum Marine Square auf die Bank, und da geh ich zur Vordertür rein.

1962

Eine Flagge über der Insel

Eine Fantasie für die kleine Leinwand

I

Seit ein paar Jahren schon zog ich meine Kreise um die Insel. Meine Arbeit brachte mich oft in die Gegend, ich hätte jederzeit einen Abstecher machen können. Aber in meiner Vorstellung war die Insel nicht mehr zugänglich, und daran wollte ich nichts ändern. Eine Trägheit befiel mich, sooft ich – angeregt durch den Namen, der, sagen wir, auf der Abflugtafel eines Flughafens so konkret und gewöhnlich wirkte – den Besuch in Gedanken durchspielte. Wie leicht schien es, in ein Auto zu steigen, dem Namen mit Bäumen, Häusern, Menschen, ihren sonderbaren Reklamen und seltsamen Reisen Gestalt zu geben. Wie leicht, mehr als nur einen Namen auszulöschen. Jede Landschaft existiert letztlich nur im Kopf; mit der Wirklichkeit konfrontiert, muss man von vorn anfangen.

Und jetzt stand die Insel mir bevor. Sie war nicht Teil unserer Reiseroute. Aber da draußen, zwischen den Ferieninseln im Norden, fand alle Jahre wieder das große Schauspiel der Hurrikane statt, und die Ankündigung eines solchen Hurrikans, Irene mit Namen, zwang uns, ihren Hafen anzulaufen. Die Insel, so viel konnten wir dem Schiffsbulletin entnehmen, war einigermaßen sicher. Ein einziges Mal, in den zwanziger Jahren, hatte es hier einen Hurrikan gegeben, einen gemäßigten zumal, und damals hatten die Wissenschaftler, wie es ihre Art ist, die Insel auf die nächsten hundert Jahre hinaus für sicher erklärt. Man mochte es nicht glauben, wenn man die aufgeregten Vorankündigungen der lokalen Radiosender hörte, die unsere Transistorgeräte bereits außerhalb des Hafens empfangen konnten, während wir langsam durch die schmale Fahrrinne stampften, die ruhig, klar und gefährlich zwischen kleinen, hohen, grün bedachten Felsinseln lag.

Eine Fahrrinne und Felsinseln, von denen ich weder gehofft noch mir gewünscht hatte, sie jemals wiederzusehen. Alles noch da. Dabei war ich auf der ganzen Fahrt nach Norden so ruhig gewesen. Hatte mich an Bord von der ersten Sekunde an in Enthaltsamkeit ergeben, bis hin zur Selbstkasteiung, und war mit tiefer Zufriedenheit belohnt worden. Gegessen hatte ich kaum, getrunken gar nichts. Ich bildete mir ein, von Tag zu Tag weniger zu werden, eine tägliche Bestandsaufnahme, die mir wohl tat. Beim Hinsetzen machte ich mich so klein wie nur möglich, und welche Freude war es dann, die Brille aufzusetzen und zu versuchen, etwas zu lesen, Asket zu sein, ein Asket, der sich der größeren Lust am Schrumpfen des eigenen Fleisches durchaus bewusst war. Asket zu sein, milde, freundlich und sanft, verschlossen und kraftlos; sich selber eine kleine Lichtung in den Dschungel des Geistes geschlagen zu haben und sich ständig zu vergewissern, dass es diese Lichtung noch gab.

Aber jetzt liefen wir in den Hafen ein, und ich spürte, wie der Dschungel wieder zu wuchern begann. Ich war nervös, gereizt, unzufrieden, plötzlich kein Ganzes mehr. Aber ich wehrte mich. Ich beschloss, nicht mit den anderen an Land zu gehen. Wir sollten auf der Insel bleiben, bis der Hurrikan sich ausgetobt hatte. Die Reederei hatte Ausflüge vorbereitet.

»Wie heißt das, wo wir hier sind? An Flugplätzen steht immer der Name dran. In Häfen lassen sie einen raten. Warum eigentlich?«

»Philosoph!«

Mann und Frau als eingespieltes Team.

Wir besaßen bereits Nachrichtenwert. Über die Transistorgeräte kam eine neue Ankündigung, so atemlos wie die anderen: »Dies ist ein Aufruf des Ministeriums für öffentliche Ordnung und Erziehung. Fünfhundert Touristen werden einige Tage auf unserer Insel verbringen. Das Ministerium ersucht die Bevölkerung dringend, diesen Gästen mit der uns eigenen Höflichkeit und Freundlichkeit zu begegnen.«

»Die Eingeborenen sind in Aufregung«, sagte ein Tourist zu mir.

»Ja«, antwortete ich. »Wir dürften gute Aussichten haben, verspeist zu werden. Wir bieten einen ausgesprochen schmackhaften Anblick.«

Eine Wolke aus rotem Staub hing über dem Bauxit-Verladeplatz und entstellte die Stadt und die Hügel. Die Touristen schauten, in Bermudashorts und bunten Baumwollhemden an der Reling aufgereiht, Strohhüte auf den Köpfen. Sie wirkten schutzlos.

»Dies ist ein Aufruf des Ministeriums für öffentliche Ordnung und Erziehung …«

Ich stellte mir vor, wie dieser Aufruf die Friseursalons, die Rumschänken, Cafés und Hinterhöfe der heruntergekommenen Stadt erreichte, die ich gekannt hatte.

Das Radio brachte eine Werbung für Oberhemden, eine Orgel jaulte auf und ein paar Todesfälle wurden angezeigt, dann folgte eine Werbung für Waschpulver, bevor man großartig die Zeit ansagte und Einzelheiten zum Wetter und den Temperaturen verkündete.

Eine Frau sagte: »Die machen hier genauso viel Aufhebens um das Wetter und die Zeit.«

Ihr Ehemann, dessen fröhliche Kostümierung als Tourist seine Verbitterung nur unzureichend kaschierte, sagte: »Warum auch nicht, zum Teufel?«

Sie waren kein eingespieltes Team.

Ich ging in meine Kajüte hinunter. Das glücklichere Team lief mir über den Weg, herausgeputzt wie für den Karneval.

»Sie gehen nicht an Land?«, fragte der Mann.

»Nein. Ich denke, ich werde an Bord bleiben und etwas lesen.«

Und tatsächlich versuchte ich in meiner selbst auferlegten Isolation zu lesen. Ich setzte die Brille auf, bemüht, an meinem schrumpfenden, gedemütigten Fleisch Freude zu finden. Aber es half nichts, der Dschungel wucherte; Verwirrung und Bedrohung verwandelten sich bereits in die Art innerer Erregung, die in sich selbst Erfüllung ist – und Erschöpfung.

Alles auf diesem Moore-McCormack-Liner hieß Moore-McCormack. Aus jedem Winkel meiner weißen Kajüte schrie der Name mir entgegen, von jedem Gegenstand, von Handtüchern und Toilettenpapier, vom Briefpapier, dem Tischtuch, den Kissenbezügen und dem Bettlaken, von Wolldecken, Tassen und Speisekarten. Der Name musste tief sitzen; wie die Strahlung, die zu fürchten man uns gelehrt hat, musste er unter die Haut gegangen, in die Körper all derer eingedrungen sein, die ihm ausgesetzt waren, in roten Blutkörperchen geschrieben.

Moore-McCormack, Moore-McCormack. Der gottgewordene Mensch. Hier in der Kajüte gab es kein Entrinnen – doch ich wusste, der Name würde seine Macht verlieren, sobald wir das Schiff verließen. Damit war die Entscheidung mir praktisch abgenommen. Ich würde an Land gehen; ich würde die Nacht an Land verbringen. Ich kam in die Stimmung und wehrte mich nicht, ich ließ sie Besitz von mir ergreifen. Die Aktenmappe, der Reisepass, die Papiere und Briefe, die ich beiseite legte, erinnerten mich daran, dass auch ich zu meinen bescheidenen Manifestationen in der Lage war. Auch ich hatte versucht, mir Etiketten anzuheften, aber keines dieser Etiketten konnte mich davon überzeugen, dass ich mir selbst gehörte.

Das ist Teil meiner Stimmung – sie steigert die Angst in

mir; die ganze Welt scheint fortgespült zu werden, und ich mit ihr. Die Zeit scheint mir davonzulaufen. Um seinen Mut zu erproben, steigt das Kind in den reißenden Bach, und obwohl das Wasser ihm nur bis zu den Knöcheln reicht, verliert es augenblicks den festen Stand und nimmt nur noch die Schrecken des Himmels und der Bäume wahr, den Sog an den Füßen. Sekundenbruchteile der Klarheit machen alles noch schlimmer. Jahrelang benutzen wir dieselbe Zahnpasta und sehen am Ende die Farbe der Tube nicht mehr, stellt man uns aber zwischen fremde Etiketten, in unwägbare Situationen, eine unbekannte Landschaft, tritt jeder unbeachtete Gegenstand in unserem Besitz hervor und erzählt uns von unserer speziellen Art der Abhängigkeit.

»Sie verbringen die Nacht an Land?«

Die Frage kam von einem kleinen, klug aussehenden Mann mit rundem, freundlichem Gesicht. Er hatte sich wie ich von der Geselligkeit auf dem Schiff fern gehalten, und ich kannte ihn nur in Begleitung eines großen Mannes in grauem Anzug, dessen Gesicht sich mir nicht einprägen wollte. Ich hatte Gerüchte gehört, er sei sehr reich, aber ich schenkte ihnen so wenig Beachtung wie dem anderen Gerücht, wir hätten einen gefangenen russischen Spion an Bord.

»Ja, ich will tapfer sein.«

»Oh, da bin ich froh«, sagte er, »wir werden viel Spaß zusammen haben.«

»Danke für die Einladung.«

»Mit Spaß meine ich nicht das, was Sie damit meinen.«

»Was weiß ich, was Sie meinen.«

Er hörte nicht auf zu lächeln. »Ich nehme an, Sie gehen an Land, um sich zu amüsieren.«

»Das könnte man so sagen.«

»Ich bin froh, dass wir hier vor Anker gegangen sind.« Sein Ausdruck war jetzt der eines Mannes, auf dem Pflichten lasten. »Ich habe hier nämlich ein paar Geschäfte zu erledigen.« Hinter der ernsten Stimme konnte er die Erregung nicht ganz verbergen. »Kennen Sie die Insel?«

»Ich habe sie mal sehr gut gekannt.«

»Doch, ich bin sehr froh, Sie kennen gelernt zu haben. Ich wollte unbedingt jemanden wie Sie kennen lernen. Sie könnten mir eine große Hilfe sein.«

»Der Einfachheit halber gebe ich Ihnen vielleicht eine Liste der Plätze, die Sie unter allen Umständen meiden sollten.«

Er schaute gepeinigt. »Ich bin wirklich geschäftlich hier.«

»Man kann hier wunderbar Geschäfte machen. Ich spreche aus Erfahrung.«

Amüsieren? Ich fühlte mich jetzt schon ermattet. Ich hatte einen Knoten im Bauch, all die unverbrauchte Energie von Tagen und Wochen schien sauer geworden zu sein. Schon jetzt meldete sich der Heißhunger auf Schalentiere und Meeresfrüchte. Ich meinte den kranken faden Geschmack bereits im Mund zu spüren und wusste, trotz allem, was geschehen war, würde ich noch eine ganze Weile keine komplette Mahlzeit zu mir nehmen, und solange meine Stimmung anhielt, mussten die Vergnügungen, die ich hier suchte, sehr rasch zu einem quälend-befriedigenden Härtetest werden, mussten sich in Schmerz verwandeln.

Ich war der am wenigsten interessierte aller Touristen gewesen, gänzlich ungerührt von dem unverhofften Urlaub. Jetzt, da wir an Land gingen, gehörte ich zu den aufgeregtesten.

»He, Sie sind aber ein schneller Leser.«

»Ich hab die letzte Seite gelesen – der Butler war's.«

In dem schmucken Empfangsgebäude versuchten gepflegte, schüchtern-charmante, nach Rasse und Hautfarbe ausgewählte Mädchen – eine oder zwei von diplomatisch tiefem Schwarz –, uns Inselsouvenirs aufzureden: Spielzeug-Steeldrums, Marktfrauen in Kattun, Musikanten aus Draht, aus Kokosschalen geschnitzte, totemartige Masken. Hinter Maschendraht wimmelten die Taxifahrer. Eine schwache Abzäunung, so schien es.

»Ich komm mir vor wie im Zoo«, sagte die Frau.

»Ja«, sagte ihr verbitterter Ehemann. »Fehlt noch, dass sie uns Nüsse reinwerfen.«

Ich hielt Ausschau nach einem Telefon. Ich fragte nach einem Telefonbuch. Das Telefonbuch war klein.

»Ein Spielzeugtelefonbuch«, sagte der glückliche Tourist.

»Stehen lauter Nummern von Puppen drin«, sagte ich.

Ich wählte, wartete ab. Eine Stimme, die ich kannte, sagte: »Hallo.« Ich schloss die Augen, um zu lauschen. Die Stimme sagte: »Hallo, hallo!« Ich legte auf.

»Wie ungezogen.«

Es war mein Freund vom Schiff. Sein Begleiter stand am anderen Ende des Raums, mit dem Rücken zu uns; er studierte die Bücher auf einem Drehständer.

»Was meinen Sie, wofür Sinclair sich interessiert? Sollen wir mal nachgucken gehen?«

Wir gingen hinüber. Sinclair schlurfte davon.

Die meisten Bücher in dem Ständer waren von einem Mann namens H. J. B. White. Jedes Buch zeigte auf der Rückseite ein Foto des Autors. Das verquälte Fotogesicht eines Schriftstellers. Aber mir kam es vor, als würde es mir zuzwinkern. Ich zwinkerte zurück.

»Kennen Sie ihn?«, fragte mein Freund.

»Ich weiß nicht, ob irgendjemand von uns Mr. Blackwhite wirklich gekannt hat«, antwortete ich. »Er war immer ein Mann, der mit der Zeit ging.«

»Ein hiesiger Schriftsteller?«

»Sehr hiesig.«

Er zählte mit ehrfürchtigem Zeigefinger die Titel. »Er sieht fantastisch aus. Doch, ich hoffe, dass er Zeit für mich hat. Oh, das hier sieht gut aus.«

Das Buch, das er herausgenommen hatte, trug den Titel *Ich hasse euch* und als Untertitel *Ein Mann auf der Suche nach einer Identität*. Begierig schlug er es auf und bewegte langsam die Lippen: »›Ich bin ein Mann ohne Identität. Hass hat meine Identität verzehrt. Meine Persönlichkeit ist entstellt von Hass. Ich singe keine Loblieder, sondern Hasslieder. Ihr sagt, o wie schrecklich, Caliban zu sein. Ich aber sage, wie grandios! Mein Thema, allem Erwarten zum Trotz, ist die Grandiosität.‹«

Er brach ab, streckte der Hostesse das Buch hin und rief: »Miss, Miss, das hier möchte ich kaufen.« Und dann, auf einen Titel nach dem anderen zeigend: »Und das hier, und das, und das.«

Er war nicht allein. Ein Großteil der Touristen war mit einigem Geschick zum Bücherstand geleitet worden.

»Eingeborener Autor?«

»Nicht dieses Wort.«

»Reichlich lokale Kolorierung, oder wie?«

»Achten Sie auf Ihre Wortwahl.«

»Hören Sie mal, er greift uns an.«

»Nicht uns, nur die Touristen.«

Die Gruppe zog weiter, zurück blieb ein geplünderter Ständer.

Ich kaufte sämtliche Bücher von H. J. B. White.

Das Mädchen, das sie mir verkaufte, sagte: »Die meisten Touristen stürzen sich auf *Ich hasse euch*, aber mir gefallen die Romane besser. So herzerfrischende Geschichten.«

»Guter sauberer Sex?«

»O nein, gemischtrassig.«

»Pardon, ich bin sprachlich nicht auf dem neuesten Stand.«

Ich setzte meine Brille auf und las auf der Widmungsseite eines der Bücher: »Mein Dank gilt der Haaker-Stiftung, deren großzügige Unterstützung mir bei der Arbeit an diesem Werk eine unschätzbare Hilfe war.« In einem anderen Buch wurde der Stockwell-Stiftung gedankt. Mein Gefährte – er wurde zu meinem Gefährten – hatte seine Bücher unter den Arm geklemmt und las in meinen mit.

»Sehen Sie«, sagte er, »alle sind sie hinter ihm her. Ich kann mir nicht vorstellen, dass er mich empfängt.«

Wir bekamen Miniaturrumflaschen mit den Empfehlungen verschiedener Firmen geschenkt. Kleine Broschüren und

Prospekte voller Fotos und Landkarten mit Pfeilen und Kreuzen erzählten uns von den Schönheiten der inzwischen vollständig kartographierten Insel. Das Mädchen war besonders freundlich, als sie uns die Sehenswürdigkeiten erklärte.

»Schlammgeysire haben Sie hier«, sagte ich, »wie schön. Aber der Prospekt ist unvollständig. Und wo findet man heute das beste Bordell der Stadt?«

Touristen rissen die Augen auf. Das Mädchen rief: »Mr. Phillips!« Und mein Gefährte fasste mich am Arm, lächelte, wie man ein Kind anlächelt, und sagte sanft: »He, ich habe fast den Eindruck, ich muss mich um Sie kümmern. Ich weiß, wie das ist, wenn die Dinge aus dem Ruder laufen.«

»Wissen Sie was, das glaub ich Ihnen sogar.«

»Ich heiße Leonard.«

»Und ich Frank«, sagte ich.

»Frank wie Frankenstein. Nein, nein, vergessen Sie's, kleiner Scherz. Sehen Sie meinen Freund dort drüben, der, bei dem man das Gesicht nicht sieht? Das ist Sinclair.«

Sinclair stand da, mit dem Rücken zu uns, in ein paar quälende Gemälde von schwarzen Stränden unter stürmischen Himmeln vertieft.

»Aber Sinclair redet nicht mit Ihnen, schon gar nicht jetzt, wo er gesehen hat, dass ich mit Ihnen rede.«

Wir waren drei Fixpunkte im wilden Gewühl des Empfangsgebäudes.

»Warum redet Sinclair nicht mit mir?«

»Weil er eifersüchtig ist.«

»Sie Glückspilz.«

Ich riss mich los, um ein Taxi zu ergattern.

»He, Sie können mich nicht einfach hier stehen lassen. Ich sorge mich um Sie. Schon vergessen?«

Unter einem hölzernen Bogen mit der Aufschrift WILLKOMMEN AUF UNSERER FARBENFROHEN INSEL benahmen sich seriös gekleidete Taxifahrer – schiefergraue Hosen, weiße Hemden, manche sogar mit Krawatte –, als hätten die Radioaufrufe zur Höflichkeit ihnen den Verstand geraubt. Sie bedrängten die Touristen, leichte Beute in ihrer schreiend bunten, mit palmengesäumten Stränden, strohgedeckten Hütten und Baströcken bedruckten Baumwolle. Die Tropen, so schien es, existierten nur auf ihren Rücken; sie nahmen sie mit sich, wenn sie in ein Taxi stiegen.

Wir kamen auf einen Boulevard mit gläsernen Gebäuden, klimatisierten Bars, Tankstellen und zündend formulierten Werbesprüchen. STOLZ, TATKRAFT, KULTUR stand überall zu lesen. Über dem Zollgebäude flatterte eine Flagge. Ich kannte sie nicht: Strahlen einer gelben Sonne über einem wogenden, blauen Meer.

»Was habt ihr mit dem Union Jack gemacht?«

Der Taxifahrer sagte: »Sie haben ihn mitgenommen und uns diese hier geschickt. Um ehrlich zu sein, mir war der alte Union Jack lieber. Verstehen Sie mich nicht falsch, ich rede von der Flagge als Flagge. Sie schicken uns dieses Ding und versuchen sich damit anzubiedern, mit ihrem Gerede von *Goldgrund und Silberrand und Wappenschild mit Wellenbalken*. Anbiedern wollen sie sich damit, aber ich hab den alten Union Jack lieber gemocht. Der sah noch wie 'ne Flagge aus. Das hier sieht aus, als wenn sie sich's ausgedacht hätten. So wie ausländisches Geld, wissen Sie?«

Früher war die Insel mir flaggenlos vorgekommen. Sicher, es gab den Union Jack, aber der war keine eindrucksvolle Manifestation. Die Insel war ein treibender, losgelöster Ort, an den man seine eigene Flagge mitbrachte, wenn einem danach war. Abends, wenn es dunkel wurde, holten wir auf der Militärbasis das Sternenbanner ein, dazu erklang das Horn, und jeder amerikanische Soldat in der Stadt mit ihren engen Gassen, den hohen Bäumen und alten Holzhäusern stand stramm. Eine lächerliche Manifestation – die Kinder machten sich lustig über uns –, aber nur eine von vielen lächerlichen Manifestationen in dieser Stadt. Mr. Blackwhite hatte lange Zeit ein farbiges Porträt von Haile Selassie in seinem Vorderzimmer hängen, und in Ma-Hos Lebensmittelladen an der Ecke hing zwischen chinesischen Kalendern ein Foto von Tschiang Kai-schek. Auf der flaggenlosen Insel kehrten wir, wenn wir die Flagge grüßten, nach Amerika zurück, Ma-Ho würde nach Kanton zurückkehren, sobald der Krieg vorbei war, und das Bild von Haile Selassie sollte Mr. Blackwhite – und uns – daran erinnern, dass auch er einen Ort hatte, an den er zurückkehren konnte. »Diesen Ort hier gibt es nicht«, sagte er immer, und er war weiser als wir alle.

Jetzt, auf der Fahrt durch die Stadt, die ihr Gesicht so stark verändert hatte, dass die Veränderung auf das Land selber, die Beschaffenheit des Bodens übergegriffen zu haben schien, empfand ich erneut, dass die Wirklichkeit einer Landschaft, vielleicht sogar jeder Beziehung nur im Kopf existierte. Der Ort existierte jetzt – das war die Botschaft der Flagge.

Die Straße stieg langsam an. Auf einem Kanalrohr kauerten traurig zwei Calypsomusiker in voller Montur und warteten auf Kundschaft. Wenig später sahen wir zwei, die Erfolg gehabt hatten. Sie durften der glücklichen Ehefrau ein Ständchen bringen. Der Taxifahrer, Hände in den Hosentaschen, Zahnstocher im Mund, stand teilnahmslos dabei. Der verbitterte Ehemann auch, aber ihm sah man an, dass er gegen einen inneren Zorn ankämpfte.

Das Hotel war neu. Wandgemälde schmückten die Eingangshalle, zum Lob von Landschaft und Menschen, die das Hotel durch seine bloße Existenz zu verleugnen schien. Auf einem Aushang stand der Name unseres Schiffs mit dem Zusatz: »Abfahrtszeit ungewiss«. Ein Plakat warb für das Coconut Grove. Ein anderes kündigte eine Barbecue-Nacht im Hilton an, mit Gary Priestland – einer Fernsehberühmtheit – als Conférencier. Das Foto zeigte ihn umringt von seinen Assistentinnen. Aber ich sah nur Priest, Priest in weißer Robe, Meister des Wortes, Meister seiner sechs choralsingenden Mädchen. Er zwinkerte mir nicht zu. Finster, beinahe drohend blickte er mich an. Ich deckte sein Gesicht mit der Hand ab.

In meinen Stimmungen sage ich mir vor, dass die Welt nicht fortgespült wird – dass noch Zeit ist, dass die Vermischung von Fantasie und Realität, die mich so hilflos macht, nur in meinen Gedanken stattfindet. Aber gleichzeitig weiß ich, dass die Gedanken etwas Fremdes, Unbarmherziges sind, und ich werde ihrer nicht Herr. Hilton. Hilton. Selbst hier, selbst im Buch der Bücher auf dem Nachttisch. Und wieder das Coconut Grove, in einem Prospekt auf dem Tisch, neben der in grünes Zellophan geschweißten Obstschale mit roter Schleife.

Ich orderte telefonisch einen Drink, dann griff ich nochmals zum Telefon, um die Stimme zu hören und ihr nicht zu antworten. Schon vor dem Mittagessen hatte ich zu viel getrunken.

»Frank, deine Augen sind immer noch größer, als deine Zunge lang ist.«

Eine der Redensarten hier auf der Insel; ich meinte, die Worte durch das Telefon zu hören.

Lunch, Lunch. Er sei mit Verstand bestellt. Melone oder Avocado als Entrée, gefolgt von – ja, von was? Was? Kaum hatte ich den Speisesaal betreten, wurde der Heißhunger auf Austern und Schalentiere übermächtig. Der livrierte Page stolzierte durch den Saal, schlug auf eine Spielzeugtrommel und rief einen Namen aus. Ich stellte mir vor, es wäre meiner: »Frankie, Frankie.« Natürlich wusste ich es besser.

Ich sah den Rücken Sinclairs, der auf einen Tisch zuging. Er setzte sich an das hintere Ende, ein Mann, der den Überblick behalten will.

»Fühlen Sie sich besser?«

»Leonard?«

»Frank.«

»Essen Sie gern Fisch, Leonard?«

»In Maßen.«

»Ich werde mir ein paar Austern bestellen.«

»Ein gutes Entrée. Bestellen wir Austern, ich nehme ein halbes Dutzend.«

Der Kellner trug am Revers das Emblem der gelben Sonne über wogendem Meer; mein Blick schweifte über die Wellen.

»Ein halbes Dutzend für ihn, fünfzig für mich.«

»Fünfzig«, sagte Leonard.

»Na gut, sagen wir hundert.«

Leonard lächelte. »Mann, bin ich froh, Sie kennen gelernt zu haben. Sie glauben mir doch, Frank, oder?«

»Doch, ich glaube Ihnen.«

»Wissen Sie, die Leute kaufen mir nicht ab, dass ich zum Arbeiten hergekommen bin. Sie denken, ich tische ihnen Märchen auf.«

Der Kellner brachte Leonard seine sechs Austern und mir meine hundert. Es waren die kleinen, einheimischen Austern, Leonards sechs füllten kaum die Mulde seines Austerntellers.

»Das sind sechs Austern?«, fragte Leonard den Kellner.

»Sechs Austern, Sir.«

»Gut, gut«, sagte Leonard besänftigend, »war nur eine Frage. Sicher«, sagte er zu mir, »es hört sich nicht gerade nach Arbeit an. Wissen Sie …«

Der livrierte Page kam durch den Saal zurückmarschiert, eine helle Tonfolge auf seiner Spielzeugtrommel schlagend und einen Namen ausrufend.

»… wissen Sie, ich habe eine Million Dollar zu vergeben.«

Meine hundert Austern waren mir in einer Schüssel serviert worden. Ich löffelte etwa ein Dutzend heraus und schlürfte sie herunter.

»Genau«, sagte Leonard. »Hört sich nicht nach Arbeit an. Ist es aber. Man will doch sicher sein, dass man das Geld sinnvoll verwendet. Eine Million verdienen ist nicht schwer, sag ich immer. Viel schwerer ist es, sie auszugeben.«

»Was ich mir immer gedacht habe. Entschuldigen Sie mich bitte.«

Ich ging hinauf in mein Zimmer. Es waren zu viele Austern gewesen. Ich hatte wieder diesen Kloß im Magen. Schon zu diesem frühen Zeitpunkt musste ich mich zum Weitermachen zwingen.

Ich traf, wie immer bei solchen Gelegenheiten, sorgfältige Vorbereitungen. Ich fütterte meinen Hosenbund mit dem neuen lustigen Inselgeld, verteilte Geldscheine auf alle Hosentaschen, ein paar legte ich mir sogar in die Schuhe.

Zwischen meinen Papieren ein Brief von Zuhause. Nichts Wichtiges, keine Neuigkeiten, nur eine kleine Episode über den Abfluss und den wunderbaren Klempner, der geholfen hatte. Braves Mädchen. Brav.

Apropos. Ich hob den Hörer ab, ließ mir ein Amt geben, wählte die Nummer. Die Stimme meldete sich, und wieder verließ mich der Mut, und ich lauschte dem Knacken, bis die Leitung tot war.

Ich hatte mich aller Etiketten, all meiner Manifestationen entledigt. Bald würde ich frei sein. Hilton, Hilton: gottgewordener Mensch. Schluss mit alledem. Ich war sehr aufgeregt.

Ich ging zum Empfang, deponierte eine feste Summe im Hotelsafe. Der letzte Betrug, um den wir nicht herumkommen: Und wenn wir es noch so ernst mit der Flucht meinen, ein Hintertürchen lassen wir doch offen für die Flucht aus der Flucht.

Während der Empfangsportier sich am Safe zu schaffen machte, nahm ich den Bleistift vom Tresen, schwärzte das Weiß in Gary Priestlands Augen und schoss ihm einen Pfeil durch den Hals. Es war ein gut geschulter Empfangsportier. Erst als ich mich abgewandt hatte, nahm er das verschandelte Plakat herunter und ersetzte es durch ein neues.

Der livrierte Türsteher pfiff ein Taxi herbei. Ich gab ihm einen einheimischen Dollar, viel zu viel, aber ich hatte mein Vergnügen an seinem Bemühen, gleichmütig zu erscheinen. Er öffnete mir die Wagentür, ließ sie wieder zuklappen, salutierte. Es war der letzte Augenblick der Verantwortung. Ich nannte dem Fahrer nicht den Namen einer Bar, ich nannte ihm den Namen eines Kaufhauses in der Stadtmitte. Und als ich ausgestiegen war, ging ich tatsächlich in das Kaufhaus, als würde der Taxifahrer mich beobachten und ich dürfte nicht aus der Rolle fallen, die er sich zweifellos für mich zurechtgelegt hatte.

Das Kaufhaus hatte eine Klimaanlage. Die Welt war kühl und gedämpft. Was meinen Zorn anheizte.

»Kann ich etwas für Sie tun, Sir?«

»Danke, ich gehe hier nur durch.«

Ich hatte das mit unnötiger Schärfe gesagt; ein, zwei Kunden schauten her, instinktiv wartete ich auf Leonards Kommentar.

»Leonard«, flüsterte ich und drehte mich um.

Er war nicht da.

Die Verkäuferin trat einen Schritt zurück, und ich lief zur anderen Tür hinaus, wo mich feuchte Hitze ansprang, gleißendes Licht, der Gestank der Gosse. Es lebe die Klimaanlage. Meine Stimmung hatte Besitz von mir ergriffen. Ich war trunken von mehr und von weniger als Alkohol.

Das Geld rann mir durch die Finger. Das war Teil des Rausches: Geld wurde zu Papier, um das andere Menschen sich rauften. Zwei Dollar Eintritt hier, dort ein Bier für einen Dollar, Zigaretten das Doppelte: Ich bezahlte mit Papier. Grelle Räume, tödlich grell und geräuschvoll wie das Meer. Überall die Farben Gelb, Grün und Rot, auf Drinks, auf Etiketten, den Kalendern an der Wand. Und im Fernsehen, auf meiner Tour durch eine Vielzahl solcher Bars, immer wieder Gary Priestland, jetzt als Moderator einer Diskussion über die Liebe und die Ehe. Und aus einem schwarzen Gesicht, einem Frauengesicht, dessen tiefe Schwärze alle Konturen schluckte, die Worte: »Ja, ich habe aus Liebe geheiratet.« – »Nein, aus Hass hat sie geheiratet.« Gelächter wie Meeresrauschen. Jemand spielte am Knopf des Fernsehgeräts herum, und mir kam der – womöglich laut ausgesprochene – Gedanke: »Was für ein niederträchtiges Medium.«

Ich trieb durch grelle Räume, grelle Meere. Und dunkle Höhlen erforschte ich, so dunkel, dass man sich vorwärts tastete und sich setzte, um dann festzustellen, dass man allein war.

»Wo sind die anderen?«

»Müssen jeden Moment kommen.«

In einem nahezu leeren Raum – Dämmerlicht, dunkle Wände, dunkle Sessel – forderte der Mann, der auf der Tischkante saß, uns auf, zu ihm zu kommen. Alle sechs standen wir auf und gingen zu ihm hin wie zu einer Varietévorstellung. Er kreuzte die Beine und ließ sie schwingen. »Strippt er jetzt?«

Und wieder Verwirrung. Die Tür, ein gefliester Eingang, das dezente Schild:

BRITISH COUNCIL
Die Lyrik des elisabethanischen Zeitalters
Ein Kurs in sechs Vorträgen

Jedes Mal denke ich mir, wie viel besser es wäre, wenn ich mir Zeit lassen, in Ruhe auswählen würde. Jedes Mal gebe ich mir aufs Neue das Versprechen, es so zu machen. Aber als das Mädchen kam und – so traurig, schien es mir – zu mir sagte, »ich vögel mit dir«, wusste ich, es würde von vorne losgehen, ich würde nicht die Kraft haben, nein zu sagen.

STOLZ, leuchtete in Neonschrift über den Platz.

Sie bestellte ein Stout.

»Ein ehrenwertes Mädchen bist du.«

»Stout baut mich nun mal auf.«

TATKRAFT

Ihr Stout kam.

»Ah«, sagte sie, »meine gute alte Bulldogge.«

Und vom Etikett am Flaschenhals knurrte die Bulldogge mir entgegen. Zusammen mit dem Stout kamen zwei Männer, gekleidet wie die Calypsomusikanten in Reiseprospekten, gekleidet wie die Calypsomusikanten neben der leicht ansteigenden Straße zum Hotel.

»Dürfen wir den Herren auf unserer farbenfrohen Insel willkommen heißen?«

KULTUR

»Zieht Leine«, rief ich.

Sie schaute etwas nervös; unsicher nickte sie jemandem in meinem Rücken zu und sagte: »Ist schon gut, Percy.« Und zu mir: »Warum jagst du sie fort?«

»Die sind mir peinlich.«

»Wieso peinlich?«

»Sie sind nicht wirklich. Sieh her, ich könnte meine Hand durch sie hindurch stecken.«

Der Mann mit der Gitarre hob den Arm; meine Hand ging hindurch.

»In two-twos, this gentleman got the alcoholic blues«, ging das Lied weiter.

»O Gott!«

Als ich die Hände wieder vom Gesicht nahm, war da eine beringte Hand aufgetaucht. Eine erwartungsvolle Hand. Ich zahlte; ich trank.

Eine fette weiße Frau begann auf dem erhöhten Podium ihren schlichten kleinen Tanz. Ich mochte nicht hinschauen.

»Was ist los mit dir?«

Und als die Frau sich anschickte, die letzte Hülle fallen zu lassen, sprang ich auf und rief laut: »Nein!«

»Wie kann ein erwachsener Mann mich so blamieren!«

Der Mann, der mit einem Stock auf der obersten Treppenstufe gesessen hatte, trat an unseren Tisch. Er schwenkte die Hand durch den Raum mit seinen Gemälden von Steelbands und tanzenden Frauen auf goldenem Sand und zeigte auf ein Schild:

Die Gäste werden gebeten, von obszönen
und anstößigen Gesten Abstand zu nehmen.
Anordnung des Ministeriums für Erziehung
und öffentliche Ordnung.

»Ist schon gut, Percy«, sagte das Mädchen.

Percy musste sich aufs Zeigen beschränken. An Reden war wegen der Steelband nicht zu denken. Ich setzte mich.

Percy verzog sich, und das Mädchen sagte leise: »Jetzt setz dich wieder und sag mir, warum dir alles peinlich ist. Wozu kommt ihr Touristen denn sonst hierher?« Sie winkte die Kellnerin herbei. »Einmal Brathuhn für mich.«

»Nein«, sagte ich. »Kein Scheißbrathuhn für dich!«

In dem Augenblick hatte die Band zu spielen aufgehört, und meine Worte hallten durch den Raum. Die japanischen Seeleute – wir hatten ihre Fischtrawler im Hafen liegen sehen – schauten hoch. Die amerikanischen Flieger schauten hoch. Und Percy auch.

Und das Mädchen rief in die Stille des Raums: »Jeden Scheißdreck peinlich finden, und dann auch noch knauserig sein!« Sie stand auf und zeigte mit dem Finger auf mich. »Der reist durch die ganze Welt. Und ich will doch bloß ein Brathuhn.«

»Frank«, hörte ich eine Stimme flüstern.

»Leonard«, antwortete ich flüsternd.

»O, Junge, endlich hab ich Sie gefunden. Ich hab überall nach Ihnen gesucht. In so vielen Bars bin ich gewesen, in so vielen. Und jetzt hab ich diese ganzen schönen Namen, diese ganzen interessanten Menschen, die ich mit meinem Geld unterstützen soll. Manche wollten mir ihren Namen zuerst gar nicht nennen. Man weiß ja, wie gerne die Leute einen falsch verstehen. Ich hab mir Sorgen um Sie gemacht. Sinclair hat sich auch Sorgen gemacht.«

Sinclair saß ein Stück entfernt an einem Tisch, mit dem Rücken zu uns, und trank.

In der Zwickmühle zwischen Leonard und der Forderung nach einem Brathuhn wählte ich das Brathuhn.

»Übrigens«, raunte Leonard mir vertraulich zu, »das Coconut Grove scheint das Lokal zu sein, wo man hingeht. Klingt fantastisch, genau der Laden, den ich suche. Kennen Sie es?«

»Ich kenne es.«

»Also, warum fahren wir drei Hübschen nicht einfach hin?«

»Ins Coconut Grove? Ohne mich«, sagte das Mädchen.

»Ich meinte eigentlich Sie und mich und Sinclair«, sagte Leonard zu mir.

»Habt ihr alle 'nen Knall?« Sie stand auf und hielt die Flasche Stout über Leonards Kopf gekippt, wie um ihn zu begießen. »Percy!«, rief sie.

Leonard schloss die Augen, tatenlos, ergeben.

»Bin gleich wieder da, Leonard«, sagte ich und lief mit dem Mädchen, das noch die Flasche in der Hand hielt, die Treppe hinunter.

»Was hast du's plötzlich so eilig?«

»Keine Ahnung, aber das ist deine Chance.«

Die Taxitür am Fuß der Treppe stand einladend offen. Wir stiegen ein, die Tür klappte hinter uns zu.

»Ich musste einfach weg von den Leuten da oben. Die sind verrückt, richtiggehend verrückt. Wenn du wüsstest, was ich dir erspart habe.«

Sie sah mich an.

Das war der Anfang: Hinausgehen zwischen Tischen hindurch, verstohlene Blicke; Unlust, die hundert Meter zum Hotel zu Fuß zu gehen; das Zwei-Dollar-Taxi, die ungefegten Betontreppen, die schummrig beleuchteten Räume, die billigen Holzmöbel, die kitschigen Kalender an der Wand, höhnische Lust, höhnisches Fleisch, der bläuliche Schein der Bildschirme, Gary Priestland, jetzt mit Neuigkeiten über den Hurrikan, die absurde Vornehmheit vereinzelter Vitrinen, das abgenutzte Bett.

Und in lichten Momenten, das Telefon: das Krachen, das Knacken.

Das war der Anfang. Die Bars, die Hotels, nutzlose Gespräche mit Mädchen. »Wie heißt du? Wo kommst du her? Was willst du?« Die Drinks, das Völlegefühl im Bauch, der abartige Nachgeschmack der Inselaustern mit roter Pfeffersoße, die stickigen Zimmer, die Papierkörbe mit feuchtem, weißem Abfall, weiße Waschbecken, bei deren Anblick man – auf muffigen Betten rücklings hingestreckt – an Krankenhäuser denken musste, an Arzneien, Operationen, Fieber, Delirium.

»Nein!«

»Ich hab dich doch noch gar nicht angerührt.«

Über mir ein törichtes Gesicht, der armselige Körper, Reize feilbietend, die nicht reizten. Armseliger Körper, armseliges Fleisch; armseliger Mann.

Und neue Verwirrung: Ich musste wohl laut gesprochen haben. Eine Frau heulte auf, schrie ihre Kränkung heraus, rief nach tapferen Männern, dass das nackte, hölzerne Treppenhaus hallte. Zwischen Spalieren und Rosen, Dutzenden leuchtend weißer Rosen, bellte ein Hund, und knurrte. Der geschmähte schwarze Körper weiß vor Kränkung. Immer dieselben Schreie, derselbe Ruf nach Rache. Durch den Mittelgang, von Hunderten und Aberhunderten vollständig bekleideter Männer mit Brillen, Blöcken und Bleistiften gesäumt, jagte mich der Körper. Zum nächsten Eingang, dem nächsten Fliesenboden, dem nächsten dezenten Schild:

ALLIANCE FRANCAISE
Zeichenkurs
Pariser Modell
(Eintritt frei)

Und zwischendurch Leonard: Szenen wie aus einem Traum – der Mann mit einer Million Dollar zum Verschenken, der Rattenfänger, den ich wie in Trance die Straße entlanggehen sah, gefolgt von einer Prozession von Steelband-Musikern, Sängern und Frauen, die nach seinem Geld riefen. Er ging vorneweg, gütig, überwältigt, lächelnd.

Der Tag war vorbei, die Nacht ruckartig hereingebrochen, in großen Schlucken Zeit. Beleuchtete Docks hatten weise, nachsichtige Gesichter.

In der Bar roch es nach Rum und Latrinen. Durch die Öffnung im Maschendraht schob man mir mein Bier und ein paar Scheine und Kleingeld zu. Eine Hand griff nach meiner Rechten, und das schwarze Gesicht, das lächelnde, drohende, humorvolle, furchteinflößende Gesicht, das ich Pore für Pore, Härchen für Härchen zu studieren schien, sagte zu mir: »Lass das Kleingeld für mich liegen, ja?«

Verwirrung. Flüchtig wahrgenommene Gesichter, die mehr Neugier als Feindseligkeit auszudrücken schienen. Ein Taumeln und Gepolter; ein nasser Fußboden; meine eigenen Rufe, »Nein!«, und jedes Mal die Antwort: »Nächstes Mal hast du Geld dabei.«

Und in der stillen Seitenstraße des verlassenen Platzes, kurz vor Mitternacht, Aschenputtels Stunde, fand ich mich auf dem Gehsteig wieder, völlig klar im Kopf, die Füße im Rinnstein, eine Orange lutschend. Die alte Dame mit dem Strohhut beugte sich im Licht der gelben qualmenden Flamme einer Flaschenfackel über mich. Auf dem Bildschirm im Schaufenster Gary Priestland und die Ma-Ho-Four, ekstatisch und stumm hinter Panzerglas.

»Besser?«, fragte sie.

»Besser.«

»Die Leute heutzutage, die haben nicht, die wollen nur.«

»Was wollen sie?«

»Was du hast. Siehst du?«

Eine Stimme, amerikanisch nachäffend: »Ich kann dir alles beschaffen, Mann.«

»Was haben Sie?«

»Ich hab Weiße«, sagte der Taxifahrer. »Ich hab Chinesinnen, ich hab Portugiesinnen, ich hab Inderinnen, ich hab Spanierinnen. Schwarze nicht. Ich mach nicht in Schwarzen.«

»Recht so, junger Mann«, sagte die alte Dame. »Bewahren Sie sie vor Dummheiten.«

»Jetzt gerade kann ich weder Schwarze brauchen noch Weiße.«

»Das scheint mir auch so«, sagte die Dame mit den Orangen.

»Dann eben ins Coconut Grove«, sagte der Taxifahrer. »Ein Laden mit Kultur. Die ganzen alten Knacker gehen da hin.«

»Klingt ja ungemein amüsant.«

»Ja, ich weiß. Diese ganze Kultur, schön und gut, aber was hat man davon. Alles bloß Provokation, wenn Sie mich fragen. Die allerschärfsten Fummel, und am Ende braucht man seine zwei Hände doch nur zum Klatschen. Weil bei alten Knackern der Geist willig ist, aber das Fleisch schwach.«

»Kommt mir bekannt vor. Nach reiflicher Überlegung bin ich dafür, dass wir ins Coconut Grove fahren.«

»Aber so lässt man Sie da nicht rein, Mann. Schauen Sie sich an.«

»Tut mir Leid, aber ich komm nicht mehr ganz mit. Wollen Sie jetzt, dass ich in diesen Laden gehe, oder nicht?«

»Ich will gar nichts. Ich sag nur, dass die Sie da nicht reinlassen.«

»Probieren wir's aus.«

»In diesen Kulturschuppen haben sie die reinsten Kolosse als Türsteher, wissen Sie?«

Wir fuhren durch stille Straßen mit vereinzelt aufblitzenden Neonschildern: STOLZ, TATKRAFT, KULTUR. Im Autoradio kamen die Mitternachtsnachrichten. Fantastische Nachrichten, so wie sie aufgemacht waren. Es folgten die neuesten Meldungen zu Windgeschwindigkeiten und Temperaturen, und dem Hurrikan draußen überm Meer.

»Sehen Sie, was ich meine«, sagte der Taxifahrer, als wir anhielten.

»Es sieht ganz anders aus«, sagte ich. »Das war ein stinknormales Haus. Sie wissen schon, so eins mit Giebeln und Gitterwerk an den Dachtraufen.«

»Ach, die altmodischen Dinger. Die werden jetzt eins nach dem anderen abgerissen. Von denen gibt's nicht mehr viele.«

Das neue *Henry's* war quadratisch, mit viel Glas. Hinter dem Glas Topfpflanzen, dahinter Jalousien. Raue Steinwände, gekerbter Verputz, eine massive Glastür, über und über voll gepappt mit Aufklebern von Clubs und Reiseunternehmen, wie die Überseekoffer früherer Tage. Und hinter der Tür: der Rausschmeißer.

»Ein ganz schöner Koloss, hab ich Recht?«, sagte der Taxifahrer.

»Nicht gerade ein Zwerg.«

»Wollen Sie Ihr Glück versuchen?«

»Nachher, vielleicht. Erst mal will ich bitte ganz langsam die Straße entlangfahren.«

Der Rausschmeißer schaute uns nach. Ich drehte mich nach ihm um; er ließ mich nicht aus den Augen. Und wie hatte ich es nur vergessen können: gegenüber vom Coconut Grove – was? Ein Blick. Da war es.

Ministerium für öffentliche Ordnung und Erziehung
Universität
Fachbereich für Kreatives Schreiben
Dekan: H. J. B. White
Telegramme: Olympus

»Macht es Ihnen nichts aus, so langsam zu fahren?«, fragte ich den Fahrer.

»Überhaupt nicht, ich arbeite viel für Bestattungsunternehmer, wenn ich nicht anschaffen bin.«

Keine umgekippten Mülltonnen mehr, keine Straßenköter auf verstohlenen Raubzügen. Die Straße, die wir entlangfuhren, erinnerte an eine Architekturzeichnung. Über den schmucken neuen Gebäuden schwankten die Baumkronen. Es war stürmisch, rasende, schwarz-silberne Wolken. Wir kamen an eine Kreuzung.

»Supermarkt«, sagte der Fahrer und deutete mit dem Finger.

»Supermarkt.«

Ein Stück weiter verflog meine Angst. Wo ich erwartet – und befürchtet – hatte, ein Haus zu sehen, lag ein leeres Grundstück. Ich stieg aus, um es mir genauer anzuschauen.

»Was suchen Sie da?«, fragte der Fahrer.

»Mein Haus.«

»Das haben Sie einfach hier stehen lassen? Ganz schön leichtsinnig.«

»Sie haben es abgerissen.« Ich trat zwischen das Unkraut, schaute mich um.

»Das Haus ist weg«, sagte der Taxifahrer. »Also, was suchen Sie noch?«

»Eine Erklärung. Hier, lassen Sie mich allein.« Ich gab ihm das Fahrgeld.

Er fuhr nicht weg. Er blieb stehen und beobachtete mich. Ich ging zügig zurück zum Coconut Grove, mit wehenden Haaren und flatterndem Hemd, und mir war, als wäre ich schon einmal genauso, nicht nachts und unter einem wilden Himmel zwar, sondern bei Tag mit einem hohen hellen Himmel über mir, in diese Straße gekommen. Der Schrecken von Himmel und Bäumen, der Sog an meinen Füßen.

2

Damals hatte ich das Gefühl, dass wir der Insel die Tropen brachten. Als ich die Stadt kennen lernte, grenzte sie nicht an sandige Strände mit Kokospalmen, sondern an einen giftigen, morastigen Mangrovensumpf. Dann wurde das Land dem Meer wieder abgerungen, und die Leute, die in den Mangroven Austern gefischt hatten, verschwanden von der Bildfläche. Auf dem zurückgewonnenen Land ließen wir die Tropen entstehen. Wir stellten unsere Armeebaracken auf, hissten unsere Flagge, pflanzten Kokospalmen und Schutzhecken. Zwischen großen Holzhäusern mit Maschendraht vor den Fenstern stellten wir hübsche kleine Hütten mit Strohdächern auf.

Wir brachten der Insel die Tropen. Aber den Inselbewohnern muss es vorgekommen sein, als hätten wir ihnen Amerika gebracht. Alle arbeiteten sie für uns. Wenn man einen Mann fragte, was er macht, antwortete er nicht, ich fahre einen Lastwagen, oder, ich bin Zimmermann; er sagte, ich arbeite für die Amerikaner. Jeden Morgen fuhren Lastwagen durch die Stadt, sammelten die Arbeiter ein, und nachmittags fuhren sie wieder aus dem Stützpunkt heraus und brachten die Männer zurück.

Die Inselbewohner kamen zu unserem Stück Tropen. Und wir erkundeten ihres. Damals war nichts organisiert. Es gab keine Handzettel, die einem verrieten, wo man am besten einkaufte und wohin man ausging. Das musste man selber herausfinden. Und was die Bars betraf, lernte man schnell; es ist kein Spaß, zusammengeschlagen oder ausgeraubt zu werden.

Ein Mann aus dem Stützpunkt hatte mir von *Henry's* erzählt. Henry hält Ziegen im Hof, sagte er, und manchmal wird sonntags eine geschlachtet. Henry ist ein Original, sagte er. Das klang nicht gerade wie eine Empfehlung. Trotzdem bestieg ich an einem Donnerstagnachmittag ein vor dem Stützpunkt wartendes Taxi, um mir *Henry's* einmal anzusehen. Es heißt ja, Taxifahrer wissen alles.

»Kennen Sie einen Mann namens Henry?«, fragte ich den Taxifahrer. »Der Ziegen hält?«

»Die Insel ist klein, Chef, aber so klein auch wieder nicht.«

»Sie müssen ihn kennen. Er hält doch diese Ziegen.«

»Nein, Chef, Sie sind offen zu mir, also bin ich offen zu Ihnen. Wenn Sie es auf Ziegen …«

Er durfte mich bringen, wohin er wollte. Wir fuhren durch die alte, heruntergekommene Stadt, Holzhäuser auf Einzelgrundstücken, Verfall allenthalben, so schien es, inmitten der leuchtendsten Vegetation. Nicht gerade eine Stadt, die Amüsement versprach – allenfalls öde Nachmittage. Diese Straßen, totenstill und alle gleich, und die Häuser, so friedlich und langweilig und alle gleich: unbedeutende Menschen, die ihren kleinen, unbedeutenden Geschäften nachgingen.

Der Taxifahrer brachte mich in verschiedene Zimmer, mit Vorhängen verhängte, stickige, mit Möbeln voll gestellte und so verwahrloste Zimmer, dass einem jeder Gedanke an Lust verging. In einem lag sogar ein Baby. »Nicht meins, nicht meins«, sagte das Mädchen. Ich war etwas abgespannt, und der Fahrer nicht minder, als wir in die Straße kamen, wo ich, wie er sagte, Henrys Etablissement finden würde.

Der tapfere junge Mann auf der Suche nach Vergnügen. Der Funke war verglüht; um die Wahrheit zu sagen, war mir das Ganze ein bisschen peinlich. Ich wollte allein bei *Henry's* aufkreuzen. Ich gab dem Fahrer sein Geld.

Ich hatte wohl gehofft, etwas zu finden, das einem kommerziellen Betrieb wenigstens ähnlich sah. Ich hielt nach Tafeln und Schildern Ausschau. Nichts dergleichen. Vorbei an heruntergelassenen Rollläden kam ich zu einem Lebensmittelladen, ebenfalls mit heruntergelassenen Rollläden, und kenntlich gemacht nur durch ein kleines, schwarzes Anschlagbrett, auf dem in dilettantischer Schrift zu lesen stand, dass Ma-Ho berechtigt war, mit Spirituosen zu handeln. Ich wechselte auf die andere Straßenseite. Und nun entdeckte ich etwas, das ich zuvor übersehen hatte. Ein Schild an einem Haus, von dessen Fenstern Farne rankten:

Premier Commercial College
Stenografie und Buchführung
Dekan: H. J. Blackwhite

Hier und dort bewegte sich eine Gardine. Mein Spaziergang die Straße auf und ab erregte bereits Aufmerksamkeit. Aber zum Aufgeben war es zu spät. Ich ging zurück, am Premier Commercial College vorbei. Jetzt lehnte ein kleiner Junge zum Fenster hinaus. Er trug eine Krawatte und kicherte.

Ich fragte ihn: »He, lässt deine Schwester sich vögeln?«

Der Junge öffnete den Mund, heulte auf, sein Kopf verschwand. Hinter dem Farnkraut klang Gekicher hervor. Ein hoch gewachsener Mann stieß eine Tür mit getönten Glasscheiben auf und trat auf die Veranda heraus. Eine ehrwürdige Erscheinung. Er trug schwarze Hosen, ein weißes Hemd und eine schwarze Krawatte. In der Hand hielt er eine Gerte.

Mit englischem Akzent sagte er: »Verschonen Sie uns mit Ihrem Schweinkram. Das hier ist eine Schule. Hier widmet man sich geistigen Dingen.« Er deutete streng auf das Schild.

»Tut mir Leid, Mr. … «

Er deutete abermals auf das Schild. »Blackwhite. H. J. Blackwhite. Meine Geduld ist am Ende. Ich werde ein Protestschreiben an die Zeitungen aufsetzen.«

»Ich hätte auch nicht übel Lust dazu. Kennen Sie ein Lokal namens *Henry's*?«

»Das hier ist nicht *Henry's*.«

»Nichts für ungut. Aber bevor Sie wieder verschwinden, sagen Sie mir doch kurz, was ihr hier eigentlich so macht.«

»Wie meinen Sie das, was wir machen?«

»Was ihr hier so macht, meine ich. Ihr macht doch nichts. Warum macht ihr dann damit weiter?«

Wieder Gekicher hinterm Farnkraut. Mr. Blackwhite drehte sich um und verschwand durch die getönten Glastüren ins Zimmer. Ich hörte ihn mit der Gerte auf ein Pult schlagen und schreien: »Ruhe hier! Ruhe!« In der Stille, die er sich augenblicklich verschafft hatte, schlug er einen Jungen. Dann erschien er wieder auf der Veranda, die Ärmel aufgekrempelt, das Gesicht schweißglänzend. Er schien nur zu bereit, den Wortwechsel mit mir fortzusetzen, aber in dem Augenblick bogen mehrere Armeejeeps um die Ecke, und wir hörten die Rufe von Männern und Frauen. Zu viel der Fröhlichkeit, dachte ich. Abscheu und Besorgnis verdrängten den Triumph von Blackwhites Gesicht.

»Ihre Kollegen und Kampfgefährten«, sagte er.

Mit einer Art beherrschter Eile verschwand er hinter der Glastür. Seine Klasse fing an zu singen: »Flow gently, sweet Afton.«

Die Jeeps hielten vor dem uneingezäunten Grundstück gegenüber von Mr. Blackwhites Schule. Auf dem Grundstück standen zwei verandalose Holzhäuser. Kleine Häuser auf niedrigen Betonpfeilern; möglicherweise standen dahinter noch mehr davon. Ich blieb auf dem Gehsteig stehen, die Jeepbesatzungen purzelten aus den Fahrzeugen. Halb hoffte ich, von der Welle der Ausgelassenheit mitgerissen zu werden. Aber Männer und Frauen strömten nur rechts und links an mir vorüber, und als die Flutwelle sich im Haus und im Hinterhof verlaufen hatte, war ich übrig geblieben, auf dem Gehsteig gestrandet.

Henry's, so viel war klar, war eine Art Club. Jeder schien jeden zu kennen und machte viel Aufhebens davon. Ich stand herum. Kein Mensch nahm Notiz von mir. Ich tat so, als wartete ich auf jemanden. Und kam mir lächerlich vor. An Vergnügen verschwendete ich bald keinen Gedanken mehr. Hier stand meine Würde auf dem Spiel.

Henry's war deshalb ein so schwieriger Fall, weil der Laden nicht kommerziell strukturiert zu sein schien. Es gab weder eine Bar noch Kellner. Das ausgelassene Volk ließ sich einfach auf den Betonstufen nieder, die vom steinigen Boden zum Eingang hinaufführten. Keine Tische hier draußen, und keine Stühle. In einigen Räumen glaubte ich etwas in der Art erkennen zu können, aber ich wusste nicht, ob ich das Recht hatte, hineinzugehen. Zweifellos war es ein Lokal, in das man nicht alleine kam.

Schließlich war es Henry, der mich ansprach. Dass ich ihn nervös machte, sagte er, und die Mädchen auch. Es seien Mädchen wie Rennpferde, sehr nervös und empfindlich. Und er fügte hinzu, als wäre damit alles erklärt: »Der Laden ist das, wonach er aussieht.«

»Ein sehr schöner Laden«, sagte ich.

»Du musst mir nicht schmeicheln; wenn du bleiben willst, gut, und wenn nicht, ist es auch gut.«

Henry war noch kein Original. Er arbeitete daran. Ich mag Originale nicht. Sie beunruhigen mich, und vielleicht war gerade die Tatsache, dass Henry noch kein Original war – noch kein Entertainer, lustig, aber ausgrenzend –, der Grund dafür, dass ich so gut mit ihm auskam. Später, als aus ihm ein Original geworden war, war ich ein Original an seiner Seite, und das Ausgrenzen besorgten wir gemeinsam.

Wie gesagt, an diesem ersten Nachmittag hängte ich mich um meiner Würde willen an ihn. Außerdem hegte ich leisen Groll gegen die anderen, so überfröhlich und dazugehörig, und ich wollte nicht allein sein.

»Wir waren aus«, sagte Henry. »Kleiner Ausflug, du weißt schon. Die Bucht hinter den Hügeln, die einzige, die ihr uns gelassen habt. Ich versteh's nicht, ihr sagt, ihr seid hier, um einen Krieg zu führen, und als Erstes nehmt ihr uns unsere Strände weg. Sämtliche weißen Sandstrände nehmt ihr uns weg und lasst uns bloß schwarzen Sand.«

»Du kennst unsere Bürokraten. Die haben's gern sauber.«

»Klar«, sagte er. »Unsere haben's auch gern sauber. Was meinst du, wie viele von denen mich lieber heute als morgen aus der Stadt jagen würden.«

»Der Kerl von gegenüber zum Beispiel.«

»Ach, du kennst den alten Blackwhite schon?«

»Er will den Zeitungen einen Brief über mich schreiben. Und über dich auch, hatte ich den Eindruck. Und deine Kollegen und Kampfgefährten.«

»Die drucken nicht jeden von Blackwhites Briefen. Alles eine Frage der Beziehungen, weißt du. Er glaubt, dass er mit seiner Schreibmaschine bessere Chancen hat. Womit hast du seinen Zorn gereizt? Ich kann mir keinen ruhigeren Mann vorstellen als dich.«

»Ich hab einen von seinen Jungen gefragt, ob seine Schwester sich vögeln lässt.«

Belustigung sah seltsam aus auf Henrys griesgrämigem Gesicht. Er war einer von der asketischen Sorte. Sein Haar hatte er straff nach hinten gebürstet, und eine Krawatte als Gürtel hielt die Hose auf den mageren Hüften. Das war die eine verwegene, verwirrende Besonderheit seiner Aufmachung.

Henry sprach weiter: »Das Problem mit den Eingeborenen …«

Ich zuckte bei dem Wort zusammen.

»Ja, Eingeborene. Das Problem mit den Eingeborenen ist, dass sie mich nicht mögen. Ich gehör hier nicht her, weißt du. Ich bin einer wie du. Der von woanders kommt. Von einer schönen Insel, das kann ich dir sagen. Ich hab das alles hier aus dem Nichts aufgebaut.« Er deutete zum Hinterhof. »Stinkfaul, die Leute hier, und dann noch so verdammt missgünstig. Dauernd versuchen sie, mich ausweisen zu lassen. Illegaler Einwanderer, diese Tour. Aber sie können mir nichts. Die großen Tiere fressen mir aus der Hand. Schon mal was von Gordon gehört? Ein Schwarzer, aber der beste Anwalt, den wir haben. Bis zu dieser Scheidungsgeschichte war Gordon Stammgast hier. Große Sache damals. Habt ihr im Stützpunkt sicher auch mitgekriegt.«

»Klar, das haben wir mitgekriegt.«

»Und jedes Mal, wenn die mir wieder mit der illegalen Einwanderung kommen, gehe ich schnurgerade zu Gordon in die Kanzlei. Die Angestellten – du weißt schon, so Bubis mit Schlips und Kragen –, die sind erst mal grob, aber ich sag nur: ›Geht Alfred Bescheid sagen‹ – er heißt Alfred Gordon –, ›geht Alfred Bescheid sagen, Henry ist hier.‹ Und da klappt ihnen dann der Mund auf, wenn Mr. Gordon höchstpersönlich rauskommt und mir die Hand schüttelt und mich vor aller Augen an seine Brust drückt. ›Ihr müsst alle warten‹, sagt er, ›erst ist mein alter Freund Henry an der Reihe.‹ Mit den Zähnen genauso.«

»Den Zähnen?«

»Den Zähnen. Immer, wenn ich einen Zahn gezogen kriegen will, lauf ich zum alten Ling-Wing – Chinese, aber der beste Zahnarzt in der Stadt –, und schwupps, ist er draußen. Man muss eine Philosophie haben im Leben. Schau meinen Vater an«, sagte er, »ein absoluter Nichtsnutz. Den ganzen Tag nur am Spielen, ein Spiel, das Wappee oder Alle Viere hieß. Und wenn meine Mutter dann zu jammern anfing: ›Hezekiah, und was willst du deinen Kindern hinterlassen?‹, hat mein Vater immer nur gesagt: ›Land hab ich keins, Geld hab ich auch keins. Aber ich hinterlass meinen Kindern einen Haufen wunderbare Freunde.‹«

»Eine sehr schöne Philosophie«, sagte ich.

»Irgendwie müssen wir doch alle zusammenhelfen. Die einen so, die anderen anders. Ich glaube, wir beide kommen gut miteinander aus. Mavis, schenk ihm einen Drink ein. Ist nicht aufs Maul gefallen, der Junge.«

Henry, stets ein Glas Cola-Rum an den Lippen, hatte das rührselige Stadium erreicht. Und ich war auch etwas angeheitert.

Einer der Amerikaner, die mit auf dem Ausflug an die Bucht waren, kam zu uns her. Leicht schwankend. Er müsse los, sagte er.

»Schon klar«, sagte Henry. »Der Krieg und so.«

»Was bin ich schuldig, Henry?«

»Das musst du wissen. Ich führ keine Listen.«

»Lass mich mal überlegen. Ich glaub, ich hatte ein Hühnerpilaw. Und drei oder vier Cola-Rum.«

»Gut«, sagte Henry. »Das bist du mir schuldig.«

Der Mann bezahlte. Kommentarlos nahm Henry sein Geld. Als der Mann gegangen war, sagte er: »Alkohol ist keine Entschuldigung. Ich glaube das nicht, dass die Leute nicht mehr wissen, was sie tun. Der kommt mir hier nicht wieder rein. Er hatte zwei Hühnerpilaws, sechs Cola-Rum, fünf Flaschen Sodawasser und zwei Whiskeys. Das nenne ich Verderbtheit.«

»Es ist Verderbtheit, und ich schäme mich für ihn.«

»Ich will dir was erzählen«, sagte Henry. »Als die alte Queen gestorben ist … «

»Die alte Queen?«

»Meine Mutter. Ich wusste gar nicht, wie mir geschah. Und dann hatte ich diesen kleinen Traum. In dem Traum ist mir der alte Herr erschienen.«

»Dein Vater? Hezekiah?«

»Nein. Gott. ›Henry‹, hat er gesagt, ›Henry, umgebe dich mit Liebe, aber meide die Verderbtheit.‹ Auf der Insel, von der ich dir erzählt hab, eine schöne Insel, wenn du mich fragst, da war diese Frau, schön, aber böse. Zwei, drei Kinder hat sie mir angehängt, und zack, was glaubst du, schon will sie mich vor den Traualtar zerren.«

Die Sonne sank. Auf dem Militärstützpunkt, dem von uns erschaffenen Stück Tropen, blies das Horn zum Zapfenstreich. Henry schnipste mit den Fingern, damit wir alle aufstünden. Wir erhoben uns und salutierten bis zum letzten Ton.

»Ich habe eine Schwäche für diese kleinen Bräuche«, sagte er. »So ein hübscher kleiner Brauch, den ihr uns da mitgebracht habt.«

»Und was war mit der Frau auf der schönen Insel und den zwei oder drei Kindern?«

Henry sagte: »Ich hab Reißaus genommen vor der Verderbtheit. Wie der Teufel. Ich hab verbreiten lassen, dass ich tot bin. Und irgendwie stimmt das ja auch. Ich kann nie mehr zurück auf meine schöne kleine Insel. Schöner als diese, oh ja. Schön-schön. Aber die Frau wartet auf mich.«

Von der Straße klangen Kirchenlieder herein.

»Geld«, sagte Henry. »Mädchen, habt ihr alle euer Geld bereit?«

Alle holten sie kleine Münzen hervor, und wir gingen hinaus auf den Gehsteig. Ein großer bärtiger Mann in weißem Gewand und Sandalen dirigierte einen kleinen Kirchenchor, sechs schwarze Mädchen in weißen Kleidern. Liebliche Lieder sangen sie; wir lauschten schweigend.

Dann sagte der bärtige Mann: »Brüder und Schwestern, üblicherweise heißt es bei solchen Gelegenheiten, zur Reue sei immer noch Zeit.« Man konnte ihm anhören, wie sehr seine Redegewandtheit ihn beglückte. Sein Akzent war sehr englisch. »In meinen Augen ist das jedoch, gerade in Zeiten wie diesen, nichts anderes als eine fahrlässige Verheißung selbst ernannter Evangelisten, denen das Geldzählen wichtiger ist als der Countdown unserer nahenden Vernichtung.« Dann wechselte er plötzlich das Register. Er schwieg, schloss die Augen, leicht schwankend, bevor er die Arme in die Luft warf und mit völlig veränderter Stimme rief: »Das Wort der Schrift wird Wahrheit werden.«

»Welches Wort?«, antworteten ein paar von Henrys Mädchen im Chor, und andere: »Welche Stelle?«

Der Mann im weißen Gewand sagte: »Die Stelle, wo geschrieben steht, dass junge Leute der Schlechtigkeit verfallen und Unmoral und Gewalt das Land heimsuchen werden. Diese Stelle.«

Sein kleiner Chor fing wieder an zu singen, und er ging herum und kassierte, und dabei sagte er: »Ihr dürft das nicht persönlich nehmen, hört ihr, wirklich nicht. Ich weiß ja, dass ihr zu unserem Schutz hier seid, aber Wahrheit muss Wahrheit bleiben.«

Er sammelte sein Geld ein, ließ es in einer Tasche seines Gewands verschwinden, tätschelte die Tasche und tätschelte gleich weiter: Jedes seiner Chormädchen tätschelte er, aus Zuneigung oder um sich zu vergewissern, dass keine irgendwelche von den eingesammelten Münzen behalten hatte. Dann übertönte er ihren Gesang mit einem: »Rechtsum«, und indem er jeder Einzelnen beim Vorübergehen die Schulter tätschelte, folgte er seinem Chor auf dem Weg zum Lebensmittelladen an der Ecke, wo das Konzert unter der Dachtraufe aus rostigen Eisenschnörkeln seine Fortsetzung fand.

Es war dunkel geworden. In Henrys Hof machte sich Picknickatmosphäre breit. In verschiedenen Räumen wurden Mahlzeiten zubereitet, Grammophone spielten. Aus weiter entfernten Höfen tönte die Musik von Steelbands herüber. Im Schutze der Nacht nahm das Beisammensein im Garten traute, familiäre Züge an. Nur dass ich noch nicht Teil der Familie war.

Ein Mädchen mit Umhängetasche kam herein. Sie begrüßte Henry, und er empfing sie mit großer Geste, in der allerdings ein leiser Vorbehalt, eine leise Scheu mitzuschwingen schien. Er nannte sie Selma. Ich nahm sie in Augenschein. Ich wurde der Dritte in ihrem Bunde; ich wurde nervös.

Schönheit ist etwas, das mich immer nervös macht, und in diesem Rahmen, in Gegenwart einer Person, die ich nicht einschätzen konnte, bekam ich fast ein bisschen Angst. Ich kannte die Regeln bei *Henry's* noch nicht, und dass hier eigene Regeln galten, daran gab es keinen Zweifel. Ich war unerfahren. Unerfahren, sage ich. Aber wie weit bin ich mit meiner Erfahrung seither gekommen? In solch einer Lage, an solch einem Ort, schwanke ich noch immer zwischen Zurückgenommenheit und Maulheldentum.

Selma strahlte etwas Ungebundenes, Gelassenes aus. Eine Gelassenheit, so empfand ich, wie sie nur den Besitzenden eigen ist – oder denen, die besessen werden. Das hob sie von den anderen ebenso ab wie ihre Kleidung, ihr Auftreten, ihre Haltung. Womöglich war sie Henrys Mädchen, die Nachfolgerin jener anderen, der Zurückgelassenen auf der hübschen kleinen Insel; oder sie gehörte zu jemandem, der noch gar nicht aufgetaucht war.

Nachdem sie mit ihrer sehr intimen Begrüßung fertig waren, stellte Henry uns einander vor

»Er ist ein fantastischer Redner«, sagte er.

»Und ein fantastischer Zuhörer«, sagte ich.

Sie fragte Henry: »Hat er Priest reden hören?«

Ich antwortete: »Hab ich. Eine fulminante Predigt.«

»Ich mag es, wenn ein Mann mit der Sprache umgehen kann«, sagte sie.

»Das kann er«, sagte ich.

»Man hört gleich«, sagte sie, »dass er ein gebildeter Mann ist.«

»Unbedingt.«

Es entstand eine Pause. »Wenn er nicht predigt«, sagte sie, »verkauft er Versicherungen.«

»Die ideale Kombination. Erst jagt er uns eine Heidenangst ein, dann dreht er uns eine Versicherung an.«

Sie fand das nicht lustig. »Ich wäre gerne versichert.«

»In deinem Alter?«

»Gerade in meinem Alter. Da kriegt man noch gute Konditionen. Ich weiß nicht, aber mir würde das gefallen. Muss ein schönes Gefühl sein. Ich hab eine Tante auf dem Land. Die kann auf großem Fuß leben, weil sie versichert ist. Immer wenn sie wieder etwas Neues anschafft, lässt sie es einen wissen.«

»Und, warum kaufst du dir dann keine Versicherung?«

Sie sagte: »Ich bin sehr arm.«

Und so, wie sie es sagte, setzte es eigentlich einen Punkt hinter unser Gespräch. Ich mag die Armen und Bescheidenen nicht leiden. Wir alle sollten unsere Armut verstecken. Selma schien keinen Grund zum Stolz darin zu sehen, aber auch keinen Grund zur Beschämung; es war ein Zustand, den es möglichst bald zu verändern galt. Solche kleinen Dinge kommen in jeder Verbindung vor, kleine, warnende Reibungen im glatten Ablauf des Kennenlernens, die wir lieber ignorieren. Wir täuschen uns selbst, immerzu; wir dürfen hinterher nicht sagen, wir seien nicht gewarnt worden.

»Was würdest du tun, wenn du einen Haufen Geld hättest?«

»Ich würde einen Haufen Dinge kaufen«, sagte sie nach kurzem Nachdenken. »Einen Haufen schöne, moderne Dinge.«

»Was für Dinge?«

»Eine dreiteilige Couchgarnitur. So eine ganz flauschige. Wo man drin versinkt. Und eine schöne Tagesdecke würde ich kaufen, seidig und dick und kreuz und quer gesteppt. Wie Norma Shearer in *Escape* eine hatte.«

»Seltsam. Das ist das Einzige, was ich von dem Film noch weiß. Was meinst du, was sie da im Bett gemacht hat? Aber das war eine Daunendecke. Damit kannst du in diesem Teil der Welt nichts anfangen. Viel zu warm.«

»Ach, egal, wie das heißt, so eine will ich. Und Schuhe, Unmengen von Schuhen würde ich mir kaufen. Hast du nachts Albträume?«

»Ständig.«

»Weißt du, was ich für welche habe?«

»Erzähl's mir.«

»Ich bin in der Stadt, weißt du. Gehe die Regent Street entlang. Die Leute starren mich an, und ich merke: Etwas ist anders als sonst. Es ist mir nicht mehr peinlich. Ich fühle mich wie eine Schönheitskönigin. Dann sehe ich mich in einem Schaufenster. Ich bin barfuß. An der Stelle wach ich immer auf. Und meine Füße hängen über die Bettkante.«

Ich war immer noch nervös. Das Gespräch schien sich wieder von dem Punkt wegzubewegen, auf den ich es eigentlich hinlenken wollte, wenn auch mittlerweile, um ehrlich zu sein, nur noch aus Pflichtgefühl. Aber manchmal sind wir uns selbst gegenüber in der Pflicht.

Ich sagte: »Bist du aus der Stadt?«

»Ich bin vom Land.«

Frage, Antwort, Punkt. Ich versuchte es weiter. Henry stand in der Nähe, eine Flasche in der Hand.

Ich sagte: »Wieso kommt ein Mädchen wie du in so einen Laden?« Und ehrlich, ich schämte mich der Worte, kaum dass sie heraus waren.

»Das nenne ich eine gemeine Frage«, sagte Henry.

Gleichzeitig schlug Selma mir ins Gesicht.

»Findest du das eine nette Frage?«, sagte Henry. »Ich finde es eine gemeine Frage. Eine unmoralische Frage.« Er deutete durch die offene Tür auf ein kleines Schild in einem der inneren Räume: *Sei versaut, aber bitte nicht laut.* »Über so etwas reden wir hier nicht.«

»Tut mir Leid.«

»Es ist nicht wegen mir«, sagte er. »Ich sorge mich um Selma. Ich weiß nicht, warum, aber das Mädchen weckt das Böse in den Leuten. Sie lockt aus Blackwhite das Böse hervor. Er muss nichts sagen, ich seh es seinen Augen an: Er will sie bessern. Und weißt du, was das heißt – bessern? Bessern heißt: Pfoten weg, nur für mich! Sie bringt das Böse in Priest zum Vorschein. Er will sie nicht bessern. Er will sie. Weißt du, Frankie, es kommen solche Leute her, aber eben auch andere. Selma ist ein gebildetes Mädchen, weißt du? Cambridge Junior Certificate. Latein und Französisch und Geometrie, lauter so Zeug. Sie arbeitet in einem der großen Kaufhäuser. Keinem von den kleinen Syrerläden, weißt du? Ab und zu kommt sie hierher, so wie du. So ist das Leben. Lasst uns das Böse da raushalten, lasst es uns da raushalten. Viele der Mädchen arbeiten in Kaufhäusern. Wenn ich ein Hemd brauche, gehe ich in eins von den Kaufhäusern, und die Mädchen geben mir ein Hemd. Wir müssen uns gegenseitig helfen.«

»Du musst eine Menge Hemden haben«, sagte ich.

»Ja, ich habe eine Menge Hemden. Hör zu, ich sag dir was. Selma und noch ein, zwei andere von denen, die du hier siehst, nennen wir *Wabeen*.«

»Wabeen?«

»Einer unserer Süßwasserfische. Ein bisschen lose. Nur ein *bisschen*. Nicht für alle und jeden. Verstehst du? Wabeen, und nicht *Spote*.«

»Spote?«

»Spote bedeutet – komm, Frank, zwing mich nicht, hier unanständige Reden zu führen. Spote ist, was du hier siehst.« Er schwenkte die Hände Richtung Hof.

Die Musik der Steelbands klang jetzt ganz nah, und dann gleich darauf kamen die Musiker durch das Tor im Wellblechzaun auf der Rückseite. Die Instrumente hatten sie aus alten Mülltonnen hergestellt, und sie spielten eine derbe Musik auf ihnen, wie ich sie noch nie gehört hatte.

»Sie dürfen sich nicht erwischen lassen, weißt du?«, erklärte mir Henry. »Es ist verboten. Wegen dem Krieg. Unterstützung der Kriegsanstrengungen.«

Am Zaun stand ein offener Schuppen. Ein Schuppen mit einer Wandtafel. Die Tafel war mir aufgefallen, ich fragte mich nach ihrem Zweck. In diesem Schuppen begannen jetzt zwei, drei Personen zu tanzen. Sie zogen Zuschauer an; sie machten aus Zuschauern Teilnehmer. Aus den Zimmern der Häuser auf Henrys Anwesen und aus anderen Hinterhöfen und über den Abwasserkanal auf der Rückseite strömten immer mehr Leute herbei, um zuzuschauen. Jeder Tänzer tanzte allein. Jeder Tänzer steigerte sich in ein einsames Delirium. Frauen aus dem Publikum rissen Zweige aus der Hibiskushecke und schlugen von Zeit zu Zeit, gleichsam als Segnung und als Lohn, mit grünen Blättern auf die staubigen Füße der Tänzer.

Henry legte mir den Arm um die Schultern und führte mich dorthin, wo Selma stand. Die Hand ließ er auf meiner Schulter liegen. Schweigend standen wir zusammen und schauten zu. Seine Hand verband uns, heilte uns.

Ein Pfiff gellte. Rufe ertönten – »Polizei!« –, und in Sekundenschnelle verwandelte sich der Hof. Einige der Mülltonnen standen plötzlich aufrecht, in manchen verschwanden Schnapsflaschen; Tänzer und Publikum saßen ordentlich aufgereiht unterm Schuppendach und vor ihnen stand ein Mann und schrieb etwas an die Tafel. Viele von Henrys Mädchen setzten Brillen auf. Eine oder zwei hatten Stickereien in der Hand.

Ich hatte den Eindruck, dass die Polizisten sich mit dem Hereinkommen Zeit ließen. Als sie da waren, schüttelte der Inspektor Henry die Hand und sagte: »Na, mal wieder Abendschule heute?«

»Wie Sie sehen«, sagte Henry. »Jeder ist seines Nachbarn Lehrer.«

Der Inspektor nahm die Hand aus Henrys Hand und schloss die Finger zur Faust. Er wurde gesprächig. »Tut mir Leid, mein Lieber«, sagte er. »Wir tun nur unsere Pflicht. Der alte Blackwhite hat's wirklich auf dich abgesehen. Und diese Mrs. Lambert hat auch wieder Anzeige erstattet.«

Ob ich mich aber mit Selma und den anderen eingelassen hätte, hätte ich nicht noch am selben Abend, als ich schon ausgezogen war und neben Selma lag, meine Kleider aus dem Fenster tanzen sehen? Sie tanzten einfach hinaus, es war, als hätten sie ein Eigenleben bekommen.

Ich schrie auf.

Selma wirkte wenig überrascht. Sie sagte: »Sie gehen offenbar angeln heute Nacht.«

»Angeln?« Ich stürzte zum Fenster, hinter meinen verschwindenden Kleidern her.

»Ja, angeln, verstehst du, durch offene Fenster. Hier ein Hemd, da eine Hose angeln. Hat keinen Sinn, ihnen nachzulaufen. Bald ist Karneval, da braucht jeder ein schönes Kostüm.«

Sie hatte Recht. Als ich am nächsten Morgen erwachte, fiel mir wieder ein, dass ich bis auf Unterhose und Unterhemd ohne Kleider war. Ich riss das Hoffenster auf und sah halb nackte Amerikaner aus Fenstern hängen. Wir schauten uns an. Keiner sagte ein Wort. Die Nacht war vorbei, es war Morgen.

Mädchen und Jungen waren unterwegs zu Mr. Blackwhites College. Einige blieben stehen, um die im Rinnstein liegenden Präservative zu studieren. Selma war bereits angezogen. Sie musste zur Arbeit. Wenigstens Henrys Geschichte von den Mädchen, die in Kaufhäusern arbeiteten, schien also wahr zu sein. Henry höchstpersönlich brachte mir eine Tasse Kaffee.

»Kannst eins von meinen Hemden haben. Ich muss bloß die Runde machen, schon krieg ich neue, verstehst du?«

Das Morgenleben in Henrys Hof hatte wenig gemein mit dem Nachtleben. Allenthalben herrschte leise werktägliche Betriebsamkeit. Ein großer dünner Mann machte Aufwärmübungen. Er trug Unterhemd und kurze Hosen und rieb sich von Zeit zu Zeit mit Öl aus einer kleinen Phiole ein.

»Kanadisches Heilöl«, sagte Henry. »Ich muntere ihn gern ein bisschen auf. Mano ist Geher, verstehst du? Leider etwas ungeduldig, zum Schluss fängt er immer zu laufen an und wird disqualifiziert.«

»Wie schrecklich«, sagte ich. »Und was ist mit meinen Kleidern?«

»Du musst dich in Toleranz üben. Das ist etwas, was du auf dieser Insel lernen musst.«

Mano ging in die Hocke und schnellte hoch. Um ihn herum wurden auf Hintertreppen Kohlenpfannen angefacht,

Frauen bereiteten das Frühstück. Viel Grün überall, mehr als ich erinnerte. Hinter dem Abwasserkanal sah ich die ebenso belaubten Hinterhöfe anderer Häuser, und in einigen dieser Höfe hingen Khakiuniformen und weiße Marineuniformen schlaff von Wäscheleinen.

Henry war meinem Blick gefolgt. »Bald ist Karneval, Frank. Und euch gehört schließlich die ganze Welt. Manche helfen auf die eine Weise, manche auf andere.«

Nach Henrys Philosophie stand mir gerade gar nicht der Sinn. Ich lief, so wie ich war, auf den Gehsteig hinaus. Gemessen an den Standards der Straße war ich in Hosen und Unterhemd nicht einmal schlecht gekleidet. Nebenan sonnte sich ein alter Neger im Eingang zu einem Raum, der wie ein heruntergekommenes Buchantiquariat aussah. Er trug einen eng sitzenden Khakianzug. An der Innenseite der Tür hing ein blumiges Schild – MR. W. LAMBERT, BUCHBINDER –, und ich verstand, dass das Haus bei geschlossener Vordertür das ehrbare, abweisende Wohnhaus gewesen war, das ich tags zuvor gesehen hatte, und jetzt, bei geöffneter Vordertür, war es ein Laden. Neben Mr. Lambert – ich glaubte annehmen zu dürfen, dass es sich um Mr. Lambert handelte – stand ein kleines Glas Rum. Als ich vorüberging, hob er das Glas gegen das Licht, blinzelte hinein, nickte mir zu und sagte: »Mein Yankee-Freund, guten Morgen, möge Gott dich befreien von Sorgen.« Damit trank er das Glas auf einen Schluck leer, und sein frohgemutes Gesicht verzog sich zu einem gequälten Ausdruck, als gehörten Rum und Morgengruß zu einer täglich zu verrichtenden, abscheulichen Buße.

»Guten Morgen.«

»Sie finden es hoffentlich nicht zu abstrakt, wenn ich Sie frage, mein Herr: Warum sind Sie nackt?«

»Ich habe keine Kleider.«

»Eins zu null für Euch, Sire, wir kommen nackt, und nackt gehen wir.«

Das war interessant und wäre gründlicherer Erforschung wert gewesen, wenn nicht genau in diesem Augenblick am

Ende der Straße ein Jeep aufgetaucht wäre. Ich wusste nicht, welche Strafe darauf stand, seine Uniform zu verlieren und nackt durch die Straßen zu laufen. Also rannte ich zurück, vorbei an Mr. Lambert. Er wirkte etwas erschrocken, wie jemand, der seinen Sinnen nicht traut. Ich rannte von der Seite in Henrys Hof und über die Hintertreppe in das vordere Haus. Im selben Augenblick öffnete sich die Vordertür und Mano der Geher ging zügig hinaus auf die Straße.

Ich hörte jemanden im Jeep sagen: »Kann es sein, dass er weiß da reingegangen und schwarz wieder rausgekommen ist?«

Im Zimmer nebenan wurde das Fenster geöffnet, und eine amerikanische Stimme rief von unten herauf: »Haben Sie gerade einen nackten weißen Mann hier vorbeilaufen sehen?«

Eine Frauenstimme antwortete: »Hören Sie, Mister, am Morgen muss ich mich ausruhen, und das Letzte, was ich da sehen will, ist ein Schwanz.«

Schweigen, dann fuhren die MP's davon.

Mir blieb noch das Kleidungsproblem. Henry bot mir an, mir ein paar von seinen Sachen zu leihen. Sie passten nicht gerade wie angegossen. »Schau doch bei Selma im Kaufhaus vorbei«, sagte er. »Da kannst du dir ein Hemd besorgen. Hier, ich geb dir die Adresse.«

Auf dem Gehsteig ertönte eine Fahrradklingel. Der Briefträger in seiner Uniform.

»Henry, Henry«, rief er. »Sieh mal, was ich heute habe.«

Er kam herein, ein Päckchen in der Hand. Es war an Mr. Blackwhite adressiert, und der Absender war ein Verlag in den Vereinigten Staaten.

»Er hat schon wieder eins zurückgekriegt, schon wieder eins.«

»Ach, du Schreck!«, sagte Henry. »Da weint Blackwhite mir wieder die Ohren voll. Worum geht's diesmal?«

»Um die Liebe«, sagte der Briefträger. »Wie immer. Ich fand's ganz lustig. Wirklich, zum Teil ziemlich amüsant.« Er zog das Manuskript heraus. »Wollt ihr eine Kostprobe?«

Henry schaute mich an.
»Mitgefangen, mitgehangen«, sagte ich.
»Macht es euch bequem«, sagte der Briefträger. Er begann zu lesen: »›Lady Theresa Phillips war das begehrteste Mädchen in der gesamten Grafschaft Shropshire. Eine Schönheit und reiche Erbin obendrein, blitzgescheit, bewandert in den Klassikern, mit Worten so geschickt wie mit der Sticknadel, kurzum – mit Talenten reich gesegnet, hatte sie nur eine Schwäche, ihren Stolz. Einen nach dem anderen verschmähte sie ihre Bewerber, bis nach Italien und in die fernsten Kolonien hatte sie die Unglücklichen zurückgeschickt, dass sie sich dort in energetischer Einsamkeit verzehrten. Doch Nemesis war nicht mehr fern. Auf einem Ball, zu dem Lord Severn, der vornehmste Edelmann der Grafschaft, geladen hatte, machte Lady Theresa die Bekanntschaft Lord Alistair Grants, eines blendend aussehenden, hoch gewachsenen, breitschultrigen Mannes mit melancholischen Augen, die von tiefem Leid erzählten; und in der Tat war er früh zur Waise geworden.‹«
»Du lieber Gott! Schreibt der immer so ein Zeugs?«
»Nichts anderes«, sagte Henry. »Immer nur Lords und Ladys. Er tippt wie ein Verrückter. Vor allem sonntags, da klappert die Maschine pausenlos.«
Die Vordertür stand offen, und von dort klang nun die Stimme Mr. Blackwhites herein. »Henry, ich habe alles gesehen heute Morgen, und gerade eben war Mrs. Lambert bei mir. Ich werde einen Brief an die Zeitungen schreiben. Ich lasse es nicht zu, dass hier nackte Männer durch die Straße laufen.« Sein Blick fiel auf den Briefträger, auf das Manuskript in seiner Hand. Der Kiefer klappte ihm herunter. Er kam die Betonstufen herauf ins Zimmer gelaufen und riss das Manuskript an sich. »Albert, wie oft hab ich es dir gesagt. Du darfst dich nicht an der Post Seiner Majestät vergreifen. Dafür schlägt man dir noch mal den Kopf ab.«
»Sie haben's zurückgeschickt, Alter«, sagte Henry. »Wenn du mich fragst, Blackwhite, für mich ist das ein klarer Fall von Vorurteil. Die schaun da nicht mal rein. Hab mich still-

still hingesetzt und zugehört, was Albert vorgelesen hat, und es war richtig hübsch. Richtig hübsch.«

Blackwhite taute auf. »Findest du wirklich, Henry?«

»Ja, Mann, es war richtig hübsch. Kann's gar nicht erwarten zu hören, wie's mit Lady Theresa Phillips weitergeht.«

»Nein. Du lügst, du lügst.«

»Wie geht die Geschichte aus, Mr. Blackwhite?« Ich schlug nach einer Ameise auf meinem Bein.

»Kratzen Sie sich und halten Sie den Mund«, sagte er zu mir. »Ich mag Sie nicht. Sie können doch wahrscheinlich nicht mal lesen. Sie meinen doch wahrscheinlich, Schwarze könnten nicht schreiben, oder?«

Albert der Briefträger sagte: »Es war eine richtig schöne Geschichte, Blackwhite. Und ich prophezeie dir, alter Junge, eines Tages kommen diese ganzen Weißen, die dir jetzt deine Manuskripte zurückschicken, eines Tages kommen die alle hier angelaufen und betteln dich an, dass du etwas für sie schreibst.«

»Sollen sie betteln, sollen sie betteln. Ich schreibe nichts für sie, da können sie noch so lang betteln. O, mein Gott. Die ganze Mühe, das ständige Getippe. Keinen einzigen Satz schreib ich mehr. Keinen einzigen verfluchten Satz.« Er wurde wieder wild. »Und dich, Henry, dich mag ich auch nicht. Ich werde dafür sorgen, dass sie dir den Laden hier dichtmachen, und wenn es das Letzte ist, was ich tue.«

Henry warf die Hände hoch.

»Hol euch der Teufel«, sagte Blackwhite. »Und Lady Theresa Phillips gleich mit.« Er zeigte mit dem Finger auf mich: »Sie mögen mich nicht.« Und zu Henry: »Und du mich auch nicht, Henry. Dass sich ein Mann dermaßen verändern kann. Früher hieß es noch Niya Binghi und Tod den Weißen. Und jetzt? Jetzt könntest du dich genauso gut in ein Sternenbanner wickeln und durch die Straßen paradieren.«

»Niya Binghi?«, fragte ich.

»Während dem Abessinien-Krieg«, sagte Henry, »wo die alte Queen gerade gestorben war. Tod den Weißen. Zwanzig

Millionen auf dem Marsch. Du kennst unsere Schwarzen. Die große Vergeltung. Zwanzig Millionen auf dem Marsch. Aber wenn du dich umdrehst, bist du allein. Keiner hinter dir. Aber wegen dem Sternenbanner«, fügte er hinzu. »Weißt du, Blackwhite, ich glaub, das ist gar keine schlechte Idee. Für den Karneval. Ich als Uncle Sam. Mein Herr, gibt es so etwas wie ein Sternenbanner bei euch im Stützpunkt?«

»Ach, er ist einer von denen, wie?«, sagte Blackwhite. »Einer von unseren amerikanischen Gemischtwarenhändlern?«

»Ein Sternenbanner müsste ich dir beschaffen können«, sagte ich.

Blackwhite wurde still. Ich sah ihm die Neugier an. Sein angriffslustiger Tonfall wirkte wenig überzeugend. »Ich vermute, ihr habt die größten Schreibmaschinen der Welt? Nachdem ihr sonst auch von allem die Größten habt!«

»Für obszöne Reden ist es zu früh am Tag«, sagte Henry.

»Ich will nicht prahlen«, sagte ich, »aber ich habe mich schon immer für Schriftsteller und das Schreiben interessiert. Sagen Sie, Blackwhite, arbeiten Sie nach einem Zeitplan, oder warten Sie auf Inspirationen?«

Die Frage gefiel ihm. »Eine Mischung aus beidem«, sagte er. »Eine Mischung aus beidem.«

»Und schreiben Sie mit der Hand oder mit der Schreibmaschine?«

»Mit der Schreibmaschine. Wohlgemerkt, ich bin unbestechlich. Unbestechlich. Aber wenn ein nackter Gentleman sich für unsere einheimischen Gebräuche und Feste interessiert, habe ich ein offenes Ohr.« Seine Art veränderte sich. »Sagen Sie mir, guter Mann, haben Sie vielleicht ein kleines Musterbuch von Ihren Uniformen? Ich will schließlich nicht im erstbesten Kostüm beim Karneval aufkreuzen.«

»Ein paar von den Kostümen sind nicht ganz billig«, sagte ich.

»Geld, Geld«, sagte Blackwhite. »Das musste ja kommen. Ich bezahle selbstverständlich.«

So fing es an, das war der Einstieg in meine Karriere als Lieferant für Marinebedarf. Zuerst für Mr. Henry und Mr. Blackwhite, dann für die ganze Straße. Ich lieferte Uniformen, Geld wechselte den Besitzer. Ich lieferte Blechfässer, Geld wechselte den Besitzer. Ich lieferte Stangen Zigaretten und Kaugummi, Geld wechselte den Besitzer. Ich kaufte ein paar Underwood-Standardschreibmaschinen. Kein Geld wechselte den Besitzer.

Blackwhite sagte: »Frankie, es ist doch so, die Kunst trägt ihren Lohn in sich.«

Nun, nicht ganz. Eine Zusatzzeile erschien auf Blackwhites Türschild:

JETZT AUCH MASCHINESCHREIBEN

»Auch Maschineschreiben, Blackwhite?«

»Ja, Maschineschreiben. Oder dürfen Schwarze nicht maschineschreiben?«

Das war sein Standardwitz geworden. Wir waren in seinem Zimmer. An den Wänden hingen kolorierte Zeichnungen englischer Frühlingslandschaften. Es waren viele, aber nicht annähernd so viele wie die Fotos von ihm selber, in Schwarzweiß, Sepia oder in den kitschigsten Farben. Ein besonders großes Foto von sich hatte er zwischen kleineren Porträts von Churchill und Roosevelt aufgehängt.

»Wissen Sie, was Ihr Problem ist, Blackwhite?«, sagte ich. »Sie sind gar kein Schwarzer.«

»Was soll das heißen?«

»Sie sind geradezu beängstigend weiß.«

»Meinen Sie, ich lass mich von einem Strandgutfledderer beleidigen?«

»Strandgutfledderer, nicht schlecht. Aber Sie sind nicht bloß weiß, Blackwhite, Sie sind englisch. Diese vielen Lords und Ladys. Und das ganze Jane-Austen-Zeug.«

»Was ist daran verkehrt? Warum sollte ich mich irgendeinem Aspekt dieser Welt verschließen?«

»Sollen Sie doch gar nicht. Ich frage mich nur, warum Sie nicht stattdessen mal über die Insel schreiben. Über Selma und Mano und Henry und die anderen.«

»Bilden Sie sich ein, jemand will etwas über diese Leute lesen? Diese Leute existieren doch gar nicht! Für Sie ist das hier nur ein Intermezzo, Frankie. Ihr kleines Greenwich Village. Ich weiß das, ich kann lesen. Piff-paff, peng-peng. Ein Riesenspaß. Und hinterher fahren Sie wieder nach Hause. Das hier ist das Nirgends, sage ich Ihnen. Diesen Ort gibt es gar nicht. Die Menschen werden hier nur geboren. Alle wollen weg von hier, aber für Sie ist es nichts als ein Urlaub. Verschonen Sie mich mit Ihrem Greenwich Village. Sie fleddern Strandgut, Sie kaufen sich Sympathie. Hinter Ihrer Art Liebe, hinter diesem Ich-bin-einer-von-euch-Gehabe steht immer der große reiche Mann. Ich hab Sie gehört, wie Sie den Leuten in Henrys Hinterhof von den Staaten erzählt haben, von den großen Kinos mit riesigen Leinwänden, Kühlschränken so groß wie Häuser, und dass jeder dort Filmstar oder Präsident werden kann. Dabei sind Sie in Wahrheit völlig eingeschüchtert davon. Immer für eine Infusion mit Rum zu haben, immer auf der Suche nach netten, einfachen Eingeborenen, die sich Ihrer annehmen.«

Er hatte Recht. Wir alle verwandeln Erfahrungen immerzu in Geschichten, dramatisieren die Eintönigkeit, um unsere Selbstachtung nicht zu verlieren. Und sehen dabei uns selber nicht mehr; nur ganz selten bekommen wir unser unverzerrtes Spiegelbild zu Gesicht. Es stimmte: Ich kaufte mir Sympathie, ich kaufte mir Kameradschaft. Und ich wusste – besser noch, als er es ausgedrückt hatte – um die Fadenscheinigkeit meiner Position in dieser Straße.

Er deutete auf Churchill an der Wand. »Was, meinen Sie, wäre aus ihm geworden, wenn er hier das Licht der Welt erblickt hätte?«

»Drehen Sie den Kopf mal ein bisschen, Blackwhite. Doch, eindeutig churchillesk.«

»Sehr witzig. Meinen Sie, irgendjemand würde noch von

ihm sprechen? Er hätte in einer Bank gearbeitet. Oder beim öffentlichen Dienst. Er hätte Nähmaschinen importiert und Kakao exportiert.«

Ich betrachtete das Foto.

»Sie mögen diese Straße. Sie mögen die Jungs im Hinterhof, die auf ihre Blechbüchsen schlagen. Sie mögen Selma, die nicht weiß, wohin, die arme kleine Wabeen. Große Sache, die große Liebe. Aber Selma ist nur eine Wabeen, und Sie gehen zurück, und keiner von euch macht dem anderen etwas vor. Sie mögen es, wenn Mr. Lambert morgens auf der Treppe sitzt, sein Glas Rum trinkt und ein paar alte Wälzer zusammenflickt. Weil Mr. Lambert gar nichts anderes tun kann, als morgens sein Glas Rum zu trinken und alte Wälzer zusammenzuflicken. Und Sie sehen Mano gerne dabei zu, wie er für diesen Gehwettbewerb trainiert, zu dem er nie antreten wird. Das alles sehen Sie sich an und sagen: ›Nett, ganz entzückend, so soll das Leben sein.‹ Und übersehen dabei völlig, dass wir alle hier verrückt sind und mit jedem Tag verrückter werden und das ganze Leben in einen Karneval verwandeln.«

Und es wurde Karneval.

Er war in diesem Jahr nur unter strengen polizeilichen Auflagen gestattet worden. Die Männer aus den benachbarten Hinterhöfen bildeten ihre Bands, gekleidet in die Uniformen, die ich ihnen besorgt hatte, und marschierten durch die Straßen. Henry ging als Uncle Sam, Selma als Kaiserin Theodora, die anderen Mädchen als Sklavinnen und Konkubinen. Es gab Marinesoldaten und Infanteristen und pazifische Inselflieger, und in einem ebenfalls von mir organisierten Jeep stand Mr. Blackwhite. Ganz still stand er, gekleidet in eine Uniform mit den fantastischsten Borten und Litzen. Er trug eine dunkle Brille, rauchte eine Maiskolbenpfeife und hatte die Linke erhoben zu einem Gruß, der wie eine Segnung aussah. Er tanzte nicht, er wiegte sich nicht im Rhythmus der Musik. Er war MacArthur, der versprach, zurückzukehren.

Am Dienstagabend, als es in den Straßen von großen Persönlichkeiten nur so wimmelte – Napoleon, Julius Cäsar, Richard Löwenherz: eine Parade konzentrierter Männer –, war auch Blackwhite wieder unterwegs, diesmal als Shakespeare.

Selma und ich richteten uns in einer Beziehung ein, die nur hin und wieder stürmisch war. Ich hatte gleich am ersten Morgen Mr. Henrys Rat befolgt und war in das Kaufhaus gegangen, in dem sie arbeitete. Sie nahm keine Notiz von mir. Meine derben Kleider, eigentlich Henrys, lösten allerlei kritische Aufmerksamkeit und so manche kritische Bemerkung über das Benehmen der Amerikaner aus. Später nahm sie Notiz von mir: Es gefiel ihr, von mir zu einem so kühlen, ernüchternden Zeitpunkt wie dem Morgen danach besucht zu werden.

Wie gesagt, bei *Henry's* galten ganz offensichtlich eigene, besondere Regeln. Es war ein Club, ein Treffpunkt, eine Zuflucht, ein Ort der Stelldicheins. Alle möglichen Sorten von Menschen zog es dorthin. Selma gehörte zu der Sorte Inselmädchen, die von Verhältnis zu Verhältnis, von Mann zu Mann trieben. Sie fürchtete die Ehe, denn die Ehe barg für ein Mädchen aus dem Volk viele Fallstricke und die Gefahr eines jähen Abstiegs. Wenn sie sich einem Mann vollständig ergab, davon war sie überzeugt, entglitt er ihr, und ihre Schönheit war nutzlos, eine verschwendete Gabe.

»Manchmal, wenn ich so herumspaziere«, sagte sie, »sehe ich einen von diesen *Hottentotten* und denke, irgendwo ist dieses Tier Herr und Meister von irgend so einem kleinen Mädchen. *Er*. *Er* mag keine Cornflakes. *Er* mag keinen Rum. Immer nur *er*, *er*, *er*.«

Ihre Stellung in dem Kaufhaus und Henrys Schutz machten sie unabhängig, eine Unabhängigkeit, die sie nicht verlieren wollte; nie verfiel sie äußerem Glanz. Sie wusste viele Geschichten von Mädchen zu erzählen, die gegen die Regeln ihrer Zunft verstoßen und einen der Gäste geheiratet hatten, und die nun zu einem traurigen Leben verurteilt waren, betrogen nicht nur um die alte Ungebundenheit, sondern auch um das Ansehen, die Unabhängigkeit von materiellen Sorgen, die sie sich von der Ehe versprochen hatten.

So richteten wir uns also miteinander ein, aber erst, nachdem wir einen kleinen Pakt geschlossen hatten.

»Vergiss nicht«, sagte sie, »du bist frei und ich bin frei. Ich kann tun und lassen, was ich will, du genauso.«

Den Druck hatte immer ich gemacht. Es war kein einfacher Pakt für mich. Ich wusste, dass diese Freiheit jederzeit Blackwhite einschließen konnte, den stillen Reformer im Hintergrund, oder auch den Prediger im weißen Talar, den wir Priest nannten. Beide machten nach wie vor keinen Hehl aus ihrem Interesse an Selma.

Aber zu Anfang waren es nicht diese beiden Männer, die uns Schwierigkeiten machten, nachdem wir uns in einem der kleineren der rollladenbewehrten Häuser der Straße eingerichtet hatten – damals konnte man hier noch für fünfzehnhundert Dollar ein Haus kaufen. Nein, nicht diese beiden Männer machten uns Schwierigkeiten, sondern Mrs. Lambert, Henrys Nachbarin, die Frau des Mannes im Khakianzug, der morgens sein Glas Rum trank und in Reimen sprach, seiner Freude wie auch seinem Schmerz in Reimen Ausdruck gab.

Mrs. Lambert war eine Überraschung. Ich hatte sie schon etliche Male auf der Straße gesehen, ohne sie mit Mr. Lambert in Verbindung zu bringen. Mr. Lambert war schwarz, Mrs. Lambert weiß. Sie mochte um die fünfzig sein und hielt auf sich. In gewisser Weise war es meine eigene Schuld, dass ich mir ihre Feindschaft zugezogen hatte. Ich hatte den Lamberts zu Geld verholfen und sie – zu spät im Leben – in die Lage gebracht, mithalten zu müssen oder unterzugehen.

Mr. Lambert war angestachelt von dem Boom, den die Straße seit kurzem erlebte. Das waren die Worte von Ma-Ho, der den Lebensmittelladen an der Ecke führte. Ma-Ho hatte begonnen, seinen Betrieb umzubauen, und zusätzlich ein Café aufgemacht, wo die Männer aus dem Stützpunkt und auch viele Einheimische auf Barhockern saßen, Hot Dogs aßen und Coca-Cola tranken, und wo die Kinder aus den Straßen der Umgebung sich versammelten und warteten, ob etwas für sie abfiel.

»Spontan«, sagte Ma-Ho, denn er war ein redefreudiger Mann, »würde ich von einem Boom sprechen.« Wobei die Worte »spontan« und »Boom« die einzig wirklich verständlichen waren. Er begann jeden Satz mit »spontan«; was dann folgte, war meist Genuschel. Dennoch fand man ihn stets ins Gespräch mit einem wehrlosen Kunden vertieft.

Die Wände seines Ladens zierten Bilder von Tschiang Kaischek und Madame Tschiang, Seite an Seite mit Bildkalendern aus längst vergangenen Jahren mit zart getönten chinesischen Schönheiten, lasziv oder keusch vor geordneten Felsen und kultivierten Ziergräsern, pittoresken Vögeln und Wasserfällen, die sich wie Öl ergossen: Fremdkörper in dem Laden mit seinem schartigen verschmutzten Tresen, den offenen Mehlsäcken, den khakifarbenen Zuckersäcken, den offenen Blechdosen mit flüssiger roter Butter. Diese Bilder schienen die Sehnsucht nach einer anderen Welt zu verströmen, und tatsächlich hatte Ma-Ho nicht die Absicht, für immer auf der Insel zu bleiben. Fragte man ihn im Gespräch, das man vorwiegend dann suchte, wenn man knapp bei Kasse war und auf Kredit hoffte: »Na, soll's immer noch zurück in die alte Heimat gehen?«, bekam man zur Antwort: »Spontan würde ich sagen, in zwei bis vier Jahren«.

Seine Kinder blieben eine Welt für sich, hielten sich vom Leben in der Straße fern: in ordentlichen Zweierreihen, jedes Kind bewaffnet mit einer ordentlichen Tasche und einem ordentlichen Federmäppchen, brachen sie morgens gemessen zur Schule auf und kehrten am Nachmittag ebenso gemessen zurück, als wäre ihnen den ganzen Tag über nichts nahe gekommen, was sie hätte beschmutzen können. Am Morgen öffnete sich die Hintertür des Ladens, um die Kinder herauszulassen, am Nachmittag öffnete sie sich noch einmal, um sie wieder zu verschlucken, und die übrige Zeit hörte und sah man nichts von ihnen.

Der Boom erfasste Ma-Ho. Er erfasste Mrs. Lambert. Eines Abends erschien Mr. Lambert bei mir, sehr förmlich in seinem Khakianzug, um mir einen Vorschlag zu unterbreiten.

»Auf keinen Fall möchte ich, dass Sie Schwierigkeiten bekommen«, sagte er. »Mrs. Lambert und ich haben alles durchgesprochen, und wir finden, dass Sie ein unnötiges Risiko eingehen, wenn Sie den Bedürftigen unserer armen Insel diese – wie soll ich dazu sagen? –, diese Güter bringen.«

»Bis jetzt läuft's ja ziemlich glatt«, sagte ich. »Sie müssten mal sehen, was wir alles wegwerfen.«

»Verstehen Sie mich nicht falsch«, sagte er. »Ich mache Ihnen keine Vorwürfe deswegen. Aber Mrs. Lambert macht sich Sorgen wegen den Lastwagen. Sie meint, wenn Sie mit den Gütern herausfahren und dann wieder hineinfahren, müssen Sie damit rechnen, zweimal kontrolliert zu werden.«

»Ich verstehe, Mr. Lambert. Vielen Dank. Sie wollen damit sagen, Mrs. Lambert meint, es könnte einfach mal einer der Lastwagen aus dem Stützpunkt herausfahren und draußen bleiben?«

»Mrs. Lambert würde das für sicherer halten. Mrs. Lambert hat einen Verwandten, der alles weiß, was es über Lastwagen und Motorfahrzeuge im Allgemeinen zu wissen gibt.«

Ich antwortete nicht gleich, dachte über die Möglichkeiten nach.

Mr. Lamberts Förmlichkeit verpuffte. Er wurde vertraulich. Die Leute in der Straße verfügten über zweierlei Auftrittsweisen, eine außerordentlich förmliche und eine schelmisch-zwanglose.

»Sehen Sie«, sagte Mr. Lambert, »wenn der Lastwagen in den Stützpunkt zurückfährt, stellen die Ihnen einen ganzen Haufen Fragen. Bleibt er draußen, wette ich zehn gegen eins, dass kein Mensch mehr an ihn denkt. Euch gehört schließlich die ganze Welt.«

Und so rollte eines Tages ein Lastwagen auf Mr. Lamberts Hof, und als er zwei Wochen später wieder herausgerollt kam, war er nicht wiederzuerkennen.

»Borgen, verleihen, verleihen und borgen«, rief Mr. Lambert in reiner Freude, »wer den Trend nicht verpennt, ist frei von Sorgen.«

Und diesen Lastwagen vermieteten die Lamberts an eine Baufirma im Stützpunkt. Die Baufirma stellte einen Fahrer und war bereit, ja geradezu versessen darauf, den Lastwagen zwei Schichten täglich fahren zu lassen.

»Sie zahlen uns zwanzig Dollar am Tag«, sagte Mr. Lambert. »Mein Freund, welch Glück! Welch Glück durch einen so simplen Trick!«

Es versteht sich, dass ich meinen Anteil an dem Glück erhielt.

Mrs. Lambert war die ganze Zeit über im Hintergrund geblieben: eine Gestalt, die hinter der Gardine stand, die hastigen Schrittes die Straße entlangging. Man kam nicht ins Gespräch mit ihr. Sie nahm nicht teil am Leben in der Straße.

»Das ist mal jemand, dem du das Alter verdirbst«, sagte Henry. »Siehst du? Sie tut so, als hätten sie den Laster *gekauft*. Das kann kein gutes Ende nehmen.«

Zwanzig Dollar am Tag, abzüglich Kommission und Kraftstoff. Das Geld häufte sich an, und eines Tages sahen wir einen ganzen Trupp Arbeiter um das Haus der Lamberts wimmeln wie die Ameisen um eine tote Kakerlake. Die Arbeiter hoben das Haus, klein und aus Holz, von seinen Pfeilern. Die Eingangstür mit dem Schild »Mr. W. Lambert, Buchbinder« schwang auf und wippte hin und her, während das Haus ans Ende des Grundstücks getragen wurde, wo man es nicht auf Pfeiler stellte, sondern auf den nackten Boden. Die Arbeiter feierten mit Rum aus Gläsern. Die Straße jubelte. Aber dann drängelte sich Mr. Lambert durch die Menge. Der Mann sah aus wie einer, der auf den Todesboten wartete. Er starrte auf die Pfeiler, auf sein Haus am Boden, und er sagte: »Mein Haus! Platt wie eine Flunder, kein Wunder! Und hier die Pfeiler ohne Wand, mitten auf dem nackten Land.« Er machte kehrt und ging zu Ma-Ho. Dort betrank er sich; er wandte sich nur noch in Versform an die Leute. Es wurde zur

Gewohnheit. Uns schien es, dass er bis zu seinem Tode nur noch betrunken war.

Henry sagte: »Es war einmal« – und wirklich hörte es sich wie ein Märchen an –, »es war einmal ein sehr armes Mädchen. Familie aus Korsika. Sie lebten oben in den Kakaotälern mit den großen Korallenbäumen. Die Zeiten waren schwer, nicht mal Kakao gab es genug. Und dann kam Lambert und hatte diese Stelle beim öffentlichen Dienst. Als Bote. Uniform, regelmäßiges Gehalt, am Ende eine Alterspension, praktisch unkündbar. Hochzeit dort oben in den Bergen mit dem Busch und roten Korallenblüten. Welches Glück! Ein wahrhaftiges Märchen. Sturmhöhe. Hänsel und Gretel im Hexenbesen-Kakaowald. Bis die Welt sie dann wieder eingeholt hat.«

Die Pfeiler wurden umgeschlagen, und wo das alte Holzhaus gestanden hatte, wuchs zügig ein Haus aus vorgefertigten Betonblöcken empor. Jetzt schon war zu erkennen, dass es aussehen würde wie Hunderte von Häusern in der Stadt: drei Schlafzimmer auf einer Seite, eine Veranda, Wohnzimmer und Esszimmer auf der anderen Seite und eine Veranda nach hinten hinaus.

Keine Türschwelle mehr, auf der Mr. Lambert sitzen konnte, um uns morgens mit seinem Glas Rum zu begrüßen. Das alte Holzhaus war verkauft worden, als Baumaterial; Balken für Balken, Rollladen für Rollladen war es zerlegt und von dem Mann, der es gekauft hatte, irgendwo weit weg auf dem Lande wieder aufgebaut worden. Aber es gab morgens ja auch keinen Mr. Lambert mehr. Er verließ seinen Hof jetzt in aller Frühe. In seinem Khakianzug eilte er davon wie ein Arbeiter zur Arbeit. Oft sahen wir ihn zusammen mit Mano aufbrechen, Mano, dem Geher aus Mr. Henrys Hof, der nach dem morgendlichen Training seine Khaki-Botenuniform anzog und zu der Regierungsdienststelle ging, für die er arbeitete. Sosehr sich ihre Kleidung ähnelte, sowenig passten sie sonst zusammen, Mano schlank und athletisch, Mr. Lambert selbst zu dieser frühen Stunde schon stockbetrunken.

Mr. Lambert hatte eine Nebentätigkeit. Bei Sportfesten, an Renntagen, beim Kricket und bei Fußballspielen betrieb er einen Verkaufsstand. Er verkaufte eine scheußlich-süße Flüssigkeit aus eigener Herstellung. Zu diesen Anlässen trug er nicht seinen Tropenhelm, sondern ein geknotetes Taschentuch auf dem Kopf. Er klingelte mit einem Glöckchen und sang dazu seine gereimten Verkaufsslogans, die oft das reinste Kauderwelsch waren: »Nachbar! Nachbar! Wo bist du? Ich bin hier, schubi-duh.« Manchmal deutete er auf den Giftkübel, in dem Eisbrocken in der roten Flüssigkeit trieben, und sang: »Hereinspaziert! Hereingesaust! Hereinflaniert! Hereingebraust! Hereingelatscht! Hereingekrochen! Hereingeplatscht! Hereingeschlochen!«

Das war der Mr. Lambert aus glücklicheren Tagen. Jetzt, nach dem Abriss seines Hauses, schien er das Interesse an seinem Stand verloren zu haben. Aber er hatte sich mit Mano angefreundet, und als sein guter Freund verkündete er eines Tages die Absicht, zu dem Sportfest zu gehen, an dem Mano teilnehmen wollte.

Henry sagte: »Mrs. Lambert passt das gar nicht in den Kram. Ein alter Schwarzer, der mit einem Taschentuch auf dem Kopf herumhüpft und mit dem Glöckchen klingelt – das findet sie demütigend, besonders jetzt, wo sie das neue Haus baut. Sie sagt, wenn er noch einmal losgeht und mit dem Glöckchen bimmelt, ist sie mit ihm fertig. Dann braucht er gar nicht erst den Fuß in das neue Haus setzen.«

Und so mussten wir uns um beide sorgen, um Mr. Lambert und um Mano. Oft gingen wir nachmittags in den großen Park, mit Mano unsere Runden drehen, wenn er trainierte, ihm die Ungeduld bekämpfen helfen, die ihn bei den Wettbewerben immer in den Laufschritt fallen und disqualifiziert werden ließ.

»Frankie, ich glaube, du übertreibst es mit Mano«, sagte Henry. »Sei vorsichtig. Du siehst, was mit Mrs. Lambert passiert ist. Weißt du, ich glaube nicht, dass die Leute wirklich das wollen, was sie zu wollen behaupten. Ich glaube, die meisten Leute bringen wir in Schwierigkeiten, wenn wir ihnen zu dem verhelfen, was sie zu wollen behaupten. Manche Leute sehen einen Schwarzen an, und sie sehen nur das Schwarz. Ihr seht arme Menschen, und alles, was ihr seht, ist die Armut. Und ihr denkt, alles, was sie wollen, ist Geld. Aber da täuscht ihr euch, verstehst du?«

Als wir eines Tages in großer Prozession aus dem Park zurückkehrten, Mano neben uns herkeuchend, vorbei an den Zweierreihen von Ma-Hos Kindern, sahen wir zu unserem Entsetzen Mr. Lambert auf dem Gehsteig liegen, ausgestreckt wie ein Toter. Er war nicht tot – was für eine Erleichterung. Er hatte nur einen Rausch, einen höchst diffizilen Rausch. Selma lief zu Mrs. Lambert und kehrte mit einer kühlen Botschaft zurück: »Mrs. Lambert sagt, wir sollen uns keinen Kopf machen wegen diesem nichtsnutzigen Faulpelz.«

Henry sagte: »Wir tun Lambert keinen Gefallen mit unserer Freundlichkeit. Ich würde sagen, Mrs. Lambert verhält sich feindselig gegen uns alle, ausgesprochen feindselig.«

An diesem Punkt kam Mr. Lambert ein bisschen zu sich und sagte: »Schwarz soll ich sein, ich schwör's bei Gott, ich bin nicht schwarz, ich bin ein Schott.«

Henry sagte: »So komisch ist das nicht. Sein Großvater war Großgrundbesitzer, ein großer Mann. Ein paar Jahre vor dem Krieg ging sogar das Gerücht, Mr. Lambert wäre nach irgendwelchen vertrackten Erbfolgeregeln der rechtmäßige Kopf eines schottischen Clans.«

Das Haus wuchs in die Höhe. Und das Sportfest stand vor der Tür. Mano war äußerst nervös. Als der Zeitpunkt näher rückte, wirkte er richtiggehend verängstigt. Das wunderte mich, denn mir war er immer so in sich gekehrt vorgekommen, gleichgültig gegenüber Erfolg, Misserfolg und Aufmunterungen.

Henry sagte: »Mano hat nie Zeitung gelesen, weißt du? Aber gestern auf der Straße kam es plötzlich über ihn und er hat sich die Abendzeitung geholt und das Horoskop aufgeschlagen und gelesen: ›Heute werden Sie die Herrlichkeit schauen.‹«

»Aber das ist doch großartig«, sagte ich.

»Er hat es mit der Angst gekriegt. Ist ja auch ein verdammt sonderbarer Satz für eine Zeitung. Mano hat gleich an Gott und ans Himmelreich denken müssen.«

Mano fürchtete sich sehr, als wir zum Sportplatz aufbrachen. Von Mr. Lambert war den ganzen Weg nichts zu sehen, und wir vermuteten schon, dass er von Mrs. Lambert vor die Tür gesetzt worden war und es – um das Gesicht zu wahren – vorgezogen hatte, sich für eine Weile zu verdrücken. Aber als das Sportfest im Gang war und Mano zu seinem Geherwettbewerb gestartet war – eine lange Strecke, man muss sich vorstellen, dass sie gingen und gingen, während gleichzeitig jede Menge andere sportliche Aktivitäten stattfanden, ganz unabhängig voneinander, was insgesamt den Eindruck eines ziemlich sinnlosen, mannigfaltigen Tohuwabohus entstehen ließ –, als Mano also schon längst unterwegs war, hörten wir das Glöckchen klingeln. In unseren Ohren klang es wie die Totenglocke.

»Mano fällt heute nicht in den Lauf, Mano geht heute zum Himmel hinauf!«

Begeisterung sprach nicht nur aus Mr. Lamberts Gesicht, seinem Glöckchen, seinen Worten; auch seine Kleidung brachte sie zum Ausdruck.

»Fremdes Blut in meinen Adern quillt, drum sei mein letztes Hemd der Kilt.« Worauf er alle seine alten Reime folgen ließ.

Und Mano fiel nicht in den Laufschritt. Er ging und gewann. Und Mr. Lambert ließ das Glöckchen klingeln und skandierte: »Mano fällt heute nicht in den Lauf; er fährt in die Arme seines Heilands auf.«

Wir hatten für Manos Sieg gearbeitet. Jetzt, wo er Wirklichkeit war, erschien es uns unnatürlich. Mano selber wirkte wie vom Donner gerührt. Er verbat sich jeden Glückwunsch. Wir sprachen ihm keinen aus. Als wir uns nach Mr. Lambert umsahen, konnten wir ihn nirgends entdecken. Und mit doppelt tiefem Unbehagen über das, was unabänderlich und recht war, machten wir uns auf den Heimweg. Wir feierten eine Party. Es wurde mehr daraus als eine Party. Wir bemerkten es nicht, als Mano uns verließ.

Spät in der Nacht fanden wir Mr. Lambert betrunken auf dem Gehsteig liegen.

Er sagte: »Ich habe sie aus der Gosse geholt. Ich hab sie gefüttert, ihr die Schuhe besohlt. Und das ist nun der Preis. Schwarz ist schwarz, weiß ist weiß.«

Wir brachten ihn zu seinem Haus. Henry wollte mit Mrs. Lambert reden. Sie ließ ihn nicht hinein. Sie kam auch nicht zu ihm heraus.

»Mein eigenes Haus, es weist mich ab. Kommt, Freunde, tanzt auf meinem Grab.«

Am nächsten Tag feierten wir ein Doppelbegräbnis. Mano hatte getan, was viele auf dieser Insel vor ihm getan hatten. Er war hinausgeschwommen, weit hinaus ins blaue Wasser, so weit, dass es kein Zurück mehr gab.

»Weißt du«, sagte Henry auf dem Weg zum Friedhof, »Manos Problem war es, dass er keinen Mut hatte. Er wollte kein Geher sein. Eigentlich wollte er ein Läufer sein. Aber dazu hat ihm der Mut gefehlt. Und kaum hat er beim Gehen gewonnen, ist er ins Wasser gegangen.«

Albert der Briefträger ging in unserer Begräbnisprozession mit. Er sagte: »Neuigkeiten, Frankie. Sie haben schon wieder eins von Blackwhites Büchern zurückgeschickt.«

Das hörte Blackwhite. »Ihre Schuld«, sagte er zu mir. »Wegen Ihnen habe ich angefangen, über all das hier zu schreiben. Oh, wie erniedrigt ich mich fühle. Wer will schon etwas über dieses Kaff hier lesen?«

Ich sagte: »Am Anfang waren Sie ganz und gar weiß, aber das war nicht echt. Jetzt wollen Sie ganz schwarz sein, und das ist genauso unecht. In Wirklichkeit sind Sie grau, Blackwhite.«

»Danke für die Blumen, um einen Ihrer Ausdrücke zu verwenden. Dieser Ort ist das Nichts. Hier kommt man nur zum Sterben her. Aber ich bin nicht Mano. Mich bringt ihr nicht um.«

»Blackwhite, alte Jungfrau, ich liebe Sie.«

»Jungfrau? Woher wissen Sie das?«

»Wir sind aus demselben Holz.«

»Frankie, warum trinken Sie? Es ist nur Ihre Sucht nach Zucker.«

Und ich sagte zu ihm: »Dickie-Maus, warum weinen Sie? Zucker, Zucker. Ein schönes Wort, Zucker. Ich liebe seine Süße in meinem Atem. Ich liebe es, wenn seine Süße mir durch die Haut einsickert.«

Und so ging ich in der Begräbnisprozession, die den Verkehr lahm legte und die Passanten mit Grabesmienen und Hüten in der Hand stehen bleiben ließ, und weinte um Mano und um Lambert und um mich selber, beweinte meine Liebe zum Zucker, und Blackwhite beweinte dieselben Dinge und dazu seine Jungfräulichkeit. Und wir gingen Seite an Seite.

Selma fand, dass Henry Recht hatte. »Du solltest wirklich besser aufhören, dich in anderer Leute Leben einzumischen. Sie wollen sowieso nie das, was du glaubst.«

»Stimmt«, sagte ich. »Von nun an leben wir einfach in aller Stille.«

Stille. Ein Wort mit so vielen Bedeutungen. Die Stille am Morgen danach, zum Beispiel – ich, die Brille auf der Nase, still in meiner genügsamen Ecke. Ich war jetzt ein Original. Ich genoss Narrenfreiheit. Zucker süßte mich. In Henrys Hof, in Selmas Haus und auf dem Sand der trostlosen Bucht hinter den Hügeln, der heilsamen Bucht, wo die Menschen der Insel Zuflucht vor Freude und Trauer suchten.

Priests Schmähungen gegen uns, gegen mich wurden drastischer. Und Blackwhite, durch die flatternde Gardine seines Vorderzimmers zu sehen, hämmerte in anteilnehmendem Zorn auf seine Schreibmaschine ein.

Und dann, an einem trüben, dumpf schmerzenden Morgen, fand ich einen kleinen Sarg auf der Vordertreppe, und in dem Sarg eine verstümmelte Matrosenpuppe und einen Spielzeugkranz aus Reisfarn.

Sie kamen alle, um zu schauen.

»Primitiv«, sagte Blackwhite. »Widerwärtig. Eine Schande für uns.«

»Das ist Priests Werk«, sagte Henry.

»Wie oft hab ich dir gesagt, dass du mich versichern sollst«, sagte Selma.

»Wie, ist das sein Spiel?«

Henry sagte: »Eins muss man Priest lassen, er nimmt seine Arbeit ernst. Fragt sich bloß, was eigentlich seine Arbeit ist. Das Predigen, oder das Verkaufen von Versicherungen? Wahrscheinlich weiß er es selber nicht. Für ihn scheint es ein und dasselbe zu sein.«

Um ehrlich zu sein, die Särge auf Selmas Türschwelle beunruhigten mich. Ständig tauchten neue auf, und ich wusste nicht, was ich tun sollte. Selma wurde immer nervöser. Einmal sollte ich sie wegbringen, und im nächsten Moment sollte ich lieber selbst gehen. Und sie schlug mir vor, Priest zu besänftigen und ihm eine Versicherung abzukaufen.

»Priest besänftigen? Du bist gut. Hörst du das, Henry?«

Henry sagte: »Ich will dir mal was über die Versicherungen erzählen. Ich weiß auch nicht, wieso, aber sie sind auf dieser Insel so was wie ein Statussymbol geworden. Wie fließend Wasser, zur Schule gehen, heiraten. Wer heutzutage nicht versichert ist, kann den Kopf nicht mehr hoch tragen. Weil einen alle für bettelarm halten. Sieh mal da. Der Mann höchstpersönlich.«

Es war Priest, er trug einen Anzug und wirkte sehr aufgeräumt und alles andere als übel gesinnt.

»Ich komme zu einer kleinen Feier«, sagte er.

Selma war tief beeindruckt, ob von Priests Anzug, den Särgen oder seinem großartigen Auftreten, war schwer zu sagen.

»Was gibt's zu feiern?«, fragte ich. »Ein Begräbnis?«

Das kratzte ihn nicht. »Ein neuer Job, Frankie, ein neuer Job. Mehr Geld, verstehen Sie? Höhere Kommission, ein fetteres Gehalt. Frankie, was haben Sie gesagt, wo leben Sie in den Staaten? Dann halten Sie da mal die Augen offen nach mir. Könnte jeden Tag passieren, dass die mich da raufschicken. Sagt jedenfalls der Boss.«

Ich sagte: »Ich wünsche es Ihnen von ganzem Herzen.«

»Wissen Sie«, sagte er, »beim Verkaufen von Versicherungen, da halte ich ja diesen fantastischen Rekord. Aber die Einheimischen« – und er streckte seinen Bart in die Höhe, kratzte sich unterm Kinn, verdrehte die Augen –, »diese Einheimischen, Sie wissen ja, wie knauserig die mit ihrem Geld umgehen. Tja, und dann hat diese neue Gesellschaft hier unten aufgemacht, und die haben von mir erfahren. Nicht, dass ich zu denen hingerannt wäre – die sind zu mir gekommen! Und als ich mich vorstellen gegangen bin, haben sie mich wie einen Gott behandelt. Dabei sind das fast alles Weiße da. Verstehen Sie, Mann, ich war so was wie – wie soll ich sagen? –, so was wie ein *Playboy* in dem Haufen, ja, ein Playboy. Und wie Sie sehen, hält meine Glückssträhne an, ich halte das Glück fest in der Hand. Denn wissen Sie, was ich heute vor allem feiern will? Seit Jahren liege ich Ma-Ho in den Ohren, dass er eine Versicherung abschließen soll. Aber er, Ma-Ho, hat immer nur gesagt, nein, er will zurück nach China zu seiner alten Wan-Ton-Suppe und zu Tschiang Kaishek. Nun, seit heute ist er versichert.«

Henry sagte: »Der hat die Untersuchung bestanden?«

Ich sagte: »Spontan würde ich sagen, der Mann macht einen verdammt kranken Eindruck.«

»Er hat die Untersuchung bestanden.«

»Ist er zum Doktor hin?«, fragte Henry. »Oder ist der Doktor zu ihm gekommen?«

»Was kümmern euch die *Einzelheiten*? Ihr kennt doch die Chinesen. Stellt sie in ihren kleinen Laden, und da stehen sie bis zum Jüngsten Gericht. So was hält gesund.«

Henry sagte: »Ma-Ho hat mir mal erzählt, als er 1920 auf

die Insel kam und das Schiff in der Bucht vor Anker gegangen ist und er rüber zum Land geguckt und nichts als Mangroven gesehen hat, da hat er zu weinen angefangen.«

Selma sagte: »Ma-Ho und weinen? Kann ich mir gar nicht vorstellen.«

Henry sagte: »Für mich hat der Mann nie aufgehört zu weinen.«

»Spontan würde ich sagen, keine Särge mehr, oder?«, sagte ich.

»O sprecht mir nicht vom Tod«, sagte Priest in seinem Predigerton. Er brach in Lachen aus und schlug mir auf den Rücken.

Und tatsächlich lagen keine Särge und toten Seeleute und Spielzeugkränze mehr vor Selmas Haustür.

Zwei Wochen später klopfte ich bei ihr. »Särge gefällig, Ma'am?«

»Heute nicht, danke.«

Selma war zum Putzteufel geworden. Das kleine Haus glänzte und duftete nach Polituren aller Art. An den Wänden hingen in Passepartouts gerahmte Fotos, Topffarne standen in Messingtöpfen auf dreibeinigen Tischchen mit Marmorplatte, für die sie eine Leidenschaft hatte. An dem Tag zeigte sie mir eine Neuerwerbung: eine Frisierkommode mit Marmoraufsatz samt Waschbecken und Wasserkrug aus Steingut.

»Gefällt sie dir?«

»Entzückend. Aber brauchst du so etwas?«

»Ich wollte immer so eine haben. Meine Tante hatte auch immer so eine. Benutzen will ich sie gar nicht. Nur anschauen.«

»Schön.« Und nach einer Weile sagte ich: »Was hast du vor?«

»Wie meinst du das?«

»Na ja, der Krieg dauert nicht ewig. Ich kann nicht für immer hier bleiben.«

»Es ist so, wie Blackwhite gesagt hat. Du gehst zurück, wir bleiben hier. Weine nicht um mich, dann« – sie schwenkte die Hand über all die kleinen Kostbarkeiten in ihrem Zimmer – »weine ich auch nicht um dich. Nein. Das wäre nicht recht. Ein bisschen sollten wir schon weinen.«

»Ich habe das Gefühl«, sagte ich, »dass du auf den alten Blackwhite reinfällst. Du hast dich von ihm beschwatzen lassen. Hör auf meine Warnung, Selma. Er bringt Unglück. Er ist Jungfrau. Solche Männer sind gefährlich.«

»Blackwhite doch nicht. Wenn ich ehrlich bin, ein bisschen fürchte ich mich vor ihm.«

»Mehr als vor Priest?«

»Vor Priest fürchte ich mich nicht die Spur«, sagte sie. »Ich finde immer, Priest geht mit der Sprache um wie ein Gelehrter und ein Gentleman.«

Ich stand am Fenster. »Bin gespannt, was du jetzt sagst.«

Priest kam im Anzug die Straße entlanggelaufen und wehklagte: »Hört alle her, hört alle her! Ma-Ho ist tot. Ma-Ho ist tot.«

Und aus den Häusern antwortete ihm der Sprechgesang: »Wer ist tot?«

»Ma-Ho ist tot.«

«Ein guter Mann. Ein guter, guter Mann.«

»Wer?«

»Ma-Ho.«

»Und ich meine nicht nur, dass er nicht bös war. Ich meine« – und Priest überließ sich seiner persönlichen Trauer –, »ich meine, er war wohlauf. Er war stark. Er war gesund. Und jetzt, jetzt ist er plötzlich tot.«

»Wer ist tot?«

»Ma-Ho. Ich weine nicht wegen dem ersten Klecks in meinem Auftragsbuch. Ich weine nicht, weil einer, den ich versichert habe, mir weggestorben ist. Ich weine nicht, weil diese Weißen mich gerade noch so hochgejubelt haben.«

»Aber genauso sieht es aus, Priest.«

»Es sieht so aus, aber es ist nicht so. O, meine Brüder, missversteht mich nicht. Ich weine um den Mann.«

»Um welchen Mann?«

»Ma-Ho.«
»Er wollte zurück.«
»Zurück wohin?«
»Zurück nach China.«
»Nach China?«
»Nach China.«
»Armer Ma-Ho.«
»Er hatte diese ganzen chinesischen Bilder im Zimmer hinter seinem Laden.«
»Und einen Haufen Kinder.«
»Und er war so ein netter Mann.«
»Ein netter Mann.«
»Zu Ma-Ho ist man hingegangen und hat nach roter Butter für einen Cent gefragt. Und er hat einen großen Klumpen gegeben.«
»Und einen Klumpen Schmalz dazu.«
»Und ein wenig Kredit hat man auch immer bekommen bei ihm.«
»Ein wenig Kredit.«
»Jetzt ist er tot.«
»Tot.«
»Gibt nie wieder keinen Klumpen Schmalz dazu.«
»Nie wieder Schmalz.«
»Geht nicht mehr zurück nach China.«
»Tot.«
Die ganze aufgewühlte Straße schritt Priest ab, heulend, von Mann zu Mann, von Frau zu Frau. Und am selben Abend noch hielt er unter der Traufe von Ma-Hos Dach, vor den geschlossenen Ladentüren, eine gewaltige Trauerrede. Und seine sechs kleinen Mädchen sangen fromme Lieder. Hinterher kam er, traurig und ernüchtert, zu Henry herein und fing an, Bier zu trinken.

Henry sagte: »Um die Wahrheit zu sagen, Priest, ich war schockiert, als ich hörte, dass du Ma-Ho eine Versicherung verkauft hast. Schon komisch, dass du nicht wusstest, dass der Mann zuckerkrank ist. Aber bei den vielen Särgen hier im Viertel hab ich gedacht, da misch ich mich lieber nicht ein. Also hab ich den Mund gehalten. Und nichts gesagt. Ich sag immer, jeder soll sich um seinen eigenen Kram kümmern.«

»Zuckerkrank?«, sagte Priest und hätte fast seinen Bart ins Bierglas getunkt. »Aber der Doktor hat ihm alle Atteste ausgestellt.« Er machte kreisende Bewegungen mit der Hand. »Der Doktor hat ihn untersucht, und alles war in Ordnung. Alles wurde untersucht. Der Mann war gut, gut, gut, sag ich euch. Er war klein, doch jeder konnte sehen, wie er die Zuckersäcke und die Mehlsäcke über den Tresen gewuchtet hat.«

Henry fragte: »Hast du seine Pisse untersucht?«

»Die war gut. Verdammt gute Pisse.« Priest fing an zu weinen. »Ihr wisst, wie sauber diese Chinesenmenschen sind. Er ist in das kleine Hinterzimmer gegangen, in das mit den vielen Kindern, und hat eine kleine Flasche herausgebracht – eins von den kanadischen Heilölfläschchen.« Und weinend maß er mit Daumen und Zeigefinger die Größe des Fläschchens ab.

»Das war nicht seine Pisse«, sagte Henry. »Deshalb wollte er ja nicht *hin* zum Doktor. Deshalb sollte der Doktor zu *ihm* kommen.«

»O mein Gott!«, sagte Priest. »O mein Gott! Dieser chinesische Misthund. Hat mir meinen Bonus versaut. Und du, Henry. Bist ein Schwarzer wie ich und hast nichts gesagt. Da seht ihr mal«, sagte er in die Runde, »warum die Schwarzen auf dieser Insel zu nichts kommen. Keine Kooperation.«

»Manche Leute kooperieren so«, sagte Henry, »und manche so.«

»Priest«, sagte ich, »ich möchte, dass Sie Selma für mich versichern.«

»Nein«, sagte Selma ängstlich. »Ich will nicht von Priest versichert werden. Der Mann bringt Unglück.«

»Spottet nicht der Gefallenen!«, sagte Priest. »Spottet nicht der Gefallenen! Ich gehe fort. Ich ziehe in einen anderen Stadtteil. Ich tauche unter. Aber nicht für lange.«

Und er zog tatsächlich in ein anderes Viertel. Aus ihm wurde ein nervöser Mann, der sich fürchtete, Versicherungen zu verkaufen, Schrecken einzuflößen, zumal denen, denen er Versicherungen zu verkaufen versuchte: Die Geschichte von Ma-Hos plötzlichem Tod hatte schnell die Runde gemacht.

Ma-Ho war dahingegangen, und mit ihm all die chinesischen Symbole in seinem Laden. Seine Kinder betraten und verließen den Laden nicht mehr in ordentlichen Zweierreihen durch die Hintertür, und die Familie hörte auf, zurückgezogen vom Rest der Straße zu leben, wie auf gepackten Koffern, als seien sie nur vorübergehende Gäste auf dieser Insel. Sie kamen heraus. Die Mädchen lernten Fahrrad fahren. Es war eine ordentliche Versicherungssumme. Die Jungen spielten Kricket auf dem Gehsteig. Und Mrs. Ma-Ho, von der man nie ein englisches Wort gehört hatte, ließ erkennen, dass sie die Sprache sprechen konnte.

»Langsam wird mir klar«, sagte Blackwhite, »dass ich mich geirrt habe. Die Insel ist drauf und dran, ein eigenes Existenzrecht zu erwerben.«

Auch unsere Flagge würde nicht viel länger wehen. Der Krieg ging zu Ende. Und nach all den Jahren war es ein ziemlich plötzliches Ende. Die Nachricht löste einen Karneval aus. Kein Grund mehr, sich zu verstecken. Aus allen Winkeln kamen die Bands hervor. Ein Lied wurde aus dem Nichts geboren: *Mary Ann*. Und die Einheimischen, die seit so langer Zeit mit ansahen, wie ihre Insel von anderen regiert wurde, sangen, und das ganz ohne Boshaftigkeit: »Spote, Spote, Yankee-Lover« – es standen karge, provinzielle Zeiten bevor.

Fast unmerklich veränderte sich die Atmosphäre bei *Henry's*. Während der Boomjahre des Krieges waren nach und nach Verbesserungen vorgenommen worden. Aber auch die Klientel änderte sich jetzt. Offiziere kamen aus dem Stützpunkt, um den Tanzenden zuzusehen, und sie brachten ihre Ehefrauen mit. Immer mehr Leute aus der Mittelschicht der

Insel taten es ihnen nach. Manchmal sah man Männer mit Tonbandgeräten im Publikum. Und inmitten dieser wachsenden Wertschätzung wurde Henry immer unglücklicher. Endlich war er ein Original, fand Erwähnung in den Zeitungen. Die zweitklassigen Mädchen verschwanden, mehr und mehr *Wabeens* tauchten auf, so teuer, dass sie von den zur Ehe verdammten Frauen nicht mehr zu unterscheiden waren. Eines Tages meldete Henry den Verlust seines Drummers, Snake mit Namen: Eine reiche Ehefrau hatte ihn sich geschnappt, ihn in ein Jackett gesteckt, ihm eine Krawatte um den Hals gebunden und ihn zum Musikstudium in die Staaten geschickt.

Henry, auch er immer ordentlicher, gründlicher rasiert, war niedergeschlagen. Der Erfolg war da und ängstigte ihn. Und Blackwhite, der seit Jahren predigte, Leute wie Snake seien die Crux der Insel, weil sie das Bild vom sorglosen Eingeborenen bestätigten, Blackwhite war hellauf empört. Früher hatte er immer gesagt: »Snake betreibt ein schwieriges Geschäft. Aus Mülltonnen Musik herauszuschlagen – das ist, als würde man einen Baum mit dem Taschenmesser umschneiden und dafür Applaus erwarten.« Aber wenn er sich jetzt über Snakes Entführung ausließ, redete er über die Zersetzung der Inselkultur.

»Seien Sie doch froh«, sagte ich. »Es ist ein Beweis, dass die Insel existiert.«

»Kaum existiert sie«, sagte er, »wird sie auch schon zerstört. Wissen Sie, ich habe viel nachgedacht. Langsam habe ich das Gefühl, Frankie, was an meinen Büchern nicht stimmt, das bin nicht ich, das ist die Sprache, derer ich mich bediene. Im Englischen ist schwarz ein böses Wort. Man spricht von einer schwarzen Seele. Wie kann ich in dieser Sprache schreiben?«

»Ich hab's Ihnen schon mal gesagt. Sie werden mir zu schwarz.«

»Wir brauchen einfach nur unsere eigene Sprache. Von jetzt an will ich in meiner eigenen Sprache schreiben. Sie kennen unser Patois. Nicht Englisch, nicht Französisch, etwas, das wir erfunden haben. Es gehört uns. Sie hatten Recht. Zum Teufel mit den Lords und Ladys. Zum Teufel mit Jane Austen. Das hier gehört uns, damit müssen wir arbeiten. Und Henry, das weiß ich, stimmt mir darin zu, ganz gleich, aus welchen Gründen.«

»Ja«, sagte Henry. »Wir müssen unsere Kultur verteidigen.« Und mit traurigem Blick auf seine neuen Kunden fügte er hinzu: »Wir müssen die alten Zeiten zurückholen.«

Auf der Tafel an Blackwhites Haus erschien folgender Zusatz: HIER WIRD PATOIS GELEHRT.

Selma besuchte am Imperial Institute einen Nähkurs. In den ersten Stunden wurden Säume genäht, glaube ich, und sie stellte sich nicht sehr geschickt an. Ein Kopfkissenbezug, an dem sie arbeitete, machte kaum Fortschritte und wurde zunehmend grauer, bis ich zweifelte, ob dem Schmutz mit Waschen noch beizukommen war. Aber in ihrem Haus war sie glücklich und wollte nicht über das reden, was meine Gedanken am meisten beschäftigte: die Tatsache, dass wir den Stützpunkt bald verlassen mussten.

Eines Nachts, spät, als mir nach einem Gespräch eigentlich gar nicht zumute war, redeten wir schließlich doch darüber. Wie so oft war ich allein aus gewesen. Jeder von uns hat seine kleinen Gründe für Irritationen, und Selmas Weigerung, irgendwelche Besitzansprüche an mich zu stellen, war einer von meinen. Ich konnte kommen und gehen, wann ich wollte. Es war eine üble Nacht gewesen. Ich traf mit dem Schlüssel nicht ins Schloss; ich kippte vor der Tür um. Schließlich ließ sie mich herein. Sie war besorgt und mitfühlend, aber nicht so besorgt, wie ich es mir gewünscht hätte. Und doch ging mir der kleine Augenblick der Rettung nicht mehr aus dem Kopf: dieser Augenblick der Hilflosigkeit, des Selbstekels, der völligen Verzweiflung vor der Tür, die sich alsbald, auf mein Kratzen hin, auf wundersame Weise aufgetan hatte.

Wir fingen an zu reden, nicht über meinen Zustand, sondern über ihren Nähkurs. Sie sagte: »Wenn ich fertig bin, kann ich vielleicht ein bisschen Geld mit meiner Näherei verdienen.«

»Ich kann mir nicht vorstellen, dass du auch nur einen Penny mit deiner Näherei verdienst«, sagte ich.

Sie sagte: »Meine Tante auf dem Land saß jeden Abend unter der Petroleumlampe und hat gestickt. Sie sah sehr glücklich dabei aus, sehr zufrieden. Damals hab ich mir geschworen, wenn ich groß bin, setze auch ich mich jeden Abend hin und sticke. Aber ich frage mich wirklich, Frank, wer hier um wen Angst hat.«

Wieder so ein unverzerrter Gedankengang. Ich sagte: »Selma, ich glaube nicht, dass du jemals netter warst als heute Nacht, als du mich hereingelassen hast.«

»Nicht der Rede wert.«

»Du warst sehr lieb.« Gefühle sind albern und gefährlich; ich ließ mich mitreißen von ihrer Süße. »Wenn dir jemals einer etwas tut, bringe ich ihn um.«

Sie betrachtete mich amüsiert.

»Ehrlich, ich bringe ihn um.«

Sie fing an zu lachen.

»Lach nicht.«

»Ich lache nicht richtig. Aber für das, was du gerade eben gesagt hast, schließe ich einen Pakt mit dir. Du gehst bald fort von hier. Aber wenn wir uns danach einmal wiederbegegnen, ganz egal, was inzwischen passiert ist, dann wollen wir die erste Nacht miteinander verbringen.«

Dabei beließen wir es.

Fortan versammelten wir uns, mehr um der Gesellschaft als um des Vergnügens willen, bei Henry und feierten die Veränderungen, wir vier, die uns ein gemeinsames Interesse zu einen schien: Henry, Blackwhite, Selma und ich. Aber Wandel ist Wandel. Wir sollten nicht lange zusammenbleiben. Tagtäglich kamen jetzt Fremde in die Straße, und eines Tages kamen zwei, die uns – scheinbar – für immer trennten.

Wir saßen bei *Henry's*, als ein Mann mittleren Alters in einem feinen Anzug schüchtern an unseren Tisch trat und sich als Mr. de Ruyter vom Komitee für Koloniale Kulturen vorstellte. Er und Blackwhite hatten sofort einen Draht zueinander. Blackwhite sprach von der Notwendigkeit, die neue Inselsprache weiterzuentwickeln. Er habe bereits einiges an Arbeit geleistet, sagte er. Neuerdings trug er immer ein paar hektographierte Blätter mit sich herum: ein Glossar selbst erfundener Wörter.

»Ich kreiere am laufenden Band neue Wörter. Was halten Sie von dem Wort *quinzeln*? Ein sehr gutes Wort, oder?«

»Ein wunderbares Wort«, bestätigte Mr. de Ruyter. »Was bedeutet es?«

»Es bedeutet, die Augen ganz fest zusammenkneifen. Etwa so.«

»Ein ausgezeichnetes Wort«, sagte Mr. de Ruyter.

»Meine große Vision«, sagte Blackwhite, »ist ein Institut, das sich der Aufgabe verschreibt, alle großen Werke der Weltliteratur in diese Sprache zu übersetzen.«

»Eine ungeheure Aufgabe.«

»Die *Notwendigkeit* ist ungeheuer.«

Ich sagte zu Henry und Selma: »Ich habe das Gefühl, jetzt kommt Blackwhite uns allen dreien abhanden.«

»Oh, da täuschen Sie sich«, sagte Mr. de Ruyter. »Das sind genau die Dinge, die wir fördern müssen. Wir müssen mit der Zeit gehen.«

»Einer meiner Lieblingssätze«, sagte Blackwhite.

Mr. de Ruyter sagte: »Ich hätte Ihnen – in aller Bescheidenheit, versteht sich – einen Vorschlag zu machen. Wie würde es Ihnen gefallen, nach Cambridge zu gehen, um sich dort noch eingehender mit Ihrer Sprache zu beschäftigen? Sicher, auf dem Gebiet der Philologie hat Oxford den größeren Ruf, aber …« Mr. de Ruyter lachte.

Und auch Blackwhite lachte, spielte mit ihm schon das alte Oxford-Cambridge-Spiel. Die Frage war noch nicht richtig ausgesprochen, da sah ich ihm schon an, dass er der Versuchung nachgab. Auch wenn er sich noch wehrte. »Cambridge, Oxford? Aber mein Platz ist hier, bei meinen Leuten.«

»Gewiss, gewiss«, sagte Mr. de Ruyter. »Aber Sie werden die Cam sehen.«

»Verdammt weite Reise, um eine Cam zu sehen«, meinte Henry.

»Das ist ein Fluss«, sagte Mr. de Ruyter.

»Ein großer Fluss?«, fragte Henry.

»Wir Engländer halten alles Große für etwas vulgär.«

»Klingt nach einem verflucht kleinen Fluss«, sagte Henry.

Mr. de Ruyter sprach weiter: »Sie werden die Kapelle des King's College sehen. Und die Kreidefelsen von Dover.«

Jeder dieser Anreize ließ Blackwhites Augen mit noch höherer Wattzahl leuchten.

Mr. de Ruyter stellte noch ein paar Weichen. »Sie werden den Atlantik überqueren. Die Themse hinauffahren. Sie werden den Tower von London sehen. Sie werden Schnee und Eis kennen lernen. Und einen richtigen Mantel tragen. So ein Mantel steht Ihnen sicher ausgezeichnet.«

Im selben Moment murmelte Henry, der sich langsam und verstohlen erhob, eine Entschuldigung. »Das darf ja wohl nicht wahr sein«, murmelte er.

Am anderen Ende des Raums stand drohend eine dicke Frau, die scharf in den schummrigen Raum spähte, als hielte sie nach jemandem Ausschau. Es war die Frau, deren Foto Henry so oft herumzeigte, die Frau, um die er seine Geschichten von Liebe und Verrat gesponnen hatte. Selbst in diesem Augenblick des Schreckens fand er noch die Zeit zu sagen: »Als ich sie kannte, war sie nicht so fett.«

Der Erfolg, die Zeitungsartikel hatten ihn verraten. An dem Abend gelang ihm die Flucht, aber innerhalb von vierzehn Tagen war er wieder eingefangen, gesäubert und zurückgebracht. Und von da an hielt Mrs. Henry, so sie denn eine Mrs. Henry war, das Heft in der Hand. Sie kehrte wie ein neuer Besen in dem Lokal, führte Regeln ein, Hygiene, Registrierkassen, Rechnungsblocks, Anzeigen in den Zeitungen und ein Firmenschild: THE COCONUT GROVE – *Gäste aus Übersee willkommen.*

Kein Platz mehr für uns. Wandel, Wandel. Schneller, stürmischer Wandel. Durch minenfreie, gefahrlose Fahrrinnen liefen Schiffe aus Europa und den Vereinigten Staaten die Insel an: manche grau, manche noch in den Tarnfarben des Kriegs, aber auch schon ein, zwei schneeweiße: die ersten Touristendampfer.

Und vor dem Stützpunkt, wo früher strenge Schilder das Tempo auf zehn Stundenkilometer begrenzt und unberechtigte Eindringlinge vor Gefahren für Leib und Leben gewarnt hatten, stand jetzt ein neues Schild: ZU VERKAUFEN DURCH ÖFFENTLICHE VERSTEIGERUNG.

Der Stützpunkt wurde verkauft und der Zeitpunkt für den Übergang in einheimische Hände festgesetzt. Bis dahin hatte meine Autorität noch Geltung. Ich ging die Straße entlang, von Haus zu Haus. Und in dieser Niemandszeit – zwischen dem letzten Zapfenstreich und der Ankunft des einheimischen Käufers, der bereits ein neues Schild aufgestellt hatte:

Hier entsteht in Kürze die
FLORIDA HEMDENFABRIK

– in dieser Niemandszeit kamen im Morgengrauen die Menschen aus der Straße herein und nahmen mit, was sie tragen konnten. Sie nahmen Schreibmaschinen mit, sie nahmen Herde, Badewannen, Waschbecken, Kühlschränke, Aktenschränke mit. Sie nahmen Türen und Fenster und ganze Rollen Maschendraht mit.

Ich sah zu, wie die Gebäude von Bulldozern eingerissen wurden. Ich sah, wie das schnelle tropische Gras sich in den Rissen im Asphalt breit machte. Ich sah die Blumen, Bougainvillea, Weihnachtssterne, Hibiskus über die von uns erschaffenen Tropen wuchern.

Das Haus, in dem ich Abschied nahm, quoll über von Kühlschränken, Waschbecken, Öfen und Schreibmaschinen.

»Tja, das war's mit uns«, sagte Selma. »Besser so als anders.« Sie deutete hinüber zu *Henry's Bar*, wo Henry unglücklich auf seiner eigenen Türschwelle stand und Mrs. Henry, man spürte es förmlich, in seinem Rücken schon den Besen schwang. »Solch ein Ende nimmt es mit der Liebe und den großen Gefühlen immer.«

Blackwhites Schreibmaschine klapperte, als ich ging.

3

Und jetzt stand der Rausschmeißer in der Tür.

»Ich hab Sie beobachtet.«

»Ich Sie auch. Sie sind sehr hübsch.«

Er machte eine Handbewegung.

»Hübsch wie ein Illustriertenfoto. Wofür stehen Sie heute Reklame? Bourbon?«

»Sie kommen hier nicht rein.«

»Nein, nicht Bourbon. Eher Reis, glaube ich.«

»Ich glaube, nicht mal mit 'ner Krawatte kommen Sie hier rein.«

»Bourbon, Reis: Ist mir egal. Ich blättere zur Comicseite weiter.«

»Sie kommen hier nicht rein.«

»Schöner Laden zum Kaputtschlagen ist das hier.«

Es war plüschig da drinnen, wie die Kulisse eines alten Hollywoodmusicals. Ich sah fantastisch kostümierte Kellner – eine Art Volkstracht, so schien es mir. Ich sah Touristen bei Kerzenlicht an Tischen sitzen, ich sah eine Bühne mit einem Strohdach. Und an einem langen Tisch entdeckte ich in Gesellschaft von ein paar vornehm gekleideten älteren Herren Mr. Blackwhite.

»Ohne Krawatte kommen Sie hier nicht rein.«

Ich zog kräftig an seiner.

Eine Stimme sagte: »Solltest sie ihm lieber leihen, bevor er dich dran aufhängt.«

Es war Henrys Stimme. Der arme Henry, im Anzug mit Schlips und Kragen, die Augen rot und kraftlos vom Alkohol, schmaler, als ich ihn in Erinnerung hatte, das Gesicht vergrämter.

»Henry, was haben sie mit dir gemacht?«

»Ich denke«, sagte eine andere Stimme, »ich denke, das ist eine Frage, die er streng genommen Ihnen stellen müsste.«

Es war Blackwhite. H. J. B. White mit dem gequälten zwinkernden Schriftstellerfotogesicht. Äußerst gewöhnlich jetzt.

»Ich habe Ihre *sämtlichen* Bücher gekauft.«

»Sie sollen leben dreimal hoch!, wie es so schön heißt. Frank, es ist furchtbar nett, Sie mal wieder hier zu sehen. Aber Sie machen uns ein bisschen Angst.«

»Sie mir auch.« Ich warf in gespieltem Schrecken die Arme hoch. »Oh, wie mir vor Ihnen graust.«

Henry sagte: »Mach das noch mal, und sie stellen dich auf die Bühne.« Er deutete mit dem Kopf zum hinteren Ende des Raums.

Blackwhite warf einen hastigen, besorgten Blick in den Raum. Ein paar Touristen, unter ihnen das glückliche und das verbitterte Team vom Vormittag, blickten mir mit Besorgnis und mit Scham entgegen. Ich brachte sie in Misskredit.

»Sie scheinen nicht nur uns Angst zu machen, Frankie«, sagte Blackwhite.

Ich kämpfte mit der Krawatte, die der Türsteher mir gegeben hatte. Schmierig.

»Sieh mal«, sagte ich zu Henry, auf den Türsteher deutend. »Der Mann trägt keine Krawatte. Wirf ihn raus.«

»Sie sind in einer Ihrer Stimmungen«, sagte Blackwhite. »Ich glaube, Sie verkennen, wie sehr wir mit der Zeit gegangen sind.«

»Oh, wie mir vor euch graust.«

»Trunkenbold«, sagte Blackwhite.

»Es ist nur Zucker, schon vergessen?«

»Frank, ich sage es Ihnen als Freund, Sie suchen eine andere Insel. Einen anderen Haufen sorgloser Eingeborener.«

»Sie sind also nach Cambridge gegangen.«

»Ein langweiliges Nest.«

»Trotzdem, man merkt's.«

Die Band stimmte die Instrumente. Blackwhite wurde unruhig, es zog ihn zurück zu seinen Gästen. »Kommen Sie, Frank, warum gehen Sie nicht mit Henry in die Küche hinunter und trinken einen und plaudern über die alten Zeiten. Sie sehen doch, dass wir heute Abend ein paar hochrangige Gäste von verschiedenen Stiftungen bei uns haben. Wichtige Verhandlungen stehen an, alter Junge. Und die Herren sollen doch keinen falschen Eindruck bekommen, oder? Vertun Sie nicht Ihre Zeit. Hören Sie auf meinen Rat. Suchen Sie sich eine andere Insel.« Er schaute mich an, er wurde milder. »Dabei glaube ich eigentlich nicht, dass es für Sie einen anderen Platz gibt als Ihr Zuhause. Bringen Sie ihn runter, Henry. Und, Henry, hören Sie, wenn Pablo und die anderen Faulpelze kommen, reinigen Sie sie ein bisschen, bevor Sie sie nach oben schicken, ja?«

Männer und Frauen in Fantasiekostümen, ähnlich den Kostümen der Kellner, kamen auf die Bühne und führten einen fantastischen Volkstanz auf. Sie pflückten symbolisch Baumwolle, schlugen symbolisch Zuckerrohr, trugen symbolisch Wasser. Sie kauerten nieder und schaukelten hin und her und sangen dazu ein Klagelied. Hin und wieder lief eine Gestalt mit weißer Maske zwischen ihnen hin und her und ließ die Peitsche schnalzen, und sie hoben in hübsch anzusehender Angst die Hände.

»Da siehst du, wie wir Nigger gelitten haben«, sagte Henry und führte mich zu einer Tür mit der Aufschrift NUR FÜR PERSONAL. »Das hat alles Blackwhite verbrochen, weißt du? Er sagt, du hast ihn auf die Idee gebracht. Du hast gesagt, er soll keine Bücher mehr über all die Lords und Ladys in England schreiben. Du hast gesagt, er soll über Schwarze schreiben. Weißt du, Frankie, wenn ich so drüber nachdenke, hast du dich ganz schön eingemischt. Schon ein Wunder, dass du nicht versucht hast, mich unter die Haube zu bringen. Obwohl: ein *Wunder*? Ein Jammer. Weißt du noch, was du alles tun wolltest, wenn du eine Million Dollar hättest? Was du für die Insel tun wolltest, für die Straße?«

»Eine Million Dollar.«

Schritte hinter mir. Ich drehte mich um.

»Frankie.«

»Leonard.«

»Frankie, bin ich froh, Sie gefunden zu haben. Ich hab mir wirklich Sorgen gemacht. Aber meine Güte, ist das nicht ein toller Laden? Haben Sie den letzten Tanz gesehen?«

Von dort, wo wir standen, hörten wir Peitschenknallen, orchestrierte Klagelaute, Getrampel und eiliges Fußgetrappel. Und dann: gedämpfter, gemessener Applaus.

»Leonard, gehen Sie besser wieder rauf«, sagte ich. »Da oben sitzen ein paar Leute von verschiedenen Stiftungen, die haben Mr. White am Wickel. Wenn Sie ihn nicht verpassen wollen, sollten Sie sich beeilen.«

»Ach, solche Leute sind das? Danke für den Hinweis. Da werde ich doch gleich mal hinauflaufen. Wenn ich bloß wüsste, wie ich mich ihm bekannt machen soll. Die Leute glauben mir einfach nicht ...«

»Ihnen wird schon was einfallen. Henry, wo ist das Telefon?«

»Spielst du immer noch das Telefonspiel? Eines Tages kommt die Polizei dir auf die Schliche.«

Ich wählte. Das Rufzeichen erklang. Dann rief eine donnernde Männerstimme: »Frankie. Bleib bloß weg.« So laut, dass sogar Henry es hören konnte.

»Priest«, sagte ich. »Gary Priestland. Wie konnte er das wissen?«

Henry sagte: »So, wie du dich aufgeführt hast, wär's eher ein Wunder, wenn irgendjemand es noch nicht weiß. Dir ist schon klar, dass du in einen Shakespeare-Vortrag des British Council reingeplatzt bist?«

»Du lieber Gott!« Ich erinnerte mich an den Raum. Sechs Leutchen und ein Mann in Khakihosen, die fröhlich-freundlich über die Tischkante baumelnden Beine.

»Du hast gedacht, es ist ’ne Bar.«

»Henry, was ist bloß los hier? Wollen die euch jetzt allen Ernstes Kultur verabreichen? Shakespeare und was weiß ich noch alles?«

»Es ist ein Geben und Nehmen. Ein wechselseitiger Prozess, wie der alte Blackwhite es nennt. Und ständig betonen sie, wie viel sie noch von uns lernen müssen. Keine Ahnung, wieso sich das so schnell durchgesetzt hat. Siehst ja, der Laden ist jetzt ein kleines New York. Deshalb ist er auch so beliebt, schätze ich. Jeder fühlt sich wie zu Hause. Eiswürfel im Kühlschrank, und dazu kriegen sie alte exotische Kultur eingetrichtert. Das alte *Coconut Grove* hat sogar einen Vorstand verpasst gekriegt. Demnächst fordern sie mich noch auf, für den Stadtrat zu kandidieren. Zum MBE machen sie mich schon.«

»MBE?«

»Mitglied des Ordens des British Empire. So was werden sonst nur Sänger und Kulturfritzen. Frankie, vergiss den MBE. Vergiss das Telefon. Vergiss Selma. Manchmal wünscht man sich, dass die Welt untergeht. Weil man nicht zurück kann, und noch mal von vorn anfangen. Die Dinge passieren einfach so, und alles ist bestens. Aber ob es wirklich gut ist, weißt du immer erst hinterher. Von mir aus soll der Hurrikan kommen und das alles hier platt machen. Ich glaube, das braucht die Welt hin und wieder. Einen sauberen Schnitt, einen neuen Anfang. Aber die verfluchte Welt dreht sich weiter. Und wir sterben nicht zur rechten Zeit.«

»Was ist mit Selma?«

»Willst du’s wirklich wissen?«

»Erzähl’s mir.«

»Sie soll sich einen Fixmixer gekauft haben.«

»Na, das nenn ich mal ’ne Neuigkeit.«

»Was soll ich dir sonst erzählen. Neulich war ich im Hilton. Barbecue-Nacht. Dort hab ich Selma gesehen, und sie war genauso wählerisch wie alle anderen auch. Alle gehen sie mit der Zeit, Frankie. Nur du und ich, wir gehen rückwärts.«

Mrs. Henry kam herein. Sie musste nicht erst sagen, dass ich ihr ein Dorn im Auge war. Henry zuckte zusammen.

»Henry, Henry«, sagte sie. »Gerade mal fünf Minuten lass ich dich allein hier vorne, und schon geht alles drunter und drüber. Ich musste den Türsteher entlassen. Er hatte keine Krawatte um und gar nichts. Wo Mr. White dich doch extra gebeten hatte, heute Abend besonders aufmerksam zu sein.«

Meine Hand stahl sich zur Krawatte des Türstehers. Als Mrs. Henry wieder draußen war, durchsiebte Henry die Tür mit einer imaginären Maschinenpistole. Ich sah mich im Zimmer um. Wir befanden uns inmitten eines Blumenmeers. Hunderte von Plastikblüten.

»Da schaust du«, sagte Henry. »Nicht mein Werk. Ich hab Blumen gern, aber so gern auch wieder nicht.«

Wieder flog die Hintertür auf. Henry zuckte zusammen, senkte die Stimme. Aber es war nicht Mrs. Henry.

»Ich Pablo«, sagte ein zorniger Mann. »Dieses fette Weib da sagt, wir müssen hintenrum gehen!«

»Das ist kein Weib«, sagte Henry. »Das ist meine Frau.«

Pablo war einer von drei zornigen Männern. Drei Männern aus dem Volk: frisch gewandet, die Haare frisch gewaschen, frisch geölt. Sie sahen aus wie Drillinge.

Pablo sagte: »Mr. White hat speziell nach uns geschickt, nach mich und nach ihn.« Er zeigte auf einen seiner Freunde.

Der Freund sagte: »Ich Sandro.«

»Hat nach ihn geschickt.«

»Ich Pedro.«

»Pablo, Sandro, Pedro«, sagte Henry, »regt euch ab.«

»Wird Mr. White nicht passen«, sagte Pablo.

»Dass Gäste und Künstler zur Hintertür reinmüssen«, sagte Sandro.

»Wenn sie Einladung zu kleinen Abendessen haben«, sagte Pedro.

Henry taxierte die drei. »Gäste und Künstler. Kleines Abendessen. Gut, eigentlich seht ihr genau richtig aus. Wie sagt man, ihr habt keine Chance, also ergreift sie. Geht rauf. Mr. White erwartet euch.«

Sie gingen, etwas beschwichtigt. Aus ihren Schritten sprach die Entschlossenheit, sich keine weiteren Kränkungen gefallen zu lassen. Henry, der ihnen folgte, wirkte bedrückt.

Ich bemerkte ein wütendes Gesicht hinter der Scheibe. Der gefeuerte Türsteher. Ohne Krawatte hätte ich ihn beinahe nicht erkannt. Er machte drohende Gebärden, als wollte er hereinklettern. Ich zog seine Krawatte fester um meinen Kragen und eilte hinter Henry her in die Haupthalle.

An dem langen Tisch schien das Abendessen gerade eben zu beginnen. Blackwhite erhob sich, um Pablo, Sandro und Pedro zu begrüßen. Die drei Herren in den teuren Anzügen erhoben sich ebenfalls, um sich von Blackwhite vorstellen zu lassen. Leonard und Sinclair standen zögerlich herum.

Blackwhite fasste Leonard ins Auge. Leonard duckte sich. Kaum hatte er mich erblickt, kam er angelaufen.

»Ich bringe den Mut nicht auf«, flüsterte er.

»Kommen Sie, ich stelle Sie vor.«

Ich führte ihn zum Tisch.

»Ich werde Sie vorstellen«, wiederholte ich. »Blackwhite ist ein alter Freund von mir.«

Ich zog zwei Stühle von einem anderen Tisch heran. Den einen Stuhl stellte ich rechts von Blackwhite auf. Für Leonard. Den anderen links von Blackwhite. Für mich. Erstaunen auf den Gesichtern der Stiftungsleute, Furcht auf Blackwhites Gesicht, eine Mischung aus Taxieren und Sympathie auf den Gesichtern von Pablo, Sandro und Pedro, denen zwischen Kristall, Leinen, Blumen und Kerzen nicht ganz wohl zu sein schien.

Ein Kellner teilte Speisekarten aus. Als ich auch eine nehmen wollte, zog er sie zurück und schaute fragend Blackwhite an. Blackwhite schaute mich an. Dann Leonard. Leonard setzte ein leises Lächeln auf, winkte schüchtern und senkte den Blick auf eine Lücke zwischen den Gedecken auf dem Tisch. Er zog von rechts zwei Gabeln und von links zwei Messer zu sich heran.

»Gut, von mir aus«, sagte Blackwhite. »Gebt ihnen was.«

Eilig wurden Messer, Gabeln und Löffel herbeigeschafft.

Pablo, Sandro und Pedro bewegten die Lippen beim Lesen der Speisekarte.

»Steak Chatto Brian für mich«, sagte Pablo.

»Aber, Sir«, sagte der Kellner, »das ist für zwei Personen.«

Pablo sagte: »Hast du's an den Ohren? Chatto Brian.«

»Chatto Brian«, sagte Sandro.

»Chatto Brian«, sagte Pedro.

»Austern«, sagte ich. »Fünfzig. Nein, hundert.«

»Als Vorspeise?«

»Und als Nachspeise.«

»Für mich Garnelen«, sagte Leonard. »Sie wissen schon. Gekocht. Und bitte in der Schale. Ich schäle sie gerne selber.«

»Er ist ein großer Bewunderer von Ihnen, Blackwhite«, sagte ich. »Leonard ist sein Name. Ein Kunstmäzen.«

»Ja, das stimmt«, sagte Leonard. »Mr. White, es ist mir eine große Freude. Ich bin völlig begeistert von *Hass*. Es ist – es ist – ein so *liebenswertes* Buch.«

»Es sollte kein liebenswertes Buch sein«, sagte Blackwhite.

»O Gott, hoffentlich habe ich jetzt nichts Falsches gesagt.«

»Können Sie gar nicht, Leonard«, sagte ich. »Leonard hat Geld zu vergeben.«

Gleich wurde Blackwhites Blick ein paar Grad wärmer. Pablo, Sandro und Pedro hoben die Köpfe. Die Herren von den Stiftungen rissen die Augen auf.

»Kennen Sie ihn, Chippy?«

»Nicht, dass ich wüsste. Fragen wir Bippy.«

»Ich kenne ihn nicht, Tippy.«

»Leonard«, sagte Chippy. »Den Namen hab ich nie gehört in Stiftungsland.«

»Kann ja sein«, sagte Blackwhite. »Aber Leonard hat den richtigen Gedanken.«

»Mr. White«, sagte Bippy, gekränkt.

»Haben wir Sie jemals im Stich gelassen?«, fragte Tippy.

»Sie laufen uns doch jetzt nicht davon, oder, Mr. White?«, fragte Chippy.

»Was ist mit Ihnen, Mr. White?«, fragte der Kellner.

Blackwhite studierte die Speisekarte. »Ich denke, ich werde mit der Avocado Lucullus beginnen.«

»Avocado Lucullus.« Zufrieden machte der Kellner seine Notiz.

»Wie meinten Sie das, den richtigen Gedanken, Mr. White?«

»Und dann probiere ich es mal mit der Seezunge. Wie ist die *Bonne Femme* heute Abend? Der richtige Gedanke?«

Der Kellner formte aus Daumen und Zeigefinger einen Kreis.

»Gut, nehmen wir Seezunge *Bonne Femme*. Mit etwas Spinat. Meine Herren, ich sage es Ihnen geradeheraus: Der Künstler des postkolonialen Zeitalters ist in einer außerordentlich schwierigen Lage.«

»Wie hätten Sie Ihren Spinat gerne, Mr. White?«

»*En branches*. Und es gibt nur ein Mittel, mit dem Sie oder jemand anderer ihm helfen können – Geld. So ist es, meine Herren. Nur so können Sie unserem Pablo …«

»Die Weinkarte, Mr. White.«

»Weiter. Wir hören.«

»Unserem Pablo helfen Sie nur … äh, Sommelier. Aber fragen wir doch unseren werten Gastgeber.«

»Nein, nein. Die Wahl überlassen wir Ihnen, Mr. White.«

»Mit Geld. Wie wär's, wenn wir mal ganz ketzerisch wären? Pablo, hätten Sie und Ihre Freunde etwas gegen einen weißen Rheinwein einzuwenden? Oder bestehen Sie auf Burgunder zu Ihrem Chateaubriand?«

»Was Sie sagen, Mr. White.«

»Ich plädiere für den Rheinwein. Sagen Sie, ist von dem wunderbaren Rüdesheimer noch etwas da?«

»Sicher, Mr. White. Eisgekühlt.«

»In Ordnung, meine Herren? Vielleicht ein bisschen süß. Und trotzdem.«

»Gewiss. Kellner, bringen Sie ein paar Flaschen von dem, den Mr. White gerade vorgeschlagen hat. Also, wie können wir Pablo helfen?«

»Pablo? Indem Sie ihm zehntausend Dollar geben. Und ihn einfach in Ruhe arbeiten lassen.«

»Woran arbeitet er?«, fragte Bippy.

»Das ist doch *nebensächlich*«, sagte Blackwhite. »Soweit es meine Argumentation betrifft.«

»Völlig«, sagte Chippy.

»Kellner«, rief Blackwhite, »mir scheint, Sie haben unsere Gastgeber vergessen.«

»Verzeihung, die Herren wünschen?«

»Aber wenn es Sie interessiert, Pablo und seine Jungs bilden eine Malgruppe. Sie arbeiten alle gleichzeitig an ein und derselben Leinwand.«

»Steak tartare. Wie die Italiener. Oder die Flamen.«

»Steak tartare. Einer malt das Gesicht.«

»Steak tartare. Und der andere den Hintergrund. Steak tartare. Was sage ich? Nur einen Salat.«

»Nicht ganz«, sagte Blackwhite. »Es ist mehr ein Experiment – das Stammesunterbewusstsein soll freigelegt werden.«

»*En vinaigrette*, mein Herr?«

»Und was heißt das genau?«

»Sie haben doch sicher von Jung und seinem Rassengedächtnis gehört.«

»Nun, mit Essig.«

»Ungefähr so fühle ich mich.«

»Sie haben damit einige höchst interessante Ergebnisse erzielt. Eine Art Stafette des künstlerischen Bewusstseinsstroms. Aber in Öl. Eine Art permanenter wechselseitiger Interferenz.«

»Klingt interessant, Mr. White«, sagte Bippy.

»Nichts gegen Pablo«, sagte Tippy.
»Oder gegen Sandro und Pedro«, fügte Chippy hinzu.
»Aber wir müssen auf Nummer sicher gehen, Mr. White.«
»Stiftungsland hat seine eigenen Regeln, Mr. White.«
»Mr. White, wir müssen Berichte schreiben.«
»Mr. White, helfen Sie uns.«
»Mr. White, wir haben diese Reise eigens wegen *Ihnen* gemacht.«
»Ich weiß nicht, meine Herren. Wir können Pablo und seine Jungs doch nicht einfach so *abblitzen* lassen. Ein treffendes Wort, finden Sie nicht? Fragen wir doch mal die drei, wie sie darüber denken.«
Bippy, Tippy und Chippy schauten Pablo, Sandro und Pedro an.
»Fragen Sie«, sagte Blackwhite. »Nur zu, fragen Sie.«
»Wie denken Sie darüber, Mr. Pablo?«, fragte Bippy.
»Wenn's irgendwo Geld gibt, geben Sie's Blackwhite«, sagte Pablo.
»Geben Sie's Mr. White«, sagte Sandro.
»Genau«, sagte Pedro.
»Da sehen Sie's, Mr. White«, sagte Chippy. »Sie müssen die Verantwortung auf Ihre Schultern nehmen. Wir begrüßen Ihren Wunsch, Talenten in Not helfen zu wollen. Aber …«
»Ganz meine Meinung«, sagte Tippy.
Blackwhite schien nicht enttäuscht zu sein.
Die Speisen kamen. Pablo und seine Freunde begannen zu sägen. Blackwhite löffelte Avocado, schenkte Wein aus.
Blackwhite sagte: »Es sollte auf keinen Fall so aussehen, als wollte ich mich vordrängen. Ich wollte Sie mit Pablo und seinen Freunden bekannt machen, weil ich dachte, Sie möchten womöglich etwas Neues fördern. Aus mir habt ihr doch inzwischen genug herausgeholt, oder?«
Man hörte leises, abwehrendes Lachen. Ich verschlang Austern, Leonard schälte Garnelen.
»Und auch«, fuhr Blackwhite fort, »weil ich so ein Gefühl

habe, dass Sie mit dem experimentellen Projekt, mit dem ich mich trage, vielleicht nicht ganz so zufrieden sein werden.«

»Experimentell?«, sagte Tippy.

»Oh, das klingt gut«, sagte Leonard.

»Meine Herren, ein Künstler darf sich nie wiederholen. Meine gemischtrassigen Liebesgeschichten sind – ich sage es in aller Bescheidenheit – auf nicht eben geringe Anerkennung, ja sogar Begeisterung gestoßen.«

»Allerdings«, bestätigten Bippy, Tippy und Chippy.

»Meine Herren, bevor Sie etwas sagen, hören Sie mir zu. Ich habe beschlossen, einen Schlussstrich unter die Problematik zu ziehen.«

»Das ist gut«, sagte Leonard. »Sehr gut sogar.«

»Und wie macht man das am besten?«, fuhr Blackwhite fort.

Pablo streckte die Hand aus und hob eine Weinflasche hoch. Sie war leer. Er hielt sie gegen das Licht und schüttelte sie. Chippy nahm ihm die Flasche aus der Hand und stellte sie auf den Tisch. »Nichts mehr drin«, sagte er.

»Ich habe sehr lange darüber nachgedacht. Und bin zu dem Schluss gekommen, dass ich mit der Zeit gehen muss.«

»Der gute alte Blackwhite«, sagte ich.

»Ich habe vor«, sagte Blackwhite, »einen Roman über einen Schwarzen zu schreiben.«

»Oh, das ist gut«, sagte Leonard.

»Einen Roman über einen Schwarzen, der sich verliebt.«

»Grandios«, sagten Bippy, Tippy und Chippy.

»In eine Schwarze.«

»Mr. White!«

»Mr. White!«

»Mr. White!«

»Ihr Befremden überrascht mich nicht«, sagte Blackwhite. »Aber für mich wäre ein solcher Roman ein Manifest der endgültigen Emanzipation.«

»Ein fantastischer Gedanke«, meinte Leonard.

»Ein gewaltiges Problem, natürlich«, sagte Blackwhite.

»Mr. White!«, flehte Bippy.

»Auch wir müssen etwas schreiben«, sagte Chippy.

»Nämlich unseren Bericht«, sagte Tippy.

»Mit der Ruhe, Jungs«, sagte Bippy. »Mr. White, können Sie uns vielleicht verraten, wie Sie die Geschichte aufzubereiten gedenken?«

»Da liegt mein Problem«, sagte Blackwhite.

»*Ihr* Problem«, sagte Chippy. »Und was ist mit unserem?«

»Schwarzer Junge lernt schwarzes Mädchen kennen«, sagte Tippy.

»Sie verlieben sich«, sagte Bippy.

»Und zeugen ein paar schwarze Kinder«, sagte Chippy.

»Mr. White, das ist keine Geschichte.«

»Klingt eher nach einem altmodischen Niggerfilm. Genau das, wogegen wir immer gekämpft haben.«

»Da kriegen Sie's mit den Liberalen zu tun.«

»Und wir werden gefeuert. Mr. White, betrachten Sie die Sache doch auch mal von unserem Standpunkt.«

»Mit der Ruhe, Jungs. Lasst mich mit ihm reden. Das ist ein sonderbarer Fall von Regression, Mr. White.«

»Allerdings. Ein Rückfall in die Zeiten von Onkel Remus, von Bruder Kaninchen und Bruder Fuchs.«

»Schreiben Sie uns ein neues *Hass*, und wir stehen hinter Ihnen wie eine Mauer.«

»Zeigen Sie mehr Kampfgeist, Mr. White.«

»Mit der *Ruhe*, Jungs. Es hängt natürlich viel vom Treatment ab. Das Treatment ist alles bei einem Kunstwerk.«

»Sie sagen es.« Blackwhite löffelte die *Bonne-Femme*-Sauce aus der Schale, die ihm der Kellner ehrfürchtig hinstreckte.

»Ich weiß nicht. Vielleicht könnten Sie ja einen anderen Dreh finden. Warum retten Sie den Mann nicht aus den Klauen einer bösen weißen Frau?«

»Oder die schwarze Frau aus den Klauen eines bösen weißen Mannes.«

»*Irgend*etwas in der Art.«

»Wir müssen uns vorsehen«, sagte Blackwhite. »Ich habe

mir die Sache gründlich überlegt. Ich möchte keiner ethnischen Gruppe zu nahe treten.«

»Wie dürfen wir das verstehen, Mr. White?«

»Er hat Recht«, sagte Leonard. »Mr. White, ich finde Sie großartig.«

»Danke, Leonard. Außerdem spiele ich mit dem Gedanken, einen schlechten Schwarzen zu meinem Helden zu machen. Ich spiele damit, wohlgemerkt.«

»Mr. White!«

»Mr. White!«

»Mr. White!«

»Tut mir Leid. Das war eine unkluge Wortwahl. Man wird nachlässig in seinem Sprachgebrauch. Versucht auf einfache Begriffe zu reduzieren, was nicht reduziert gehört. Ich meine nicht ›schlecht‹. Ich meine nur – gewöhnlich.«

»Mr. White!«

»Mit der Ruhe, Tippy.«

»Was meinen Sie damit, Mr. White? Schlecht im Ballspielen?«

»Unmusikalisch?«

»Ihr wollt wohl gleich einen Krüppel«, sagte Leonard.

»Der Verdacht ist mir auch schon gekommen, Leonard«, sagte Blackwhite. »Die wollen einen Krüppel.«

»Wer redet hier von Krüppeln, zum Teufel?«

»Mit der Ruhe, Bippy.«

»Guter Mann«, sagte Chippy, »verzeihen Sie, dass ich so mit Ihnen rede. Aber Sie sind im Begriff, Selbstmord zu begehen. Sie haben sich einen hübschen kleinen Ruf zusammengebastelt. Warum wollen Sie das alles für ein paar verrückte Ideen wegwerfen?«

»Seien Sie vernünftig, gehen Sie nach Hause und schreiben uns ein neues *Schatten auf der Livree*!«

»Schreiben Sie uns ein neues *Hass*!«

Leonard sagte: »Meine Unterstützung ist Ihnen sicher, Mr. White.«

Blackwhite sagte: »Ich bin sehr froh darüber, dass die Sache so ausgegangen ist. Ich verstehe Sie und Ihren Standpunkt durchaus, meine Herren. Wobei ich die Idee, Ihr Mäzenatentum auf Pablo und seine Jungs auszudehnen, gar nicht mal für so schlecht halte.«

»Können wir noch etwas bringen, Mr. White? Zabaione? Maronencreme?«

»Nichts, nur die Rechnung«, sagte Blackwhite. »Auch wenn diese jungen Burschen hier ein bisschen unterernährt aussehen.« Er nickte in Richtung von Pablo und seinen Freunden.

Der Kellner zog die Rechnung hervor. Blackwhite deutete auf Bippy, Tippy und Chippy, die alle drei wie auf Kommando die Hand ausstreckten, um sie entgegenzunehmen.

»Mr. White, wir wollten Sie nicht beleidigen.«

»Aber das haben Sie«, sagte Leonard.

»Ich hasse Sie«, sagte Blackwhite zu Bippy. Er deutete auf Chippy. »Ich hasse Sie.« Er deutete auf Tippy. »Und Sie auch.«

Jetzt fingen sie an zu lächeln.

»Das ist der alte H. J. B. White.«

»Mag sein, dass wir einen Freund verloren haben.«

»Aber ich glaube, wir haben einen Künstler gerettet.«

»Ernähren Sie von nun an Pablo und seine Freunde«, sagte Blackwhite.

»Ja«, sagte Leonard und erhob sich. »Ernähren Sie Pablo. Mr. White, ich bin auf Ihrer Seite. Ich halte Ihre schwarze Idee für ausgezeichnet. Sie dürfen auf meine Unterstützung rechnen. Es wird Ihnen an nichts fehlen.«

»Wer ist der Kerl?«, fragte Bippy.

»Schönen Dank auch für die Austern«, sagte ich. »Der Mann hat eine Million zum Spielen. Der wird Sie ganz schön dumm dastehen lassen.«

»Wer weiß?«, sagte Chippy. »Die verrückte Idee könnte Erfolg haben.«

»Das werden sie in New York gar nicht gern sehen«, sagte Bippy.

»Mit der Ruhe«, sagte Tippy.
Sie gingen hinüber zur Bar.
»Keine Winterausflüge mehr.«
»Keine verlängerten Geschäftsreisen.«
»Keine Tagungen mehr.«
»Weder tags noch nachts.«
»Kein Diskutühren mehr über Literatühr.«
»Keine cineastischen Seminare.«
»Moment mal«, sagte Bippy. »Vielleicht hatte Blackwhite Recht. Vielleicht haben Pablo und seine Freunde ja doch etwas. Ein Stammesunterbewusstsein.«
Die drei aßen noch.
»Mr. Pablo?«
»Mr. Sandro?«
»Mr. Pedro?«

Ich ließ Blackwhite und Leonard dort sitzen. Auch Sinclair ließ ich dort sitzen. Er war die ganze Zeit über mit im Speisesaal gewesen. Ich ging hinunter in die Küche.

Auf dem Fernsehschirm verkündete Gary Priestland: »Ich habe eine wichtige Neuigkeit. Hurrikan Irene hat seine Richtung geringfügig verändert. Damit liegt die Insel jetzt auf seinem Kurs. Wie Sie wissen, hat Irene« – er sagte es beinahe zärtlich – »die Inseln Cariba und Morocoy dem Erdboden gleichgemacht.« Auf dem Bildschirm erschienen Fotos: zerstörte Häuser, erschlagene Menschen, Autos an den außergewöhnlichsten Plätzen, ein Kokoshain, dessen entwurzelte Kokospalmen fast parallel am Boden lagen, wie zur Wiederaufrichtung bereit gelegt. Gary Priestland nannte Zahlen von Toten und Verletzten, bezifferte Schäden. Er hörte sich an wie ein Sportreporter, von steigenden Trefferzahlen in Erregung versetzt. »Damit Sie nichts verpassen, hebt der Island Television Service heute den Sendeschluss auf. ITS sendet durch, um Sie über die Ereignisse auf dem Laufenden zu halten. Ich habe noch eine Ankündigung des Roten Kreuzes. Aber zuerst …«

Die Ma-Ho-Mädchen erschienen in ihren kurzen Rüschenröckchen und trällerten ein flottes, wieherndes Lied für eine einheimische Rummarke.

Während sie trällerten, klingelte das Telefon.

Henry hatte auf den Bildschirm gestarrt, gebannt – so schien es – nicht nur von den Nachrichten. Er riss sich los, um den Hörer abzuheben.

»Für dich.«

»Frankie.«

Das war nicht die Stimme von Gary Priestland, TV-Moderator und Conférencier. Es war Priests Stimme.

»Frankie, ich rate Ihnen, lassen Sie sich hier nicht blicken. Mischen Sie sich nicht ein. Meine Gedanken kreisen um nichts als Tod und Zerstörung heute Abend. Lassen Sie Selma in Frieden. Provozieren Sie sie nicht.«

Auf dem Bildschirm sah ich ihn noch den Hörer auflegen, bevor er sich blitzschnell wieder von Priest in Priestland verwandelte, um dann wie eine Gottheit über weitere Fotos von katastrophalen Verheerungen auf Cariba und Morocoy zu walten.

Die Küche war niedrig. Mit Neonlicht beleuchtet. Kein Wind, kein Laut außer dem Lärm des Dunstabzugs. Die Welt war draußen. Drinnen war man geschützt.

Henry, gebannt auf die Bilder von Tod und Zerstörung blickend, lebte zusehends auf.

»Ein Hurrikan, Frankie. Junge, ein Hurrikan, glaubst du, er kommt wirklich?«

»Willst du, dass er kommt?«

Er blickte mich bedeppert an.

Ich ließ ihn stehen und ging auf die Toilette. Die Austernkrankheit. Auf der einen Tür war ein Mann in Messing graviert, auf der anderen eine Frau. Ihre Züchtigkeit erzürnte mich. Nacheinander kamen sie schwankend auf mich zugerast. Der Frau gab ich einen Klaps. Es quiekte. Ich eilte mit dem Mann durch die Tür.

Der Spiegel war beschlagen. Ich wischte mir ein Stück mit

der Hand frei. Zum ersten Mal an diesem Tag, an diesem Abend, an diesem Morgen, sah ich mein Gesicht. Mein Gesicht, meine Augen. Mein Hemd, die Krawatte des Türstehers. Ich war überwältigt. Das Stammesunterbewusstsein. Porträt des Künstlers. Ich signierte unten rechts.

»Doch. Doch, unterm Strich muss ich sagen, du bist ganz große Klasse. Und verdammt tapfer. Bewegst dich unter Männern wie ein Mann. Leistest dir Taxis. Kaufst dir Hemden. Leitest Häuser. Reist herum. Hörst anderer Leute Stimmen und hast keine Angst. Ein toller Hecht bist du. Woher nimmst du den Mut?«

Eine Hand an meinem Ellenbogen.

»Leonard«, flüsterte ich und drehte mich um.

Aber es war Henry, ein bisschen stabiler als bisher an diesem Abend, ein bisschen munterer, nicht mehr ganz so gedrückt.

»Hurrikan im Anmarsch, Frankie. Zum allerersten Mal. Und du willst ihn hier unten begrüßen?«

Ich ging hinaus. Und stand vor Selma.

»Du«, sagte ich.

»Der geheimnisvolle Anrufer«, sagte sie. »Nach den ersten paar Malen allerdings nicht mehr so geheimnisvoll. Ich wusste, dass du es bist. Henry hat mir Bescheid gesagt. Ich bin so schnell es ging aus dem Hilton aufgebrochen.«

»Barbecue-Nacht. Moderation Gary Priestland. Ich weiß, ich weiß. Selma, ich muss mit dir reden. Du hast unser Haus abgerissen, Selma. Ich war dort und hab's mir angesehen. Du hast es abgerissen.«

»Ich hab jetzt ein schöneres.«

»Arme Selma.«

»Reiche Selma«, sagte Henry. »Armer Henry.«

Wir standen in der Küche. Der Bildschirm war blau. Der Dunstabzug dröhnte.

»Ich hab das Haus an eine Stiftung verkauft. Sie wollen das Nationaltheater der Insel da hinstellen.« Sie nickte zum Fernseher. »Es war Garys Idee. Ein gutes Geschäft.«

»Ihr habt alle gute Geschäfte gemacht. Wer schreibt die Stücke? Gary?«

»Es sollen nur Happenings stattfinden. Ohne Bühnenbilder und das ganze Zeug. Die Zuschauer dürfen über die Bühne gehen, so oft es ihnen Spaß macht. Und mitmachen. Wie früher bei Henry.«

»Hurrikan im Anmarsch«, sagte Henry.

»Alles Garys Idee.«

»Bis auf den Hurrikan«, sagte ich.

»Sogar der.« Sie blickte zum Bildschirm, als wollte sie sagen: Sieh doch.

Priestland, Priest legte den Kopf in den Nacken. Die Einzelheiten von Tod und Verwüstung auf anderen Inseln, Einzelheiten, über die er mit missionarischem Überschwang berichtete, hatten ihn in eine Art religiösen Taumel versetzt. Und diesmal folgten nicht die Ma-Ho-Girls mit einem Werbeliedchen, sondern sechs schwarze Mädchen, die Lobgesänge sangen.

Sie wandte den Blick ab. »Komm, ich nehm dich mit nach Hause.«

»Du willst mir dein Zuhause zeigen?«

»Wenn du magst.«

»Hurrikan im Anmarsch«, sagte Henry. Er schwankte schon etwas. »Das Ende ist da. Wir werden neue Menschen.«

»Bereuet!«, rief Priest aus dem Fernseher.

»Bereuet?«, rief Henry zurück. »Das Ende ist da.«

»Jauchzet!«, rief Priest. »Das Ende ist da.«

»Warum noch weglaufen?«, fragte Henry.

»Wozu noch fliehen?«, sagte Priest. »Es gibt keine Zuflucht und bald auch nichts mehr, vor dem ihr fliehen müsst. Gar mancher Pfad dünkt die Menschen der rechte, doch an seinem Ende warten die Wege des Todes. Bereuet! Jauchzet! Was sollte uns retten, wenn wir diese wundersame Erlösung verschmähen?«

»Emelda!«, rief Henry. »Emelda!« Zu Selma und mir sagte er: »Noch nicht. Geht nicht. Noch einen Drink. Einen letzten Drink noch. Emelda!« Er strich durch die Küche und den angrenzenden Raum. »Diese Plastikblumen! Diese Möbel! Dieser ganze Flitter! Vernichte alles, o Herr!«

Mrs. Henry erschien in der Tür.

»Emelda, mein Liebling«, sagte Henry.

»Was ist denn jetzt plötzlich los?«

Er nahm einen fliegenden Vogel von seinem Haken an der Wand und zielte auf ihren Kopf. Sie duckte sich. Der Vogel zerschellte an der Tür.

»Der hat vierzig Dollar gekostet!«

Er warf noch einen. »Dann sind's jetzt achtzig.«

»Henry, der Orkan bläst dir ins Hirn!«

»Machen wir die Hundert voll?« Er nahm eine Vase zur Hand.

Selma sagte: »Lass uns gehen.«

Ich sagte: »Ich glaube, es ist so weit.«

»Nein. Ihr seid meine Freunde. Ohne einen Abschiedstrunk kommt ihr mir nicht aus dem Haus. Emelda, bedienst du meine Freunde?«

»Ja, Henry.«

»Sag Mister zu mir, Emelda. Wir wollen doch die Tradition bewahren!«

»Ja, Mr. Henry.«

»Kokosmilch mit Wodka, Emelda.« Er stellte die Vase wieder ab.

Die schwarzen Mädchen sangen Lobgesänge.

»Du hast mich reingelassen in dieser Nacht damals, Selma«, sagte ich. »Ich hab es nicht vergessen.«

»Ich weiß. Deshalb bin ich hier.«

Emelda, Mrs. Henry, brachte eine Flasche, einen Krug und ein paar Gläser.

Henry sagte: »Emelda, wie lange versuchst du jetzt schon, mir Manieren einzutrichtern, und meinen Freunden servierst du Gläser, an denen Haare kleben.«

»Dann bedien sie doch selber, du versoffener alter Truthahn.«

»Alter Truthahn, alter Truthahn«, sagte Henry. Und begleitet von schmetternden Lobgesängen im Hintergrund, zertrümmerte er juchzend vor Begeisterung die Flasche, den Krug und die Gläser. Er ging herum und zerschlug Gegenstände. Emelda lief hinter ihm her und sagte: »Das hat zwanzig Dollar gekostet. Das hat zweiunddreißig Dollar gekostet. Das hat fünfzehn Dollar gekostet. Im Sonderangebot.«

»Setz dich hin, Emelda.«

Sie setzte sich.

»Zeig ihnen deinen Mund.«

Sie sperrte den Mund auf.

»Schön und groß, ’n schönes großes Maul, das du da hast, Emelda. Der Zahnarzt könnte mit seinem Butterbrotpaket reinklettern und den ganzen Tag herumkratzen.«

Es war kein einziger Zahn darin.

»Frankie, schau dir an, mit was du mich hier zurücklässt. Bleib sitzen, Emelda. Sie und ihre Schwester müssen sich ständig übertrumpfen. Schwesterchen hat sich alle Zähne rausnehmen lassen. Da wollte Miss Emelda natürlich nicht nachstehen. Sieh dir das an. Das muss ich mir nun morgens, mittags und abends angucken. Reinschlagen könnt ich in das Maul. Immer nur reinschlagen.«

»Nicht, Henry. Da stecken fast tausend Dollar drin.«

»Das alles, und jetzt auch noch der Weltuntergang!«

»Jauchzet!«, rief Priest aus dem Fernseher. Er nahm den Hörer vom Telefon auf seinem Schreibtisch und wählte.

Der Apparat in Henrys Küche klingelte.

»Nicht rangehen«, sagte Selma. »Komm, unser Pakt. Unser erster Abend. Komm mit mir nach Hause.«

Lobgesänge vom blauen Bildschirm; Schreie aus Emeldas Mund; das Bersten von Glas und Steingut. Der Hauptraum des Coconut Grove, in vollem Lichterglanz, war menschenleer. Die strohgedeckte Bühne lag verlassen.

»Die perfekte Dramaturgie. Kein Bühnenbild. Kein Stück. Kein Publikum. Lass uns zuschauen.«

Sie führte mich hinaus. Hier waren Menschen. Einige aus

dem Coconut Grove, andere aus benachbarten Häusern. Still und schweigend standen sie da.

»Wie ein Aquarium«, sagte Selma.

Tiefe, dunkle Wolken rasten. Ständig wechselte das Licht.

»*Dein* Auto, Selma?«

»Ich hab mir immer einen Sportwagen gewünscht.«

»Das Auto macht den Mann, die Frau. Wo bringst du mich hin?«

»Nach Hause.«

»Du hast es mir noch nicht gesagt – wo wohnst du?«

»Manhattan Park. Ein neuer Stadtteil. War früher eine Zitronenplantage. Große Grundstücke, einen halben Hektar groß.«

»Schöne Rasenflächen und Beete?«

»Heutzutage haben die Leute lieber Sträucher. Ist dir das nicht aufgefallen? Du wirst das Viertel mögen. Es ist sehr schön.«

Es war ein schönes Viertel, und Selmas Haus entsprach ganz dem modernistischen Stil der Insel. Rasen, Garten, ein Swimmingpool in Tränenform. Das Verandadach ruhte auf schrägen Metallrohren. Die Decken waren aus lackierter Pechkiefer. Die Einrichtung war nicht weniger zeitgemäß. Kleine Stücke Treibholz, elektrische Lampen, die so taten, als wären sie Petroleumlampen, Tische in unregelmäßigen Formen, deren Platten aus Baumscheiben samt Rinde bestanden. Gerade Linien, Kreise, rechte Winkel – Ovale waren offensichtlich nicht nach Selmas Geschmack.

»Woher nimmst du deinen Mut, Selma?«

»Das ist nur wieder deine Stimmung. Wir alle haben den Mut.«

Gemälde einheimischer Maler an den Wänden, zeitgemäß wie alles andere.

»Mir kommen Frauen immer ungeheuer mutig vor. Allein schon in den neuesten und schockierendsten Fummeln herumzulaufen. Was das für einen Mut erfordert.«

»Aber du hast es geschafft. Was verkaufst du? Du verkaufst doch sicher irgendetwas.«

»Lexika. Lehrbücher. Unanstößige Kultur. *Huckleberry Finn* ohne den Nigger Jim für zehn Cent.«

»Siehst du. Das könnte ich nun wieder nicht. So unheimlich ist die Welt eigentlich gar nicht. Die meiste Zeit spielen die Menschen doch nur. Wenn man sich das erst einmal klar gemacht hat, wird einem auch klar, dass alle Menschen so sind wie du selber. Nicht stärker und nicht schwächer.«

»Oh, sie sind stärker als ich. Blackwhite, Priest, du, sogar Henry – ihr seid alle stärker als ich.«

»Schaust du mein Treibholz an? Die schönsten Dinge finden sich in der Natur.«

»Aber wir lassen sie nicht dort. Schönes Haus, Selma. Ein schönes, grauenhaftes, unerträgliches, schreckliches Zuhause.«

»Mein Zuhause ist nicht schrecklich.«

»Nein, für dich natürlich nicht.«

»Du kannst mich nicht beleidigen. Du hast einfach zu viel Angst. Ein Zuhause, das ist nichts für dich. Du bevorzugst Häuser. Um besser in das Leben anderer hineinzupassen.«

»Ja. Ich bevorzuge Häuser. Lieber Gott, ich stecke in der Tretmühle. Da komm ich nicht mehr raus. Ich bin umzingelt von sehr großen Namen.«

»Du lässt nach, Frank. Komm. Sei ein braver Junge. Hast du unseren Pakt vergessen? Ich zeig dir mein Schlafzimmer.«

»Ehebruch hat seine eigenen Regeln. Niemals im Ehebett.«

»Noch ist es kein Ehebett. Das kommt erst noch.«

»Ich mache mir wenig Illusionen über meine Leistungsfähigkeit.«

»Warst schon immer ein lausiger Liebhaber. Trotzdem.«

»Wie du redest, Selma. So bissig? Lass mich den Fernseher anschalten. Damit ich nichts verpasse.«

Der Mann auf dem Bildschirm hatte die Kleider gewechselt. Er trug einen weißen Umhang. Er sprach keine Nachrichten mehr; jetzt predigte er.

»Wir gehen in die Irre wie Schafe«, sagte er. »Ein jeglicher sieht nur seinen eigenen Weg.«

Wie aus Solidarität mit seinem spärlichen Gewand begann ich, mein Hemd aufzuknöpfen.

Sein Gezeter war auch im Schlafzimmer noch zu hören. Auf dem Bett lag eine gesteppte Daunendecke.

»Jetzt bist du Norma Shearer in *Escape*.«

»Halt die Klappe. Komm. Und sei gut.«

»Wenn ich komme, bin ich immer gut.«

Unser Liebesakt war nicht gerade eine Offenbarung.

»Es war eine Katastrophe.«

»Alkohol ist gut für Frauen«, meinte Selma. »Für einen Mann ist er schlecht. Du warst heute zu gut vorbereitet, Frank. Du verbrauchst deinen Mut in Furcht.«

»Ich verbrauche meinen Mut in Furcht. ›Jetzt *schau*, was du gemacht hast‹.«

»Warum sagst du das?«

»Das hat eine Frau vor vielen Jahren zu mir gesagt. Ich war fünfzehn. Als ich an einem Nachmittag aus der Schule heimkam, hat sie mich zu sich hereingerufen, und dann musste ich mich auf sie legen. Und das hat sie am Ende zu mir gesagt: ›Jetzt *schau*, was du gemacht hast.‹ Als hätte *ich* etwas von *ihr* gewollt. Sie hat mit mir geredet wie mit einem Baby. Schrecklich. Sex ist eine scheußliche Angelegenheit. Ich hab meine Entscheidung getroffen. Ich bin gegen Sex.«

»Damit wären wir schon zwei.«

»Dann haben wir uns ziemlich lange ziemlich merkwürdig verhalten.«

»Du hast angefangen. Sag mal, hast du eigentlich erwartet, dass ich unseren Pakt einhalte?«

»Ich weiß es nicht. Es klingt wie eine von diesen Geschichten, die man immer hört. Dass Frauen immer wieder mit dem Mann schlafen, der sie entjungfert hat. Ist es so? Ich weiß es nicht. Ist es so?«

»Das«, sagte Selma und stieg aus dem Bett, »ist ein Ammenmärchen.«

Im Wohnzimmer dröhnte noch der Fernseher. Die schwarzen Mädchen sangen Lobgesänge. Ich ging auf die Toilette. Auf der Klomatte stand: NUR FÜR TRÖPFCHEN. Auf dem Waschbecken lag ein Hinweiskärtchen, zwischen den Worten gemalte Blümchen: DIE HERREN BITTE DIE BRILLE HOCHKLAPPEN, ER IST KÜRZER ALS SIE DENKEN. DIE DAMEN BITTE WÄHREND DER VORSTELLUNG SITZEN BLEIBEN. Daneben ein Aschenbecher und ein kleines Büchlein mit Klo- und Schlafzimmerwitzen. Die bewährte Kombination. Arme Selma. Ich zog die Spülung zweimal.

Es stürmte.

»Selma, sei schwach wie ich. Henry hat Recht. Priest hat Recht. Alles wird dem Erdboden gleich. Lasset uns frohlocken. Fahren wir raus zur Bucht. Und Henry nehmen wir mit. Und danach, so es ein Danach gibt, bringt Henry uns zu seiner hübschen kleinen Insel.«

»Es gibt keine Inseln mehr. Das bist nicht du, der da redet. Das ist der Sturm.«

Die Petroleumlampe, die in Wirklichkeit eine elektrische Lampe war, kippte um. Dunkelheit, bis auf das Blau des Bildschirms. Und der Wind übertönte Priests Stimme.

Selma wurde hysterisch.

»Wir müssen hier raus. Zurück in die Stadt. Auf die Straßen, zu den anderen.«

»Nein, fahren wir zur Bucht.«

Henry saß im verlassenen Coconut Grove zwischen wild verstreuten Plastikblumen.

»Zur Bucht!«

»Zur Bucht.«

Zu dritt fuhren wir über die Hügel. Wir hörten den Wind. Wir liefen hinunter zum Strand und hörten das Meer. Wenigstens daran hatte niemand etwas ändern können. Früher war es ein gefährlicher Strand gewesen, wo Kokosnüsse von den Kokospalmen fielen. Inzwischen hatten die meisten Palmen einem Parkplatz weichen müssen. Ein großer Betonbau stand verlassen und unverrückbar auf dem Strand: ein gescheitertes Stück Modernität, ein Touristenpavillon, den keiner nutzte. Das Dorf war gewachsen. Es reichte jetzt fast bis zum Strand hinunter, ein ländlich-maritimes Elendsquartier. In vielen der Hütten brannte Licht.

»Ich hätte nie geglaubt, dass ihr es schafft, die Bucht zu zerstören.«

»Vielleicht bekommen wir Gelegenheit zu einem Neuanfang.«

Wir gingen im Sturm. Streunende Hunde warteten am Wegrand, folgten uns ängstlich. In Böen wehte der Wind den Gestank faulender Fische herüber. Wir beschlossen, die Nacht im Touristenpavillon zu verbringen.

Der Morgen, düster und stürmisch, enthüllte das ganze Ausmaß der Verwahrlosung. Fischerboote, teils auf der Seite liegend, teils aufgebockt, übersäten den Strand, der noch golden schimmerte, aber dazwischen gelbe Öltonnen für den Abfall der Fischer, deren Häuser aus unverputzten Hohlziegeln und rohen Balken sich bis an den Rand des trockenen Sands drängten. Der Sand war zertreten, fleckig, blutig wie in einer Stierkampfarena; überall lagen Fischköpfe und Fischinnereien herum. Räudige Köter, nur mehr Haut und Knochen, das Fell zu fadem Hellbraun gebleicht, schlichen lustlos und mit eingezogenem Schwanz von Öltonne zu Öltonne. Schwarze Geier hockten schwer auf den Wedeln der Kokospalmen, andere hüpften unbeholfen über den Sand; über unseren Köpfen kreisten noch viele mehr.

Henry stand da und pinkelte ins Meer.

»Fahren wir zurück«, rief ich ihm zu. »Ich ertrag das alles nicht.«

»Das hab ich schon immer mal machen wollen«, sagte er. »In aller Öffentlichkeit.«

»Denk dir nichts«, sagte Selma. »Morgens ist es nie besonders gut.«

Es war miserabel gewesen.

Wir fuhren zurück in die Stadt, den ganzen Weg unter einem niedrigen dunklen Himmel. Es war noch früh, aber die Insel war schon zum Leben erwacht. Die Straßen waren voller Menschen. Ihr erster Hurrikan, ihr großes Drama, und sie waren herausgekommen auf die Straßen, um bloß nichts zu verpassen. Alle normalen Tätigkeiten ruhten. Es schien wie eine Fortsetzung der vorherigen Nacht, noch mehr glichen die Straßen Aquarien, voll wimmelnden Lebens, aber stumm. Nur das Fehlen der Nachtschwärze zeugte vom Vergehen der Zeit: das und die nunmehr leeren Fernsehbildschirme, zu sehen durch die offenen Türen der Häuser, in denen zum Teil noch nutzlose Lichter brannten, und der gästelosen Cafés.

Dann war wieder Nacht. Die Lichter hatten wieder ihren Sinn. Vor dem dunklen Himmel bewegten sich in endlosem Strom noch dunklere Punkte: Sämtliche Vögel der Insel zogen gen Süden. Als säßen wir auf einem sinkenden Schiff. Um uns war nichts als das Tosen, aus dem sich gelegentlich das Ächzen eines Hauses, eines Baums, das metallische Klappern loser Wellbleche heraushören ließ. Aber die Gesichter waren ohne Angst. Nur voll staunenden Erwartens.

Die Bildschirme der Fernsehgeräte flimmerten. Priest war auf sie zurückgekehrt, ermattet, strahlend vor Übermüdung, um uns mitzuteilen, was wir längst wussten: Das Ende unserer Welt stand bevor.

»Sehet«, rief er, »der Tag der Erlösung ist da.«

Die Stadt antwortete. Zunächst noch leise, wie ferne Tempelglocken, der Klang der Steelbands, herbeigetragen auf dem heulenden Wind. Die Hunde, die streunenden und die behausten, begannen in Schichten zu bellen, bald diese, bald jene, bald alle zusammen. Füße fingen an zu scharren. Priest wetterte wie ein Seher, erschöpft von der Anstrengung der Konzentration. Er wetterte; die Stadt bebte von Musik und Tanz.

Das Ende der Welt, wir begrüßten es mit Freudengeschrei. Wir fingen alle zu tanzen an. Wir sahen Tänze, wie sie früher in Henrys Hinterhof zu sehen gewesen waren. Kein Baumwollpflücken, kein Zuckerrohrschlagen; kein Wassertragen, keine orchestrierten Klagelaute. Wir tanzten ernsthaft. Wir vollführten Verrenkungen, die wir uns im Leben nicht zugetraut hätten.

Wir sahen Blackwhite mit Leonard tanzen. Blackwhite nicht weiß und nicht schwarz, Blackwhite so, wie wir alle ihn uns gewünscht hätten: von aller Anspannung befreit, erlöst vom Zwang der Selbstbeobachtung (Porträt des Künstlers: das Stammesunterbewusstsein), im Einklang mit der Welt, bereitwillig, wie Leonard. Wir sahen Bippy, Tippy und Chippy, Arm in Arm mit Pablo, Sandro und Pedro, als hätte das Werben, das im Coconut Grove seinen Anfang nahm, die ganze Nacht hindurch fortgedauert: eine ihrer Bedeutung entkleidete Geste, sie alle erstarrt in dem Ritual, bei dem die Nachricht vom Hurrikan sie überrascht hatte. Hin und wieder flehten die Herren aus Stiftungsland Blackwhite noch an. Doch jedes Mal – ohne Boshaftigkeit oder Genugtuung – wies er sie ab, ein stilisiertes Aufstampfen simpler Verweigerung: ein freier Mann, endlich. Wie auf einer ebenen, sich in die Unendlichkeit erstreckenden Bühne – wobei Unendlichkeit der Punkt war, wo die getünchten Bodenbretter sich berührten – nahm vor unseren Augen das ewige Spiel von Annäherung und Werbung, von Verfolgung und Flucht seinen Lauf. Nur Leonard – hartnäckig tanzend, mit großem Ernst, ein Mann, der alles daran setzt, in die richtige Stimmung zu kommen, das Richtige zu tun –, nur Leonard blieb trotz allen Bemühens der Alte: – verwirrt, freundlich, farblos. Arm in Arm tanzte er mit Blackwhite, wann immer sie sich begegneten, und Sinclair, der große schwere Sinclair, drehte sich zwischen ihnen. Und die Touristenteams vom Vortag: die Glücklichen jetzt wie zwei Menschen, für die das Wort Glück, dieses sein Gegenteil in sich führende Wort, jeden Sinn verloren hatte, und die Verbitterten – welch ein Unterschied! Und für mich: kein Schrecken des Himmels und der Bäume mehr; stattdessen der

Mut der Vergeblichkeit, die Vergeblichkeit des Muts, die leere, totale Reaktion.

Durch die zu Bühnenbrettern eingeebneten Straßen tanzten wir in Erwartung der letzten Segnung. Der Himmel war niedrig, wurde weiter und wieder niedrig. Der Wind klang uns süß in den Ohren, flaute ab, klang uns wieder in den Ohren. Wir tanzten und wir warteten. Wir warteten und tanzten.

Die Segnung blieb aus. Unser Tanz verlor an Schwung. Erschöpfung verzehrte Pein. Aber nicht alle Hoffnung hatte sich verzehrt, selbst als wir auf dem Fernsehschirm sehen mussten, wie Priest sich in Priestland verwandelte, der Seher in den Nachrichtensprecher, der Mann, dessen Gedanken nur noch um Tod und Zerstörung gekreist hatten, in den Mann, der das Leben klein machte. Aber wie es verleugnen?

Wir mussten die Hoffnung auf den Hurrikan fahren lassen. Wir saßen auf den Bordsteinen. Das Licht war erst grau, dann silbern. Die Bühne wurde wieder zur Straße; die Häuser nahmen an Umfang zu. Ich hörte Bippy, Tippy und Chippy jammern. Pablo und seine Jungs trösteten sie.

Sinclair zog sich das Jackett und die Krawatte zurecht. Im Licht eines Tages, der jetzt tatsächlich angebrochen war, ging er zu Leonard, löste ihn aus Blackwhites Armen und sagte: »Komm, Leonard. Komm, mein Junge. Wir haben unseren Spaß gehabt. Es ist Zeit, nach Haus zu fahren.«

»Goodbye, Mr. White«, sagte Leonard. »Du hast Recht, Sinclair. Du warst sehr geduldig. Gehen wir.«

Blackwhite sah es und begriff. »Leonard!«, sagte er entgeistert. »Leonard, was ist mit meinem schwarzen Roman? Sie haben mir Hilfe zugesagt. Sie haben die Herren aus Stiftungsland vergrault. Sie haben gesagt, es wird mir an nichts fehlen.«

»Goodbye, Mr. White. Sinclair, geht's dir gut?«

»Leonard! Sie haben Unterstützung zugesagt! Bippy, Tippy, Chippy. Warten Sie, warten Sie. Pablo, pfeif deine Faulenzer zurück! Pablo! Bippy! Mr. Tippy! Mr. Chippy!«

Er, bislang Verfolgter, wurde zum Verfolger. Pablo, Sandro und Pedro nahmen Reißaus vor ihm, Bippy, Tippy und Chippy ebenso. Er verfolgte sie; die sechs liefen vor ihm davon, mehrmals kreuzten sich ihre Bahnen. Die Jagd fand auf der sich in die Unendlichkeit erstreckenden Bühne statt, Verfolger und alle sechs Verfolgten schwanden vor unseren Augen zu nichts. Die Sonne schien hell; die Dinge warfen Schatten.

Ich ging mit Selma zum Coconut Grove. Henry räumte die Küche auf. Emelda schaute ihm dabei auf die Finger. Er arrangierte die Plastikblumen neu; er setzte die Scherben von Vasen zusammen.

Im Fernsehen verkündete Gary Priestland das Vorbeiziehen des Hurrikans. Aber er hatte Neuigkeiten für uns, die Nachricht von der Zerstörung einer anderen Insel. Er hatte Neuigkeiten. Er hatte Tatsachen, Zahlen von Opfern. Er hatte Fotos.

Die Nebelhörner der Schiffe im Hafen gaben Entwarnung.

Die Ma-Ho-Girls erschienen und sangen ein Werbelied für einheimische Zigaretten.

Das Fernsehprogramm für den Tag wurde angesagt.

»Nach Hause«, sagte Selma.

»Das Treibholz ruft. In der Natur finden sich die schönsten Dinge.«

»Gary wird müde sein.«

»Das will ich meinen.«

Und in einer Stadt, deren erschöpfte Bewohner sich wieder in ihrem Schicksal einrichten mussten, in einem Leben, das nun doch weiterging, machte ich mich auf den Rückweg zu meinem Hotel.

Hilton, Hilton.

Abfahrt 13 Uhr stand auf der Tafel in der Eingangshalle.

Moore-McCormack, Moore-McCormack.

August 1965